O gosto que fica

DARIA LAVELLE

O gosto que fica

Tradução

ALEXANDRE BOIDE

A Editora Paralela é uma divisão da Editora Schwarcz S.A.

Grafia atualizada segundo o Acordo Ortográfico da Língua Portuguesa de 1990, que entrou em vigor no Brasil em 2009.

TÍTULO ORIGINAL Aftertaste

CAPA, LETTERING E ILUSTRAÇÃO DE CAPA Cyla Costa Studio

PREPARAÇÃO Willian Vieira

REVISÃO Marise Leal e Luís Eduardo Gonçalves

Embora em última análise a mensagem deste livro seja positiva e esperançosa, a história explora temas pesados, entre eles, luto e suicídio.

Dados Internacionais de Catalogação na Publicação (CIP)
(Câmara Brasileira do Livro, SP, Brasil)

Lavelle, Daria
O gosto que fica / Daria Lavelle ; tradução Alexandre Boide. — 1ª ed. — São Paulo : Paralela, 2025.

Título original : Aftertaste.
ISBN 978-85-8439-492-0

1. Ficção norte-americana I. Título.

25-286790 CDD-813

Índice para catálogo sistemático:
1. Ficção : Literatura norte-americana 813

Cibele Maria Dias – Bibliotecária – CRB-8/9427

EDITORA SCHWARCZ S.A.
Rua Bandeira Paulista, 702, cj. 32
04532-002 — São Paulo — SP
Telefone: (11) 3707-3500
editoraparalela.com.br
atendimentoaoleitor@editoraparalela.com.br
facebook.com/editoraparalela
instagram.com/editoraparalela
x.com/editoraparalela

Para James, o sal do meu banquete

PARTE UM
SENSAÇÕES NO PALATO

Meu pai morreu quando eu era bem jovem.
Essa foi a maior tragédia da minha vida.
Mas seu espírito nunca me abandonou, e talvez
esse seja o milagre definidor da minha vida.

Eric Ripert, 32 *Yolks*

Amargo

A primeira vez que Konstantin Duhovny sentiu o gosto de algo que na verdade nunca tinha comido foi aos onze anos, sentado à beira de uma piscina pública em Brighton Beach, com os calcanhares fazendo espuma, agitando a água cinzenta.

Ele estava olhando para as costas dos outros garotos — aqueles com os quais supostamente estava lá para nadar, mas que nunca o chamavam para fazer parte de sua panelinha, nem mesmo por educação — enquanto brincavam na água, plantando bananeira, competindo para ver quem ficava mais tempo submerso e cuspindo água a meio metro de altura como toninhas.

Ficou observando o que eles faziam a tarde toda — Mitya e Sasha e Misha K. e Misha B. (que apelidavam de Urso por causa dos pelos pretos e grossos que tinha nas costas todas) — até que, um a um, os pais foram terminando de ler seus *Russkaya Reklama* encharcados e, coçando os mamilos por cima das camisetas, brancas e puídas, levantavam os corpos pastosos das espreguiçadeiras de borracha e sinalizavam a hora de ir embora.

Kostya tinha sido levado por seu primo Valerik — não um primo de verdade, só o filho adolescente de Tetya Natasha, que não era sua tia de verdade, e sim uma amiga da sua mãe

— que imediatamente o largou sozinho quando sua namorada cochichou alguma coisa sobre haver uma cabine do beijo no calçadão ali perto.

Não saia daqui, Valerik dissera para Kostya, num tom áspero. *Eu já volto.*

Isso tinha sido duas horas antes.

Quando Mitya, o último garoto, abriu a maçaneta da cerca de alambrado, Kostya se sentiu morto de inveja. Não havia ninguém para levá-lo para casa, assim como ninguém tinha passado protetor solar nas suas costas — que ele já sentia que estavam vermelhas e enrijecidas e queimadas —, nem para ensiná-lo a falar com aqueles garotos de uma forma que deixasse claro que ele era um deles.

Mas ele, obviamente, não era. Eles ainda tinham um pai *vivo*.

Ele começou a agitar os pés cada vez mais depressa, esperneando com violência, chutando pais e filhos, além do grande vazio dentro dele, uma falta que sentia, uma saudade desesperadora inclusive daquilo que nunca tivera, um buraco tão fundo que se enfiasse a mão lá dentro, desde que tivesse o braço comprido o bastante para tal, alcançaria do outro lado um lugar onde o vazio se tornaria pleno como uma barriga repleta de comida e assim poderia acabar encontrando o que procurava.

Nesse momento, algo percorreu sua língua, e Kostya parou de mexer as pernas. Dentro de sua boca, espesso como uma pasta, o sabor — de algo que não tinha sido comido — era avassalador. Era condimentado, salgado, com uma textura de carne, levemente doce e gorduroso, um tantinho ácido, e no final, no fundo da garganta, amargo, *muito* amargo, se espalhando como um hematoma. Bom, mas também ruim, um pouco meio como merda. Ele se perguntou se de alguma forma algum daqueles moleques tinha arrumado um jeito de fazê-lo engolir bosta — parecia o tipo de coisa que um garoto com pai faria com alguém sem pai —, mas logo a sensação passou. Kostya estalou os lábios, tentando recuperar o sabor, porém não havia restado nada, apenas um calor se espalhando pela língua enquanto ele segurava as lágrimas.

Foi apenas quando a ausência do sabor se estabeleceu que ele reconheceu o que era.

Fígado de frango, cebolas salteadas, endro fresco, suco de limão.

Pechonka.

O prato favorito de seu pai, de acordo com sua mãe, que quase não tocava no assunto e tinha parado de prepará-lo depois da morte dele. Kostya nunca havia comido *pechonka*. Simplesmente sabia, como que por instinto, como se fosse um sentido de que só então se dava conta, que o fantasma desse prato — não seu gosto, mas seu retrogosto — havia passado pela sua boca, manifesto de forma espectral pela pessoa que mais queria prová-lo de novo.

Salgado

Antes disso, doze meses antes.

Uma terça-feira. Calor. Verão quentíssimo.

O pai de Kostya estava dando um nó numa gravata rebelde, uma imposição da Autoridade Metropolitana de Transporte.

Kostya olhou para ele da cozinha — estava sempre na cozinha nessa época — só com uma meia na frente da geladeira, com a porta aberta. Estava lá há tempo suficiente para fazer a caixa de *kefir* suar, com gotículas descendo pela lateral da embalagem, o motor do refrigerador engasgando à medida que a temperatura subia. Ele observava o que havia lá dentro; seu pai o surpreendera da última vez, mas não dessa.

"Feche geladeira", reclamou seu pai. "Assim você quebra. Estraga ingrediente. Arrumar é caro."

"Desculpa", murmurou Kostya, fechando a porta sem nenhuma pressa, dando uma última olhada nos vidros, nas latas e nos potes plásticos com palavras em cirílico.

Kostya não sabia ler nada em russo (tinha dez anos, e era inteligente, mas estava nos Estados Unidos, não na Ucrânia soviética), então tinha decorado como as mercearias dos imigrantes embalavam seus produtos, que o *lyulya-kebab* e o arroz eram colocados em caixas de isopor; que as conservas — os picles semiazedos e azedos, o repolho em conserva, os tomates na salmoura — flutuavam suavemente em recipientes plásticos de um litro; que as saladas — a de cenoura ralada picante, a *olivié* com bastante maionese, o *vinegret* de beterraba de sabor doce e terroso — ficavam em potes transparentes de meio litro, com etiquetas retangulares; que os sacos de papel branco que iam se tornando cada vez mais transparentes continham carne, ou cereja azeda, ou chucrute, ou *piroshky* de semente de papoula, e ele estava espiando as prateleiras da geladeira, vendo tudo o que havia lá dentro. Então sentou na pequena sala de jantar, com as mãos entrelaçadas, todo sério, sobre a toalha de mesa de plástico engordurada.

"Estou pronto", anunciou Kostya.

Seu pai estava ocupado com o nó da gravata e não levantou os olhos.

"*Papa*", ele resmungou, falando em russo. "*Faz a brincadeira! Me dá um sabor para provar!*"

Kostya torcia para que o esforço de falar em sua língua nativa fizesse a balança pender a seu favor; seu pai tinha passado as semanas anteriores trabalhando para reverter a aversão de Kostya ao russo, o idioma que estava começando a parecer estrangeiro e pesado em sua língua. Kostya só queria ser como os outros garotos populares da escola — americanos, anglófonos, *normais* — e encontrar seu lugar, em vez de ser ignorado.

O olhar do pai ficou um bom tempo voltado para a geladeira, mas então se virou para o relógio acima do fogão, e uma careta substituiu sua expressão momentânea de quem considerava a possibilidade.

"Hoje não pode, Kostochka." Ele pareceu realmente lamentar muito. "Tenho rota nova. Não pode ter atraso."

"Mas, mas!" De novo em inglês. "Só *uma* vez. Vai ser rápido."

Na última vez que tinham feito a brincadeira da degustação — com seu pai colocando pedaços de alimentos na boca de Kostya para ele identificar (de olhos fechados, sem espiar) —, Kostya acertara quatro vezes seguidas (salsichão *doktorskaya*, geleia de damasco, rabanete amanteigado, um cubo de halva) e estava no auge de sua sequência de acertos quando o pai pôs um garfo com um peixe gorduroso em sua boca.

"Fácil! Sardinha!", ele gritou, triunfante, antes mesmo de mastigar.

"*Nyet!*", gritou de volta seu pai, batendo na mesa com deleite, e Kostya abriu os olhos, atordoado. "Espadilha!"

Mas isso tinha sido semanas antes.

"Só *uma* vez", repetiu Kostya, com a voz açucarada como um donut.

Seu pai sorriu e beijou sua cabeça.

"Com você nunca é só uma vez."

A brincadeira havia surgido anos antes, quando Kostya tinha oito anos, nos primeiros anos após emigrarem, como uma forma de lembrá-lo de onde vinha. Para que absorvesse a herança cultural pelo estômago. Para saborear o passado, a um oceano de distância. Era a atividade favorita de Kostya, a lembrança à qual recorria quando os outros meninos, os americanos, riam de suas roupas desajeitadas, de suas comidas diferentes, de seu inglês capenga.

"Eu juro!"

"Kostochka, eu preciso pegar ônibus."

Kostya seguiu o pai pelo corredor até o quarto do casal, onde o viu procurar no móvel de cabeceira pelo crachá com seu nome — *Sergei Duhovny* (*Motorista #0727*) — gravado num lamê dourado cafona.

"Mas, Papa..."

Seu pai desviou dele para passar pelo corredor estreito e voltar à cozinha. Kostya continuou em seu encalço, incansável. Precisava daquilo imediatamente, e muito, precisava de alguma coisa boa na vida. No dia anterior, no calçadão de Coney Island, dois garotos tinham passado perto do banco onde Kostya estava almoçando sem fazer a menor questão de baixar o tom de voz ao comentar que sua refeição, as sobras de *zharkoye* — um ensopado de carne macia num molho marrom espesso — no Tupperware com a tampa que não combinava com o pote eram uma afronta aos americaníssimos hot dogs de salsicha de carne bovina que levavam nas mãos. *Olha aí o esquisitão*, um falou para o outro. *Está ouvindo, esquisitão? O que ele está comendo? Parece diarreia.*

"*Depois*, Kostya. Quando eu voltar."

"Não", resmungou Kostya, com um beicinho petulante se materializando no lábio inferior. "Agora."

"*Nyet*", repetiu seu pai, com firmeza. "*Depois*."

"Nunca tem esse depois!"

Seu pai suspirou, de exaustão e de lamento na mesma medida.

"Preciso correr. Dá um beijo."

"Você só trabalha. Essa é a úncia coisa que fazemos juntos!"

"Vai para o seu quarto, Kostya", murmurou o pai.

Mas Kostya não cedeu. Estava se equilibrando na beira do abismo, decidindo se pulava ou não.

"Mama está certa", ele falou. "A gente devia ter ficado em Kiev!"

Ele tinha ouvido sua mãe falar isso uma vez, sussurrando com a irmã ao telefone. Uma conversa que durou um maço de cigarros inteiro.

“Mama? O que ela...”

“Você estaria cozinhando! Teria um restaurante, em vez de dirigir um ônibus idiota!”, gritou Kostya para ele. “E eu não ia passar tanta vergonha.”

“Vai para o seu quarto”, seu pai falou, elevando o tom de voz, que se rompeu como uma casca de cebola. “Você não entende nada.”

Ele estendeu a mão para abrir a porta.

Kostya cerrou os punhos, com tanta força que suas unhas marcaram as palmas das mãos. Ele sentiu um gosto ruim na boca, uma mistura matinal de dentes não escovados e raiva.

“É por sua causa que estamos nos Estados Unidos”, ele soltou, repetindo coisas que nem queria ter ouvido. “É porque você quis vir. Porque pensou só em você mesmo. Não pensou em como ia ser para mim. Então pode ir; eu não ligo. *Vai para o inferno!*”

Aquilo soava diferente em inglês. Melhor. Parecia o jeito como os garotos populares da escola falavam quando batiam a porta do armário. *Vai para o inferno*. Mesmo assim, Kostya sentiu o poder da imprecação percorrendo seu corpo, reverberando no seu peito, provocando um súbito silêncio na sala.

Seu pai deteve o passo, de costas para Kostya.

“Como quiser”, ele disse baixinho, e saiu pela porta com os ombros caídos, derrotado.

Se seu pai tivesse gritado, ou o deixado de castigo, ou retaliado de qualquer outra forma, talvez tivesse sido diferente, tivesse sido mais fácil para Kostya dizer a si mesmo nos dias e meses e anos seguintes que seu pai sabia que ele só dissera aquilo num momento de raiva. Mas a resignação na voz de seu pai, e a mágoa inegável que Kostya provocara na pessoa que mais amava no mundo, o feria como arame farpado.

Mesmo depois de passado o momento, ele não conseguia tirar os olhos da porta, à espera de que seu pai voltasse e o perdoasse. E assim consertasse o que Kostya havia feito. Ele disse a si mesmo para não chorar quando sentiu o gosto salgado das lágrimas, como se estivesse bebendo de um mar. Era como se Kostya já soubesse — pela maneira como a despedida de seu pai ecoava em sua cabeça, com a falha em sua voz ressoando como um rasgo no tecido do tempo — que aquilo seria a última coisa que ouviria dele.

Doce

Três meses depois da morte de seu pai. Aniversário de Konstantin. A ocasião não poderia ser pior.

Era outono, as folhas começavam a perder o verde, e o ar a esfriar, e a vida deles a assumir uma estranha nova forma que se moldaria, como gelatina, sem ele.

Bateram na porta, o que era impossível, porque eles não tinham recebido nem sequer uma visita desde o funeral, e ninguém estava nem aí se Kostya estava ficando um ano mais velho, ou se sua mãe não se levantava da cama fazia dias, ou que não tinha comida na geladeira e quase nada restara no armário.

Era um entregador.

Com flores na mão. Um cartão.

Seu pai tinha encomendado um buquê com antecedência, combinado a entrega com a floricultura e escrito um cartão, como sempre, sem jamais esperar que não estaria na porta quando fosse entregue para presentear a mãe de Kostya pessoalmente.

O cheiro forte e almiscarado do arranjo preencheu a sala. As flores do perfume de sua mãe: patchuli, lírio-do-vale, tuberosa. As mesmas com que seu pai a presenteava todo ano desde que Kostya nascera.

O perfume se espalhou pelo apartamento; marinou as paredes. Mama o sentiu da cama e, incrédula e com passos incertos, foi até a sala. Quando viu o vaso na mesa, com o cartãozinho grampeado com a caligrafia de Sergei — seu Sergei! —, ela deu um grito.

Kostya tinha tentado ler a mensagem, sofrendo para decifrar a caligrafia de letras cirílicas inclinadas no espaço quadrado do cartão. Foi atraído pelo reconhecimento de seu nome — *Костя* — entre as garatujas desenhadas pela mão de seu pai. Mas sua mãe arrancou o cartão do arranjo e o leu como se estivesse perdendo o marido de novo, e como se o presente vindo do fantasma dele fosse uma migalha cruel.

Ela jogou tudo no lixo — o cartão, as flores, o vaso, que rachou em dois contra o fundo do latão. Mas Kostya não teve coragem de levar o lixo para fora. Ficou ali por semanas, com as flores apodrecendo lá dentro, os caules virando uma gosma, as pétalas secando até ficarem marrons, e o odor indolente, que cheirava cada dia mais a morte.

Naquela noite, depois de roubar o cartão do lixo, Kostya também roubou um bolo.

Uma torta Kiev, de merengue de avelãs e um creme de manteiga grosso com chocolate, de uma confeitaria da Avenida U. Ele se sentou no banco de um parque no escuro e devorou a cobertura espessa, os montinhos de clara em neve que derretiam em um pó branco entre seus dentes. Comeu com a mão, com o açúcar grudando na pele e o chocolate sujando as palmas das mãos.

Ficou doce demais depois das primeiras mordidas, difícil de engolir, mesmo assim ele foi enfiando pedaço por pedaço na boca, tentando preencher algo dentro de si. Continuou comendo mesmo depois de seu corpo avisá-lo para parar, e depois mais, e *mais*, cada farelo de dentro da caixa azul da confeitaria, tudo, *tudo mesmo*, de uma vez só.

Minha doçura, minha Vera!, dizia o cartão. *Quando nasceu Kostya, meu maior presente, pensei que não fosse capaz de amá-la ainda mais, mas você como sempre provou que eu estava errado. Hoje é a celebração do dia de Kostya, mas eu celebro você. Obrigado por nosso filho perfeito, e por seu amor, e por nossa vida. Mais do que a própria vida, S.*

Kostya foi decifrando uma letra fugidia de cada vez, e as palavras foram se infiltrando em sua mente como açúcar em uma cárie. *Meu maior presente. Nosso filho perfeito.* Ele jamais se perdoaria por seu fracasso completo em merecer aqueles elogios.

Umami

Nas semanas seguintes ao *pechonka* na piscina, aconteceu de novo.

E de novo.

Sabores residuais surgiam na boca de Konstantin como mensagens. Comidas diferentes a cada vez. Com mais frequência. Sabores que surgiam sem ser convidados no fundo de sua garganta.

Esses não vinham de seu pai; eram diferentes, estranhos. E não o deixavam em paz.

Quando ele finalmente ficou incomodado o bastante para contar para sua mãe, para confessar que havia sentido o gosto de *pechonka* e pensado — *sabido* — que tinha vindo de seu pai, foi na esperança de que ela pudesse entender. E pudesse reconfortá-lo. Uma parte sua até esperava que isso poderia ressuscitá-la, tirá-la de seu estado de olhares distantes e de suspiros frequentes, dar a ela um motivo para se levantar da cama. Um ano tinha se passado, e o peso da perda continuava a curvar os ombros dela como uma pedra a ser carregada. Kostya achava que talvez, se demonstrasse que precisava dela, que precisava *realmente* dela, algo que só uma mãe pudesse suprir, ela poderia enfim decidir deixar aquele fardo de lado.

Além disso, ela era mais qualificada que qualquer outra pessoa para isso.

Vera Duhovny era a pessoa mais supersticiosa que ele já havia conhecido. Colecionava talismãs e tabus e incontáveis compulsões, que empregava para se orientar entre os muitos caminhos errados na trajetória da vida. Sabia que não devia varrer a casa enquanto um ente querido estivesse viajando, como desfazer mau-olhado, que facas nunca deviam ser dadas de presente. Recebia visitas com pão e sal. Atraía os bons espíritos e espantava os maus. E, se não se impressionasse com a revelação de Kostya, se já tivesse ouvido falar naquilo antes, isso serviria para dissipar a insegurança que vinha com cada nova sensação que ele sentia na boca.

Em vez disso, quando ele contou, o rosto dela azedou.

Foi possível ver tudo nos olhos dela — medo, dúvida, desolação. Ela não acreditou nele.

Ela pediu para ele repetir várias vezes. Para explicar.

Só que ele não sabia explicar. Nem o que eram os sabores, nem como conseguia senti-los. Nem a facilidade com que identificava os ingredientes, como se estivesse recitando uma receita. Nem como sabia — como uma expressão de terror na língua — que vinham dos Mortos.

Em vez disso, tentou explicar a piscina. Os garotos e seus pais. O *pechonka*.

Sua mãe assentiu lentamente com a cabeça, duas vezes, e o mandou para o quarto.

Em seguida chamou uma ambulância.

Da mesma forma, ninguém mais acreditou nele. Nem os paramédicos, que insistiram em levá-lo para uma avaliação psiquiátrica. Nem a enfermeira magrinha da admissão, que estalava bolas de chiclete. Nem a médica da ala infantil do Centro Psiquiátrico Gravesend, que clicava sem parar no botão da caneta entre uma anotação e outra.

Por duas semanas, ele dormiu num leito com lençóis brancos ásperos, sem nenhuma roupa sob o avental de pacientes. Nem meias.

Tomava comprimidos três vezes por dia, tranquilizantes brancos não nomeados que vinham em copinhos de papel do tipo que as crianças enchiam de ketchup no refeitório da escola.

Ele nunca tinha aprendido a engolir comprimidos, engasgava quando tentava, então em vez disso os dissolvia embaixo da língua sob a vigilância da equipe de enfermagem. Os comprimidos se dissolviam, ganhavam a consistência de giz — amargos, nauseantes —, tão horríveis que os teria vomitado não fosse o fato de o deixarem tão entorpecido que mal conseguia sentir o que quer que fosse.

Na avaliação seguinte da médica, num consultório que cheirava a Cup Noodles (sabor carne), ele mentiu para escapar daquela enrascada. Falou que na verdade nunca tinha sentido o gosto de *pechonka*. Que não estava sendo assombrado pelo pai. Que fantasmas nem sequer existiam. Que inventara tudo porque sua mãe passara a ignorá-lo depois da morte do pai, o que o deixara com raiva, e que por isso decidira dar um susto nela. Que tinha ido longe demais. Que estava arrependido.

Havia uma satisfação imensa em constatar como a psiquiatra acreditava nele, como suas distorções da realidade a tranquilizavam, como a ficção o libertava das repercussões da verdade. Mentir era como fatiar um assado, e ele saboreou isso intensamente, cravando os dentes em cada pedacinho.

Manteve a mentira viva mesmo quando outro sabor residual surgiu na sua língua, bem ali naquele escritório sem vida, cheio de fotografias sépia, plantas artificiais e o sorriso tranquilizador da médica, que em nenhum momento enrugava o canto dos olhos.

Um hambúrguer pesado, feito na grelha a carvão — entre ao ponto e malpassado, suculento. Com molho especial. Alface-lisa; tomate coração-de-boi; cebola branca, levemente refogada. Picles de corte ondulado, endro kosher. Pão com gergelim torrado.

O ar ficou imóvel ao seu redor enquanto ele saboreava aquilo, as extremidades do seu campo de visão se tornaram indistintas, e o sabor dos Mortos era mais real e vivo do que qualquer outra coisa naquele consultório.

Azedo

Os anos foram passando, e sua vida, fermentando.

Ele tinha quinze anos, e estava caminhando para casa. Os livros didáticos pesados estavam pendurados no ombro, batendo na cintura. Seu estômago se contraía e se dilatava, como um punho. Vazio.

Sua mãe tinha torrado o dinheiro do mercado e trocado com a vizinha os selos para comprar comida que Kostya havia se esforçado tanto para conseguir — horas dedicadas à papelada burocrática — por seis caixas de Virginia Slims. Ele deveria ter fumado tudo só de pirraça, ou revendido a um preço módico no estacionamento da escola, mas não gostava do gosto do tabaco e não precisava de mais um motivo para se tornar um pária social, obrigado.

Seu abdome protestou quando ele passou pela mercearia russa — o cheiro do pão Rizhsky e das peças de salame penduradas era uma tortura requintada — e pelo McDonald's — ah, nossa, as batatas fritas — e parou no semáforo da esquina para atravessar a rua, sob o toldo da lanchonete grega Olympia.

Kostya olhou para dentro e confirmou que estava cheia, com a maioria das mesas ocupadas e as garçonetes entrando e saindo da cozinha. Ele passou pela porta e foi direto para a mesa do café, entre o balcão e o banheiro, onde ficavam os bules de café e o açúcar e o adoçante e as porções individuais de creme.

Enfiou os cremes na bolsa, depois os sachês de açúcar Dominos e — como era seu dia de sorte — alguns biscoitos salgados embalados individualmente. Um Café da Manhã dos Campeões.

Quando chegou em casa, estava tão faminto que jogou tudo dentro de uma caneca, misturando os biscoitos, o açúcar e o creme antes de perceber que — não! *não!* — o creme estava estragado.

Ele ficou olhando para aquela gororoba, para os gruminhos brancos espalhados nos biscoitos, o soro ralo e azedo se acumulando no fundo da caneca.

Estava com tanta fome que comeu mesmo assim.

Ele tinha dezoito anos.

Um adulto, tecnicamente. Tinha um emprego, abastecendo as prateleiras de um mercadinho. Tinha carteira de habilitação, mas não um carro. Podia comprar material pornográfico, ir para a guerra e assinar um contrato de aluguel, se quisesse. Mas ainda sentia falta do pai, como uma criancinha.

Kostya sempre achara que a saudade ia passar, mas ela só ficou diferente. As pontadas agudas da perda se transformaram em uma dormência persistente, mas cada nova experiência — cada pequena tragédia ou grande acontecimento que desejava poder compartilhar com o pai — o deixava de mau humor, o fazia se sentir como se o pai tivesse acabado de morrer, como se estivesse encontrando a morte de novo, como sempre estaria.

Quando os garotos da escola o sacanearam naquela festa, aconteceu. Quando ele tentou convencer a assistência social de que sua mãe estava bem, aconteceu. Quando subiu no palco no dia da formatura, com o superintendente de ensino errando a pronúncia do seu nome, aconteceu. Quando bebeu seu primeiro drinque, quando recebeu seu primeiro salário, quando deu seu primeiro beijo numa garota, aconteceu. Quando teve o primeiro coração partido, a primeira ressaca, a sequência de rejeições nas universidades, nas vagas de emprego e nos relacionamentos, aconteceu, e aconteceu, e seguiu acontecendo.

Mas, naquela tarde, quando abriu a porta e deu de cara com o proprietário, avisando que tinha vendido o apartamento onde moravam — o último lugar onde Kostya tinha visto seu pai com vida, ouvido sua voz, o abraçado — e para um cara que estava aumentando o aluguel de tal forma que eles não teriam como ficar, Kostya chorou, caiu no choro sem nem tentar se conter, chorou abertamente. O proprietário se desculpou, disse que não era nada pessoal, que seu pai sempre tinha sido um bom sujeito, que o fazia lembrar do próprio pai. Kostya estava prestes a mandá-lo enfiar aquele papo-furado naquele lugar quando sentiu o sopro de ar, o sabor se materializando na sua boca — *flocos delicados de limoncello congelado, raspado com um garfo e colocado com uma colher em uma casca vazia* — e concluiu, sem saber exatamente por quê, que o proprietário estava sendo sincero. Que o pedido de desculpas era genuíno. Que ele tinha perdido alguém também, e conhecia aquela dor.

Ele tinha trinta anos.

Duas décadas sem o pai, descascadas ano a ano, como os gomos de uma laranja. Ele tinha outro emprego a essa altura

— dois, na verdade, ambos péssimos. Um apartamento de merda, que dividia com alguém que encontrara via Craigslist e acabara virando seu melhor amigo. Uma vida, ou algo parecido com uma.

Mas com bastante frequência, em vez de olhar para a frente, Konstantin se pegava olhando para trás.

Para quando tinha dez anos, à espera na mesa da cozinha.

Ou aos nove, passeando pela vizinhança ao anoitecer, com o palito molhado de um picolé na boca.

Aos oito, segurando as mãos dos pais, sentindo um frio na barriga quando o balançavam no ar, com os Cracker Jacks comprados em Coney Island ainda grudados nos dentes.

Aos sete, deitado num gramado, com seu pai colhendo cogumelos selvagens e arrancando seus chapéus para mostrar a ele a parte de dentro.

Aos seis. *Seis*. A idade para a qual sempre voltava.

Um parque em Kiev, o sol na cabeça, um embrulho de jornal em seu colo. Cheio de frutas macias e supermaduras. Cerejas azedas com a casca finíssima, e a polpa com o vermelho intenso de sangue.

"*Chereshnya*", disse Kostya, colocando uma na boca, sentindo o sumo descer pela garganta, maravilhosamente ácido.

"*Nyet.*" Seu pai balançou a cabeça. Sorriu. "*Vishnya.*"

Vinham de árvores diferentes, ele explicou. Tinham frutas diferentes, caroços diferentes. A avó de seu pai cultivava *vishnya* na zona rural da Ucrânia, um arbusto sarapintado de frutos, que manchava o chão de vermelho no verão. Konstantin nunca conhecera essa bisavó, e nem conheceria, pois estava morta, mas quase conseguia sentir o gosto dela em cada cereja azeda.

"Um dia", seu pai lhe falou, "eu levo você lá. Para conhecer o vilarejo, a velha datcha dela. Sentir o gosto da fruta recém-colhida." Ele cuspiu o caroço na mão, de um bege perfeito, sem nenhum resquício de polpa. "*Kostochka*", ele falou para Kostya, "um carocinho de cereja."

"Como eu." Kostya sorriu.

"Como você", concordou seu pai. "Meu carocinho de cereja. Tanta expectativa dentro de uma coisinha tão pequena."

Porém o passado que seu pai prometeu não existia mais. Seu futuro tinha azedado, e suas possibilidades, estragado. Agora Kostya guardava seus segredos, seus sabores residuais, no presente ordinário. Um ciclo de repetições insosso e assombrado pelo passado. E ficaria assim por um tempo.

Mas não para sempre.

PARTE DOIS
AMARGOR E CALOR

Mas quando nada subsiste de um passado antigo,
depois da morte dos seres, depois da destruição
das coisas [...] *o odor e o sabor permanecem ainda*
por muito tempo, como almas, a recordar,
a aguardar, a esperar [...].

Marcel Proust, *Para o lado de Swann*

Aperitivos

A EXPERIÊNCIA CULINÁRIA DE KONSTANTIN DUHOVNY

Muito bem, muito bem! Todo mundo está me ouvindo? Estão me vendo?

Vamos só conferir o microfone, então. Se vocês estão aqui para a Experiência Culinária de Konstantin Duhovny, estão no lugar certo. Alguém está no lugar errado?

*

Ok, não mesmo. Isso é no Food & Spirits, um pouco mais para a frente aqui na rua. Se correr, você ainda consegue chegar lá a tempo!

*

E o resto do pessoal, tudo certo? Última chance de cair fora; nossa programação é apertada.

Vamos começar.

Meu nome é Frankie, mas pode me chamar de Kosh, Shaun, Shaunessey, Key, Shy, e obviamente Moreno Alto, Bonito e Sensual — estou vendo vocês aí, meninas! — e vou guiar vocês no passeio de hoje. Como o nome já diz, o tema é a produção gastronômica do sr. Konstantin Duhovny — Kostya para sua mãe, Bones para seus amigos, KD para abreviar.

Se vocês estão aqui, acho que já sabem um pouco sobre o que a comida do nosso amigo é capaz de fazer, e estão ansiosos para provar, para saber se todos esses rumores são verdadeiros. Bom, já vou avisando desde já: isso é só a ponta do iceberg.

O Bones é o cara — alimenta o corpo e a alma! — e nós vamos fazer juntos uma jornada pelo passado dele, retraçando alguns dos seus passos, observando sua evolução como chef antes de partimos para o grand finale: a inauguração de sua nova casa na cidade, onde é im-pos-sí-vel conseguir uma reserva. A não ser que você esteja comigo.

Então, eu trabalhava no ramo dos restaurantes — não no salão, mas na cozinha, onde o bicho pega —, por isso vou levar vocês para uma jornada bastante próxima e pessoal sobre o que rola nos bastidores. Inclusive, cheguei a morar com o Bones em Hell's Kitchen — vamos passar lá daqui a pouco —, o que significa que vocês vão ouvir algumas histórias que nenhuma outra excursão gastronômica traz no cardápio.

É logo no próximo quarteirão — alguém sabe para onde estamos indo?

*

Isso mesmo! Mandou bem, garota! Alguém aqui fez a lição de casa direitinho.

Para o restante de vocês, aqui vai uma história. A Library of Spirits existe desde 2002 e começou como uma escola de mixologia, formando bartenders para os melhores botecos da cidade. O pessoal que saía daqui era de outro nível, mesmo. É um lugarzinho pequeno — seis ou sete banquinhos e um balcão — e um bar secreto, um speakeasy, então não acordem os vizinhos. A entrada é por essa livraria independente aqui. Tem uma daquelas prateleiras malandras lá no fundo; vou dar uma chance para vocês tentarem descobrir qual livro abre a porta.

Então, nosso amigo entrou na Library só em 2016, mas não para sacudir a coqueteleira. Ele ficava lá nos fundos lavando louça, *sem nenhuma perspectiva até uma noite em que preparou um drinque que mudou tudo.*

Estão prontos? Então podem se animar. Vamos lá para dentro.

Um bom tipo de problema

A livraria se chama Bibliomecca, e o livro *Fantasmagoriana, ou Recueil d'histoires d'apparitions de spectres, revenans, fantômes etc.* O livro é antigo e francês e horrível, o que faz com que se destaque razoavelmente na prateleira cheia de livros americanos de ficção contemporânea, com suas capas em cores vivas. Somando a isso a lombada rachada, a sobrecapa empoeirada e o fato de ficar uns bons dez centímetros para fora da estante, parece um milagre que as pessoas não acabem indo parar na Library of Spirits por acidente.

Por outro lado, os nova-iorquinos podem ser surpreendentemente míopes.

Kevin, o gerente babaca que só aparecia nos fins de semana, uma vez disse para Konstantin que Mary Shelley tinha usado com bastante liberdade coisas tiradas de *Fantasmagoriana*, mas ele nunca se deu ao trabalho de verificar se era verdade. Kostya não tinha cabeça para ficção, nem estômago para histórias de fantasmas. Vinha sentindo o gosto de comida espectral na boca fazia anos, e por isso tinha a convicção de que as histórias de terror não tinham nada a ver com os fantasmas de verdade. Seus autores claramente nunca tiveram contato com espíritos; caso tivessem, não transformariam todos os fantasmas em assombrações, almas penadas que voltavam dos

Mortos para criar o caos e provocar medo. Isso era bobagem. Os fantasmas que ele encontrou (se é que podiam ser chamados dessa forma) pareciam gentis, sentimentais até.

Pelo menos, foi isso o que Kostya inferiu pelos sabores que eles deixavam em sua boca:

Piroshky de semente de papoula com passas ao rum e uma colherada de sorvete de creme bem macio, com chá de cassis para ajudar a descer. Final de abril, caminhando diante de uma funerária em Sheepshead Bay.

Pizza de massa grossa e crocante como um croissant de pepperoni com abacaxi, tão quente que queima o céu da boca. Duas semanas atrás, na rota Q do metrô, sentido norte, depois de passar pela Times Square.

Wontons de carne de porco fritos, mas comidos bem frios, temperados com cebolinha, molho de hoisin e vinagre de arroz, com um toque de mostarda picante. Naquela mesma manhã, parado no trânsito do Holland Tunnel quando ia entregar um carregamento de vodca barata para o Tio Vanya (que não é seu tio de verdade).

Esses não pareciam sabores que se esperaria encontrar no fundo da garganta de fantasmas sedentos por sangue. Para Kostya, remetiam a nostalgia. Talvez estivessem famintos, e as opções de restaurantes no Além não fossem lá essas coisas. Ou talvez simplesmente se comunicassem do único jeito que era possível, e calhava de ser a língua. Ele queria que houvesse uma forma de fazer perguntas, de descobrir o que queriam ao lhe empurrarem aqueles sabores, mas eram momentos tão breves, e sensações tão fugazes, que muitas vezes mal havia tempo de descobrir que gosto era aquele antes que desaparecesse sem deixar rastros.

Na maior parte das vezes, eram sabores bem comuns — havia bem mais mortos do que seria de esperar salivando por certo tipo de sanduíche —, mas às vezes eram coisas absolutamente desconhecidas, pratos típicos de culinárias que Kostya nem sabia que existiam, com temperos que jamais teria imaginado. Até as comidas mais obscuras de alguma forma se revelavam para ele, em um milagre metafísico-etéreo-neural que o fazia intuir os componentes de tudo o que provava.

Como as asas de frango com molho *sambal oelek*, que queimaram sua garganta uma noite, quando ele atravessava o Bryant Park numa Citi Bike.

Ou o picante e estonteante *ras el hanout* no tagine de carne que experimentou ao entregar o cheque do aluguel para o senhorio de cara fechada no terceiro dia do mês.

Ou o *amchur* que amarrava a boca, usado como tempero em um *kati* que provou no pronto-socorro, enquanto esperava o resultado (negativo) de um exame de infecção de garganta.

Ele conhecia o nome daqueles sabores, apesar de não saber como. Nunca os tinha provado antes, nem visto em nenhum menu; eles simplesmente *apareciam*, com a devida identificação, junto com os sabores residuais, ingredientes que serviam de companhia, cozendo em fogo lento sob a superfície de sua consciência, esperando para ser invocados. Respostas borbulhantes para uma pergunta.

Pena que era a pergunta errada.

Claro, era legal saber o que estava comendo, mas ele preferiria entender por quê, ou quem havia mandado aquilo. E o que fazer com esse conhecimento. Sem isso, era apenas uma peculiaridade das mais estranhas e anormais, que ele passara quase duas décadas escondendo de pessoas que, caso sequer desconfiassem disso, certamente iriam querer interná-lo (e isso incluía a própria mãe).

Não que uma instituição psiquiátrica — ou uma sedação

pesada — fosse capaz de impedir a aparição dos sabores residuais. Às vezes simplesmente ouvir falar de pessoas mortas já os desencadeava. Ouvir o nome de alguém falecido ser pronunciado com reverência no noticiário do fim de noite. Escutar por acaso um fragmento de conversa sobre luto na calçada. E lá estaria: uma mensagem do além-túmulo, surgindo em sua língua. Em outras ocasiões, acontecia sem qualquer estímulo externo, como naquela manhã: trânsito pesado, o idiota atrás dele metendo a mão na buzina, Nirvana tocando alto no rádio e — *voilà!* — wontons de carne de porco, bem na sua cara.

Kostya não tinha parado de pensar neles. Estavam bons. Tipo, bons *mesmo*. O tipo de coisa que ele desejava poder provar de novo. Pensou no recheio — com um toquezinho de nada de doçura — enquanto atravessava três distritos para entregar aquela bebida vagabunda. Pensou em quem poderia tê-los comido frios, com a massa murcha, enquanto estacionava o caminhão no depósito do Tio Vanya em Jersey City (*Víveres do Vanya — Fornecedores de Comidas e Bebidas Finas desde 1992. Aceitamos Apenas Dinheiro!*). Pensou no molho de hoisin e no vinagre de arroz enquanto pegava o trem da PATH de volta para Manhattan, desviando dos turistas que lotavam a Times Square, enquanto subia as escadas para seu minúsculo apartamento em Hell's Kitchen. Pensou na trivialidade que o cercava — carros, buzinas, trânsito — e naquela magia louca — fantasmas, caramba, e de verdade — enquanto tomava banho, se trocava e voltava para o trabalho, dessa vez no turno da noite, lavando louça na Library of Spirits.

E pensava nisso agora, enquanto enxugava mais uma taça. Havia uma dezena de taças limpas e molhadas alinhadas no balcão à sua frente, pingando no carvalho antigo. Provavelmente provocando manchas de umidade.

Kostya selecionou outra e sorriu presunçosamente para si mesmo.

Não era para ele estar no salão, e Kostya gostava de contrariar Kevin, um cara facílimo de odiar. Kevin queria Kostya e suas camisetas manchadas nos fundos, onde não atrapalharia a vibe de clube de cavalheiros que ele criava, e que incluía até guardanapos autocongratulatórios (*Bravo, meu velho!* em Edwardian Script, usada sem nenhuma ironia). Quando Kostya reclamou que precisava esperar os bartenders fazerem uma pausa no serviço para levar os copos sujos até a pia (o que às vezes só acontecia no finzinho do turno), Kevin sorriu mostrando todos os dentes e falou que o deixaria entrar no salão de bom grado caso se apresentasse de acordo, o que no mundo de Kevin significava gastar numa camisa de alfaiataria mais do que Kostya ganhava em uma semana. Kevin era um bom exemplo do que havia de pior em Nova York.

Duncan, o barman de terça-feira, parecia saído de um esquete do *Saturday Night Live* parodiando um hipster de Park Slope — colete feito sob medida, sotaque de Dublin, barba tratada com óleo —, mas isso também o tornava um cara de aparência confiável para fazer um coquetel de botica que custa vinte e quatro dólares. Mas Duncan teve que se mandar quando sua namorada entrou em trabalho de parto, então Kostya foi promovido ao balcão — *Kostya*, que, ao contrário de Duncan, só transmitia confiança para o tipo de porcaria que custava um dólar e cinquenta nas máquinas automáticas do terminal Port Authority, e sem garantia de que devolveria o troco.

Nem sempre tinha sido assim.

Não que ele já fosse tido como bonito, mas pelo menos conseguia parecer minimamente passável. Havia um certo apelo nele (cara de menino; olhos brilhantes; dentes bonitos; cabelos escuros) que lhe garantira uma coisa ou outra no passado, e ele sempre sentia (apesar de nunca ter se esforçado para isso) que se perdesse a papada e a barriga (sete quilos ganhos em vinte anos comendo os próprios sentimentos), poderia ser um cara nota seis (ou sete, sob uma iluminação favorável).

Mas os meses anteriores tinham sido difíceis, a ponto de quase não estar em condições de aparecer em público: largado por alguém (de novo), melancólico (o tempo todo), desleixado, desmotivado e tremendamente infeliz, seu peso era o menor dos problemas. Seu guarda-roupa (como a camiseta que estava usando naquela noite — cor de catarro, com a foice-e-o-copinho da logomarca do Tio Vanya no peito) tinha sofrido consideravelmente quando Alexis, sua ex, dera um pé na bunda dele. E seu corpo, arredondado pela cerveja e os hambúrgueres, nunca se dera bem com a umidade dos verões em Manhattan, mas se rebelara espetacularmente depois que ele abandonara os exercícios físicos de vez (o que coincidiu com a partida de Alexis, que levou o cachorro, Freddie Mercury, cujos passeios eram a única atividade física de Kostya). Naquele exato momento, duas manchas escuras de suor se alastravam de suas axilas, onde nem mesmo o desodorante mais potente conseguia penetrar.

Se Kevin estivesse lá, teria matado Konstantin sem pensar duas vezes, estrangulando-o com seu pano de prato. Mas Kevin provavelmente estava cheirando pó na virilha de alguém nos Hamptons, então ele poderia ir à merda, junto com suas regras. Kostya enxugaria todos os copos ali mesmo no balcão, diante de qualquer um que tivesse a cara de pau de entrar na Library cinco minutos antes de fechar, e o resto que se dane.

Do lado de fora do bar, diante das estantes da Bibliomecca, um homem andava de um lado para o outro, rodeando a lombada do *Fantasmagoriana*. Passou pela prateleira quatro vezes e meia antes que seus dedos ansiosos enfim cedessem e empurrassem o livro. Enquanto observava a prateleira se desprender da parede, revelando uma escada escura para uma câmara que cheirava a dinheiro antigo, privilégio de classe e scotch — no fim não eram tudo a mesma coisa? —, uma onda de alívio o dominou.

Ele havia prometido a meia dúzia de pessoas que não beberia naquela noite, e estava sendo sincero no momento, mas não era mais assim que se sentia. As pessoas deviam saber que não podiam confiar na sua palavra, ele pensou, pelo menos não quando o assunto era esse. Não no aniversário de uma data como aquela. Então lá estava ele, poucos minutos antes da meia-noite, descendo os degraus de acesso à Library of Spirits, depois de trezentos e sessenta e cinco dias sóbrio. Ou seriam trezentos e sessenta e quatro?

Não fazia diferença. Ele teria que recomeçar a contagem na manhã seguinte. Caso acordasse.

Quando Konstantin ouviu o clique da prateleira se abrindo, seus olhos se ergueram do copo de uísque que enxugava, pois ele mal conseguia acreditar nos seus ouvidos.

Nos seis meses em que estava naquele trabalho, ninguém tinha entrado depois das onze e meia. Era uma regra tácita. Os bares clandestinos não eram como os bares esportivos ou botecos para universitários, onde você podia entrar para tomar um Fireball a caminho da festa do motorista de Uber do seu cabeleireiro em uma casa de fraternidade. Eram espaços íntimos com preços exorbitantes e drinques para serem degustados, saboreados. Ele estava ansioso para ver que tipo de pessoa — com dinheiro para jogar fora, com certeza — entraria cinco minutos antes de fechar só para pagar trinta pratas por um drinque que mal ia ter tempo de provar. Então imagine a surpresa de Kostya quando quem desceu a escada foi um cara que parecia — isso seria possível? — ainda pior que ele.

O homem era um varapau. Alto, com olhos acinzentados brilhando debaixo da aba de um boné, e uma boca triste tão grande quanto a de Steven Tyler.

"Hã, oi?", ele falou.

"Oi." Konstantin demorou alguns instantes para se dar conta de onde estava. "Ah, sim, olá! Tudo bem? Bem-vindo à Library of Spirits."

O gêmeo perdido de Steven Tyler piscou algumas vezes, confuso. "Vocês ainda estão abertos?"

Ele apontou com o queixo para a pilha de copos.

"Sim. Pelos próximos...", Kostya olhou no relógio, "... três minutos."

"Legal." Ele arrastou um banquinho e se sentou, fungando alto. Kostya torceu para ele não se sentir confortável demais; estava precisando de mais uns minutos de sono antes de começar seu turno como entregador, e não pensava em ter que trabalhar até mais tarde só porque aquele bróder queria uma saideira. "Hã, você me faz um Manhattan?"

Ah, estava demorando.

"Então... na verdade, eu não sou o bartender. Ele precisou sair mais cedo. Problema de família. Eu sou só o lavador de pratos."

"Mas você sabe fazer um drinque, certo?" Havia um toque de desespero na voz dele.

"Bom, eu não tenho licença de bartender..."

"Então eu não conto a ninguém que foi você que fez."

"E pode não sair perfeito."

"É um risco que eu posso assumir! Só manda bala. O que for mais fácil."

"Certo... mas eu preciso cobrar o preço cheio mesmo assim."

Os cantos da boca de Steven Tyler se contorceram. Seus olhos encaravam fixamente a mão de Kostya — com o copo de uísque que estava enxugando —, como se pudesse movê-la telepaticamente na direção das garrafas.

"Tudo bem aí, cara? Você parece meio..."

"Me serve uma bebida, caralho!" De repente, ele começou a gritar, com um olhar frenético.

"Ei, relaxa! Eu só estava..."

"Anda logo! Antes que essa porra de bar feche e eu não consiga fazer uma porra de um brinde à minha linda mulher morta!"

No silêncio que se seguiu, foi como se todo o ar quente tivesse deixado o recinto. As partículas de poeira dançavam lentamente no espaço entre eles enquanto Kostya e aquele homem estranho e triste de lábios grossos se encaravam cada um de um lado do balcão, seus olhares faiscantes e explosivos, em um longo momento de imobilidade antes que tudo explodisse.

Steven Tyler pegou um dos copos molhados alinhados por Kostya e arrebentou no chão. E foi quebrando mais outro, e mais outro, lançando faíscas de vidro que brilhavam como relâmpagos. Kostya avançou para detê-lo, mas sentiu um sopro na garganta, anunciando a chegada de um sabor residual. Aconteceu tão depressa, e com tamanha clareza — como se estivesse tão desesperado para chegar a sua boca quanto aquele cara estava por uma bebida —, que Kostya ficou imóvel, totalmente concentrado.

Era um coquetel.

Uma leve efervescência, com um toque de amargor. Champanhe? Não. Mais seco. Cava. E gim. Suco de limão. Mais para doce do que azedo. Limão-meyer, talvez. E alguma coisa floral. Sabugueiro e... lavanda? Com hortelã? Não exatamente. Algo parecido com uma vela que sua ex acendia. Patchouli Dreams. Isso, patchuli. As pessoas comiam isso? Havia o sabor de um xarope também, espesso, doce e pungente. De cereja. Licor Luxardo Maraschino.

Parecia quase de propósito que eles estivessem ali, num bar lotado de todo tipo de bebidas e infusões obscuras, quando alguém — a falecida esposa do sujeito, talvez? — mandou para ele um obscuro coquetel feito justamente desse tipo de bebidas e infusões.

Kostya sentiu uma corrente elétrica estalar em seus dedos. Nunca tinha tentado fazer os pratos cujos sabores sentia. Em primeiro lugar porque sua especialidade era comer, e não cozinhar, e também porque parecia uma espécie de tabu, como dizer *Bloody Mary* três vezes diante do espelho em noite de lua cheia. Mas aquele sabor residual — aquela bebida, naquele local — era uma provocação e uma libação. Um desafio.

Steven Tyler quebrou outro copo.

"Para com isso!", reclamou Kostya enquanto o cara se preparava para estilhaçar mais uma taça, e em seguida falou sem pensar: "Ela gostava de cava, certo? Sua mulher?".

Ele baixou a taça tão lentamente que parecia que nunca ia chegar ao balcão.

"Como você sabia disso?", ele perguntou, com a boca enorme se franzindo numa linha reta.

"Vou preparar uma coisa para você", respondeu Kostya em vez disso. "Senta aí."

Ele se virou para as prateleiras iluminadas atrás de si e selecionou alguns potes e vidros com conta-gotas. Pegou gelo e um dosador. Uma coqueteleira. Um copo. Uma garrafa de Bombay, mas depois, pensando melhor — e estalando os lábios, apesar de o sabor residual já ter se dissipado —, trocou por um Hendrick's. Havia uma garrafa de cava aberta na adega atrás do balcão, e Kostya provou e constatou que era perfeita.

"Pensei que você não fosse um bartender."

"Estou improvisando", disse Kostya.

Mas não era exatamente verdade. Havia alguma coisa — alguém — o guiando. Ele sempre tinha sido capaz de identificar os ingredientes, mas agora alguém estava jogando luz sobre as pálidas memórias do sabor residual, mostrando exatamente o que ele devia fazer, passo a passo. Ele foi misturando os ingredientes, preparando o drinque da mesma forma que ele dançara em sua boca: a cereja Luxardo e meia colher de seu suco direto no fundo do copo; a cava e o gim foram para o dosador com uma única gota de óleo de patchuli, um toque de licor St.-Germain e uma boa apertada na pipeta do pote de limão-meyer em conserva. Konstantin acrescentou gelo e sacudiu a mistura como se fosse James Bond.

"Um Jack Daniel's e uma Coca Diet já bastavam."

"Cala essa boca", esbravejou Kostya, tentando manter a concentração.

Ele coou o coquetel sobre um copo Collins congelado e usou um misturador para provar. Estava quase lá. Pegou alguns grãos de sal atrás do balcão e salpicou na superfície da bebida. Não foi preciso nem provar de novo. Seu estômago foi parar na boca, como se tivesse saltado de um penhasco, e ele simplesmente soube.

Kostya deslizou o copo para o outro lado do balcão.

Steven Tyler levou o copo lentamente aos lábios, com a mão trêmula, e fechou os olhos.

"Como se chama isso?", ele perguntou.

Kostya pensou por um momento. "Spectral Sour."

Com os olhos ainda fechados, Charlie Katzowsky — que não tinha nenhum parentesco com Steven Tyler — deu seu primeiro gole de álcool em quase um ano. As lágrimas escorreram pelo seu rosto, formando duas trilhas diretas até o queixo. Não por causa do álcool — apesar de seu corpo parecer estar relaxando, eliminando a tensão provocada pela desistência da abstemia —, mas por causa da bebida em si, com seus sabores e notas e picos e vales. Ele não esperava muito daquele sujeito além de alguns dedos de uísque puro, mas *aquela* bebida... era poesia.

Tinha o gosto do último ano de Anna: doce e alegre e borbulhante de vida no começo, e então complicada, estriada, severa, terrosa e com gotas salinas, e por fim amarga e nauseosa, biliosa — qualquer que tenha sido o sabor floral que ele acrescentou ali, tinha o aroma exato do quarto dela no hospital quando as coisas ficaram feias, quando ela parou de responder ao tratamento e todas as flores que recebeu começaram a apodrecer ao mesmo tempo, preenchendo o ar com as emanações de seus caules submersos, um cheiro horrível e sufocante. Deu mais um gole e foi transportado para junto de sua mulher, ainda viva, com seu sorriso e sua falha entre os dentes da frente, sua risada ressonante, seus cabelos curtos e claros banhados pela luz do sol no colo dele, os dois no parque, com o cobertor estendido sobre a umidade do orvalho, e ele estava lendo alguma coisa em voz alta, uma resenha da *New Yorker*, mas... ah, não! O sal! O modo como os dois caíram em prantos quando ela se despediu, as coroas e arranjos de flores amanhecidas dominando o salão da agência funerária, com as pétalas se enrugando enquanto ele chorava. Quando deu o terceiro gole, ouviu o tonto do bartender improvisado gritar — *Puta que pariu!* — e abriu aos olhos bem a tempo de ver o que estava acontecendo.

Anna estava se materializando na ponta do balcão.

Ela chegou em um milhão de pontinhos de luz, cada um brilhando e apagando e brilhando de novo como uma nuvem de vaga-lumes. O cabelo e o rosto e o sorriso estavam iluminados por um verde espectral, e ela sorria para ele, com a aparência exata que tinha no final — magra, pálida e prestes a partir —, só que transparente, tão translúcida que era possível ver o rosto incrédulo do lavador de pratos através dela, as fileiras de bebidas e infusões e licores atrás do pescoço e dos ombros e dos seios que surgiam do nada. Ela estava sentada no balcão, aos risos — seria possível engarrafar esse som? —, com suas pernas compridas e finas dependuradas no ar, se balançando cheias de vida, e quando elas tocaram seu joelho ele deu um pulo para trás, apesar de terem passado direto.

Ele olhou para seu Spectral Sour, e depois, através do braço magro de Anna, para o mixologista amador, que estava voltando discretamente para a cozinha.

"Ei!", ele chamou. "Que diabo foi isso?"

Mas o covardão passou pela porta vaivém e desapareceu lá dentro.

"E aí, seu *loser*", disse Anna, e a rouquidão familiar de sua voz — uma voz que ele daria tudo para ouvir só mais uma vez — provocou algo dentro de seu peito.

Ele abriu a boca, mas nada saiu.

Ela se inclinou para a frente e murmurou: "A sua fala é 'E aí, sua vaca'".

Na segurança do depósito da Library, Konstantin tentava fazer o coração voltar para o lugar depois de ter ido parar na boca. Havia uma mulher-fantasma no bar. Uma *mulher-fantasma* no bar. Uma mulher-fantasma! No bar!

Puta merda.

Ele precisou respirar fundo várias vezes e dar um gole de Tito direto da garrafa da família.

Certo. Certo. Certo.

Ele tinha feito um drinque. E esse drinque trouxera alguém de volta dos Mortos. Não existe motivo para pânico. Não tem nada para ver aqui.

Nada. De. Mais.

Ele deu outro gole na vodca.

Em uma bizarra reviravolta do destino, e no tipo de trama cagada que só um romancista seria capaz de conceber, ele tinha de alguma forma aberto um portal no estilo *eu-vejo-gente-morta*, mas sem a codificação maluca por cores. Porra, era isso que os fantasmas estavam esperando dele esses anos todos? Uma boquinha?

Kostya subiu num banquinho e olhou pelo vidro encardido para a porta vaivém. Lá estava ela, luminosa como se fosse feita de fogos de artifício, gesticulando, espalhando faíscas. Ele abriu a porta só o suficiente para ouvir.

Eles estavam conversando. Sobre celebridades.

"... e eu torcendo, achando que você fosse estar mais parecido com o Bradley Cooper a essa altura."

"Você é inacreditável, sabia? Quem vê pensa que você voltou com a cara da Zoë Kravitz!"

"Você continua gamado nela? Mas sabe que, tipo, você não tem a menor chance, né?"

Ele sorriu. "Vai se foder."

"Eu bem que gostaria, amor, mas não sou exatamente

corpórea. Mas acho que eu até pode-de-ria...” Ela estremeceu de repente, e sua imagem piscou como se a conexão estivesse falhando.

“Anna?” Ele resfolegou quando ela despareceu de seu campo de visão. “*Anna!* Não!”

Estava gritando, tentando segurar a mão dela, mas a sua se fechava sobre si mesma.

“Não, não, *não*. Volta!”

“Bebe!”, instruiu a voz dela, desencarnada em algum lugar.

Ele tateou em busca do copo — derramando metade da bebida no processo — e deu um gole caprichado.

Um instante depois, lá estava ela de novo, toda esverdeada e faiscante, como uma figurante de uma versão cinematográfica de *Emerald City*.

“Desculpa!”, ela falou, resfolegando. “Você precisa continuar bebendo. O gosto dessa coisa... acho que é isso o que está me mantendo aqui.”

Ele franziu a testa, confuso.

“Sério mesmo? *Isso?*”

“Você não lembra?” Ela lançou para ele um olhar cheio de significado. “Em Santorini? Aquele lugar com os barcos?”

Os olhos dele se iluminaram. “Ah. *Ah*. Sério? Era *isso*?”

“Sem tirar nem pôr.”

“Foi uma noite boa.”

“A melhor.”

Alguma coisa pairava no ar entre eles, e os deixava euforicamente felizes e devastadoramente tristes.

“Tudo bem, né? Então vamos fazer mais.” (Lá atrás, Kostya assentiu com a cabeça. Sim. É só manipular o sistema.) “O cara só foi se esconder na cozinha; dá para ver ele espi...”

Mas ela balançou a cabeça. “Acho que é uma ocasião única.”

"Quê? Por quê?"

"É a sensação que eu tenho. É tipo o canto do cisne. O último bis."

"Não entendi."

Ela olhou para o copo. "Não importa. A gente não tem muito tempo."

"Para quê?"

"Para fazer as pazes."

Ele empalideceu. "Fazer as pazes? Minha nossa, Anna... você está se torturando todo esse tempo? Porra, eu sabia que a gente não devia ter espalhado as suas cinzas na Belt Parkway!"

Ela balançou a cabeça.

"Ah, querido." Ela falou com um tom bem gentil. "Já fiz as pazes com a minha morte faz tempo. Eu voltei por você. Porque você teria tomado esses comprimidos que estão no seu bolso se eu não tivesse voltado. Porque você ainda está apegado a nós, e isso está acabando com a sua vida."

Ele ficou vermelho. "Eu não ia tomar de verdade."

"Ia, sim. E quando tomasse... ah, Charlie. Você teria perdido tanta coisa que ainda está à sua espera. Coisas boas. Ótimas. Vale a pena esperar para ver."

Ele piscou algumas vezes, rapidamente, para conter as lágrimas. "Que tipo de coisas?"

Ela abriu um sorriso. "Você vai ter que esperar para ver."

"Eu detesto esperar."

"Eu sei. Você não consegue ser paciente nem se a sua vida depender disso. Foi por isso que eu voltei." Ela deu uma risadinha, mas, quando piscou, deixou um rastro de esmeralda derretida em seu rosto, lindas lágrimas. "Para dizer pra você viver. Deixar o que passou ir embora. Porque, quando fizer isso, vai poder seguir em frente. E eu também."

A luz dela diminuiu de novo, como uma lâmpada prestes

a apagar, e Charlie deu mais um gole. Konstantin notou a perfeita sincronia, a pele dela se iluminando junto com a ingestão da bebida. Ela olhou nervosamente para o copo baixo quase vazio, e começou a falar mais depressa.

"Por favor. Eu preciso esclarecer uma coisa. Quando falei, lá no finalzinho, sobre nunca mais amar ninguém e esperar o mesmo de você... eu fui egoísta. Fui cruel. Eu estava mal, e pensei que você fosse entender isso depois da minha partida; torci para que você me conhecesse bem o bastante para saber que eu não falava aquilo de verdade. Que eu queria que você fosse feliz." Ela estendeu a mão, mas seus dedos passaram direto pela dele. "Mas já faz anos, e você nem tentou conhecer alguém. E eu sei que é por minha causa. Dá para sentir que você se agarra a nós como se estivéssemos acorrentados juntos. E você ainda é novo, mas se não me deixar para trás vai morrer jovem e sozinho. Ou pior, vai morrer velho e sozinho, tendo levado uma vida vazia e infeliz."

Por um bom momento ele olhou para ela, fina como cristal, sentindo algo se partir dentro de si.

"Porra, eu sinto demais a sua falta."

"Eu também sinto a sua falta."

Ele olhou para o fundo do copo. "Não quero deixar você ir."

"Eu sei." Anna suspirou, de um jeito que mostrava que ela realmente sabia. "Mas me deixar ir não significa me esquecer. Só quer dizer que as lembranças não vão mais te fazer sofrer."

"Isso parece saudável. Detestei."

"Lembra da bebida verde? Daquele lugar de comida saudável?"

Ele abriu um sorriso, e uma lembrança distante se expressou no rosto dele. "Aquela porcaria de couve."

"Aquela porcaria de couve", ela concordou.

"Mas eu..."

"Mas nada", ela retrucou, com firmeza. "A não ser que seja mais..."

"... sim, sim, mais abundância, como uma Kardashian, eu sei..."

"Eu diria J.Lo."

"Bom, você está morta já faz um tempo, então..."

Eles sorriram um para o outro, transmitindo algo entre si sem dizer nada, bem quando a luz dela fraquejava de novo, e ele deu mais um gole precioso.

Kostya observava através da porta, com um aperto no peito. Era uma coisa melosa, claro, e ele mal conhecia os dois, mas mesmo assim. O jeito como o cara olhava para ela, mesmo depois de morta, era impossível não empatizar com ele. Era alguém sedento por amor.

"Está na hora", ela murmurou.

"Eu não sei como fazer isso", ele sussurrou de volta.

"É só viver. Como se eu não estivesse aqui. Como se nada do que você fizesse fosse capaz de me magoar. É só abrir mão de mim", ela falou, estendendo uma mão de jade brilhante para ele, ao lado do seu rosto.

Charlie fechou os olhos, com o queixo tremendo. Kostya viu o corpo dele inteiro estremecer, com a sensação do toque ao mesmo tempo real e imaginado.

"Isso não é justo", ele disse, resfolegando. "Você ter ficado doente. E eu seguir vivendo."

"Você não tem por que se sentir culpado por querer viver sua vida", ela continuou. "A minha morte — nada disso foi culpa sua. Eu morri, amor. Apenas... morri. Não foi você que me matou."

Kostya sentiu algo irromper dentro de si. Ele daria qualquer coisa, qualquer coisa *mesmo*, para ouvir isso de seu pai.

A luz de Anna diminuiu de novo, mas Charlie ainda estava de olhos fechados dessa vez, e não se movimentou, não pegou o copo.

"Char...", ela começou, mas seu último pensamento foi interrompido, e sua luz se apagou bem no meio do nome dele.

Charlie abriu os olhos. Ele piscou algumas vezes ao ver só um resquício de brilho onde antes estava a esposa, com o contorno dela queimado na retina, como se fosse outro tipo de fantasma. Seus dedos buscaram um frasco laranja de remédios. Ele abriu, deu uma longa olhada no conteúdo e despejou os comprimidos sobre a madeira envernizada do balcão.

Kostya se perguntou o que estaria se passando na cabeça dele. Se Charlie acreditava no que havia acabado de escutar sobre seu futuro. Se estava de luto pela mulher, ou pelo casamento, ou pelas possibilidades que lhe foram negadas na vida. Se pensava que a coisa toda fora apenas uma alucinação. Se depois de tudo aquilo ainda planejava tomar os comprimidos. A única coisa que Kostya podia afirmar com certeza era que, se o cara começasse a engolir todos aqueles remédios, ele precisaria intervir, chamar uma ambulância, não deixá-lo morrer etc. E isso significava outro turno prolongado e uma caralhada de perguntas que ele não estava a fim de encarar.

Mas, em vez de engolir o que quer que fosse, Charlie continuou olhando para o nada. Quando sentiu que não podia continuar no limbo, como se tivesse passado a vida toda naquele bar, nascido naquele banquinho detestável, embrulhado aqueles guardanapos idiotas, Charlie pegou seu Spectral Sour, virou o copo e pôs a cereja na boca.

Ele mastigou. Saboreou. Lambeu o lábio.

E Anna reapareceu, com o rosto marcado por lágrimas fosforescentes, como alguém que tivesse quebrado uma pulseira de neon. Ela pareceu surpresa por estar ali.

"Charlie?", murmurou.

"Como você sabia?", ele perguntou, com a voz reverberando de dor. "Como você sabia que eu ia fazer isso? Nem *eu* sabia."

"Eu sei ler você como um livro, amor."

"Você sempre soube, mesmo." Ele assentiu, fungando. "Acho que está na hora de começar um outro capítulo."

Eles se olharam com a intensidade carregada de eletricidade de um adeus iminente.

"Tenha uma vida incrível, Charlie. E, quando acabar, vai me encontrar na próxima, ok?"

Ela colou sua boca radiante à dele, enfrentando todas as fronteiras que havia entre eles, do tempo e do espaço e da vida e da morte, para tentar fazer com que ele a sentisse ali, o fantasma de sua história de amor, seu arco ainda incompleto.

Quando ela se afastou, ele ergueu o copo vazio.

"Um brinde a você, sua vaca."

"A gente se vê do outro lado, seu *loser*."

E ele arrebentou o copo no chão, estilhaçando o gelo e espalhando partículas minúsculas de Spectral Sour pelo bar, deixando Anna ir embora junto com elas.

Kostya ficou até zonzo. Precisou se segurar na parede para se equilibrar. Esperou até que tivesse parado de tremer (o suficiente) e mais alguns minutos em respeito aos Mortos antes de voltar para o balcão.

Queria conversar com Charlie, comparar o que os dois tinham ouvido de Anna, discutir a mecânica da preparação da bebida, e o sabor, e como funcionara direitinho porque, porra, quem acreditaria nisso (além de Frankie, talvez; ele adorava essas merdas sobrenaturais) quando ele contasse?

Kostya estava explodindo por dentro, ansiosíssimo para entender se conseguiria fazer aquilo de novo, se talvez, e era mesmo um grande *talvez*, pudesse trazer outra pessoa de volta, só para uma bebida, uma última conversa, um pedido de desculpas.

Seu pai de repente pareceu tão próximo. Manifesto. *Ao alcance.*

Mas, quando Charlie começou a agradecer sem parar — *Olha, eu não sei o que foi isso, nem o que você fez, mas acabou de salvar a minha vida. Obrigado, cara.* Obrigado. *Como eu posso mostrar a minha gratidão para você?* —, Kostya perdeu a coragem.

Aquilo — o que tinha acabado de acontecer — era obra sua, claro, mas não tinha só a ver com ele. Era algo maior. Muito maior. Perigosamente grande. E ele teria que descobrir tudo sozinho.

"É por conta da casa", ele falou para Charlie, anteriormente conhecido como Steven Tyler. "Você só, hã... me faz um favor? Não conta para os seus amigos."

Amuse-bouche

A EXPERIÊNCIA CULINÁRIA DE KONSTANTIN DUHOVNY

Então? Que história louca, né? Tem amor. Tem perda. Tem fantasmas fluorescentes e algumas notas de sabor inesperadas! O que vocês acharam? É o suficiente para começarem a acreditar também?

*

Nossa, pegou pesado! Mas tudo bem; a gente ainda tem muito o que ver.

A Library of Spirits foi só um aquecimento.

Mesmo assim, esse drinque é importante. Foi a porta de entrada para o nosso amigo. O pontapé inicial para sua aventura culinária. E o que eu espero é que sirva para vocês entenderem como foi que o Bones começou. Ele conseguia sentir os sabores a ponto de identificar cada ingrediente, o que funcionava bem para os drinques, claro, mas precisava aprender um pouco de técnica se quisesse fazer comida. Tinha que saber dourar, ou ferver, ou assar, ou guisar, certo? E, como alguém que passou a vida na cozinha, o que eu digo é: entre a mixologia e um serviço completo de almoço ou jantar a distância é enorme.

*

Ah, sim, claro que eu sinto falta! A vida na cozinha não é para qualquer um, mas se for a sua... não tem nada parecido.

*

Eu? Bom, eu ralei um tempão. Entrei e saí de um monte de restaurantes. Tinha todo um projeto pensado para abrir o meu. Só que me perdi um pouco. Tinha talento, um pouco de ambição, algumas boas avaliações, e esqueci o que estava fazendo ali. Parei de trabalhar pelo prazer de cozinhar; comecei a buscar fama. Status, sabe? Achei que eu era grandes merdas, o próximo nome de relevo. Tipo, podem me colocar no Food Network junto com a Ina. Mas a vida não demorou a me dar uma lição de humildade. Eu estava quase lá *para ter meu próprio restaurante quando as coisas desandaram. E em vez disso acabei aqui.*

*

Sinceramente? O Bones é meu amigo. Me ajudou a segurar a barra quando meu pai morreu. Quando meu primeiro restaurante não deu certo. Nessas horas em que metade das pessoas que eu conhecia estava convenientemente ocupada, ele ficou do meu lado. E agora eu estou aqui.

Além disso, eu vi em primeira mão o que ele estava fazendo na cozinha. O que a comida dele significava para as pessoas. Isso me fez lembrar por que eu amava cozinhar. A maneira como isso aproxima as pessoas. Tipo em casa, quando eu via a minha mãe preparando as receitas da minha abuelita, *as que aprendeu com a mãe dela. Comida é história. É tradição. Precisa significar alguma coisa para ter valor, sabe? E a dele tinha. Ainda tem. É por isso que nós estamos aqui, certo?*

Essa excursão é minha pequena colaboração, meu modo de tentar retribuir isso. De ajudar meu amigo enquanto produzo algum carma positivo para mim no mundo dos restaurantes. Mas já chega de falar de mim.

Temos que ir para a próxima parada.

No caminho, vou contar como o Bones quase desistiu antes mesmo de começar. Uma vidente chegou bem perto de fazê-lo desistir. Aconteceu numa festa num galpão em Vinegar Hill. Hipsters para todo lado — tipo um Burning Man no Brooklyn. Quem sabe alguns de vocês já não passaram por isso numa vida passada?

Juntos e misturados

Diante da ponte de Williamsburg, onde o Brooklyn Navy Yard abraça a 3rd Street, num galpão velho, abandonado e nada convidativo à beira d'água — com os tijolos esfarelando em certas partes, metade das janelas quebradas e as outras tornadas foscas com camadas de sabonete Irish Springs —, uma turma chamada Seyoncé dá festas memoráveis.

Há instalações de arte sofisticadas e letreiros de neon e shows pirotécnicos no espaço interno e pintura corporal que reagia à luz negra e comidinhas e drinques com uísques e videntes e cuspidores de fogo e temas vanguardistas e pessoas fantasiadas e gente sem nada e som com batidas pesadas e cerveja quente e glitter dourado e suor na pista de dança. Em noite de festa, o lugar fica com cheiro de sexo e pirulito de pozinho e anéis de batata. Para entrar, é preciso saber a senha e ter convite e alguém que saiba onde fica a porta, propositadamente escondida.

Como o grupo de e-mails privativo da Seyoncé nunca se esquece de informar a seus assinantes, eram muito mais que festas. Eram acontecimentos. Experiências. Encontros que mudavam a vida da gente, frequentados por poucos, mas desejados por todos.

E não eram de forma nenhuma, absolutamente, nem um pouco, o que Konstantin chamaria de diversão.

Ele estava encostado num canto de um recinto lotado no enorme porão do galpão, com as paredes completamente cobertas de enguias feitas em papel machê em tamanho natural, com palitos de neon iluminando suas costas e barrigas, e fileiras de dentes afiados feitos de estiletes brilhando sob a luz estroboscópica. O tema daquela noite era Mundos Aquáticos, e uma horda de corpos suados — vestidos como criaturas marinhas com braços, pernas e apêndices de PVC balançando para todo lado — esbarrava em Kostya o tempo todo enquanto ele bebia um drinque que tinha o gosto inconfundível de Pinho Sol de limão.

Ele engolia. Fazia careta. Sentia ânsia de vômito.

Conhecia muito bem o gosto de Pinho Sol de limão, porque fora enganado e levado a ingerir o desinfetante em outra malfadada festa, a única vez em que foi convidado para qualquer coisa nos tempos de colégio.

Quando Kostya chegou à casa de Anthony Russo, o pessoal mais popular fez questão de lhe dar atenção. Disseram que nem acreditavam que ele tinha ido, que pensavam que não fosse aparecer, que estavam esperando por ele — o convidado VIP da noite! — e então trocaram risos e olhares entre si antes de sentar Kostya numa poltrona. Prepararam para ele um copão do Especial da Casa — vodca Popov, Pinho Sol e Sprite, ele descobriria mais tarde — e a sala inteira começou a entoar *Vira, vira, vira! Vira, vira, vira! Virou!* enquanto ele se esforçava para engolir aquela coisa.

Passou o trajeto de metrô para casa vomitando em vários tons de verde, com um gosto de solvente de limão tão cáustico na boca que continuou sentindo por vários dias. Todos os sabores residuais que experimentou naquele mês tinham aquele mesmo toque ácido, pois o produto de limpeza sobressaía a qualquer gosto, mais ou menos como o excesso de sal. A cada vez que arrotava, sentia um cheiro de esfregão.

Kostya deu mais um gole na versão patética da Seyoncé para um Sidecar, passou a língua nos dentes e o abandonou num tentáculo de polvo ali perto. Badalação nenhuma seria capaz de fazê-lo reviver a sensação que teve ao ver os olhares arrogantes de Jack Stenger e Paul Rabinowitz quando o deixaram na calçada, com a boca cheia de saliva enquanto seu corpo se preparava para expelir as ofensivas substâncias contaminantes.

"Obrigado por ter vindo!" Stenger até sorriu para ele. "Você fez a nossa noite render. Paul e eu ganhamos cem pratas por ter convencido você a vir. Quanto mais fracassada for a pessoa, maior é o pagamento."

Kostya abandonou a segurança de seu canto para tentar negociar sua passagem com a turba em movimento, olhando em meio à multidão à procura de Frankie.

Frankie era seu colega de apartamento. Seu melhor amigo. A única pessoa capaz de convencer Kostya a adentrar aquele maldito círculo no Inferno de Dante. Eles se conheceram pela Craigslist, por meio de um anúncio que Frankie postara — RACHO ALUGUEL EM MIDTOWN —, e passaram quase seis anos juntos no apartamento apertado em Hell's Kitchen, e a experiência de atravessarem juntos os mares turbulentos de seus vinte e poucos anos basicamente formou um vínculo para a vida toda.

O que foi uma sorte, porque, apesar de não morrer de amores por Frankie, tampouco detestava totalmente o filho da puta.

Todas as coisas que Kostya só conseguiria em suas mais absurdas fantasias — boa aparência, traquejo social, múltiplas oportunidades de coito, um trabalho que não odiava —, Frankie tinha até demais. Era bonitão, quase bonito demais, com ascendência dominicana e irlandesa e o tipo de corpo que nunca ganha peso, por mais porcaria que coma (para deixar registrado: era muita). Tinha amigos de sobra, e fazia novas amizades o tempo todo, em qualquer lugar. As mulheres o adoravam. Tanto que a maioria delas continuava sua amiga quando acontecia o sempre inevitável rompimento, já que a dedicação de Frankie a seu trabalho o impedia de assumir qualquer outro compromisso. Ele era sous-chef num restaurante com uma estrela Michelin em Midtown Manhattan. Era um peso-pesado da gastronomia, pelo que se gabava quando estava bêbado, ou no mínimo alguém para ficar de olho, segundo a coluna de restaurantes da *Time Out New York*.

Frankie levou Kostya até a porta da Seyoncé ("É tipo um SeaWorld doidão de ácido, bróder." "E eu lá quero saber de um SeaWorld louco de ácido?" "Está irritado comigo por quê?") e o abandonou ali por uma ruivinha que conhecera na fila da entrada.

Ela estava fantasiada de Pequena Sereia — cabelos compridos com um penteado exagerado, enfeitados com fileiras de contas peroladas, com uma saia toda elaborada e iridescente e nua da cintura para cima, a não ser por duas conchas grandes que Kostya deduzia que só poderiam ter sido grudadas com cola nos seios. Enquanto a fila andava lentamente rumo à porta, Frankie a viu e fez sua investida, interrompendo a conversa dela com uma amiga vestida ou de tartaruga sexy ou de Bowser sexy (ou as duas coisas).

"Meninas, desculpem interromper, mas eu preciso saber — as conchas são de verdade?"

Estava na cara que era uma paquera das mais desavergonhadas, mas Ariel se virou, deu uma boa olhada nele — quase um metro e noventa, pele bronzeada, parecido com um galã de novela — e deu uma risadinha.

"Fui eu que fiz no meu ateliê. São de silicone", ela falou, com um sorriso malicioso no canto da boca. "Mas são bem realistas."

"Ah, é? Você é artista?"

"Escultora."

"Eu gosto de garotas com mãos habilidosas." Frankie a pegou pela mão e levantou seu braço para olhá-la de outro ângulo. "E, ao que parece, você tem talento." Ele a fez dar uma voltinha. "Parecem ser conchas de abalone de verdade. Da última vez que vi isso, eu estava na CIA."

Kostya sorriu ao vê-lo atuar. O segredo, segundo Frankie lhe falou uma vez, era fazê-las pensar que você era a pessoa mais interessante do lugar, e depois mostrar que era mesmo.

A sereia sorriu. "Você é um agente secreto?"

"Nada." Frankie deu risada. "Me inclua fora dessa. Sou chef de cozinha."

Quando Kostya se deu conta, Frankie estava com a mão na cintura dela, conduzindo-a para o bar, avisando por cima do ombro que os dois se encontrariam depois.

Não era a primeira vez que Frankie o largava sozinho para correr atrás do próprio tesão, e provavelmente não seria a última, então Kostya se questionou se não era melhor esquecer aquilo e voltar para o apartamento em Hell's Kitchen. Foi quando lembrou que as únicas chaves que funcionavam estavam com Frankie.

Depois de sua desventura como bartender, Kostya se ocupara de tal forma com a repercussão dos seus atos que esquecera as chaves na Library of Spirits, o que não teria sido nada de mais, caso Kevin (o gerente do ano) não aparecesse na manhã seguinte, desse uma olhada no estado lamentável do bar (copos quebrados; pratos empilhados no balcão; seus lindos guardanapos arruinados) e deixasse uma mensagem de voz furibunda no celular de Kostya dizendo a ele que nunca mais pisasse lá de novo.

Kostya disse a si mesmo para deixar isso para lá, que havia muitos empregos como lavador de pratos por aí, que Frankie inclusive poderia arrumar algo pra ele no Wolfpup, só que, quanto mais tentava *não* pensar a respeito, maior era o incômodo no fundo de sua mente. Não por causa do trabalho, exatamente, e sim por como o havia perdido.

Ele não conseguia parar de pensar no fantasma da mulher. E na bebida que a trouxera de volta. E no que ele tinha feito. De início, ficara assustado, horrorizado com o que fora a culminação de décadas sentindo sabores residuais. Mas, quando o medo passou — quando Kostya se acostumou com a ideia de que tinha de fato evocado os Mortos —, o que restou foi um desejo frenético para entender *como*.

Seus sabores residuais seriam atalhos para outra dimensão? Alguém era mesmo capaz de evocar um fantasma ou seria um lance meio Cachinhos Dourados, em que as condições precisavam ser perfeitas? Ou haveria datas de vencimento? Prazos de validade? E quanto a Charlie? Se ele não estivesse lá para ver tudo, Kostya poderia ter acreditado que simplesmente tinha pirado, que tantos anos de sabores fantasmas haviam enfim fritado seu cérebro. Mas, com uma testemunha presente — um cúmplice —, as únicas coisas a questionar eram as regras. Fora Charlie quem bebera o coquetel de Anna, mas será que todo sabor residual precisava de um degustador? Kostya poderia fazer esse papel também? E se ele estivesse tentando evocar um de seus próprios Mortos — ele mal se permitia considerar essa possibilidade —, será que, se comesse a coisa certa, seria possível trazer seu pai de volta?

Kostya fechou os olhos com força, tentando fazer o gosto de gim barato e a imitação de suco de limão sumir de seu palato para dar lugar a uma memória: *fígado de frango, gorduroso e pesado; cebolas quase caramelizando; um toquezinho de nada de endro*. Havia algo ácido também, cítrico. Quando estava começando a relembrar, um novo sabor residual surgiu em sua boca, afastando qualquer outra sensação.

Era tão simples — tão *básico* — que Kostya se perguntou se era real.

Chocolate ao leite macio. Pasta de amendoim, batida com açúcar de confeiteiro e um toque de baunilha. Um leve vestígio da embalagem de papel. Um Reese's Peanut Butter Cup.

Ele mal teve tempo de pensar a respeito, pois Frankie reapareceu, sem o quepe de capitão, com a camisa de marinheiro para fora da calça e um sorriso de quem se deu bem.

"Vou te dizer uma coisa, Bones." Ele enlaçou o pescoço de Kostya com seu braço musculoso e tatuado. "A gente precisa cair de joelhos e rezar para o Deus do Sexo no Banheiro, porque ele acabou de me dar um presentão nesta festa!"

Kostya abriu um sorriso desanimado e se desvencilhou dele.

"Então, cara, você me dá as suas chaves? Isso aqui não é a minha praia."

"Nã-nã-ni-nã-não. Já chega de fossa." Frankie franziu a testa. "Escuta aqui, meu amigo. O DJ Skull vai começar a tocar lá embaixo. Lá no terraço está rolando um lance de banho de espuma. Vamos embebedar você, para se sentir tão bem que não vai nem pensar na Alexis. Já faz meses, cara! Não gosto de ver você assim desanimado. E quem sabe? Você pode conhecer alguém esta noite. A Cavala-Marinha ali no palco tem estilo. E que tal a Mulher-Polvo ali no bar? Ou... *ah, é*! Lá em cima. Tem uma vidente muito gata lendo o futuro das pessoas. Vai lá exercitar o seu charme, ver qual é a dela."

"Acho que prefiro tentar a sorte com a Mulher-Polvo."

"Você não sabe nem o que ela faz! Ela é uma mística de verdade."

"Me deixa adivinhar", disse Kostya, sarcástico. "Ela já sabia que eu ia estar aqui?"

"Sempre cínico, né." Frankie apertou seu ombro. "Não está nem um pouco curioso para saber o que ela pode te dizer? Aqui é a Seyoncé, bróder. A coisa é de verdade."

Algo estremeceu dentro de Kostya quando ele ouviu isso, uma semente foi plantada. Ele nunca tinha pensado seriamente em consultar uma vidente. Sempre considerara essas pessoas um bando de charlatonas que arrancavam dinheiro dos trouxas, nunca parara para pensar que poderia haver videntes genuínas, capazes de entender o que acontecera aquela noite na Library of Spirits, e o que de fato estava acontecendo dentro da sua boca havia quase vinte anos.

"Você acha mesmo que ela não é picareta?"

"Só tem um jeito de descobrir."

Antes que ele pudesse mudar de ideia, Frankie o segurou pelo ombro e, com seus protestos afogados pelo som da banda de death metal, arrastou Kostya através de um grupo de águas-vivas humanas, um labirinto de cercas vivas montado dentro do prédio e por uma escada que parecia a garganta do gato de Cheshire — com caninos enormes listrados como doces descendo do teto e subindo do chão, emoldurando um tapete vermelho grudento que levava para cima, cada vez mais para cima, até chegar a uma úvula coberta de lantejoulas pendurada na passagem da porta.

Se sentindo como se tivesse de fato sido engolido, Kostya se agachou para passar pela úvula (um saco de boxe enfeitado), adentrando um ambiente que parecia o primeiro gole de bourbon depois de um longo dia. Era menor, e pouco iluminado, com as paredes revestidas de um veludo escuro e grosso e cobertas de estantes cheias de livros aos farrapos. Frankie o levou para a barraca listrada no canto, onde uma placa ornamentada anunciava:

ARTES ESPIRITUAIS DA MADAME EVERLEIGH
Tarô $15 | Quiromancia $25
NÃO FAZEMOS: ouija, sessão espírita, reembolso

"Pensando bem, não, obrigado."

Kostya se virou para sair, mas Frankie não deixou.

"Entra aí, Bones. Você vai se divertir um pouco, nem que eu tenha que morrer por isso."

"Não se eu morrer primeiro."

"Ei, vocês vão entrar ou sair?", perguntou uma voz dentro da barraca.

"*Vai lá!*", murmurou Frankie, dando um empurrão nele. "Se tudo der errado, pelo menos tenta arrumar uma transa."

Kostya mostrou o dedo do meio para ele, puxou a abertura da barraca para o lado e entrou.

Madame Everleigh, a artista espiritual, estava recostada num divã barato com o revestimento descascando, e com uma edição da *Game Informer* aberta no colo. Tinha os olhos separados e estreitos, e feições inteligentes. Os cabelos eram elaborados — compridos, ondulados, tingidos de roxo nas pontas, de prateado nas raízes e de lavanda entre uma parte e outra. Uma silhueta miúda escondida por diversas camadas de preto — All Star preto, calça jeans preta, e uma blusa com capuz preta (naquele calor) com as palavras: *Mais Freddie, Menos Retrógrado*. A mão desdenhosa levantou um dedo — só um segundinho

— enquanto ela virava a página da matéria que estava lendo na revista.

Frankie não tinha mentido. Ela era *mesmo* muito gata. A mulher mais linda que Kostya tinha visto na vida. Era tanta areia para o seu caminhãozinho que nem fazendo duas viagens ele daria conta.

Kostya pigarreou, e Madame Everleigh baixou a revista o suficiente para dar uma espiada nele. Ela registrou sua presença e indicou uma mesa com duas cadeiras dobráveis à sua direita, levantou a revista de novo e estourou uma bola de chiclete atrás da capa. Kostya assentiu e sentou, se arrependendo amargamente da camisa que usava — apertada demais, de um tom de água-marinha, na qual tinha colado alguns peixes mal recortados de cartolina —, já que delineava bem sua barriga. Ele sentou com uma postura bem ereta e prendeu a respiração.

"Você parece tenso", notou Madame Everleigh de trás da revista. "Tenta limpar sua mente antes da leitura, ou pode receber mensagens não muito claras."

Kostya franziu a testa. Não era sua mente que precisava de uma limpeza, e sim sua boca, sua língua, suas papilas gustativas, que pareciam latejar com uma energia inquieta, inclusive naquele momento. Ele estava repensando (de novo?) sua decisão de estar ali, se ajeitando na cadeira prestes a levantar e deixar aquilo para lá, quando de repente ela baixou a revista.

"E... prontinho!", ela anunciou. "Desculpa. Tinha uma matéria sobre o novo Zelda, e depois que comecei não consegui mais parar. É tipo Pringles. Já aconteceu com você?"

Kostya assentiu enquanto olhava para ela, boquiaberto, tentando se lembrar de respirar e engolir. Nossa. Era tão linda que até doía.

Ela se levantou e jogou a revista no chão.

"Certo, então você é virgem?", ela perguntou, atravessando a barraca e se sentando na frente dele.

"Hã, não?" Ela estava pretendendo sacrificá-lo para algum semideus? "Por quê?"

"Tudo bem se você for."

"Eu não sou virgem", respondeu Kostya com um risinho de deboche. "Sou *experientíssimo*. Um verdadeiro especialista."

"Ah." Ela pareceu surpresa. "Certo. Beleza! Nesse caso, você tem um jeito preferido de fazer? Ou é melhor começar devagar? Às vezes dá para ir mais fundo assim."

Kostya engoliu em seco. "Mais fundo?" Talvez ele mesmo se sacrificasse.

"Bom, é esse o objetivo, não? De outro modo não dá para ter uma leitura clara."

Ela estava dizendo o que ele estava pensando? A experiência espiritual viria acompanhada de algo mais? Era a Seyoncé, afinal de contas; tudo era possível.

Uma gota de suor desceu pelas costas de sua camisa horrorosa.

"Você... Tipo, isso é...?" Ele baixou o tom de voz. "A gente vai... porque eu não trouxe proteção."

Ela arregalou os olhos. "Como é?"

"Você perguntou se eu era... e eu não sou! Mas... ir *mais fundo*?"

"Ai, meu Deus." Ela jogou a cabeça para trás e caiu na risada. "O que eu perguntei foi se era sua primeira leitura!" Ela sacou um baralho desgastado no bolso de trás e pôs entre eles. "De tarô, sabe como é? Tipo, o que está escrito na placa lá fora?"

"Ah! Não! Sim! *Claro*." (Um alívio! Mas também... uma decepção, obviamente.) "Foi mal. Sim. Nesse sentido — e só nesse —, eu sou um virgem total. Pega leve comigo."

"*Certo.*" Ela riu de novo, secando um dos olhos com o dedo e borrando o delineador preto. "Certo. Então. Funciona assim: vou embaralhar as cartas, e você vai pensar na pergunta que quer ver respondida. Pensa a respeito, foca todas as suas energias nisso, e me faz um sinal com a cabeça quando estiver pronto. Beleza?"

Ela ofereceu o baralho para ele cortar, e Konstantin ficou observando enquanto suas mãos manipulavam as cartas, embaralhando o passado, o presente e o futuro com movimentos complicados e floreios hipnotizantes. Kostya não estava mais pensando nos sabores residuais, nem nas perguntas que costumavam atormentar seus pensamentos. Estava ocupado se deliciando com a visão de Madame Everleigh — a curvatura do rosto, a inclinação do ombro, as bolinhas minúsculas presas na gola do moletom, os toques de dourado em seus olhos escuros, os resquícios do batom que usou, o formato da boca...

"E a pergunta, campeão?"

Os olhos de Kostya se cravaram na mesa, e seus pensamentos se voltaram para o que ele deveria estar fazendo ali.

"Na verdade", ele falou, se remexendo de leve na cadeira, "não estou aqui para fazer uma leitura."

"Hã, ok." Ela deixou o baralho sobre a mesa entre eles. "Então você quer *o que* aqui?"

Seu telefone. Sua mão em casamento. Uma única noite, me dá só uma noite...

"Informações."

Ela se recostou na cadeira e cruzou os braços.

"Informações?"

"De natureza *misteriosa*."

"Ok, agente secreto. Dá para ser um pouco mais específico?"

Kostya soltou o ar com força. "Eu queria saber se é normal... bom, eu sei que não é *totalmente* normal, mas se é uma coisa *possível* sentir o gosto dos Mortos."

O que quer que ela estivesse esperando, não era isso. Ela descruzou os braços.

"Sentir o gosto como? Tipo, das partes do corpo?"

"Não! Não. Eca. Não. Da comida deles. Tipo... tipo sentir o gosto de uma coisa que você não comeu. Que não está na sua boca. Mas que você acha que... sabe como é... veio de alguém que morreu. Estou perguntando por causa de um amigo."

Ela se sentou direito e se inclinou para a frente, com o corpo todo em estado de atenção.

"Ã-ham. Bom, pode falar para o seu amigo que, *sim*, é possível. Não é muito comum, mas com certeza acontece. O paladar é um dos claris psíquicos."

"Um o quê?"

Ela sorriu. "É só outro jeito de chamar os sentidos psíquicos. Todo mundo já ouviu falar de clarividência, mas isso envolve só visão. Alguns espiritualistas podem cheirar, sentir o toque ou ouvir coisas que vêm do outro lado. Sentir sabores é clarigustação."

"Clarigustação", ele repetiu, testando aquela palavra.

"Hm-hum. Mas, como eu disse, não é nada comum." Ela hesitou por um instante e então acrescentou: "Como você chama mesmo?"

"Konstantin."

"Eu sou a Maura." Ela estendeu a mão por cima da mesa, e ele a cumprimentou. Seu toque era como um doce, provocava um barato de açúcar.

"Pensei que fosse Everleigh."

"Ev já morreu faz um bom tempo."

"Sei, muito engraçado."

"Bem que eu queria que fosse brincadeira." A boca dela se contraiu de leve, mas em seguida abriu um sorriso. "Mas, ei, de repente o *seu amigo* pode sentir o gosto dela. Com que frequência acontece? A clarigustação?"

Ele abriu a boca para responder e, nesse exato momento, uma sensação familiar dominou sua língua. Seu rosto inexpressivo logo assumiu ares de confusão e surpresa, seguidos de um déjà-vu.

O toque suave da pasta de amendoim doce e lisinha. O chocolate ao leite macio, tanto que parecia semiderretido. A textura sulcada das beiradas na ponta da língua, como os dentes de um pente, mas com uma súbita quebra de padrão, como se tivesse sido amassado. Não existe um jeito errado de comer um Reese's.

Kostya raramente sentia o gosto da mesma coisa duas vezes. Havia muitos pratos parecidos, mas sempre com distinções — a almôndega da *nonna*, e não a da bisa; um raminho de manjericão, em vez de um punhado de salsinha. Mas esse Reese's Cup era idêntico ao do andar de baixo. Um produto industrializado, não um alimento preparado por alguém. E o tempo entre uma aparição e outra era curto demais para ser apenas coincidência.

Alguém estava morrendo de vontade de aparecer. Se jogando para cima dele, praticamente. Ele só precisava conseguir um doce, descobrir quem naquela festa queria comer aquele doce, e o Halloween chegaria mais cedo.

"Ei, hã... está tudo bem?"

"Tem alguma máquina automática por aqui?", perguntou Kostya. "Ou um mercadinho... E-eu preciso de um Reese's Cup. Agora."

Ele começou a levantar da cadeira, mas o que ela disse em seguida o fez sentar de novo.

"Só por cima do meu cadáver."

"Hã, como é que é? Você é alérgica ou coisa do tipo?"

"Coisa do tipo." Ela fechou a cara. "Que porra é essa, Konstantin?"

"É que... o Reese's Cup... eu senti o gosto... *acabou de acontecer*."

"Você sentiu o gosto *disso*? Agora?" Ela olhou ao redor da barraca, como se estivesse tentando pegar um fantasma em flagrante, ver um membro desaparecendo ou um rosto flutuando no ar.

"Sim. Mas foi..." — ele balançou a cabeça — "... esquisito."

"Mais esquisito do que quando você sente o gosto dos Mortos em geral?"

"Não. Quer dizer, hã, sim. É que... eu senti o gosto dessa mesmíssima coisa uns minutos atrás. Lá embaixo. Tem alguém realmente tentando chamar a minha atenção."

Ela piscou algumas vezes, franzindo a boca.

O sabor residual já estava começando a sumir. Talvez ele pudesse tentar de novo mais tarde. Talvez o fantasma fosse continuar por perto até ele chegar a um mercado ou a uma banca de jornal; achou que tinha visto uma enquanto perdia tempo na fila interminável da entrada, ficava a alguns quarteirões dali, perto de um viaduto...

"Por que você queria isso?", perguntou Maura, cautelosa. "O doce?"

Havia um tom estranho na voz dela, como se já desconfiasse da resposta e não gostasse nem um pouco do que viria em seguida.

"Eu só... eu queria tentar fazer uma coisa."

"O que acontece se você preparar as coisas das quais sente o gosto? Se comer?"

Não era exatamente essa a pergunta, o elefante de chocolate com amendoim no meio da sala?

"Na verdade, eu não sei."

Ela ergueu uma sobrancelha, desconfiada. "Você nunca tentou?"

"Bom, não exatamente *nunca*. Fiz isso na semana passada. Com um drinque."

"E?"

Kostya balançou a cabeça bem de leve, mais por reflexo do que como uma resposta.

"Konstantin, olha só, você não é obrigado a me contar..."

"Vai parecer loucura..."

"... mas talvez eu possa te ajudar. A gente pode entender o que eles querem. E, se eu te ajudar, talvez você possa ajudar..."

"Ah, eu sei o que eles querem." Ele soltou uma meia risada desesperada e maníaca. "Não está na cara? Eles querem voltar."

Em algum lugar dentro de si, numa lacuna que ele tentava com todas as forças manter cerrada, bloqueada com uma comilança desenfreada e bebedeira e empregos sem futuro e mulheres que não amava e festas em que não queria estar, talvez esse conhecimento estivesse sempre lá. Se não queria admitir, então talvez tivesse ignorado ou convencido a si mesmo de que não havia o que fazer a não ser sentir os sabores que lhe eram enviados. Mas ele havia provado que era possível mais que isso, não? Tinha trazido alguém de volta, transportado um espírito através de uma passagem que ela só deveria cruzar uma vez, numa viagem só de ida.

"O que aconteceu", perguntou Maura, falando lentamente, "no dia em que você fez esse drinque?"

Kostya começou a mexer numa rachadura na superfície da mesa.

"De início, nada. Era só um coquetel. Mas quando o marido bebeu, ela — o fantasma de quem era o sabor — voltou."

Os olhos de Maura se arregalaram.

"*Voltou?* E ela ficou? Ainda está aqui?"

O clima no ambiente ficou diferente, mais frio, com o ar contaminado por alguma coisa.

"Não. Quando a bebida terminou, ela desapareceu."

Maura fechou os olhos e soltou um suspiro de alívio.

"Porra, ainda bem. Certo. Escuta só. Você precisa tomar *muito* cuidado." Ela falava baixinho, como se estivesse com medo de ser ouvida, mas com uma voz afiada, perigosa. "Você está lidando com espíritos famintos e com Mortos com M maiúsculo e com o Além-Vida. Não é o tipo de coisa com que você vai querer brincar."

"Eu sei disso..."

"Existem equilíbrios em jogo", ela continuou, "e sistemas que levaram eternidades para se calibrar. Você deu sorte dessa vez, mas foi só isso, sorte de principiante."

"Não foi sorte", ele protestou. "Foi instinto."

"Você deu sorte", ela repetiu. "Porque ninguém saiu ferido."

"Como alguém poderia ter saído ferido? O fantasma era de uma pessoa morta, e despertar os Mortos não é exatamente..."

"Você não está escutando!", gritou Madame Everleigh, ou melhor, Maura. "Vou tentar ser o mais clara possível. Nunca mais faça a comida deles."

"Espera aí, *como é?*"

"Sai dessa enquanto ainda está no lucro."

"Sem chance!" Foi ele que elevou o tom de voz agora, cruzando os braços como uma criança birrenta. "Até um instante atrás você estava toda *Me deixa ajudar*, e agora, o que foi, a chapa esquentou demais?"

"Eu estava oferecendo ajuda para você parar com *isso*. Essa coisa que você está fazendo? Mexendo com fantasma? Você não faz ideia do que está experimentando."

"E você sabe?"

"Eu precisaria matar você para explicar."

"Você é inacreditável, sabia?"

"E *você* não é páreo para o Além-Vida."

Ele a encarou, incrédulo, como se tivesse acabado de levar um empurrão. E uma parte dele queria empurrar de volta.

"Quer saber?", ele disse, falando devagar. "Pode esquecer. *Você* pode esquecer. Sou *eu* que tenho a língua mágica. E que sinto o gosto dos Mortos há vinte anos. E fui *eu* — não você — quem trouxe um deles de volta. O que você já vez, Artista Espiritual? Queimou incenso? Embaralhou cartas? Julgou alguém e usou esse julgamento para dar maus conselhos?"

Maura o encarou por um momento ensurdecedor, com os olhos faiscando.

"Você não faz ideia das coisas que eu já fiz."

"Então me conta."

"Não mesmo." Ela abriu um sorrisinho maldoso.

"Tudo bem. Você que sabe." Ele empurrou a cadeira para trás e levantou.

"Mas se fosse eu, sentindo o gosto desses espíritos?", ela acrescentou. "De jeito nenhum ia ter esperado vinte anos para fazer alguma coisa a respeito."

"Isso não é justo."

"Ah, não? Foi você mesmo que disse que só tentou fazer alguma coisa *semana passada*. E o resultado te deixou tão assustado que, tipo, você veio se consultar com uma vidente? Ora.

O meu conselho eu já dei, então aqui vai meu julgamento. Você é um covarde, Konstantin. Tem medo do seu próprio potencial. Está mais interessado em se preservar do que em criar qualquer conexão significativa na vida. Está paralisado por — ah, sei lá — alguma coisa no seu passado? A morte de alguém querido? Estou chegando perto. Ah, sim. E agora você acha que esse fantasma faz de você uma pessoa especial. Que mexer com o Além-Vida pode de alguma forma compensar todos os anos de merda que você preferiu viver em vez de seguir em frente. Mas não vai. Só vai piorar as coisas. Então é melhor parar por aqui."

Kostya ficou imóvel, boquiaberto.

De todas as coisas que podiam acontecer naquela festa desnorteante, essa parecia a mais irreal. Não o flash mob do Fundo do Mar ou os salmões dançantes ou a piñata de piranha cujos dentes de estilete arrancaram o sangue de Kostya — *isso*. Se alguém lhe dissesse que uma vidente de freak show seria a primeira pessoa a conseguir enxergá-lo com clareza, ver além de sua fachada e dizer a real para ele, pediria para tomar o que quer que esse alguém estivesse tomando. Mas lá estava ela — em menos de dez minutos de conversa e sem nem ao menos uma carta de tarô para ajudar — esfregando tudo no nariz dele, como uma espinha gigante na cara de tudo o que atrasara a vida de Kostya durante décadas: o medo e a negação e a insegurança. A inércia que o atormentava desde a morte do seu pai.

"Eu preciso ir."

Ele puxou uma nota de vinte da carteira e jogou na mesa. Então deu uma última olhada em Madame Everleigh — dolorosamente linda, com destaque para a dor — e saiu pela abertura da barraca.

Kostya tinha cometido um erro de cálculo. E isso lhe

custou vinte dólares (era para ter sido quinze, mas de jeito nenhum ele pediria o troco), todo o seu orgulho e uma boa dose de sua dignidade. Em troca, recebeu parte do que procurava — clarigustação, um nome que era como um pequeno raio de luz —, ainda que fosse preciso compartimentalizar todo o resto que ela disse, mais uma caixa pesada contendo um tanto de si mesmo que teria de empilhar diante do abismo que levava consigo.

Maura Elizabeth Struk — a Madame Everleigh — o observou enquanto saía, com o coração aos pulos. Estava se sentindo mal pela maneira como a coisa tinha acontecido, com a crueldade a que precisou recorrer para fazê-lo ir embora. Mas não podia deixá-lo ali, não com ele sentindo *esse* gosto, não se ele fosse mesmo uma espécie de portão, de veículo que pudesse levá-la a um lugar aonde não estava preparada para ir.

Não que tenha dito alguma mentira; a questão era que tinha feito isso com tanta rispidez, com uma intenção tão clara de magoar, que com certeza deixaria uma marca, se não uma cicatriz. Por outro lado, ela *tentou*, de início, fazer apenas um alerta. Mas ele a ignorara. Então mereceu.

Era uma pena. Além de involuntariamente evocar Espíritos Famintos, ele parecia ser legal. Um querido. Bonitinho, até. Não era exatamente seu tipo (estava longe de ter o número de tatuagens necessárias para isso), mas seria aceitável caso se cuidasse um pouco mais. Mesmo assim, estava brincando com fogo. E não com um palito de fósforo de cada vez, mas acendendo um lança-chamas ao lado de uma bomba de posto de gasolina.

O que ela não conseguia entender era como ele tinha conseguido ir além de ser um médium, e trazido um espírito de volta. Pelo que Maura sabia sobre a clarigustação — o que, era preciso admitir, era mais uma pequena porção do que um jantar de sete pratos —, na maior parte das vezes, eram só sabores associados aos Mortos. Cigarros, se o falecido fumasse. Resíduos químicos, se tivesse sido envenenado. O gosto do batom, ou do molho preferido. Era mais uma questão de indícios de algo do que de gastronomia, e certamente não criava pontes. Mas os sabores que Konstantin sentia — de um drinque específico, e todos os seus ingredientes; de um doce específico, *aquele* doce — parecia diferente. Não só remetia aos Mortos, pertencia a eles, a alguma experiência ou lembrança a que eles ainda se apegavam. E, ao preparar a receita, ele aparentemente era capaz de atrair os espíritos, usando como isca sua iguaria favorita.

Enfim, que seja.

Esse, pelo menos, não era problema dela. E, com sorte, o que ela falara poderia ter entrado na cabeça dele. Com sorte, seria o suficiente para evitar um erro grave. O Além-Vida tinha um equilíbrio delicado — de miséria e abundância; de fome e saciedade; de vazio e preenchimento. Quem mexesse com esse equilíbrio, mais cedo ou mais tarde, se arrependeria.

Assim como Maura.

Seu corpo estremeceu, de repente se sentindo faminto. Quando havia comido pela última vez? Ela abriu a mochila, encontrou um pacote de Cheetos e sentou à mesa para comer, mas então notou que as cartas de tarô ainda estavam lá.

Seus dedos pairaram sobre o baralho, coçando para fazer a leitura.

Ele já o tinha cortado. Parecia um desperdício não fazer uma previsão que já estava consumada. Ela virou as três cartas de cima e as analisou.

Puta que pariu.

Ela correu para fora da barraca à procura de Konstantin, mas ele já tinha ido embora.

Por volta das quatro da manhã, debruçados sobre a bancada de fórmica da cozinha apertada do apartamento, Kostya e Frankie devoraram um prato de fritas com queijo e uma travessa de carne comprada de um ambulante sem usar um único talher.

Konstantin enfiava a comida na boca com os dedos, engolindo tudo tão depressa que mal sentia o gosto. Fazia um bom tempo que não se empanturrava assim, mas era como andar de bicicleta.

Aquilo, sim, era confortável; era familiar.

Não evocar fantasmas reluzentes num bar clandestino metido a besta.

Não uma festa despirocada ou uma vidente ressentida.

Não confessar seus sabores residuais pela primeira vez desde que fora internado por isso, e ainda por cima com a mulher mais linda que tinha visto na vida acabando com ele.

Aquilo, sim. Comer para sufocar os sentimentos na forma de uma travessa de shawarma semifrio e seus vários acompanhamentos.

"Então, hã, você está bem, cara?", perguntou Frankie, observando-o enquanto levava uma batata frita à boca. "Eu já vi essa cara antes. Escuta só, eu sei que a Alexis era importante pra você, mas..."

Kostya balançou a cabeça, enfiando mais carne na boca.

"Não tem nada a ver com a Alexis", ele disse, ainda mastigando.

Frankie deixou de lado a batata e tirou a embalagem de isopor do alcance de Kostya.

"Então o que é? Porque isso não é saudável."

Kostya engoliu o que tinha na boca e ficou olhando para Frankie por um bom tempo, enquanto se decidia.

"Certo", ele disse por fim, "quer ouvir uma coisa bem louca?"

Frankie o levou a sério.

Fora criado assim, para acreditar que o mundo era mais misterioso e miraculoso do que a maioria das pessoas era capaz de ver. Sua avó dominicana praticava Las 21 Divisiones e fazia sacrifícios diários para os Loas para lhe dar proteção. Sua avó irlandesa era católica praticante e mais forte do que parecia, e tinha inserido a presença do Senhor à força em sua cabeça quando era pequeno. Como consequência, o sistema de crenças de Frankie se encaixava em algum lugar entre o espiritual e o supersticioso, entre o bíblico e o vodu, com Jesus e o Diablo Cojuelo ali por perto, bebendo uma cerveja, e ele acreditava em muita coisa de que a maioria das pessoas duvidava.

"Que loucura, porra", pronunciou Frankie depois que Konstantin terminou, entregando uma cerveja para ele. "Não acredito que Madame E. detonou você desse jeito."

"Acho que ela pode ter razão." Kostya deu um longo gole. Pensando. Remoendo. "Tipo, eu devia deixar isso pra lá, né? Deixar os espíritos descansarem, e tal."

"Não, cara. Escuta só. Pra mim, eles escolheram você. Estão tipo 'Me ajuda, Obi-Wan Kenobi', e você tipo 'Desculpa aí, mas eu não estou a fim?'. Pra eles você é o *cara*. Pode ser a única chance deles de ser feliz no além. Foda-se o que ela disse! Você tem que pensar *neles*."

Kostya ficou mexendo no rótulo da garrafa, que arrancou. "Eu só fiz isso uma vez. Não é garantia de nada."

"Certo, então. Vamos lá. Você vai pegar outra receita e a gente vê. Pode ser lá no Wolfpup."

"Não sei, não."

"Sério que você quer passar a vida toda estagnado? Recebendo ordens de gente que nem te conhece?"

Kostya não sabia o que queria, mas olhando ao redor do apartamento — os tijolos com mofo, o teto com manchas de umidade, o piso de madeira com furos, o futon murcho, a bancada engordurada, o fogão velho, a janela sem vedação por onde ameaçavam entrar os primeiros raios de luz de mais um dia de desemprego e autodesprezo —, provavelmente não era aquilo.

"Acho que não mesmo."

"Me diz uma coisa. Como você se sentiu quando preparou esse drinque? Antes da coisa toda com o fantasma. Só o ato de fazer mesmo."

"Incrível."

Frankie assentiu como quem entendia bem aquilo. Ele falava o tempo todo que a cozinha era seu chamado, que antes de pegar numa faca de chef pela primeira vez seu plano era fazer faculdade de administração.

"Então você deve a si mesmo uma tentativa. Ninguém gosta de ter arrependimentos."

Kostya não gostava, mas o arrependimento era uma espécie de zona de conforto para ele, já que passara anos se familiarizando com esse território, suas ruas e alamedas e todas as portas de Oportunidade que apresentavam, sempre trancadas e bloqueadas contra qualquer ideia idiota que pudesse lhe ocorrer de um dia tentar abri-las.

Mas talvez não fosse o caso.

Ele nem sabia qual prato tentar, qual era o sabor residual mais importante do que qualquer outro.

“Certo.” Ele assentiu para Frankie. “O que você sabe sobre fígado?”

Frankie sorriu em resposta. “O suficiente para ser perigoso.”

Hors d'oeuvres

A EXPERIÊNCIA CULINÁRIA DE KONSTANTIN DUHOVNY

Muito bem, meninos e meninas. Agora a coisa fica séria. Vamos ver onde Konstantin foi treinado.

Nossa próxima parada é logo ali. À esquerda.

Por aquela porta antiga com o trinco enorme de metal.

Alguém conhece essa preciosidade? A joia da coroa da gastronomia nova-iorquina, levada adiante por uma lenda viva?

*

Não, cara, não é o Bobby Flay! Vai ler um livro de culinária. Mais alguém?

Que tal uma pista?

Abre para o almoço e o jantar, mas nem pense em entrar para comer — a fila de espera por uma reserva é de seis meses, sem nenhum lugar vazio. As cortinas de veludo? É para impedir que as pessoas fiquem espiando a troca entre as mesas coletivas do almoço e as do jantar à la carte. As estrelas da janela? Não tem nada a ver com o Yelp. Os restaurantes precisam ralar para conseguir uma estrela Michelin, e essa belezinha aqui tem três.

Então? Algum palpite?

Porra, vocês não querem mesmo facilitar o meu trabalho.

Esse aqui é o Saveur Fare.

Mise en place

O salão do Saveur Fare encanta seus frequentadores por impecáveis dez horas por dia, seis vezes por semana.

Os garçons e atendentes são famosos por fazer os clientes nunca quererem ir embora. Antes do serviço, a equipe é informada detalhadamente sobre as reservas da noite, para que saibam de antemão, como harúspices da era moderna vestidos de seda preta, as aversões e alergias e inclinações gastronômicas dos clientes sem precisar ser informados a respeito. Durante o serviço, agradam e encantam. Contam histórias; têm piadas na ponta da língua. A maioria é recrutada na cena teatral nova-iorquina, mas mesmo os que não são atores profissionais oferecem performances dignas de um prêmio Tony noite após noite.

O Saveur Fare tem três sommeliers, dois deles com títulos de mestre, o que significa que você pode vendá-los, dar a eles um gole de vinho e receber uma identificação da variedade, da safra, da região e do vinhedo, por mais obscura que seja — estamos falando da diferença entre uvas cultivadas em lados diferentes da mesma colina na Borgonha —, apenas com base nas características de uma única degustação. A casa também conta com um mixologista premiado, disponível para indicar harmonizações com coquetéis. Sabe como é, se o vinho não for o seu lance.

E estamos falando só das opções de bebidas.

A atração principal — a comida — é uma Degustação do Chef, com doze pratos elaboradíssimos em porções que cabem na palma da mão. O cardápio muda semanalmente, para aproveitar as iguarias sazonais e microssazonais, e os ingredientes vêm de toda parte do mundo: ouriços-do-mar trazidos de Osaka à noite, com suas carapaças espinhosas protegendo uma gosma dourada e salgada; trufas brancas e negras da Provença e do Piemonte, em caixotes com cheiro de feno e paraíso; esferas inacreditavelmente finas de caviar beluga e esturjão, em latas que, quando abertas, são como respirar o mar Cáspio. Uma fazenda parceira no vale do Hudson fornece carne e hortifrutigranjeiros cultivados localmente; o pão e as massas são preparados duas vezes ao dia na própria cozinha. A confeitaria fica no próprio restaurante, e as tortas, os bolos, as geleias e os petits-fours mudam todos os dias para incorporar ingredientes locais — cerejas azedas do norte do estado de Nova York; marmelos de uma árvore frutífera rara no leste da Pensilvânia; cranberries de inverno trazidos, pingando de sumo, de Nova Jersey.

Na cozinha, uma coreografia precisa é realizada para proporcionar a experiência gastronômica merecedora da maior honraria da Michelin — três estrelas, quatro anos seguidos. Recentemente, a gerência estampou o prêmio na enorme janela frontal como uma forma de desafio ao chef, ao sous-chef, aos cozinheiros, a toda a *brigade de cuisine*, um jeito bem filho da puta de lembrar todo mundo de que a perda de apenas uma estrela seria a ruína — isso sem mencionar a necessidade de trocar a vidraça inteira.

Mas eles não estão preocupados. Seu trabalho é impecável.

O chef executivo, Michel Beauchêne, transforma sua equipe em semideuses, produzindo magia e milagres com o toque de seus dedos e um pano num prato sendo finalizado, ou com o movimento do pulso enquanto selam ou salteiam. As porções são pequenas, com a proporção de sal e gordura e acidez, calor e açúcar, umami e picância, perfeitamente miniaturizadas. Não existe espaço para excessos e erros de cálculo. E tudo é feito depressa; centenas de pratos são servidos todas as noites, saindo da cozinha em ritmo acelerado. Portanto, os homens e as mulheres dessa cozinha — dos figurões aos ajudantes de garçons — são excepcionais.

O que eles fazem é fugaz — encantamentos comestíveis que duram o tempo que levam para serem consumidos. Mas as lembranças, as conversas sobre essas minúsculas porções, a nostalgia provocada pelas melhores coisas que a clientela já comeu na vida — *isso* dura para sempre.

Frankie contou tudo isso para Kostya entre mordidas de um bagel comprado num carrinho de rua e goles de café queimado no caminho para o restaurante. Havia um brilho em seu olhar, enquanto ele falava com a reverência incontida normalmente reservada a locais de culto a Deus.

Eram seis da manhã (o que definitivamente não era coisa de Deus).

Uma segunda-feira (se Satanás tinha um dia, era esse).

O sol brilhava (quente como o inferno).

E, quanto mais Frankie falava, mais Kostya desejava poder se enfiar num buraco e esquecer tudo aquilo.

Havia uma vaga aberta de lavador de pratos no Saveur Fare, e Frankie, que tinha trabalhado como cozinheiro para Michel Beauchêne logo depois de se formar na escola de gastronomia, tinha passado boas recomendações (incluindo várias mentiras) para conseguir uma entrevista para Kostya. Em parte, o fizera por interesse próprio — se Kostya não conseguisse um emprego logo, eles não teriam como pagar o aluguel do mês —, mas também como um pedido de desculpas. A noite em que foram ao Wolfpup tentar recriar a receita de fígado do pai de Kostya fora um fiasco total — e tinha sido ideia de Frankie.

Ainda podia ver a esperança desaparecendo do rosto de Kostya a cada vez que empratava uma nova variação e lhe entregava o garfo — um salteado, o outro grelhado, um com toque de limão, outro marinado numa redução de limão, um com sal kosher, outro com flocos de sal Maldon. Todas as vezes, Kostya tinha a certeza de que havia conseguido, e todas as vezes a decepção ficava estampada nos seus olhos quando constatava que era só mais um pedaço de fígado que nem de longe saíra como deveria. Quando enfim desistiram, Frankie se sentia como se tivesse levado uma surra emocional. Foi quando ouviu falar que seu antigo mentor estava contratando.

"Você *sabe* que eu não entendo muito de comida, né?", protestou Kostya.

Frankie fez um gesto com a mão para minimizar a questão, derramando um pouco de café por cima da borda do copo de papel.

"Ninguém está nem aí se o *escuelerie* não sabe nem ferver uma panela de água. Você só tem uma missão ali — pratos limpíssimos."

"É que tudo parece tão... intenso. Tipo, questão de vida ou morte."

"É intenso *mesmo*. O melhor dos melhores! É por isso que paga bem." Ele dá um longo gole em seu café. "Eu daria a minha bola esquerda para trabalhar naquela cozinha."

"Então por que não vai?"

"Porra, o Rio é um puta cara classe A comigo. Eu seria um merda se pulasse para outra cozinha, né?"

Hilario Torres — o Rio — era o chef executivo do Wolfpup, e Frankie, o sous-chef. Frankie gostava de dizer que a relação entre eles era como ter uma mulher que nunca ia comer nem trair. Frankie era o parceirão de Rio, seu braço direito, seu faz-tudo, seu confidente. Se Rio precisasse de alguma coisa a qualquer hora do dia ou da noite — um ingrediente que tinha acabado no dia de folga de Frankie, um substituto de última hora, uma resolução do conflito do cara da grelha com o bartender —, Frankie dava um jeito de resolver tudo.

Isso chamou a atenção das pessoas: chefs de toda a cidade tentavam o tempo todo tirá-lo de lá. Mas Frankie era fiel, de uma lealdade a toda prova. Rio fora seu mentor, o ajudara a descobrir o que queria transmitir por meio de sua comida. Eles haviam aberto o Wolfpup juntos e, até então, o sucesso vinha sendo enorme.

"Quando eu sair, vai ser para abrir minha própria casa. Além disso", acrescentou Frankie, "não sou disciplinado o suficiente pra esses caras. Gosto da correria. Da tiração de sarro. Do tempo que a gente tem lá no Wolfpup, pra falar merda, e contar história e coçar o saco. O restaurante cobra quarenta paus por um prato, mas a gente é só um bando de babacas que fica lá discutindo quem tem os maiores culhões." Ele dá mais uma mordida no bagel. "E sou eu, aliás. Caso você tenha ficado curioso."

"Eu *não* estava curioso, mas obrigado pela imagem mental valiosa."

"Cara, você já viu um durião? É daquele tamanho, mas liso. Eu desmato a floresta ali de um jeito *perfeito*..."

"Agora eu nunca mais vou conseguir desver essa porra!"

"Mas pelo menos tirou sua cabeça da entrevista, né?"

No Saveur Fare, Frankie desejou boa sorte a Kostya, pediu para ele ligar depois da entrevista e o deixou esperando no escritório de Michel enquanto foi cumprimentar alguns conhecidos na cozinha.

Kostya olhou para a memorabilia emoldurada e pendurada na parede — diplomas de escolas de gastronomia, prêmios tão prestigiados que ele nem conhecia, recortes de grandes jornais e revistas. Talvez, pensou, pudesse aprender o suficiente para tentar preparar o prato de seu pai de novo. Talvez ficasse bom o bastante para saber reproduzir qualquer sabor que sentisse. E não era disso que estava atrás? Controlar suas papilas gustativas e seu destino?

Ele fechou os olhos e disse a si mesmo que era capaz daquilo.

A entrevista foi um fiasco.

Quando pensou em Michel Beauchêne, ele imaginou um cavalheiro francês refinado de sessenta e poucos anos, já ficando grisalho, barriga redonda depois de anos comendo manteiga, um leve sotaque e olhos gentis e paternais que enxergariam Kostya e o fariam ter pena dele.

O verdadeiro Michel Beauchêne não era velho, nem gordo, nem exatamente francês. Era jovem (chef executivo aos quarenta e dois anos) e tinha uma silhueta magra e forte (um corpo esculpido com ioga Jivamukti), olhos frios e calculistas e um toque nova-iorquino na voz. Seus pais eram imigrantes franceses, e fora criado em Manhattan, estudara numa escola preparatória na cidade e passara alguns anos em Paris, sustentado pelos pais e trabalhando como aprendiz em algumas cozinhas formidáveis — e tudo isso foi explicado em seu bem ensaiado discurso de abertura.

Ele não estava interessado nas conexões familiares de Kostya com o ramo da culinária — o Víveres do Vanya estava a uma estratosfera de distância dos fornecedores do Saveur Fare —, e Beauchêne não ficou muito impressionado com a experiência de Kostya como lavador de pratos na Library of Spirits. ("Mas é um bar, né? Você já lavou *louça* mesmo, num lugar que serve comida?... Entendi.")

Depois de dez minutos de um interrogatório excruciante, Michel fechou o caderno com a página em branco, a não ser pelo nome de Kostya, e apoiou o queixo nos dedos da mão.

"Obrigado por... tudo isso", ele disse lentamente.

Kostya sentiu uma espécie de alívio masoquista. Fracassara em seu intento, mas a tortura tinha terminado; podia voltar para a sarjeta, que era seu lugar. Mas então Michel o surpreendeu:

"Certo, vou precisar que você me explique uma coisa." Ele se recostou na cadeira. "Normalmente, as *pessoas* que entram por aquela porta e sentam *nesta* cadeira fazem isso com um senso de admiração pelo que acontece aqui. Chegam com uma lista de referências *desse tamanho*, com experiências incríveis no mundo da gastronomia. E aí me chega *você*.

"*Você* só teve um trabalho desse tipo — e lavando só copos e taças de vidro —, e as coisas foram tão maravilhosas por lá que aparentemente não posso ligar para pedir referências. Você não tem experiência nenhuma numa cozinha profissional."

Ele olhou com desconfiança para as mãos entrelaçadas e sem marcas de Kostya. "E se eu pedisse para você cozinhar alguma coisa para mim agora mesmo, algo que você e Frank vêm, hã, *praticando*. O que você ia me servir, um queijo quente? Afinal, por que você tem interesse em trabalhar aqui? Eu estou curiosíssimo para saber. Estou mesmo. É por causa do salário? Porque, acredita em mim, se você for contar todas as horas de trabalho, vai dar menos que o salário mínimo. O motivo por que as pessoas querem vir para a minha cozinha é o desejo de chegar no mais alto nível de alguma função; e se matam para conseguir entrar. E, perdão pela sinceridade, mas não estou sentindo essa energia em você, sr. Duhovny. Aliás, você pelo menos gosta de comida?"

Kostya se limitou a piscar e a olhar para ele, o que pareceu só reforçar a impressão inicial.

"É sério. Qual é a melhor coisa que você já comeu? E, pelo amor de tudo quanto é mais sagrado, *não venha* dizer que foi a salada e os gressinos do Olive Garden."

Kostya mordeu o lábio.

Será que ele deveria contar sobre as melhores coisas que já comera, detalhando os ingredientes? Ou isso era trapaça? Afinal, as melhores coisas tecnicamente ele não tinha *comido*. Só sentira seu sabor de forma indireta; não eram animais, nem vegetais, nem minerais, e sim memórias — desejos comestíveis, fantasias culinárias pornográficas de fantasmas desconhecidos. Descrever isso para o chef seria meio que uma mentira.

A outra opção — a mais honesta — seria deixar para lá, sair de fininho e confirmar as observações cortantes como facas Wüsthof daquele esnobe sobre suas intenções, suas experiências e seu palato.

"Qual é o problema?", insistiu Beauchêne. "Não consegue decidir entre um Big Mac e um Whopper?"

Alguma coisa no fundo das entranhas de Kostya ganhou vida. As críticas sobre ser desqualificado e mentiroso e até um mau cozinheiro ele aceitava — afinal, era tudo verdade —, mas não podia deixar aquele cara insultar suas papilas gustativas. Sua língua era especial. Talvez a única coisa que ele tinha de especial.

"Esquece. Já estou vendo que você não vai..."

"Pato." Kostya falou com uma raiva que foi como se o xingasse. "Ragu de pato. Com um molho bem espesso, com licor de canela. Um demi-glace, acho."

Kostya fechou os olhos, lembrando de quando esse sabor residual aparecera, tentando reviver o momento. Estava na calçada, na frente do apartamento de sua mãe, no Ano-Novo, dois anos antes, andando de um lado para o outro segurando um chá que já havia esfriado, adiando o momento da inevitável discussão sobre o que fazer da vida quando aquele gosto chegara.

"As cebolas eram cortadas tão fininhas que quase desapareciam no cozimento. E as frutas secas reconstituídas na gordura de pato — pêssegos e damascos e ameixas e cerejas —, elas explodiam entre os dentes como sagu."

Kostya ainda estava com os olhos fechados, mas o silêncio absoluto de Beauchêne o incentivou a continuar.

"E, alguns anos atrás, frango frito ao curry de coco com limão kaffir."

Esse apareceu num supermercado Gristedes. Ele estava na seção de refrigerados, segurando um galão de leite.

"A pele era bem crocante, bem fininha, coberta com raspas bem miúdas de coco queimado e pedacinhos de limão seco, e por baixo o frango estava muito suculento. A gordura até escorreu para o meu queixo."

Ele inventou essa última parte pelo efeito dramático, e parecia estar dando certo. Kostya sentiu o clima mudar ao seu redor, começar a borbulhar. Pensou inclusive ter ouvido o chef engolir a saliva.

"Sou obrigado a dizer que não esperava..."

"Uma vez eu comi cabrito", interrompeu Kostya, com os olhos bem fechados, concentrado. "Assado na fogueira, bem tostado no fogo, com a carne temperada com sal grosso e alho, tomilho, alecrim. Zimbro esmagado à mão."

Esse o tinha feito acordar um dia de manhã na cama, alguns meses antes; ele babara tanto que quase engasgara com a própria saliva.

"Desmanchava na boca. A cada mordida, dava para sentir o gosto da madeira queimada, da terra que o vento soprava, o cheiro de pinho dos galhos usados para assar a carne."

"*Quem* é você?", se perguntou o chef, em voz alta.

"Mas a *melhor* coisa" — Kostya abriu um sorriso triunfante, com a memória reacendendo em suas papilas gustativas — "só pode ter sido a cabeça de peixe."

Quatro verões antes, ele estava passando com o caminhão de entregas de Vanya por Chinatown e, quando parou no semáforo, ficou olhando para uma loja com um gato da sorte no balcão e um monte de frangos pendurados na vitrine. Uma adolescente saiu de lá, enrolando o fio branco dos fones de ouvidos nos dedos, e, enquanto a observava abrir o cadeado da corrente da bicicleta, o sabor explodiu em sua boca.

"Era uma dourada. Mas só a cabeça. Grelhada no carvão. A pele estava tão tostada que se separou da carne, já se enrolando. A parte de dentro era insanamente gostosa. Delicada. Como lascas de manteiga. Era finalizada com um sal em flocos que equilibrava cada garfada: a pele amarga, a doçura do peixe, a acidez do limão assado, e o toque de brilho de um chimichurri bem herbal. O sabor do olho, deixando de lado a textura pegajosa, era *mmm*", ele fez ao se lembrar, "era como uma sopa espessa e gelatinosa. Como aspic semiderretido."

O chef não disse mais nada. Só apertou o botão da caneta algumas vezes, e abriu e fechou uma gaveta da escrivaninha. Cautelosamente, Konstantin abriu os olhos.

Michel Beauchêne o encarou. "Certo."

"Certo?"

"Certo", ele repetiu. "Vamos ver se dá certo, contrariando meus próprios instintos. Você começa amanhã."

Ao sair do Saveur Fare, Kostya se sentiu leve como não acontecia havia semanas.

Seu saldo bancário estava perigosamente baixo e, apesar de ter pegado alguns turnos extras com o caminhão de Vanya, não poderia pegar ainda mais horas, sob o risco de a notícia chegar à sua mãe. E esse telefonema — *Por que não me conta sobre o seu emprego? Você está demitido e eu fico sabendo por Vanya? Eu, sua mãe! Eu sempre quero ajudar, e você nunca me conta! Você tem que fazer outra coisa da vida! Ser médico! Advogado! Síndico de prédio, pelo menos!* — seria tão horrível que ele preferiria comer terra. Mas agora não precisaria passar por isso. Daria a notícia do trabalho novo logo de cara — um emprego de verdade, com plano de saúde! —, o que lhe daria pelo menos algumas semanas sem as ligações de sua mãe para verificar se ainda estava vivo, a forma dela de tentar compensar os meses que passara estirada na cama.

Kostya comprou um café barato de um carrinho na rua e seguiu para o leste. Fazia um dia lindo de verão, de um céu aberto e azul, e ainda era cedo o bastante para a umidade não afogar as pessoas em seu próprio odor corporal.

Ele mandou uma mensagem com a boa notícia para Frankie, atravessou o Central Park West, caminhando algumas quadras para o sul até a entrada mais próxima do parque — pela 72nd Street, perto de Strawberry Fields —, por onde passeou até encontrar um banco vazio para sentar preguiçosamente.

Frankie respondeu com três emojis de troféu e três de

garrafas de cerveja e um lobo e um cachorrinho e uma cara bêbada e um ponto de interrogação, e Kostya estava respondendo que sim, ele *gostaria* de ir à noite no Wolfpup para comemorar, quando viu o garotinho com o pai.

O menino era bonito como uma criança de catálogo de roupas — com cachinhos loiros, covinhas, idade apenas suficiente para conseguir controlar as pernas e os braços — e estava correndo pela trilha e agitando as mãos, gritando de alegria enquanto seu pai — um pouco acima do peso, boné dos Yankees na cabeça, bermuda cargo vergonhosa e a risada mais gentil que Kostya já tinha ouvido — o perseguia.

"Sashenka, me espera! Sasha! Você está indo para o lado errado!"

Kostya ficou observando enquanto o pai pegava o filho pequeno no colo e o jogava para o alto. A brisa e a altura e a velocidade deixaram o menino com uma expressão de deleite, que contagiou o pai. Ele o pegou, o devolveu ao chão com cuidado e segurou sua mão.

O coração de Kostya estava a mil. Quase podia sentir a fissura dentro dele borbulhando, forçando sua saída, pequenas rachaduras se formando pela pressão atrás de seus olhos, e se preparou para o sabor residual que com certeza surgiria a qualquer momento — o mesmo que havia tirado sua vida do prumo. Mas isso não aconteceu.

Ele sentia o retrogosto azedo do café e nada mais. O fígado de frango — a receita que não tinha conseguido reproduzir nem com a ajuda de Frankie, que poderia lhe dar pelo menos alguns minutos de alegria sem culpa, como um garotinho sendo jogado para o alto, sabendo que havia alguém ali para pegá-lo — aquele fígado era uma ausência intensa demais para ignorar.

Kostya sentiu de novo a mesma decepção daquela noite

no Wolfpup. Naquela cozinha reluzente e inoxidável, cercado pelos apetrechos culinários de Frankie, ele experimentou o fracasso repetidas vezes. O problema, claro, era bem simples. Como não havia experimentado o prato, Frankie estava dando tiros no escuro; caso acertasse, seria mais por milagre do que por habilidade na cozinha, por mais que fosse um ótimo chef. Quando ele disse isso, Kostya encolheu um dos ombros, desanimado, e murmurou que provavelmente não era mesmo para acontecer, ao que Frankie respondeu como sua avó irlandesa faria, dizendo que nessa vida, e talvez na próxima também, era o homem que fazia a própria sorte.

"Se você soubesse cozinhar em vez de tentar fazer isso pelas minhas mãos, provavelmente ia acertar os sabores. Ia saber *como* é feito, não só os ingredientes que vão no prato." Frankie limpou as mãos no avental, com gestos definitivos, como se o assunto estivesse resolvido. "Quer invocar o fantasma? Vai trabalhar na cozinha."

Kostya deletou a mensagem que estava digitando e escreveu: *Hoje não, querido.*

Frankie respondeu em seguida: *Vai lavar o cabelo?*

Vou ver se consigo acompanhar o serviço de jantar. Tenho muito o que aprender.

Frankie mandou um emoji de gargalhada, com lágrimas nos olhos. E então:

Ah, então você entrou DE CABEÇA. Bem-vindo à selva. Cuidado para não se queimar.

Farineaux

A EXPERIÊNCIA CULINÁRIA DE KONSTANTIN DUHOVNY

Impressionante, né?

Sério, falando como um cozinheiro: o Saveur Fare é O Lugar. Limpo. Eficiente. Instalações top de linha. Uma equipe dando seu máximo. Uma experiência gastronômica inigualável.

Mas, falando como o guia desse tour, vamos abrir as cortinas para os bastidores. Até um restaurante como esse tem coisas escrotas na cozinha. Não roedores — ainda que se vocês pensem que uma classificação nível A significa não encontrar nem uma ratoeira, estão redondamente enganados —, mas sim pessoas. O jeito como as coisas são feitas pode deixar um gosto amargo na boca, e no Saveur não é diferente.

Na verdade — e, se alguém vier me perguntar, eu vou negar até a morte —, o que aconteceu aqui com nosso amigo está protegido por um belo acordo de confidencialidade. Porra, vocês não vão acreditar — esse ramo é cruel! Mas, hã, eu não assinei acordo nenhum, então posso contar uma coisinha ou outra.

Vamos lá para o salão — vou contar sobre o serviço de uma noite muito especial. E espero que vocês gostem de um drama porque essa parte é... cabeluda!

Refeição familiar

Seis meses depois, a neve cinza da cidade se acumulava nas grades dos bueiros, os cordões de luzinhas brilhavam em todas as vitrines, e Konstantin estava ficando cada vez mais desesperado para se queimar.

Se queimar significava que ele estava trabalhando na grelha ou nas frigideiras ou até na fritadeira, o que fosse. Significava que ele tinha uma chance de acumular queimaduras purulentas e pequenas cicatrizes brilhantes nos braços, o tipo de ferimento que os chefs de verdade exibem como troféu antes de cobrirem tudo com tatuagens elaboradas e caríssimas. Significava que ele estava cozinhando com fogo.

Mas Kostya estava empacado como *garde-manger* — na estação de saladas! — e a única coisa que poderia queimá-lo (talvez?) era um óleo de pimenta fantasma, e mesmo isso só poderia machucá-lo por dentro, algo que suas inseguranças já faziam de sobra.

Ele sabia que devia se orgulhar do que conseguira, e sentir três vezes mais gratidão. E sentia, na maior parte do tempo. Assumir uma estação — qualquer uma — na cozinha de um lugar como o Saveur Fare sem nenhuma formação em gastronomia e em menos de um ano no emprego era algo quase sem precedentes. Ele tivera sorte — uma sorte absurda.

Um ajudante de garçom tinha pedido demissão em sua primeira semana por lá, e Kostya assumira seu segundo turno, limpando mesas no almoço e lavando pratos no jantar, o que logo virou limpar mesas nos dois serviços, o que abriu espaço para uma passagem pela expedição, e então para assumir a estação como *garde-manger*. Michel não o tinha exatamente sob sua asa, mas seu sous-chef, Tony, vira alguma coisa em Kostya, um entusiasmo tão grande, que resolvera deixá-lo aprender.

Sempre que havia momentos de calmaria — no início da manhã, antes do serviço; sábado à noite, depois que a última mesa era desocupada —, Tony ensinava alguma técnica a Kostya. Como empunhar a faca. Como preparar um caldo. Como saber se a frigideira estava quente o bastante para selar, mas sem chamuscar. Enquanto ele lavava pratos e limpava mesas, fazia também qualquer tarefa braçal — esfregar os queimados das frigideiras até as mãos sangrarem; carregar caixotes com mais de vinte quilos de chalotas para o porão; enfiar o braço inteiro atrás da câmara fria para limpar um filtro de ar com décadas de uso. Kostya observava os homens e as mulheres trabalhando ao seu redor e fazia notas mentais detalhadas. À noite, praticava o que os tinha visto fazer — como provavam e faziam ajustes nos molhos; como cortavam e desossavam as carnes; como organizavam as estações; a confiança com que suas mãos temperavam, salteavam e empratavam.

Ele se matava de trabalhar quase todos os dias. Chegava mais cedo e saía mais tarde, quase sem tempo de voltar para casa, tomar um banho e se trocar antes de mais um turno. Seu único dia de folga era a segunda-feira, quando o restaurante fechava, mas ele passava quase todas as segundas na cozinha do Saveur também, vendo Tony e Michel conversarem sobre o menu, provarem os ingredientes da semana e espinafrar os sommeliers.

Cada minuto que passava no restaurante, cada vez que aprendia um novo método de preparo ou aprimorava uma nova habilidade, Kostya podia quase sentir a possibilidade de ver seu pai ficando mais próximo. Sempre que sentia um sabor residual, testava a si mesmo, fazendo anotações mentais sobre os sabores e as texturas e as técnicas de preparo que achava que o prato envolvia, e tentava preparar mais tarde, quando a cozinha do Saveur Fare fechava e virava seu laboratório-fantasma.

Ele não tinha mais evocado um espírito desde aquela noite na Library of Spirits, mas desconfiava que isso tinha mais a ver com outros fatores — a presença da pessoa falecida e do intermediário necessário para provar a comida — do que com suas capacidades culinárias. Kostya se deu conta de que, no caso de seu pai, ele mesmo poderia fazer a degustação, desde que o prato com fígado aparecesse de novo. Mas as chances de um sabor se repetir pareciam inexistentes depois daquela noite com o Reese's Cup.

Ele queria voltar à Seyoncé e encarar aquela vidente de novo. Mostrar para a Madame Everleigh o quanto ela estava errada, não só sobre os sabores residuais, mas também sobre o próprio Kostya. Ele pensava muito nisso. Nela. Na sua beleza e na sua crueldade. Nos seus alertas. E no que deveria ter respondido. E no que poderia falar caso um dia a reencontrasse.

Ele estava diferente; o Saveur o deixara mais calejado. Cada minuto que passava na cozinha o fazia sentir que havia encontrado algo que nem sabia que tinha perdido. Ele acordava a mil por hora. *Gostava* de ir para o trabalho. Tanto que mal parecia estar trabalhando. Gostava dos chefs e dos cozinheiros e da equipe de garçons, mesmo dos que não gostavam dele. Gostava da cozinha impecável, com cada coisinha em seu lugar. Gostava do modo como seu corpo se sentia ao carregar caixas e ficar de pé e suar na cozinha. Gostava de trabalhar com os ingredientes, de aprender a época de colheita de cada um, de conhecer os tesouros que desempacotava. Ele idolatrava a comida.

Às vezes, mais inspirado, ele testava variações nas especialidades da casa, trocando o molho ou modificando os ingredientes. Descobriu que tinha um dom para combinar sabores, uma intuição para texturas e notas e até mesmo os formatos das comidas se combinariam em uma boca estimulada. E, apesar de jamais ter sonhado em compartilhar os frutos de seus esforços com alguém da cozinha, achava que no geral suas intervenções melhoravam os pratos. Não que se considerasse um cozinheiro melhor que os outros, ou que seus meros meses de cozinha valessem mais que os anos de experiência e trabalho duro da equipe. Era só uma questão de sentir que tinha um palato melhor que o de qualquer um — inclusive Michel.

Às vezes ele se deixava levar de tal forma que acabava disparando uma sugestão não solicitada na cozinha. Na maior parte das vezes, era recebido com uma saraivada de reprimendas. Mas uma vez a consternação de Henri — o *saucier* — se tornou uma expressão de admiração e surpresa quando Kostya sugeriu adicionar suco de limão para ressuscitar uma redução esquecida no fogo que tinha virado uma gosma. Em outra ocasião, quando Tony estava atolado até o pescoço com uma festa privativa no restaurante, chamara Kostya para finalizar os pratos antes de mandar para o salão. E os sommeliers, que tinham uma relação constante de ódio recíproco com a cozinha, encontraram em Kostya alguém agradavelmente acessível, para variar, alguém com quem desabafar tarde da noite e às vezes até pedir uma opinião sobre harmonizações. Até Michel — cuja chance de lhe fazer um elogio era a mesma que ele tinha de encontrar uma pérola numa ostra do bufê de frutos do mar — foi pego sorrindo enquanto observava o trabalho de Konstantin.

Mas nada disso mudava o fato de que ele não tinha nenhum treinamento formal, e ninguém no Saveur o deixava esquecer disso. A cozinha estava cheia de gente que se gabava de sua formação, o que não era muito surpreendente, já que o exemplo vinha de cima. Michel (Le Cordon Bleu, classe de 96) era notoriamente nepotista e, embora da boca para fora expressasse visões igualitárias sobre contratar os chefs mais esforçados e dedicados sem se importar com o pedigree e/ou com as aparições em publicações que iam da revista *Bon Appétit* ao guia Zagat, a maioria dos contratados vinha de escolas de renome, tendo feito estágios em cozinhas de ainda mais prestígio. Ainda assim, mesmo que contassem com o apoio da CIA ou do Cordon Bleu ou da agência de imigração, os colegas de Kostya não eram capazes de fazer muitas coisas que ele sabia. As décadas de sabores residuais fantasmas haviam treinado sua língua melhor do que qualquer diploma jamais seria capaz de treinar.

Tudo isso para dizer que foi ao mesmo tempo surpreendente e nada surpreendente que Michel o tivesse chamado para conversar antes do serviço do jantar naquela quinta-feira antes do Natal.

As mãos de Kostya começaram a suar enquanto ia até o escritório. Quase nunca andava pelo corredor do setor administrativo; na verdade, não punha os pés naquelas lajotas em estilo marroquino desde o dia em que assinara a papelada da contratação. Sua mente estava a mil por hora, especulando loucamente. Podia ser uma demissão. Uma promoção. Um convite para uma orgia exclusivíssima no restaurante. Uma armadilha para o acusarem de assassinato. Uma indicação para representar o Saveur Fare como corredor numa maratona. O anúncio da venda de seu corpo para uma convenção científica para pagar pelas trufas que ele comia aos quilos.

Ele abriu a porta.

"Konstantin. Certo. Pode entrar. Senta aí."

Michel parecia vários anos mais velho do que na última vez em que estiveram no escritório, e certamente estava puto com alguma coisa.

"Hã, valeu. *Merci*, chef."

Sua pronúncia fez parecer que ele estava fazendo um pedido de misericórdia que *não* vinha ao caso. Kostya engoliu em seco e se sentou.

"Vou tentar ser breve, porque o serviço já vai começar. Preciso de um favor." Michel tirou um fiapo do seu dólmã e o jogou no chão. "A irmã do Henri vai casar no sábado" (um fato mencionado como se fosse algo tremendamente perverso), "e faz um ano que ele está implorando para ir" (informação citada como se fosse um crime hediondo), "o que significa que não temos ninguém para cuidar dos molhos nessa noite..." (frase dita com uma espécie de desolação esperançosa).

"Mas sábado é o dia do Gild", objetou Kostya, e Michel abriu um sorrisinho, satisfeito por ele entender a seriedade da situação.

Naquele sábado, o restaurante estaria fechado para a festa das festas — Bouche de Noël, o evento de Natal oferecido pelo Gild, o conglomerado de restaurantes que era dono do Saveur Fare, do Tutankhamen e de uma dúzia de outras instituições nova-iorquinas de peso. A lista de convidados era uma medida de prestígio na elite gastronômica de Nova York, além de incluir os ricos e famosos que a acompanhavam. A cada ano, o Gild escolhia um de seus restaurantes para ser o anfitrião da noite e, apesar de ser um grande pé no saco para a equipe, era também uma garantia de apoio financeiro generoso por parte do conglomerado — bônus generosos e suculentos que elevavam os rendimentos do ano às alturas —, desde que tudo fosse impecável.

Como era uma noite tão importante, Michel havia convocado vários artesãos — um escultor de açúcar, um especialista em carne de caça, um cara que inseria pérolas em ostras comestíveis —, além de ter intensificado ainda mais a pressão já imensa que exercia sobre a cozinha. Kostya a princípio dividiria a estação de saladas e entradas frias com Fernando, Tony cuidaria dos salteados, François da grelha e Henri impressionaria a todos com os novos molhos que estava criando. Kostya tinha passado boa parte da semana acompanhando o trabalho dele, enfiando minúsculas colheres de degustação em panelas com todas as cores e tons imagináveis e fazendo microajustes do tipo cinco grãos de sal a mais ou um único giro do moedor de pimenta a menos. E agora não entendia por que ninguém se preparara para isso com antecedência, nem o que exatamente Michel queria dele.

"E qual é o favor?"

Michel piscou algumas vezes, depressa.

"Pelo jeito você entende a importância da noite de sábado. Isso é bom. Felizmente, Henri está finalizando as receitas e vai deixar pronto para nós tudo de que precisamos antes de ir. Seria só uma questão de seguir as instruções, mas, só por garantia, eu queria você como *saucier*."

Kostya engoliu em seco, sentido um nó na garganta tão forte que parecia que tinha engasgado com o próprio pomo de adão.

"Eu?"

"Você me causou uma boa impressão. Eu tinha certeza de que não ia acontecer, mas enfim. Eu gostaria de dar a você a oportunidade de encarar esse desafio. Vou pedir para o Henri passar tudo para você amanhã."

"Uau. Sim. Claro! Obrigado, chef. Eu não vou decepcionar."

Na noite da festa, Kostya assumiu como *saucier*, Fernando ficou na estação de saladas sozinho (claramente determinado a provar sua capacidade), e Michel ficou circulando pelo salão com seu dólmã branco, enfiando a cabeça para dentro da cozinha de tempos em tempos para narrar tudo o que acontecia ou para reclamar da agilidade do serviço.

Henri tinha deixado sete páginas de anotações meticulosas em uma caligrafia minúscula: se fosse para alguém se ferrar por alguma cagada relacionada aos molhos, não seria ele. Mas o que Michel tinha descrito como mera questão de seguir as instruções se revelou algo bem diferente. Havia uma infinidade de pratos apresentados como *amuse-bouches* para criar a atmosfera desejada de coquetel, cada qual acompanhado de um molho, com modificações para casos de alergias alimentares, aversões pessoais et cetera e tal, e variações de sabor relevantes o bastante para tornar uma eventual confusão entre um molho e outro num grande problema.

Caso ele não tivesse convicção absoluta de que Michel não tinha o menor senso de humor, Kostya poderia até se perguntar se aquilo não seria uma espécie de pegadinha.

Durante o coquetel, tudo saiu tranquilamente, com milhares de pequenas porções de ceviche de vieira, cordeiro selado em nitrogênio líquido, endívias com figo gratinado e *parfait* de foie gras passando a toda velocidade pela estação de Kostya apenas pelo tempo suficiente para ele acrescentar os respectivos molhos — manteiga de limão em conserva, espuma de licor de menta, glacê de marmelo com framboesa, compota de damasco — em breves pinceladas antes de serem levadas para o salão em enormes bandejas de prata.

Ele teve um breve respiro durante o serviço de pratos crus, já que os molhos *mignonette* e *cocktail*, a manteiga clarificada, o vinagre de *thai-chili* e a redução de *yuzu* com capim-limão que acompanhavam as ostras, os camarões, os caranguejos e o caviar tinham sido colocados com antecedência em tigelas de madrepérolas e deixados num elaborado palácio de gelo.

Ele bebeu água de uma garrafa de um litro, limpou o suor da testa e do nariz com um pano de prato e consultou a prancheta. A seguir viriam as massas.

Kostya se preparou mentalmente para a tarefa.

No Saveur, a massa era preparada na própria casa, e cozida à medida que os pedidos chegavam. Embora o número de convidados da festa tivesse mais que triplicado o número de pedidos de massa de uma noite normal, Michel prometera ao Gild que, além de só servir massas frescas, haveria sete tipos diferentes delas, cada qual com seu molho e suas guarnições.

Lorenzo, o *pastaio* da casa, tinha chegado logo ao amanhecer para começar a preparar *gnudi*, *anelli*, *cavatappi*, *fideo*, *gemelli*, *orecchiette* e *mafaldine* aos milhares. Cada massa era infundida com um sabor bem específico — raspas de limão para o *gnudi*, óleo de manjericão para o *anelli*, trufa branca para o *cavatappi* e assim por diante —, de modo a complementar os molhos e criar uma experiência orgástica de sabor. O problema era que Kostya precisaria supervisionar a adição do molho em cada um dos pratos, com poucos minutos entre uma porção e outra de massas entrando e saindo da água fervente e das frigideiras de saltear em três estações diferentes, com todos os cozinheiros disponíveis trabalhando para cozinhar, adicionar o molho, empratar, porcionar a guarnição e servir. E tudo isso com dois tipos de molho branco, quatro de tomate (dois com carne, dois vegetarianos) e um pesto roxo, o que significava que, a não ser no caso do pesto, ele não podia gritar *Preciso urgentemente de um* mafaldine *ao molho vermelho*, porque ninguém saberia de qual molho de tomate ele estaria falando.

Eles haviam combinado de tentar saltear apenas um tipo de massa por vez para evitar a confusão na hora de acrescentar molhos e guarnições, e a estratégia parecia estar funcionando. As duas primeiras já tinham saído, e a terceira — *gnudi* ao limão com pesto de amêndoa, rúcula e couve-flor roxa — estava sendo empratada. Kostya estava começando a ficar orgulhoso, experimentando um novo nível de confiança em suas habilidades culinárias, quando sentiu os pelos da nuca se arrepiarem.

Seu corpo todo gelou, apesar do calor escaldante na cozinha, e do dólmã grudado na pele das costas por causa do suor. Ele respirou fundo e se preparou para a chegada do sabor residual, que passou por ele como uma onda, se elevando e se desfazendo, mas assim que atingiu sua língua seu corpo ficou todo entorpecido.

Cebolas doces fritas até ficar com uma consistência macia. Pedaços de fígado frito que derretiam na boca. Um toque de acidez. Endro. E alguma coisa amarga, só um pouco, para acentuar o retrogosto.

Ele não sentia o gosto desse prato fazia vinte anos, mas era exatamente o mesmo da primeira vez, o sabor que ele tinha tentado recriar com Frankie, que tanto vasculhara em sua mente para reencontrar, a prova irrefutável de que seu pai estava ali, naquele *exato momento*, querendo vê-lo, e não era possível saber em quanto tempo desapareceria de novo, talvez para sempre. E, pela primeira vez em todos aqueles anos, Kostya de repente se deu conta de que sabia prepará-lo.

"Puta merda!", murmurou.

"O quê?" Ao seu lado, Fernando teve um sobressalto, alarmado, segurando uma frigideira em cada mão, jogando o *gnudi* com pesto para o alto. "Você não disse que era pesto?"

"É. Não! Desculpa. É pesto mesmo."

A mente de Kostya estava a mil. Havia frangos inteiros na câmara fria. Ele podia tirar alguns fígados e pegar limão e cebolas brancas na despensa; o endro estava logo ali, no *mise en place* de Fernando.

"*Oy!* Konstantin! O *cavatappi*, qual é o molho?"

Era Tony, trabalhando em outra estação e ajudando a supervisionar o pessoal que cozinhava a massa. Kostya voltou sua atenção para ele.

"Alfredo de limão-meyer, e beluga como guarnição!", recitou automaticamente, de memória, mas então hesitou. "Não, espera! Desculpa. O outro Alfredo... o de salmão grelhado, com bagel de tudo como guarnição."

Tony levantou uma sobrancelha. "Tem certeza?"

Kostya pensou a respeito. O *cavatappi* era o enroladinho, com infusão de cebola queimada. Esse Alfredo em especial era uma ode ao cream cheese e ao salmão defumado, combinados para criar uma vibe de bagel nova-iorquino.

"Sim, chef!"

"Você que manda."

Enquanto Kostya corria pela cozinha, ouviu a voz de Tony se elevar.

"Vamos lá, o *cavatappi*, Alfredo de salmão grelhado, guarnição de bagel! Precisamos acelerar o ritmo, pessoal, tem um monte de outros pratos esperando na expedição, e Fernando, *pelo amor de Deus*, arruma essa porra dessa *mise*!"

Kostya saiu à caça na câmara fria, estalando os lábios, tentando não perder o sabor. Finalmente encontrou os frangos, atrás de três caixas de peitos de pato, pegou as cebolas e o limão. Estava a mil por hora. Precisaria arrancar os miúdos, descartar as moelas e os corações e separar os fígados. Fatiar as cebolas bem fininhas. Cortar os limões em gomos.

Ele apanhou uma frigideira de saltear e levou a uma das bocas do fogão de Fernando, que estava ocupado tentando arrumar a bagunça em sua estação — com guarnições espalhadas por toda parte — e quase não o viu.

"O que você está fazendo?", ele perguntou por fim, perplexo, enquanto Kostya remexia dentro da cavidade do frango.

"Tenho um VIP de última hora", mentiu Kostya. "Do Michel."

"*Merda, merda, merda*", repetia Kostya baixinho, em parte por nervosismo, em parte para tentar lembrar do sabor que buscava.

Mesmo depois de tanto tempo, ele nunca conseguira acertar. Era o prato favorito de seu pai, mas preparado por sua *mãe*, que passava o tempo todo tagarelando ao telefone enquanto cozinhava, tão concentrada em falar e ouvir que queimava quase tudo. Inclusive o *pechonka*.

Kostya desejou poder simplesmente perguntar para ela. Desejou que ela aceitasse falar de seu pai, ou preparar os pratos que ele adorava, ou guardar as roupas que ainda tinham o cheiro dele. Desejou que ela tivesse encontrado uma forma, por menor que fosse, de manter seu pai vivo. Em vez disso, era como se ela o tivesse extinguido de sua mente, deixando uma mancha de tinta onde antes havia um homem.

Uma rasura. Cada pessoa tinha uma forma de viver o luto, e a dela era a negação.

Ele não existe mais, ela costumava dizer quando Kostya falava sobre o pai, com palavras amargas, *e nunca mais vai voltar*.

Só que talvez, com a ajuda de Kostya, isso fosse possível.

Ele jogou uma colherada de manteiga na frigideira, que começou a deslizar pela superfície quentíssima, espumando e escurecendo. Ele jogou as cebolas fatiadas, movimentando a frigideira pelo cabo para cobrir as fatias de manteiga e observando enquanto amaciavam.

"Vamos lá, vamos lá", ele falou, "mais rápido."

"Quem é o *VIP*?", perguntou Fernando num tom conspiratório. "Você sabe?"

"Eu preciso me concen...", começou Kostya, mas nesse momento Tony estava perguntando o que ia no *gemelli*.

"*Gemelli*, *gemelli*", repetiu Kostya, acrescentando um fio de azeite e os fígados na frigideira. "Alfredo de limão-meyer! Beluga como guarnição! E depois o *fideo*, com molho mexicano de carne, queijo cotija e coentro."

Isso manteria a cozinha ocupada por um tempo, e depois só restariam o *anelli* e o *orecchiette* — um macarrão de sopa metido a besta e uma massa à puttanesca — e eles estariam dispensados.

"Konstantin, você vai queimar esse fígado."

Fernando tentou ajudar a mexer a frigideira, mas Kostya o afastou.

"Michel pediu *bem passado*."

Fernando deu de ombros e começou a trabalhar nas porções de *gemelli* que se acumulavam em sua estação.

Kostya viu que o fígado estava frito por fora e colocou metade num prato — se precisasse de mais tempo de fogo, ele poderia deixar fritando mais enquanto ainda havia tempo —, temperou com sal kosher, suco de limão e um toque de endro, além de uma pitada de salsinha da recém-organizada *mise en place* de Fernando, e desligou o fogo.

Ficou observando o prato, enquanto uma vibração surgia no fundo da garganta.

A equipe de garçons entrava e saía sem parar pelas portas vaivém da cozinha, com os delicados tubos de ensaio de *gnudi* e *cavatappi* brilhando nas bocas de víboras dos candelabros de cabeça de Medusa que estavam usando para servir. (Pense num exagero.) O pessoal da cozinha estava começando a cozinhar o *fideo*, preparando as peneiras ultrafinas para escorrer os fios de macarrão da espessura de cabelos quando saíam da água. Isso daria a Kostya mais uns dois minutos antes de precisar instruir Tony de novo.

"Ei, Tony!", ele chamou. "Depois vem o *anelli*. Caldo de tomate, crouton de parmesão como guarnição."

Tony assentiu. "Entendido."

Kostya pegou seu prato e foi até a estação de sobremesas, que estava polvilhada de açúcar de confeiteiro e farinha e abandonada, já que os doces só seriam servidos em duas horas. Estava tudo quase assustadoramente silencioso, a não ser pelos ocasionais ruídos de pancadas ou de óleo quente borbulhando na cozinha. Suas mãos tremiam quando ele espetou um pedaço de fígado e levou à boca.

Ele fechou os olhos.

Mastigou.

Degustou.

Sorriu.

Aquela garfada tinha, nota por nota, exatamente o sabor que seu pai lhe transmitira. Só que era real.

Kostya engoliu, e algo aconteceu.

Ele sentiu o sabor residual descendo pela garganta, passando pelos pulmões e caindo até o estômago. Continuou acompanhando-o na barriga, e um pouco além, até o fundo de sua ânsia abismal, até a fronteira que dividia os mundos. Era possível ver com o olho de sua mente o modo como o pedaço de fígado — mastigado e semidigerido — corroía a barreira finíssima, dissolvendo-a como num banho de ácido.

Do outro lado havia tanta luz, o tipo de brilho ofuscante que queimava as retinas. Quando o sabor residual estava prestes a passar para o outro lado, com pontos luminosos emanando de suas entranhas, Kostya ouviu um barulhão na cozinha e abriu os olhos.

Ali, pairando sobre o aço inoxidável enfarinhado, havia centenas de luzes amarelas piscantes.

O resto da cozinha — bem iluminado por fileiras de lâmpadas fluorescentes à prova de calor — parecia quase uma penumbra em comparação. Kostya mordeu o lábio, vendo as luzes pulsarem e piscarem, incapaz de desviar os olhos à medida que se juntavam formando uma cabeça, um tronco, uma cintura.

Os ruídos na cozinha não paravam, mas as luzes chamaram atenção — murmúrios e *puta merdas* temperavam o ar à medida que os cozinheiros erguiam os olhos e observavam aquela aparição inquietante na estação de sobremesas, com as frigideiras de saltear caindo ruidosamente quando perdiam a concentração, e os utensílios rolando pelo chão —, mas Kostya mal os escutava.

"*Papa?*", perguntou com a voz embargada de choro.

As luzes do alto — as que estavam formando uma testa e um queixo e lágrimas enormes que eram dolorosamente familiares — assentiram.

Кушай.

Ele ouviu aquela palavra como se fosse música, a voz

de seu pai lhe dizendo para comer. Enfiou outro pedaço de fígado na boca, mas estava difícil mastigar e engolir com o nó que sentia na garganta.

Seu pai brilhou com ainda mais força, seus contornos mais definidos. Era possível ver seu rosto agora, cintilando com uma luz quente e citrina, como um prisma atravessando um topázio. Todas as rugas de sua testa e do entorno dos olhos estavam exatamente como Kostya se lembrava. Sentiu seu coração pular dentro do peito, elevando-o como se não tivesse peso nenhum.

"*Papa, Papa!* Meu Deus, que bom ver..."

"*Duhovny!*"

Kostya e seu pai tiveram um sobressalto ao ouvir o nome deles sendo dito em voz alta.

Michel abriu as portas da cozinha com um gesto violento. Estava com uma expressão furiosa, com gotículas de baba nos lábios e os olhos faiscando. Foi passando de estação em estação, esquadrinhando a cozinha à procura de Konstantin, enquanto os outros chefs mantinham a cabeça baixa, sem interromper o trabalho. Independentemente do problema — embora mais tarde fossem fofocar a respeito e encher o saco de Kostya sem parar —, no momento eles não estavam interessados.

Ele enfiou mais um pedaço de fígado na boca, torcendo para que fosse o suficiente para manter seu pai materializado, e foi andando pela cozinha até Michel. Os dois se encontraram diante da estação de frituras.

"Estou aqui, chef", disse Kostya, intimidado.

"Em vez de no lugar onde deveria estar! Porque não está de *saucier*?"

"Eu... hã..."

"Quer saber? Não estou nem aí. Só quero saber que diabo é isso."

Ele mostrou um tubo de vidro — retirado de um candelabro de cabeças de Medusa — com uma espiral de massa dentro, coberta com um molho Alfredo branco e pontinhos de gergelim preto visíveis na guarnição de cima.

"O *cavatappi*, chef?"

Michel empurrou o tubo para ele, com o rosto furioso a poucos centímetros de Konstantin e a veia do pescoço pulsando.

"Come."

Kostya assentiu, apreensivo, com um branco terrível na mente — ele tinha mesmo cagado tudo? Cantado errado o pedido? — e virou a dose de massa na boca.

Imediatamente sentiu o sabor forte demais. Em desarmonia. Errado. Estava ruim. O salmão defumado cremoso estava numa discordância terrível com a massa, que havia sido infundida com trufas, *não* cebola, e era uma ofensa ao palato. Não demorou muito para predominar sobre o gosto do fígado e das cebolas, eliminando por completo o sabor residual da sua boca.

Antes mesmo que ele se desse conta do que tinha feito, a luminosidade na cozinha piscou, como se uma lâmpada tivesse queimado, e quando se virou para a estação de sobremesas Kostya só encontrou uma sombra.

"Não!", ele falou, ofegante.

"Você cagou e sentou em cima", esbravejou Michel. "A noite mais importante do ano e... ei! Onde diabos você pensa que vai?"

Kostya estava correndo para a estação de sobremesas, se esgueirando entre os cozinheiros perplexos em meia dúzia de estações enquanto voltava às pressas para seu prato de fígado, com Michel em seu encalço. Ele enfiou os pedaços na boca com as mãos mesmo — os talheres que fossem à merda —, mas, por mais depressa que mastigasse, por mais que enchesse a boca, as faíscas não reapareceram.

Ele havia perdido a tênue conexão, interrompido o contato. Seu pai não estava mais lá.

Kostya sentiu o sangue subir à cabeça. Se sentia zonzo, e perdeu a firmeza nos pés. A cozinha estava quente, sufocante.

"Estou falando com você, Duhovny."

A voz de Michel fervilhava, apesar de ser quase um murmúrio. Kostya sentiu que ele estava nervoso o bastante para socá-lo, e ficou olhando para as mãos grossas e calejadas de trabalhar na cozinha de Michel, achando que a qualquer momento ele cerraria os punhos. Em vez disso, ele pegou o prato de fígado.

"O que é esse lixo?", ele perguntou, cheirando, experimentando um pedaço com a ponta da língua e arregalando os olhos, que faiscavam perigosamente. Ele foi voltando pela cozinha, segurando o prato bem alto. Queria que todos vissem aquilo.

"Ah, acho que entendi. Estamos exercendo a criatividade aqui. Por algum motivo, achamos que podemos vir aqui na *minha* cozinha durante o serviço mais importante do *meu ano* e foder a *minha* degustação de massas — aliás, de um jeito tão fodido que o presidente do Gild acabou de me dizer que acha que estou perdendo a mão —, e enquanto isso estamos aqui, achando que somos *tão* brilhantes que podemos criar nossas próprias receitas, e testar no meio do *meu* evento, em vez de fazer a porra do nosso trabalho e supervisionar cada prato dessa porra desse serviço como somos pagos para fazer. Vai se foder, Duhovny. Você é um puta desperdício de talento. Vai, se manda da minha cozinha, caralho."

Kostya ficou paralisado onde estava, sentindo a boca seca.

"Chef. Me devolve esse prato. Por favor."

Ele estava desesperado para tentar de novo, para evocar a conexão de alguma forma, para preparar o prato com perfeição mais uma vez, para seu pai poder voltar e dizer que...

"Esse prato?"

Em um único movimento furioso, Michel jogou tudo — o prato, o fígado, os gomos de limão, a guarnição — na fritadeira mais próxima, que borbulhou com tanta violência que espirrou uma onda de óleo fervente no braço direito inteiro de Konstantin.

Potage

A EXPERIÊNCIA CULINÁRIA DE KONSTANTIN DUHOVNY

Certo, família, vamos levantar as mãos rapidinho — quem esperava por essa? Puta loucura, né? Vou dizer uma coisa pra vocês, eu vi as cicatrizes do KD com os meus próprios olhos — antes que ele fechasse o braço de tatuagens — e a coisa ficou feia. Tipo, não dava nem para saber se a pele algum dia ia cicatrizar. Queimadura feia mesmo. Precisou de enxerto e tudo o mais e mesmo depois não ficou bom antes da tinta. Sério mesmo.

*

Ah, isso é mais do que loucura, irmãzinha; é crime.

E olha só, o cara não era trouxa. A primeira coisa que fez depois de voltar do hospital foi ligar para um advogado — e colocar tudo por escrito. Mas o que eu estou dizendo agora foi só o que ouvi dizer. Nunca vi a carta, e o Gild fez de tudo para resolver a coisa por debaixo dos panos, e conseguiu. Mas parece que o Michel ficou cagando de medo. Percebeu que podia perder tudo se o Bones entrasse na justiça. E isso é verdade, sabe — tinha uma cozinha inteira como testemunha e um braço direito como prova, além do relatório médico e tudo o mais. Então eles fizeram um acordo. Nosso amigo ganhou uma boa grana, além de uma carta de recomendação para onde quisesse ir, porque a essa altura o Michel já estava bem mansinho. O Bones podia escolher — Le Bernardin, Eleven Madison, Gramercy Park, todos esses lugares chiques o receberiam de braços abertos depois do Saveur, e ele sabia disso.

Só que ele não queria mais saber de alta gastronomia. Ficou totalmente desiludido.

Ele tinha sentido o gostinho de como era fazer seu próprio lance. Cozinhar o que quisesse, nos seus próprios termos. Não ia querer recomeçar na cozinha de ninguém.

Então ele abriu sua própria casa.

E lá está ela, ali à esquerda.

É meio difícil de ver da rua, se você não souber onde procurar. Esses casarões antigos de Hell's Kitchen são, tipo, todos iguais. Não tem placa, nem toldo, nada. Só um apartamentozinho de dois quartos no primeiro andar daquele ali.

Essa, meus amigos, é a residência pessoal de Konstantin Duhovny. Onde a magia acontece. A fábrica de salsicha. Onde você não espera que o fiscal apareça pedindo o alvará porque, hã, não existe um.

É por aqui, subindo a escada. Pode ir na frente, cara, é por aí mesmo.

Vamos ver o que está rolando no Hell's Kitchen Supper Club.

Soul food

Konstantin pendurou os folhetos sob a influência de álcool.

Um perto de seu apartamento, no coração de Hell's Kitchen, colado com um adesivo num poste de semáforo. Outro no Washington Square Park, afixado ao portão de uma área cercada para cachorros. Outro no centro da cidade, na igreja da Trindade, preso ao portão do cemitério. Outro colado com fita na calçada da Biblioteca Pública de Nova York, sob os olhares desdenhosos dos leões de pedra, Paciência e Fortidão.

Seu alvo (seria mesmo possível mirar em alguma coisa naquele nível de bebedeira?) eram lugares por onde os fantasmas podiam circular, e onde as pessoas que desejavam vê-los de novo poderiam ir à sua procura. Como não conseguiu pensar em nenhum, se contentou com locais movimentados. O folheto dizia:

JANTAR COM FANTASMAS

Você perdeu alguém?

Está de luto, remoendo o passado?

Não consegue virar a página e seguir em frente?

Deseja ter mais uma chance de dizer a uma pessoa amada como você se sente?

Nós podemos ajudar.

Faça uma última refeição juntos no **Hell's Kitchen Supper Club**.
Você traz as lembranças, nós evocamos os fantasmas
(literalmente).
RSVP obrigatório. Um jantar por noite. Refeição servida às 20h.
Pague o que quiser.
Apenas pedidos sérios serão respondidos.

Abaixo do texto havia papeizinhos destacáveis, com a mensagem ENTRE EM CONTATO PARA MAIS DETALHES e o celular de Kostya.

Quando pensava em tudo aquilo — em como digitara o texto às pressas na lojinha da FedEx, como imprimira os folhetos sem um instante de hesitação —, ficava abismado. Ele estava tão confiante. Tão convencido de que daria tudo certo.

Tinha sido ajudado e incentivado por vários copos de coragem com infusão de zimbro, verdade. Passara a maior parte daquela manhã deitado no sofá com uma garrafa de Hendrick's, pensando no Saveur, e em seu pai, e naquela vidente linda e cruel, que provavelmente estava certa a seu respeito. Ele tinha mesmo sido um covarde, preso em suas próprias hesitações. Incapaz de lidar com os Mortos.

"Talvez seja melhor você trocar isso por café descafeinado", sugeriu Frankie.

Tinha saído do banheiro e encontrado Konstantin se fundindo às almofadas do sofá, na mesma posição do dia anterior, usando as mesmas roupas e com o mesmo olhar apalermado de descrença na cara cada vez mais cheia de álcool.

"Ou... argh!", reconsiderou Frankie. "Pelo menos trocar os curativos. Seu braço está com cheiro de fim de feira."

Os médicos da unidade de tratamento de queimaduras o tinham convencido a usar um xenoenxerto de pele de tilápia, aplicando as partes de peixe que Kostya jogava fora no

Saveur Fare ao ferimento dolorosamente em carne viva em seu braço e enrolando com gaze. Depois de doze a catorze dias cheirando a sushi estragado ele teria uma camada novinha de epiderme, segundo lhe garantiram.

Kostya deu mais um gole direto do gargalo da garrafa.

Ele repassava sem parar em sua mente a cena com Michel. E saía escaldado todas as vezes. Sua passividade, sua frouxidão, seu medo irracional. E do quê, no fim das contas? Da fúria de Michel Beauchêne? Da decepção dele? Qualquer que fosse o impulso de cachorro manso despertado no subconsciente de Kostya, aquilo lhe custara a chance de rever seu pai. Talvez a única.

Kostya tinha tentado preparar a receita de fígado de novo — e conseguido, várias e várias vezes, reproduzir o mesmo sabor que havia provado antes que Michel tomasse o prato dele. Mas seu pai não havia aparecido. Ao que parecia, o sabor residual precisava ser recente para a coisa funcionar. O espírito ainda precisava estar lá. Restava a Kostya rezar e esperar que o sabor residual reaparecesse, que seu pai voltasse por iniciativa própria.

Frankie abriu a janela da sala de estar.

"Beleza, amiguinho. Já chega. Você precisa sair daqui um pouco." Ele arrancou a garrafa da mão mole de Kostya. "Primeiro, um banho. Depois, fora."

"E eu vou para onde?", questionou Kostya, com a fala arrastada.

"Para qualquer lugar. Ou lugar nenhum. Até encontrar algum sentido na vida, ou um conceito de restaurante surgir pra você. Talvez você descubra para onde quer direcionar sua carreira. Ou pelo menos dê um tempo para o apartamento dar uma ventilada."

Kostya deu de ombros e não se moveu.

"Certo." Frankie tentou de novo. "Que tal isso? Você pode me fazer um favor e ir até a FedEx na Nona Avenida e imprimir umas cópias do meu currículo. O Keller me respondeu."

"Puta merda." Kostya se sentou direito no sofá. "Você vai sair do Rio?"

"É só uma sondagem", respondeu Frankie, num tom de voz geralmente reservado para conversas sobre compromissos sérios. "Enfim, você me quebra esse galho, e o que acha de kadhi e naan com alho? Eu passo no Kalustyan's para comprar assafétida."

Um sorriso embriagado surgiu no rosto de Kostya.

"Pare de tentar me seduzir."

"Você se vende barato mesmo, Bones. Por favor, não mude nunca."

Foi a caminho da loja da FedEx, enquanto apertava o botão do semáforo para pedestres, que a ideia lhe ocorreu. Se ainda *existisse* a chance de ver seu pai, por menor que fosse, ele não podia ficar só esperando o sabor residual aparecer de novo. Embora Kostya se sentisse razoavelmente confiante em sua habilidade de preparar o prato outra vez, não podia se arriscar a sentir o gosto de *pechonka* num táxi, ou no metrô, ou em algum lugar onde não tivesse acesso aos ingredientes, a uma cozinha. Precisava aprender a desencadear os sabores residuais por conta própria. Para fazê-los surgir quando necessário. Como se fosse uma simples questão de apertar um botão.

E, para isso, precisava praticar.

Quando chegou à Nona Avenida, seu plano vago e inebriado tinha tomado forma.

Folhetos. Uma cozinha de teste fantasma. Uma refeição por vez.

O Hell's Fire Kitchen Supper Club.

Kostya não esperava receber contato nenhum, não de verdade, não com base naquela porcaria de anúncio, mas já no dia seguinte seu celular explodiu de mensagens de desconhecidos requisitando reservas, e à primeira (Louise) ele deu seu endereço e uma data (1º de fevereiro), junto com instruções para passar o dia do jantar pensando na pessoa amada que morreu.

Louise era diretora musical da igreja Nossa Senhora das Dores no Lower East Side e viu o panfleto na frente da igreja da Trindade depois de uma oficina de manutenção de órgãos. Ela lhe pareceu peculiar em suas mensagens de texto. Contida. Direta. Por outro lado, poderia facilmente ser uma psicopata, uma fanática religiosa ou — não, tudo menos isso — uma influenciadora digital.

Com a ajuda de Frankie, Kostya transformou seu apartamento tamanho pocket num restaurante viável. Jogaram na rua o sofá encardido e manchado, a televisão quebrada e o rack vagabundo de compensado e conseguiram uma mesa com cadeiras na Craigslist — SENTE A BUNDA NAS ANTIGAS CADEIRAS DE JUDE LAW!!! VENDA APENAS PARA RETIRADA EM MANHATTAN! — para ocupar o espaço, criando uma sala de jantar. Penduraram uma cortina de chuveiro (uma imagem de Keanu Reeves como Jesus com um cachorro no colo, a única disponível no mercadinho ali perto) para separar a cozinha do salão. Desinfetaram todos os espaços possíveis do local com água sanitária e, enquanto esfregavam uns bons trinta anos de sujeira da velha bancada laminada da cozinha e dos tijolos expostos caindo aos pedaços da parede, Kostya — com o braço derretido ainda coberto com uma bandagem sabor peixe — fazia planos de percorrer toda a ilha de Manhattan em busca de ingredientes.

Tinha feito várias perguntas a Louise sobre o fantasma em questão, tentando definir um tipo de comida no qual se concentrar. Ela foi irritantemente misteriosa — *minha irmã passou anos comendo como uma asceta* — e, diante de perguntas mais incisivas, dava respostas como *ah, não, ela não podia com açúcar* ou *ela gostava de carne, mas quase nunca comia*. O que Konstantin acabou entendendo da conversa era que a pobre mulher provavelmente era vegana ou adepta da paleodieta ou de alguma outra forma infernal de sobrevivência.

No fim, decidiu que era melhor pecar pelo excesso do que pela falta. Afinal, talvez Stacy, a irmã de Louise, vivesse passando fome comendo apenas sopa de tutano e biscoito de arroz, mas um dia podia ter entrado escondida num restaurantezinho marroquino para encher a barriga de comida de verdade, e gostado tanto do cordeiro com ameixa — e não de tofu cozido — que precisava provar aquilo de novo.

Para esse trabalho, Kostya precisava estar pronto para qualquer coisa. Fez uma lista de temperos — de feno-grego a *furikake* — utilizados numa imensa variedade de culturas culinárias que uma residente de Nova York poderia conhecer, e foi às compras. No fim de sua expedição à procura de especiarias, se sentiu como Vasco da Gama em busca de novas rotas comerciais.

Estava andando por Chinatown fazia meia hora quando encontrou uma loja na Elizabeth Street sem uma única palavra em inglês na vitrine. Comprou anis-estrelado, pimenta vermelha moída e o pó de cinco-perfumes-chineses, além de temperos sem nome, que comprou apenas com base no sabor, enfiando o dedo mindinho nas tinturas e ervas e seguindo o que lhe dizia sua língua. Cinco quarteirões ao norte, na Broome Street, encontrou o *yuzu koshō*, o karashi em pó para limpar o palato, *shichimi tōgarashi* e sal Moshio no seu fornecedor de costume de artigos japoneses. Passou por Murray Hill, mas em vez disso se dirigiu a Jackson Heights, no Queens, onde foi a uma pequena mercearia indiana que um ajudante de garçom bengalês do Wolfpup recomendara, para comprar cúrcuma e *garam masala*, cogumelos selvagens em pó, sacos plásticos com vários tipos de curries nas mais diversas cores, de dourado e vermelho ao verde. Dali pegou um Uber até o Bronx, em busca de temperos senegaleses e marroquinos e do oeste e do norte da África, de *gejj* e azeite de dendê, de harissa e *smen*, de farinha para *fufu* e *suya* e bérberis e cardamomo preto, além de dezenas de ingredientes para *dukkah* e *bahārāt*, receitas de famílias tão variadas que, caso fosse preciso preparar algum desses pratos, precisaria que o fantasma guiasse sua mão. Então foi à Feira Culinária Internacional da Nona Avenida para comprar iguarias mediterrâneas — estragão, sumagre, orégano, tomilho. Conseguiu trufas em pó e *herbes de Provence*, além de ramos de açafrão, num mercadinho de produtos importados da Europa na Broadway.

Com isso, estava abastecido de temperos.

No dia anterior ao jantar de Louise, ele comprou os ingredientes.

Kostya acordou antes de amanhecer para alugar uma bicicleta e ir até o mercado de carne na Bowery comprar os cortes bovinos, suínos e ovinos mais frescos possíveis. E pegou coisas mais exóticas também — carne de veado, de avestruz, de coelho, de codorna e até de pombo, mais gostosa do que a maioria imagina, considerando que a maioria dessas aves que viviam arrulhando por toda a cidade era basicamente ratos com asas.

Ele precisou mentir e dizer que estava fazendo compras para o Saveur, para convencer os fornecedores a lhe venderem porções tão pequenas — só um ou dois pedaços de cada proteína, já que estava ficando sem espaço na geladeira —, mas achava que Michel ainda lhe devia uma, ou muitas, então tudo bem.

Para garantir, comprou pés de frango e de porco, além de língua, fígado, coração, vísceras e tutano; alguém poderia estar na larica por lámen com um caldo bem grosso e gorduroso, e era sempre possível que o fantasma fosse alguém vindo dos campos verdejantes da Escócia com apetite para um *haggis*.

Com um pouco de insistência e uma dose generosa de bajulação, Frankie aceitou ir à South Street em seu dia de folga para comprar peixes frescos — *Você é o único cara do mundo por quem eu sacrificaria meu sono de beleza. Tem ideia do quanto é difícil se manter jovial o tempo todo?* — enquanto Kostya ia ao Mercado de Frutas de Manhattan, em Chelsea, atrás de uma variedade incrível de hortifrútis.

Depois de deixar as coisas no apartamento, Kostya pegou a linha R do metrô para Little Italy, onde compraria latas de Cuoco Milanese e tomates San Marzano em potes bonitos de vidro, Nutella *fatta in Italia* (que punha a versão americana no chinelo), *prosciutto* importado e presunto curado e cozido em fatias finíssimas. Pegou os pães de receita francesa recém-saídos do forno no Balthazar. Escolheu sete variedades de arroz, além de *kasha*, quinoa, farro e cevada. E, no caminho de casa, ainda passou no Food Emporium para pegar laticínios, tofu, *tempeh* e *seitan*.

No fim, gastou mais do que uma pequena fortuna, mas estava se sentindo cada vez mais à vontade com isso. Se sentia empoderado pela primeira vez desde que tinha saído do Saveur

Fare. Pensou em seu pai na cozinha de sua infância, no modo como o rosto dele se iluminava quando Kostya acertava um ingrediente misterioso, no jeito como sorria, incapaz de conter seu deleite.

Ele o veria de novo, jurou para si mesmo enquanto empurrava um carrinho com a roda quebrada. Daria um jeito de fazer acontecer.

Faria tantos jantares no Hell's Kitchen Supper Club quanto fossem necessários para entender cada regra, cada nuance das amarras com que tinha de lidar — o que atraía os fantasmas, o que interrompia as conexões, o que as prolongava, o que era preciso fazer de modo a invocá-los, para começo de conversa — para poder trazer seu pai de volta e fazê-lo ficar, e aprender como repetir a experiência mais vezes. Ele jamais perderia outra chance por medo, ou por se sentir intimidado, ou por tentar agradar. Nunca mais perderia de vista o que realmente importava.

Quando seus convidados espectrais aparecessem, ele seria um anfitrião agradável e um líder destemido. Seria seu P. T. Barnum, de fraque e casaca e cercado de efeitos pirotécnicos malucos. Seria seu Virgílio, a voz da serenidade para ajudá-los a atravessar o desconhecido. Seria seu Pac-Man, guiando-os discretamente para fora do labirinto com frutas deliciosas e sem fantasmas. Seria o descobridor de sonhos, o garimpeiro de memórias, o intérprete de suas papilas gustativas e línguas e instinto.

Seria seu Chef d'Esprit.

Na noite do primeiro jantar, essa confiança desapareceu completamente. Os intestinos de Kostya deram um nó.

"Você está com cara de quem está prestes a encontrar

um fantasma." Frankie sorriu quando vestiu um casaco sobre o dólmã de chef.

"Você é tão engraçado, cara, já te disseram isso?", retrucou Kostya, enfezado.

"Ah, qual é. Você dá conta. Qual é a pior coisa que pode acontecer?"

"Sei lá. Louise morrer de intoxicação alimentar? Uma explosão nuclear durante a sobremesa? Um apocalipse zumbi na hora de servir as entradas?"

"Que bom que você já pensou em tudo." Ele deu um soquinho no ombro de Kostya. "Vai dar tudo certo. Fecha os olhos, respira fundo, e imagina que vai sair tudo de acordo com o previsto. Você vai ser bom nisso, Bones."

"E se eu não for bom?"

"Então pelo menos seja cuidadoso."

Uma hora antes do horário marcado, Kostya se posicionou na janela da sala. A rua estava deserta, já às escuras, com as lâmpadas dos postes projetando halos fantasmais no céu noturno. O ar estava úmido e gelado, como se fosse nevar.

Kostya ensaiou baixinho seu discurso de boas-vindas, com as palavras embaçando o vidro.

"Hã, oi. Olá. E aí. Bem-vinda ao Hell's Kitchen Supper Club. Meu nome é Konstantin, o chef que vai preparar sua refeição."

Aff.

"Seja bem-vinda!", ele tentou de novo, falando mais alto. "Bem-vinda a uma noite de mistério, de encantamento, de deleites de outro mundo, que vão surpreender seus sentidos e impressionar..."

Jesus amado.

"Você está pronta para um último adeus? Porque vou proporcionar um... com um tempero especial!"

Onde ele estava com a cabeça?

Ele estava começando outro monólogo ridículo — "Você já se perguntou qual é o lance dos fantasmas?" — quando o interfone tocou.

Kostya se debruçou sobre a janela para dar uma olhada em Louise, mas ela estava perto demais da porta da frente, fora de seu campo de visão. Só o que viu foi a parte de trás de uma espécie de manto preto e comprido. O interfone tocou de novo. *Que ótimo*, pensou enquanto destrancava a porta, *ela está vestida para uma feira renascentista e tem um dedo nervoso.*

Um instante depois, ouviu uma batida tímida na porta. Kostya abriu e teve que impedir que seu queixo fosse parar no piso maltratado de madeira. Como no início de uma piada sem graça, lá estava uma freira de carne e osso. De hábito e tudo.

Tinha um sorriso agradável, com marcas de expressão que denunciavam sua idade. Mãos pequenas e enrugadas. Olhos tão lacrimejantes que fizeram até Kostya piscar.

Ela piscou também.

De repente ele se lembrou do que ela escrevera na mensagem, sobre hábitos alimentares ascéticos. Em algum lugar, com certeza, Deus estava às gargalhadas. Tanta carne na geladeira, tudo à toa. Ele poderia fazer hóstia com farinha de arroz? As freiras comiam isso nas refeições ou só durante a comunhão...

"Eu estou aqui para o jantar, lembra? Louise?", ela falou. "O anúncio dizia que era um jantar com *fantasmas*."

Ela murmurou a última palavra, como se tivesse medo de que pudesse escapar.

"Sim! Louise. Hã, quer dizer, irmã. Olá. Bem-vinda ao

Hell's Kitchen Supper Club. Entre, por favor. Posso lhe oferecer um lugar na antiga cadeira de Jude Law?"

Ela permaneceu no vestíbulo, franzindo a testa ao ver seu dólmã de cozinheiro, comparando o uniforme dele com o seu. "Isso é alguma piada com a série *Young Pope*?"

"Ah, não. Meu Deus, não!" Kostya ficou todo sem jeito. Louise fez uma careta ao ouvir o santo nome do Senhor em vão. "É que eu comprei, hã, essa mesa de jantar" — ele fez um gesto para o móvel atrás de si — "que segundo disseram foi... Quer saber? Esquece."

Uma sobrancelha erguida se somou à careta no rosto dela.

"Isso é algum tipo de golpe? Porque o anúncio dizia 'pague o que quiser', então pensei que pudesse ser algo feito por caridade" — ela o encarou com desconfiança —, "por menos ortodoxo que isso seja."

"De jeito nenhum, por favor, não é um golpe", garantiu Kostya. "É que... olha só, é meio difícil de explicar, e eu prefiro não fazer isso no corredor, sabe? Então, se não se importar", ele recuou um passo, "pode entrar, certo? Me deixa ajudar você a encontrar a Stacy. Não é de dinheiro que eu estou atrás."

Ao ouvir o nome da irmã — que Kostya agora entendia ser uma irmã apenas no sentido religioso —, Louise se tranquilizou.

"Tudo bem", ela disse, falando devagar, e entrou no apartamento mal iluminado. "Mas esteja avisado. Eu tenho spray de pimenta embaixo da touca."

Eles ficaram sentados um diante do outro, ambos constrangidos, com a irmã Louise olhando feio para o desenho de Jesus Keanu que cobria a visão da cozinha, os braços cruzados sobre o peito e o copo d'água intocado. Depois de alguns momentos de silêncio doloroso e carregado de julgamento, sem nenhum discurso inteligível preparado, Kostya humildemente soltou a língua e começou a falar.

Ele se apresentou. Contou sobre os sabores residuais. Explicou que sua comida trazia brevemente os espíritos de volta à vida. Ao ouvir isso, a irmã Louise descruzou os braços.

"Quantas vezes você já fez isso?", ela perguntou. "Trazer um fantasma de volta."

"Uma", ele respondeu lentamente. "E meia."

"Uma e *meia*?"

Ele confirmou com a cabeça. "Sinceramente? Ainda não sei direito como funciona. Um dos motivos por que estou fazendo isso é tentar descobrir. Mas enquanto isso quero ajudar as pessoas, se puder. Dar uma chance para que digam o que eu — o que elas não tiveram a chance de dizer."

Ela assentiu lentamente, observando-o.

"Quem você perdeu?", perguntou por fim.

Ele hesitou. "Meu pai."

"E você o trouxe de volta?"

Kostya abaixou os olhos para as mãos. "Ele foi a meia vez."

Ela balançou a cabeça de novo. "Certo. O que eu preciso fazer?"

Kostya piscou algumas vezes, surpreso por ela ter aceitado. Tinha pensado um bocado sobre essa parte, sobre como fazer os espíritos — Anna e seu pai — voltarem. Sobre o que poderia tê-los atraído.

"Bom, hã. Certo. Você precisa pensar nela. Tentar... chegar até ela. Com seus pensamentos. Precisa querer que ela volte. Sentir tanta falta dela que isso acabe jogando uma linha até onde ela está."

A irmã Louise esfregou o centro do peito. Uma lágrima escorreu pelo seu rosto e desapareceu no colarinho.

"Eu sinto."

"Então vamos esperar. Se ela estiver por aqui, vou sentir o gosto do que ela quer comer. Aí eu preparo, e você come. E, se eu acertar tudo, ela vai aparecer."

"Só isso?"

"Só isso."

A irmã Louise pegou a água e levou aos lábios. Deu um gole. Pôs o copo de volta na mesa. Deu uma boa olhada em Kostya, ponderando alguma coisa.

"Eu nem devia estar aqui", ela disse então. "Falei para as outras irmãs que estava com dor de cabeça. Devia estar nos meus aposentos, descansando. Se o padre Mackenzie soubesse que estou aqui, com certeza não aprovaria. Ele não apoiaria" — ela fez um gesto para o espaço ao redor, para a mesa posta, o Jesus Keanu — "o ocultismo. Isso sem falar na madre superiora; ela comeria o meu fígado só por ter pegado seu papelzinho destacável no anúncio."

"Então você... desculpa, o que você queria saber mesmo?"

"Eu queria saber" — ela levantou o copo d'água de novo — "se você não tem nada mais forte."

Entre doses de scotch, que ela bebia como alguém com um tipo bem diferente de hábito, a irmã Louise contou a Kostya sobre a irmã Stacy. Elas se conheceram no convento, depois de sentirem o chamado da vocação aos vinte e poucos anos — a irmã Louise depois de uma série de péssimas decisões que a levou a procurar o Senhor, e a irmã Stacy após uma série de felizes acasos que renovou sua crença Nele. Viraram boas amigas, e apesar de terem entrado em sua sagrada aliança com o mais profundo comprometimento com seu Senhor e Salvador, ainda assim era impossível para elas não sentir também que parte do que as atraíra para a Igreja era ao mesmo tempo um desejo divino de que suas almas se encontrassem.

"A gente era unha e carne. E, como nossa ordem era bem fechada, a gente se apoiava uma na outra. Quando eu achava que não servia para essa vida, Stacy me tranquilizava. Sempre que eu tinha dúvidas — e eram muitas —, ela rezava para mim. Eu me sentia muito grata por ela estar do meu lado. Ela era uma pessoa muito, muito sábia."

"Como foi que ela faleceu?", perguntou Kostya gentilmente, e uma expressão sombria surgiu no rosto da irmã Louise, que virou seu copo de uma vez.

"Essa é a grande questão", ela disse baixinho. "Na verdade eu não sei. Ela estava no auge da vida. Era a imagem perfeita da saúde. Corria pelo convento para se exercitar, e aí um dia, durante a corrida, simplesmente caiu morta."

"Nossa senhora", exclamou Kostya, e ela fez o sinal da cruz. "Desculpa. E não fizeram a autópsia?"

Irmã Louise negou com a cabeça. "Demandar isso implicaria que alguém que estava no convento naquele dia teria feito mal a ela. E isso... nós todos fizemos votos. Somos mulheres e homens de Deus. É inconcebível."

"Então, como...?"

"Inconcebível", ela repetiu. "Não impossível. Essa ideia me deixou tão transtornada que eu pedi transferência. Mas, mesmo de longe, isso me incomodava. Eu rezei e rezei. Pedi ao Senhor para me ajudar a fazer as pazes com a perda dela, para perdoar quem tinha feito isso, mas Ele nunca me proporcionou esse alívio. É por isso que estou aqui."

"Para descobrir de quem é a culpa pela morte dela?"

A irmã Louise assentiu. "E para falar que eu sinto muito por não ter estado lá quando aconteceu. Ela... ela me chamou para ir junto naquela manhã. Mas eu não podia; tinha me comprometido a ajudar uns visitantes de outra paróquia, então ela foi sem mim. Não consigo nem dizer o quanto me arrependo dessa decisão." Ela soluçou baixinho. "Muitas vezes eu me perguntei como teria sido se a vida dela não tivesse sido interrompida. Faz quase trinta anos, mas nunca deixei de pensar nela. De me perguntar o que aconteceu. E por quê."

Kostya sentiu um sopro repentino na nuca, como o último suspiro de alguém.

"Eu... acho que estou sentindo a presença dela."

Ele se levantou de um pulo, passou atropelando Keanu Reeves e entrou na cozinha, deixando para trás o rosto perplexo da irmã Louise.

Os sabores estavam surgindo na sua boca. Não era o caldo ralo, nem o pão velho, nem o queijo mofado que esperava de uma freira, mas um prato *picante*.

Pimenta-caiena. Páprica defumada. Tabasco. Uma boa quantidade de Tabasco. A textura perfeita de um frango frito douradinho e crocante com a pele soltando da carne das coxas e asas. O toque característico do creme azedo e o aroma forte do gorgonzola, mas não era... hum! Não era um molho, e sim... uma sopa? Quente e espessa, cremosa, com colheradas de batata assada com ervas e pedaços do queijo azul e — sim! lá estava, no fundo de sua garganta — cerveja Guinness.

Kostya sorriu consigo mesmo. Ele tinha, *sim*, um queijo mofado e envelhecido na cozinha, no fim das contas. E caldo também, pelo que se lembrava. Mais alguns pecados capitais, como uma fritura para boiar em qualquer coisa que a deixaria molinha e encharcada. Heterodoxa e inesperada, a combinação da picância, da cremosidade e da crocância formava sua própria Santíssima Trindade.

Ele gostou da irmã Stacy logo de cara.

Quando colocou o prato diante da irmã Louise, ela arregalou os olhos.

A irmã Louise — nome de batismo Louise Mary-Ellen Fitzpatrick — olhou para a tigela diante dela na mesa. Ela conhecia aquele prato. Era a única refeição de fora do convento que ela e a irmã Stacy fizeram juntas, um prato bem pouco recomendável que o irmão de Stacy, Fred, trouxera consigo em uma visita. Elas eram educadas demais para recusar, e pagaram o preço disso, com suas entranhas se revirando, se contraindo e ameaçando se esvaziar a noite toda. Sem conseguir dormir, elas ficaram conversando, e o sofrimento compartilhado inspirou um amor pela companhia uma da outra. Mas não havia como aquele chef saber disso.

Só a presença da sopa já era um milagre.

Suas mãos tremeram quando ela enfiou a colher na tigela. O que ela estava prestes a fazer — despertar um espírito; desafiar a vontade de Deus; consumir aquela refeição gordurosa e indulgente — beirava a profanidade. Ela poderia ser castigada por isso. Excomungada. Se não pelo próprio Pai Celestial, ao menos pelas mulheres e pelos homens íntegros que eram responsáveis por vigiar suas ações. Mas ela não estava nem aí. Precisava ver Stacy; precisava saber.

A irmã Louise levou a colher de sopa à boca, sentindo um sabor tão potente que lhe trouxe lágrimas aos olhos.

A colherada continha inúmeras camadas.

Os pedaços de batata com a casca áspera e marrom e encharcada de amido, como as túnicas e meias que receberam no primeiro dia de convento — *A limpeza nos aproxima de Deus, irmãs!* — e os sorrisos que trocaram, ela e a outra noviça, irmã Stacy Ann Robbins, quando usaram aquilo pela primeira vez, suas incômodas e pudicas roupas novas. A pungência e o ardor do molho apimentado — Tabasco, amplificado com pimenta-caiena — queimando a garganta da irmã Louise, como sua tosse naquele inverno, e o único lado bom foi a preocupação gentil da irmã Stacy, e os emplastros de mostarda da enfermaria, e a maneira como ela os aplicava, quentes e úmidos, no peito e nas costas de Louise — *Agora respira fundo* — e como continuou fazendo isso até bem depois que a tosse de Louise havia passado. Os pedaços de pele de frango com sal eram as páginas de suas Bíblias, sua cabeça baixa durante as aulas de teologia, as palavras ricas e virtuosas que consumiam suas horas de vigília e se derretiam numa carne escura, as conversas suculentas depois que as luzes se apagavam — *Do que eu sinto falta? Livros de romance. Batatas fritas. Ser vista* — e logo em seguida Louise cochichou de volta: *As freiras deviam ser invisíveis. Mas para mim você não é.* E a sopa, lisa e cremosa, doce, com a palidez de um punho, uma testa, uma bochecha, até o queijo gorgonzola aparecer e estragar tudo, como naquela tarde na galeria do átrio, com a irmã Louise tocando um hino, com o som vivo e metálico do órgão conferindo vida ao ar estagnado, a irmã Stacy ao lado dela no banquinho, escutando, cantarolando, se aproximando para ver melhor, cada vez mais perto, até que de repente todos os anos de pio louvor se desfizeram no encontro tácito dos lábios, e Louise era capaz de sentir tudo de novo naquele momento, estava tudo contido naquela colher — um beijo santo! sagrado! divino! —, junto com um calor no rosto, uma sensação de êxtase se acumulando dentro dela, interrompida de repente por um som agudo e desagradável que as assustou e as fez se afastarem, o clique da fechadura da porta, os passos acelerados se retirando, a terrível certeza de que alguém as tinha visto — o queijo azul mofado, com gosto de penicilina

— e uma quinzena depois a pessoa, quem quer que fosse, fazendo justiça com as próprias mãos, com a agonia subindo como bile — a Guinness, negra e amarga.

As primeiras luzes de vaga-lumes — de um azul elétrico e ofuscante — chegaram enquanto Louise engolia. Ela as viu em meio às lágrimas, e sua boca se abriu de surpresa, com a língua ainda ardendo por causa do Tabasco, enquanto as faíscas se expandiam ao seu redor, se multiplicando, assumindo uma forma.

"Meu Deus do céu", ela murmurou quando o rosto com covinhas da irmã Stacy apareceu, com um sorriso radiante o suficiente para iluminar catedrais.

Kostya observou o reencontro no espaço entre os dois mundos, com a cortina de chuveiro separando a cozinha da sala de jantar, dois espaços especiais e distintos como o altar e a nave. Esses encontros eram sagrados. Ele não se intrometeria. Ele só observaria, tentando aprender o que pudesse para aprimorar as ferramentas do seu ofício, na esperança de que aquilo que ouvisse fosse suficiente.

A irmã Louise comia devagar, e as freiras conversaram por um bom tempo.

Havia mais coisas envolvidas do que ela tinha dito a princípio. Pelo jeito como se olhavam, como riam, e pelo que diziam, estava na cara. Elas se amavam. De um jeito silencioso. Diferente. Um amor que nunca pôde se concretizar de fato.

Um amor malvisto pela Igreja, considerando os votos que elas haviam feito.

"Não existe penitência que eu possa fazer", disse a irmã Louise, amarrotando a saia do hábito com as mãos, "para reparar a forma como você morreu. Meu papel nisso. Eu tentei todas as orações. Me dediquei de todas as formas que podia. Nunca vai ser o bastante. Eu... ah, Stacy! Você algum dia vai me perdoar? Eu devia ter me contentado só de sentar do seu lado. Me concentrado nos ensinamentos e na obra divina, em levar uma vida de humildade e obediência. Se eu não tivesse caído em tentação — se não tivesse me desviado —, você ainda estaria aqui."

A irmã Stacy balançou a cabeça e estendeu a mão por cima da mesa.

"Isso é uma tremenda bobagem, Louise. Culpa católica! Me escuta, querida: eu fiz as minhas escolhas, assim como você. Deus é testemunha de que não tenho nada para perdoar. O amor nunca foi pecado. Pelo menos" — ela revira os olhos — "não na minha visão."

O alívio na expressão da irmã Louise era evidente. "Nem na minha."

"O assassinato, por outro lado", continuou a irmã Stacy, com sua luz piscando em alerta. "'*Não matarás*'. Êxodo. Deuteronômio. Gênesis. Está tudo lá. É a irmã Agnes que devia prestar atenção nos ensinamentos, não você."

"A *irmã Agnes*?", repetiu Louise, espantada, engasgando com a sopa. "Ela era a próxima da fila de sucessão da madre superiora."

A irmã Stacy assentiu. "E um escândalo — duas noviças que eram responsabilidade sua abandonando a Igreja, fugindo juntas — teria arruinado suas chances. Ela não podia deixar acontecer. Então pôs veneno na minha garrafa de água."

A irmã Louise ficou em choque por um momento, antes de fazer algumas exclamações que Kostya tinha certeza de que não saíram da Bíblia.

"E ela é uma reverenda madre agora! Com trinta irmãs sob sua responsabilidade!"

"É por isso que você precisa fazer justiça", concordou a irmã Stacy. "Nem que seja só para proteger a ordem. Mas por outro lado... Louise, você precisa virar a página! Deixe o fardo do julgamento dela para o Além. Não é seu papel carregar esse peso."

A irmã Louise hesitou por um momento, e então assentiu.

"Posso te perguntar uma coisa?" A irmã Stacy a observou. "Por que você ficou? Por que não renunciou aos votos e saiu? Para ter um recomeço, depois de tudo o que aconteceu. A gente era tão jovem. Você tinha a vida toda pela frente."

A irmã Louise tomou mais um pouco de sopa e observou seu reflexo invertido na colher.

"A Igreja, a sororidade, era a única coisa que me restava de você. Abandonar isso seria como... renegar você. Na minha vida, você representou um breve momento. Mas também a verdade. Talvez a coisa mais honesta que existe em mim."

"Eu queria que a gente tivesse tido mais tempo."

"Eu também." A irmã Louise raspou a sopa do fundo da tigela.

"Foi difícil manter essas duas verdades dentro de mim durante todos esses anos. O que a fé ensina e o que eu sinto de coração — essas duas coisas nem sempre concordam uma com a outra. Mas eu encontrei a paz, no fim das contas. Nem tanto na religião, mas em Deus. É um tipo de amor diferente, mas que me nutriu quando você não podia mais fazer isso." Ela estendeu a mão para o outro lado da mesa, para a mão de luz da irmã Stacy, e seus dedos ocuparam o mesmo espaço, o espírito sobre a carne. Então sorriu. "Você pode pelo menos se abrir comigo? O que aconteceu do outro lado? Você encontrou sua paz? Se encontrou com Deus?"

"Ah, Louise!" Os olhos da irmã Stacy brilharam quando

ela falou. "Tem tanta coisa que eu gostaria de poder te contar! Tantas surpresas que tive! Sempre acreditei que, se existisse um Paraíso, eu estaria dentro. Mas não era assim tão simples. A paz exige um ponto-final, não só fé ou amor." Ela hesitou. "Acho que agora você vai fazer o que é preciso, não? Para me deixar descansar em paz?"

A irmã Louise olhou para a tigela, e para o último pedaço de frango frito lá dentro.

"Vou, sim. Claro que vou. Só que... a gente vai se ver de novo? Depois disso?"

Houve uma longa pausa entre elas.

"Não sei", disse a irmã Stacy por fim. "Mas eu tenho fé. O amor é paciente."

A irmã Louise balançou a cabeça em concordância, com os olhos se enchendo de lágrimas. "'Tudo perdoa'", ela citou.

"'Tudo crê. Tudo espera'", complementou a irmã Stacy. "'Tudo suporta.'"

A irmã Louise levou a última asa de frango à boca.

"Amor." A irmã Stacy fez um pequeno aceno com a cabeça, com ares definitivos. "A coisa mais próxima da divindade que podemos ter. O chef que preparou esta refeição, por exemplo."

Ela olhou para a cozinha, encarando os olhos curiosos de Kostya.

"Foi uma atitude altruísta, reunir a gente. Um ato de amor."

"Foi mesmo." A irmã Louise assentiu, ainda mastigando. "Sinto que um peso foi retirado da minha alma."

"Eu também." A irmã Stacy se virou lentamente de volta para Louise. "Diga para ele que é importante. Esse trabalho que ele está fazendo. Existem muitos de nós aqui, sofrendo. Buscando justamente esse tipo de ajuda."

"Sofrendo?", murmurou Kostya de trás da cortina, com um aperto no peito.

"Certo", concordou a irmã Louise, distraidamente mordendo a coxinha da asa de novo, arrancando o último pedaço de carne do osso. "Mas por que", ela perguntou com a boca cheia, "existe sofrimento no Paraíso?"

Ela engoliu.

E, antes que a irmã Stacy pudesse responder, antes que pudesse dizer o que quer que fosse, seu espírito se dispersou, e seus últimos fragmentos de brilho azul se apagaram, pontilhando o teto do apartamento de Kostya com incontáveis pequenas estrelas.

Entrée

A EXPERIÊNCIA CULINÁRIA DE KONSTANTIN DUHOVNY

Certo! Como estamos?

Sentindo um gostinho do molho secreto do nosso amigo?

Aqui é o lugar certo para isso, porque o Hell's Kitchen Supper Club foi um divisor de águas.

Todo chef tem o seu, aquela cozinha onde você consegue sentir pela primeira vez o efeito que seu trabalho causa nas pessoas. Onde a comida se transforma em algo que vai além da comida. Comigo foi no Wolfpup, na primeira vez que vi minha receita de Sancocho no cardápio. E com o Konstantin foi aqui.

O lance da freira foi só o começo. Aquilo plantou uma semente nele, para o que viria a seguir. Vejam bem, a grande motivação dele até aqui era a questão com o pai, o grande reencontro. O principal objetivo do Hell's Kitchen era trazer o cara de volta. Mas o que a Noviça Voadora falou mudou a coisa de figura. Aquilo era maior que ele. Uma oportunidade de ajudar de verdade as pessoas. Gente que, ao que parecia, precisava muito de ajuda. Se ele fizesse aquilo direito, podia mudar o mundo, em certa medida. Deixar o mundo um lugar melhor do que antes.

Deixar de ser um zero à esquerda e virar um herói.

Mas vou falar logo a real: não era tudo um mar de rosas. Tinha a parte ruim também. Sempre tem, quando o assunto são restaurantes.

Por exemplo, nosso amigo estava sem grana. E outra, os espíritos nem sempre atendiam quando ele chamava.

Mesmo assim, ele foi em frente. Ele abriu seu próprio restaurante.

Isso não é pouca coisa, principalmente em Nova York.

Então, está na hora de estourar a champanhe, certo? Um brinde ao futuro!

Mas o futuro é uma coisa curiosa.

Ele nunca pode ser prometido.

En flambée

Um balcão de lanchonete é um lugar estranho para beber. Principalmente de manhã. Numa terça-feira.

Mas lá estava Kostya, sentado ao balcão de uma espelunca chamada The Flame, entre dois alunos da Fordham debatendo problemas matemáticos e um idoso do tipo que acordava com as galinhas e que estava fazendo as palavras cruzadas do jornal acompanhado de uma cerveja clara e batatas fritas engorduradas logo cedo.

Fevereiro estava liquidado e, depois de um mês de trabalho no Hell's Kitchen Supper Club, ele também. O que começou com um gol de placa (A irmã Stacy! Sopa com frango frito! Uma moleza!) logo se transformou numa série de bolas fora. Noite após noite, as pessoas chegavam ao seu apartamento ansiosas para ver seus Mortos, e Kostya se esforçava (geralmente sem sucesso) para reuni-los. Ele estava esgotado. (Emocionalmente. Espiritualmente. Fisicamente. Isso sem falar financeiramente; o modelo pague-o-que-quiser se revelou meio que uma forma perfeita de perder dinheiro.) Ele estava frustrado. (Quem não estaria, depois de vinte e oito jantares consecutivos — sem noites de folga; sem pausa; sem nenhuma vida fora da morte — com míseros seis fantasmas como resultado?) Ele estava preocupado. (Porra, jura?)

Então, apesar de saber que se arrependeria da bebedeira matinal, a noite anterior no Hell's Kitchen tinha sido mais um fracasso, então ele precisava de alguma coisa para amenizar o baque.

O cliente era um jovem, um calouro da NYU, aluno de história e estudos asiáticos. Queria ver o avô, mostrar que finalmente estava aprendendo cantonês. O pedido era tão simples e singelo e descomplicado que fez Kostya sorrir. Não havia nenhum grande drama ali. Nem muita coisa em jogo. Só um garoto querendo ver seu *ye ye*, que tinha morrido pacificamente durante o sono alguns meses antes.

Só que, depois de quase uma hora cortejando um sabor residual, Kostya não tinha conseguido evocar nem um mau hálito. Ficou se sentindo péssimo. Não um fracasso, mas uma fraude.

Frankie estava lá para ajudar na cozinha — às vezes, em seus dias de folga, ele ficava por lá, na esperança de testemunhar os mistérios do desconhecido — e tentou animá-lo.

"Não esquenta, Bones", ele falou, limpando a bancada da cozinha. "Sempre tem a próxima vez."

Kostya bateu os olhos na meia dúzia de potes plásticos — o que restara de seu *mise en place* intocado — e identificou cada alimento e a data de armazenamento.

"Só que eu estou numa maré de azar, então a próxima provavelmente vai ser um baita fiasco também."

"Sempre um otimista."

"Eu pensei que com a prática fosse ficar mais fácil." Ele enfiou os potes na geladeira, desanimado. "Queria pelo menos saber o que estou fazendo de errado."

"Talvez não seja você." Frankie terminou de limpar a bancada e secou as mãos no avental. "Talvez sejam eles. Nem todo espírito quer voltar."

“Mas esses são fantasmas que estão sofrendo! Foi o que a irmã Stacy disse. Eles não querem a minha ajuda?”

“*Eles* provavelmente sim, mas como você sabe que é nesses que você está chegando?”

“Como assim?”

“Esse garoto de hoje, por exemplo. Ele só queria mostrar a lição de casa, né? E o avô morreu em paz, pelo que ele falou. Sem arrependimentos. Tranquilo. Não parece alguém que esteja sofrendo. Então vai ver ele não sentiu necessidade de voltar.”

Kostya franziu a testa. “Pode ser. Mas, se você estivesse morto e tivesse a chance, não ia querer voltar, precisando ou não?”

“Se fosse eu”, disse Frankie, desamarrando o avental, “continuaria morto.”

“Até parece. Você ia ser o primeiro da fila para voltar!”

“Sem chance! Porra, tem coisas de que eu prefiro manter distância.” Ele abriu a geladeira para pegar uma garrafa de coca-cola — uma das boas, *Hecha en Mexico* — e abriu a tampinha na beirada da bancada. “Você sabe quantas histórias a minha *abuelita* conhecia sobre espíritos que entraram nessa e descobriram isso por experiência própria? Uma para cada dia do ano.”

Ele entregou a coca para Kostya e pegou outra para si.

“Ainda assim” — Kostya deu um gole —, “você não vê problema nenhum em me ajudar a trazer os espíritos de volta.”

“O que a gente faz aqui é cozinhar.” Frankie fez um gesto de desdém. “É igual a qualquer outra cozinha. Eu não preciso gostar de comer bucho para preparar e servir.”

“Ah.” Kostya deu risada. “*Entendi*. Então para os outros tudo bem?”

"Olha só." Frankie levantou sua garrafa. "É que nem coca-cola. Tem a diet; tem a zero; tem a máquina Freestyle, para quem tem estômago para isso. Pode me chamar de purista, mas eu gosto da clássica. Cada um tem seu próprio motivo para gostar de uma coisa ou de outra. No meu caso? Quando estiver morto, quero continuar morto." Ele deu um longo gole no refrigerante e estalou os lábios. "Por falar nisso, quero que você me dê sua palavra."

"Sobre o quê? Não te trazer de volta?"

"É."

"Ah, ok. Claro. Você tem a minha palavra." Kostya franziu a testa. "Mas e se acontecer alguma coisa? E se você estiver sofrendo? Não quer pelo menos..."

"Não." Frankie balançou a cabeça. "Guarda essa sua conversa para as outras pessoas, Bones. Gente com coisas mal resolvidas." Ele terminou a coca de uma vez. "Eu pretendo morrer sem deixar nada por fazer."

"Claro. É óbvio."

"Está tudo planejado." Frankie sorriu. "Vou ganhar um James Beard ou três. Algumas estrelas Michelin. Ficar famoso. Virar um grande nome. Abrir meu restaurante. Transar por aí enquanto posso porque, bom, a aparência joga a favor, mas depois disso? Sossegar. Dar netos para a minha mãe. Viver uma vida longa e morrer dormindo aos noventa anos. Antes de precisar de Viagra."

"Parece bem legal mesmo. E a gente ainda vai morar junto nesse caso?"

"Ah, não, você vai ter que se virar. É melhor já ir procurando outro lugar para ressuscitar os mortos."

"Preciso pelo menos manter minha cozinha aberta até lá."

"Ah, puta merda. Por falar em cozinha" — Frankie olhou no relógio: nove horas — "preciso dar um pulo no Wolfpup."

"*Agora?* Pensei que você estivesse de folga."

"E estou. Mas a gente vai fechar os especiais de primavera amanhã, e preciso testar umas receitas ainda. Depois disso vou dar uma passada na Delia." Ele deu uma piscadinha para Kostya. "Não me espere acordado."

"Minha nossa, quando é que você dorme?"

"O que me dá energia é dar meus pulos, amigo, não dormir. Mas não fique assim tão preocupado. Você vai encontrar a resposta para os sabores residuais. É só não pensar demais."

Mas pensar demais, percebeu Kostya, terminando a cerveja e fazendo um gesto para a garçonete grisalha para pedir outra, *é o meu esporte favorito.*

Ele tinha passado a manhã toda analisando e dissecando e refletindo sobre o problema.

Por que a irmã Stacy tinha aparecido logo de cara, mas o avô do garoto da NYU não? Por que ele tinha feito surgir aquele escalador idiota de montanhas assim que sua irmã hippie praticante de ioga entrou pela porta, mas não sentiu nem o cheiro do marido daquela viúva simpática depois de três horas de memórias revividas às lágrimas?

Seus clientes foram compreensivos a respeito. Alguns até demonstravam um espírito competitivo, marcando uma nova reserva ali mesmo, determinados a fazer acontecer. Mas Kostya sabia que com o tempo as pessoas se cansariam de esperar.

Ele começou a arrancar o rótulo da garrafa de cerveja.

Por que alguns espíritos apareciam e outros não davam o ar da graça? Será que suas papilas gustativas estariam descalibradas? Seus clientes estariam fora de sintonia? Precisavam de uma forma especial de se conectar com os Mortos que Kostya ainda não conseguia entender qual era?

Ou era como Frankie tinha dito e nem todo espírito queria voltar?

"Ei", ele falou ao velhote à sua direita, "você pode me emprestar uma caneta?"

Kostya pegou um caderninho do bolso do casaco (um italiano com capa de couro, usado para anotar pedidos, que ele roubou do Saveur Fare) e começou a fazer uma lista. Datas, locais, comidas, conversas — todos os detalhes que lembrava de cada fantasma que conseguiu ressuscitar.

Estava em busca de padrões, ou no mínimo de pistas.

Os primeiros foram fáceis de recordar. Anna, a noiva-fantasma de Steven Tyler. Seu pai (mais ou menos) no Bouche de Noël. A irmã Stacy em sua primeira noite de Supper Club.

O mais recente também era fácil.

Tad, o *bro* californiano com roupa de escalada, que morrera quando a corda arrebentou (*vixe*) e fora trazido de volta por um sanduíche de sardinha e uma irmã que fazia mais selfies do que ioga. Fora esses, restavam mais quatro, que Kostya se esforçava para lembrar.

Teve o bolo de carne de peru bem sem graça na noite em que Frankie estava lá ajudando — Marguerite, uma instrutora da Juilliard, que trouxe de volta uma aluna de dança que morrera por causa de remédios para emagrecer. E também Jaden, um aluno do último ano do colégio cuja mistura de cereais matinais Captain Crunch e Cheerio — para a dor no coração de Kostya — evocara a presença de seu irmãozinho Michael, uma tragédia do tipo *deveria-ter-sido-eu*, aquela coisa de lugar errado na hora errada. E teve Erica, a mãe que chorou no ombro de Kostya, que se culpava porque era apegada demais, não deixava a filha viver a própria vida, sufocava tanto a menina que Ashley fugiu de casa certa noite para se encontrar com um garoto que conhecera na internet e que no fim se revelou um homem, um homem horrível — bolo de cenoura com bastante cobertura de cream cheese.

Mas o último da lista o deixara realmente perplexo.

Fora o segundo fantasma a aparecer no Hell's Kitchen, o que o fizera se convencer de que a calmaria que se estabelecera após a ressurreição da irmã Stacy foi só azar, nervosismo de semana de abertura. Afinal, o que ele faria depois daquela série de jantares fracassados, com sua confiança abalada?

Quando enfim lembrou, ficou com vergonha de ter esquecido.

Ele estava nervoso, com medo de ter perdido a mão, e o cliente que apareceu foi um velho usando um boné de beisebol. Não falava muita coisa de inglês, e gesticulava bastante enquanto falava espanhol bem devagar, articulando as palavras com clareza, como se prolongar as sílabas fosse fazer Kostya entender alguma coisa. Com a barreira do idioma, ficou difícil deixar o cara no clima certo, fazer as perguntas que teriam levado um fantasma a reaparecer, então no fim Kostya decidiu simplesmente sentar-se diante dele, segurar sua mão, apertá-la de leve e dizer algo do tipo: "Vamos ver se alguém aparece".

Quando o sabor residual surgiu, era inconfundível, embora por um instante ele tivesse feito o equivalente lingual de uma rechecagem.

Era uma lembrança da infância do próprio Kostya, do ano da morte de seu pai, quando sua mãe caiu numa depressão tão séria que passou semanas na cama, debaixo das cobertas, com o quarto às escuras. Foi Kostya quem os manteve alimentados nessa época, caminhando vinte minutos até o único mercadinho que aceitava cupons de comida para buscar leite, pão e queijo barato numa sacolinha plástica cuja carinha sorridente amarela já tinha se transformado numa carranca quando ele chegava resfolegando em casa. Ele complementava o que conseguia obter dessa forma com o que era possível descolar de graça: sachês de açúcar na lanchonete da esquina, de ketchup e mostarda no Burger King, biscoitos cream-cracker ignorados pelas pessoas que podiam pagar a sopa superfaturada do Hale & Hearty. Havia semanas em que a comida acabava antes que os novos cupons chegassem, e nesses dias Kostya sobrevivia com o que estava prestes a preparar para aquele espírito.

Sete sachês Heinz dissolvidos em água da torneira fervida. Misture com uma colher de plástico num copo de isopor. Sirva com biscoitos salgados quebrados, se tiver. Sopa de ketchup.

Ele enxugou as lágrimas enquanto mexia.

Quando o fantasma se materializou, um adolescente, Kostya sentiu vontade de abraçá-lo. Aquele prato era uma prova de que os sabores residuais não precisavam ser sofisticados. Nem sequer gostosos. Para qualquer um que já experimentou essa imitação de sopa de tomate Campbell's sem saber o que era, seu sabor provavelmente foi classificado entre o horrível e o intragável. Mas esse era o grande lance sobre a comida que as pessoas comem quando não têm nada: mesmo o que existe de mais insignificante — o calor, a crocância, as calorias, a pessoa que preparou, cuidando de você mesmo que do jeito mais simples, ou pode ter sido você mesmo quem fez, provando que é capaz de sobreviver mesmo quando o mundo não quer que isso aconteça — pode ser a melhor coisa que você já comeu.

Algo ganhou vida dentro de Kostya.

A melhor coisa que você já comeu.

Anna, sua primeira fantasma — o drinque que a trouxe de volta fora um coquetel que ela bebera junto com o marido, numa noite que ambos consideravam especial.

A melhor, nas palavras dela.

E a irmã Louise não tinha dito algo parecido enquanto Kostya lavava a louça?

Essa sopa foi a única refeição que fizemos juntas e que não era do convento. Um gostinho do que poderia ter sido. Das melhores coisas.

Kostya leu sua lista. Releu. Relembrou os sabores residuais que passaram pela sua língua ao longo das décadas, ao longo do tempo e do espaço e da morte. Então de repente se deu conta do quanto cada um era específico; nem sempre delicioso, mas sempre marcante. Até o sabor do Reese's Cup na festa do galpão, ele era capaz de apostar, tinha uma história por trás, algo que o tornava diferente de qualquer outro Reese's Cup que a Hershey fabricava aos milhões. Era único o bastante para evocar determinado momento inconfundível na vida de alguém, e forte o suficiente para chegar até ele do Além.

Madame Everleigh naquela festa o acusara de não saber o que estava degustando, e talvez fosse verdade naquela ocasião, mas agora Kostya estava certo de que sabia, sim. Os sabores em sua boca eram *isto*: a melhor coisa que determinado espírito se lembrava de ter consumido. Mas os motivos para uma comida ser tão incrível eram tão pessoais quanto impressões digitais. E talvez fosse justamente essa a questão. O *que* era comido não era tão importante quanto o *porquê*. Se ele pudesse desvendar o *porquê*, entender como funcionava, descobrir uma forma de trazer isso à tona para os Vivos evocarem seus Mortos, talvez isso pudesse fazer o espírito aparecer.

O que ainda não explicava por que às vezes ele sentia um sabor residual e às vezes não sentia, a não ser que *nem todo* espírito tivesse uma lembrança como essa para trazê-lo de volta. Um momento decisivo. Poderoso. E intrinsecamente ligado à comida. Algo que *precisassem* saborear de novo, uma fome ou sede que exigia ser satisfeita.

Um tipo de sofrimento que apenas ele era capaz de reviver.

Kostya fechou o caderninho e enfiou de volta no bolso. Sua mão tremeu quando sentiu o celular, que tirou de lá, então ficou olhando intensamente para a tela.

Estava louco para fazer a ligação, mas tentava resistir à ideia.

Não. Ele balançou a cabeça. *Não*, *não e não*. Era doloroso demais. Todas as conversas com ela eram excruciantes.

Sua mão ficou parada sobre a tela, prestes a guardar o aparelho de volta no bolso.

Por outro lado... ele *precisava* saber. E só ela poderia lhe dizer o *porquê*.

Seu joelho começou a balançar quando ele ouviu o sinal de chamada. Um toque. Dois.

"Mama. Oi."

"Kostya? Está tudo bem?" Ela sempre partia da pior possibilidade possível.

"*Da*. Escuta só. Tenho que te perguntar uma coisa, mas preciso de uma resposta sincera. É importante."

"Eu sempre digo a verdade. Se me ligasse mais vezes, você saberia."

Ele sentiu as farpas na voz dela, mas respirou fundo e deixou de lado.

"Quando fazia *pechonka*, você queimava de propósito?"

Ela riu do outro lado da linha.

"Que pergunta mais estranha para o sr. Top Chef! Pensa que sabe tudo sobre cozinha! Se você for estudar gastronomia..."

"Mama!"

Ela bufou. "Ok. *Nyet*. Eu refogava uns minutos de cada lado. *Pechonka* queimado, insuportável. Todo mundo sabe disso."

"E quando você fazia pro *Papa*? Ele gostava queimado?"

Ela ficou em silêncio, tanto que era quase como sentir a presença de seu pai ali, pairando nas ondas do sinal dos celulares.

"*Papa*... Eu só fiz para ele em ocasiões especiais. Uma", ela disse devagar, "quando fui contar sobre a gravidez. Ah, Kostya! Ele dançou comigo na cozinha! Queimou na comemoração. Ele comeu mesmo assim."

Kostya engoliu em seco, com um nó na garganta. Queria perguntar mais, entender melhor, lembrar-se de seu pai com a única pessoa no mundo que era capaz de ajudá-lo a fazer isso, mas seu telefone começou a apitar com outra ligação, e o identificador de chamadas exibiu na tela um número que ele reconheceu imediatamente, um que aprendera de cor após passar horas por dia na frente do cartaz de Normas Sanitárias pendurado na estação de lavagem de louça do Saveur Fare. O Departamento de Saúde e Higiene Mental da Cidade de Nova York.

"Mama, eu te ligo mais tarde."

Eles avisaram tudo pelo telefone mesmo. Quando ele pagou a cerveja e voltou para casa, encontrou um papel cor-de-rosa com a notificação de interdição colada em sua porta.

No fim, a garota da ioga que ele imaginou ser uma influenciadora do Instagram (a da terça-feira anterior, *torradas com sardinha e conserva de limão*, que ressuscitaram o já citado Tad) era *mesmo* uma influenciadora do Instagram, e postou uma foto na frente do prédio de Kostya, com o número bem visível, junto com um texto sobre estar empolgadíssima para comer no restaurante underground mais falado de NYC — *mais detalhes na DM!*

A prefeitura de Nova York só precisou mandar uma mensagem e fazer uma rápida pesquisa em sua base de dados para confirmar que, de fato, ele estava trabalhando sem licença.

Kostya ficou fervilhando de raiva. Daquela influenciadora idiota (ela tinha arruinado completamente seu esquema!) e de si mesmo (custava ter preenchido os formulários e dado entrada na papelada?!). Ele trabalhara um mês inteiro e quando *finalmente* conseguira um mínimo avanço estava de volta à estaca zero.

Tentou ligar para Frankie para ouvir umas palavras de otimismo, ou no mínimo de solidariedade, mas como ele não atendeu Kostya apelou para a segunda melhor opção e começou a comer para afogar suas emoções. Já tinha dado conta de metade da geladeira e estava de olho nos armários da cozinha quando o telefone tocou — outro número com código de área 212, que só podia ser mais um lacaio do Departamento de Saúde ligando para complementar a desgraça com um monte de multas abusivas.

"O que foi agora?", com a boca ainda meio cheia de comida ele gritou em vez de falar.

O policial do outro lado da linha limpou a garganta e, com uma voz de autoridade, perguntou se estava falando com o sr. K. Duhovny, colocatário de um apartamento com o sr. Francis K. O'Shaunessey.

"Sim", disse Kostya, engolindo o que tinha na boca. "Eu e Frankie moramos juntos. Está tudo bem?"

O policial pigarreou. "Houve um incêndio no local de trabalho do sr. O'Shaunessey. Um lugar chamado... hã..." Kostya ouviu o som de papéis sendo virados.

“Wolfpup?”

“Sim, isso mesmo.”

“Quê? *Quando?*”

“No fim da noite de ontem. Madrugada de hoje, tecnicamente.”

“Bom, e onde ele está? Ele está bem?”

O policial limpou a garganta, e Kostya sentiu seu corpo gelar e seus braços se arrepiarem.

“Sr. Duhovny, o senhor tem as informações de contato da família do sr. O’Shaunessey?”

“Onde ele está?”, repetiu Kostya, sentindo seu coração começar a disparar e a adrenalina inundar seu sangue. “Em que hospital?”

“O número de um celular ou telefone residencial, talvez? Ou um endereço?”

“Não... você não está me escutando. Frankie é meu melhor amigo. Me fala logo o nome do maldito hospital.”

“Sr. Duhovny”, disse o policial depois de uma longa pausa, “ele não está no hospital.”

Kostya não conseguiu falar, sentiu seu corpo entorpecido, trêmulo.

“Sinto muito informar... o sr. O’Shaunessey morreu.”

Entremets

A EXPERIÊNCIA CULINÁRIA DE KONSTANTIN DUHOVNY

Não é assim mesmo que acontece? A coisa começa a ficar boa e pffft, lá vai a merda para o ventilador.

Essa é a parte que sempre me pega — aquela dor, bem aqui no peito. Reviver o jeito como a gente morreu — isso nunca fica mais fácil. Tristeza de aniversário da morte, depressão pós-morte — seja lá como vocês chamam, é real. Procurem terapia, família. Não deixem isso assombrar vocês.

Assombrar.

Entenderam.

Pois é... até as piadas perdem a graça.

Escutem só, vamos fazer uma pausa, certo? Me deem um minutinho nova-iorquino.

Para resetar.

Depois a gente volta e recomeça com o concurso — uma competição culinária que vocês vão adorar. Só para... eu voltar para o clima.

*

Você aí. Está procurando alguma coisa?

*

Sim, somos nós mesmo! Vamos lá; a gente vai fazer um intervalinho antes de ir para a próxima parada. Quanto mais gente, melhor.

*

Seguro? Claro que é seguro. É só um tour gastronômico. Por que não seria?

PARTE TRÊS
DOÇURA E FÚRIA

Você vai precisar de um coração puro, e de uma alma,
o que significa cozinhar pelos motivos certos. [...]
Precisa de paixão, curiosidade, todo um espectro
de apetites. Precisa ansiar *pelas coisas.* [...]
Precisa de amor.

Anthony Bourdain, *Les Halles Cookbook*

!

Quando chega ao Centro Gastronômico, você come e bebe.

Está com muita fome quando chega, então basicamente se empanturra de tudo.

Sementes de romã. Cogumelos. Vinho tinto.

Refrigerante. Bolo de canela. Rolinhos Spice Girls.

Aquela coisa que você comeu uma vez quando estava de férias com seus pais numa pousada que não existe mais há décadas. Aquela outra coisa que você não poderia comer mesmo se quisesse, porque o restaurante que faz ainda nem existia.

Isso é o mais legal no Centro. É um lugar que serve, tipo, tudo. Qualquer coisa. O que você quiser. O que estiver a fim. Tem um monte de cafés e mercearias e restaurantes. Tem bodegas e lugares especializados em frutos do mar e uma queijaria. Lugares imaginados para criar refeições imaginárias. Cópias idênticas de seus lugares favoritos no mundo dos Vivos.

Não acaba nunca. Um bufê à vontade. Um Éden comestível, basicamente.

E está tudo lá para te alimentar, porque essa é a razão da existência do Centro Gastronômico — nutrir os espíritos do Além-Vida. Para ajudar você a se satisfazer e seguir Adiante para as próximas vidas.

Alguns espíritos se satisfazem com só um pouquinho de determinado prato, ou um gole da bebida certa. Outros precisam se empan-

turrar — passar dias no Centro, ou semanas. Meses de comilança. Alguns precisam até de anos para digerir — cada refeição é uma forma de processar a vida que viveram, as lembranças necessárias do processo, e, a cada bocado de comida, mais um passo na direção da saciedade.

Mais cedo ou mais tarde, a maioria dos espíritos acaba embarcando nos trens reluzentes que partem do Centro Gastronômico e segue Adiante.

Mas alguns de nós não.

Alguns de nós não conseguem, não importa o quanto comam.

Existe uma Fome interior que não dá para saciar. São nossos Vivos que colocaram isso lá.

Quando nós morremos, sabe? Foi uma tristeza sem fim para eles. Tão imensa e profunda que envolveu as pessoas por inteiro. Elas não conseguiram processar a nossa perda; não conseguiram desapegar. Se agarraram tanto a nós que isso nos prende no passado. Ficamos aqui. E ficamos Famintos.

Essa é a parte que não é legal — tipo, nem um pouco mesmo — no Centro. Se nossos Vivos não seguirem adiante, nós também não podemos.

Nós empacamos.

Nosso destino é passar a eternidade comendo Snickers que não satisfazem.

O beijo do chef

O estúdio Last Rites Tattoo é apertado e escuro e provavelmente uma porta do Inferno.

Fica no porão de um antigo frigorífico e, embora a rua mais acima tenha se transformado numa meca reluzente de casas noturnas da moda, restaurantes descolados e pessoas inatingivelmente bonitas, o estúdio parece algo saído do caderno de desenhos de Satanás.

As paredes são revestidas com uma grossa parede de gesso empelotado, de onde despontam crânios e ossos e esqueletos inteiros. A iluminação faz todo mundo ficar com cara de morto-vivo. As cadeiras para tatuar são estilizadas para parecer cadeiras elétricas antigas, com correias e amarras e um mordedor, para você saber logo de cara que vai doer.

Kostya estava em uma dessas cadeiras, desamarrado, mas se contorcendo todo, enquanto Cal, um tatuador animadíssimo, estampava uma faca de chef em seu antebraço esquerdo. Frankie tinha uma igualzinha, naquele mesmo lugar. Tinha sido sua primeira tatuagem, a primeira peça de um fechamento do braço em que ele estava trabalhando, acumulando tinta como se fossem marcadores de progresso — uma faca cobrindo uma queimadura com óleo quente, um galhinho de alecrim reconfigurando um corte sofrido na cozinha, uma frigideira de saltear em chamas no lugar onde o vapor deixara seu braço em carne viva. Fazia tempo que Kostya queria uma tatuagem e, apesar de seu braço direito ainda não ter cicatrizado a ponto de suportar agulhas e tinta, ele não conseguia esperar mais, então ofereceu o esquerdo.

Ele pensara — um tanto iludido — que se viesse até aqui, se sentasse onde Frankie se sentara, conversasse com o tatuador de Frankie, marcasse seu corpo da mesma forma que Frankie tinha feito, o amigo poderia senti-lo lá do outro lado e concordar em mandar um sinal. Avisar que estava bem, onde quer que estivesse.

As chances não eram das maiores, mas Kostya estava ficando desesperado.

Naquela primeira noite, no apartamento frio e vazio, ele desligara o telefone depois de falar com a mãe de Frankie e ficou parado na cozinha deles — que agora era apenas sua — no escuro, à espera. Fechou os olhos, sentiu o vazio se abrindo dentro dele, as depressões na bancada onde Frankie batia os *scaloppini* com o martelo até ficarem fininhos, sentiu o ar se mover ao seu redor e talvez... talvez... talvez...

Mas não.

Frankie não apareceu naquela noite. Nem na seguinte. Nem na seguinte.

Não apareceu em seu antigo quarto, quando Kostya ficou sentado no edredom manchado — *eca* — num silêncio sombrio. Nem em seu próprio funeral, quando a equipe do Wolfpup apareceu para entregar o conjunto de facas de Frankie — salvo do fogo e enrolado em uma toalha branca — à mãe dele, que o abraçou junto ao peito e chorou. Não marcou presença quando Kostya ajudou a carregar seu caixão — bem leve; não tinha sobrado muita coisa para enterrar — até a cova, como se preenchesse com sálvia a cavidade de um peixe. Não surgiu nem nas ruínas carbonizadas do Wolfpup, onde Rio fez uma vigília com velas acesas em sua memória.

Kostya ficou olhando para a chama da sua vela, desejando que Frankie aparecesse, mandasse um sinal de fumaça, *alguma coisa*. Fizesse algum tipo de contato para acabar com os pensamentos horríveis que surgiam sem parar na sua cabeça. A ideia de que a morte de Frankie tinha sido culpa sua.

Algumas semanas antes do incêndio, Frankie contara para Kostya que tinha visto uma coisa estranha no salão do Wolfpup.

"Um rosto, cara."

"Um rosto?"

"É. Lembra aquela fantasma que a gente recebeu naquela sexta, duas semanas atrás? Bem magrinha? Aquele bolo de carne de peru bem sem graça?"

Kostya se lembrava, sim. Sem sal. Sem pimenta. Sem tempero nenhum. Assado só até a carne ficar cozida — sem ficar dourado nem tostado por cima. Um monte de carne sem cor, uma coisa nojenta.

"A dançarina", disse Kostya. "Da Juilliard."

"Pois é. Isso mesmo. Então, era ela mesmo — eu nunca esqueço um rosto."

"E ela estava no salão do Wolfpup? Fazendo o quê?"

"Rondando."

"Por quê?"

"Sei lá, cara." Frankie hesitou. "Eu nem sei se vi ela mesmo. Vinha trabalhando até tarde da noite a semana todinha, depois batendo ponto no bar, saindo com Delia, tomando expressos para ficar acordado e repetindo a dose no dia seguinte."

"Delia é a artista?"

"Não, essa é a Celeste. Me trocou por aquele jogador, lembra? Dee é a herdeira."

“Você precisa descansar mais.”

“Eu preciso dar meus pulos, Bones. Posso descansar quando estiver morto.”

E então, do nada, Frankie se fora.

Era realmente tão absurdo imaginar que Kostya tinha sido responsável de alguma forma? A culpa subia pela garganta sempre que ele cogitava a possiblidade de que um fantasma — um dos seus — podia ter feito aquilo. A outra possibilidade, claro, era que havia sido apenas um acidente — uma coisa horrível, aberrante e destruidora, mas completamente inexplicável —, como dissera o policial ao telefone. E essas duas teorias eram ainda melhores que a *outra* opção, a teoria realmente maluca que Rio ventilara depois do funeral de Frankie.

Após o incêndio, Rio procurou a seguradora para receber a indenização para poder reabrir o Wolfpup em outro lugar, ou pelo menos pagar os funcionários até eles conseguirem outro trabalho. Mas eles não queriam dar nem um centavo.

“Está falando sério?”, perguntou Kostya, perplexo. “Por quê?”

“Disseram que ainda estão ‘investigando o incidente’, o que quer que isso signifique.”

“E o que tem para investigar? Foi um incêndio.”

“Pois é.” Rio deu um longo gole no café e esperou que a mãe e as tias de Frankie saíssem de perto. “O problema é que eles estão dizendo que pode ter sido o Frankie que fez isso. Sim, eu sei”, ele acrescentou ao ver a expressão no rosto de Kostya, “eu *sei*... mas se ele se matou, provocou o incêndio intencionalmente, a seguradora não vai pagar.”

“Ele jamais faria isso.”

“Pra mim também não faz sentido.” Rio desviou os olhos para uma foto na parede, de Frankie aos cinco ou seis anos, no colo do pai, com a mãe atrás deles e uma avó de cada lado — uma com uma echarpe estampada, a outra toda de preto — olhando com carinho para o neto. “Mas enfim, esse modelo de câmara fria tem um mecanismo de segurança de abertura por dentro, sabe? Inclusive brilha no escuro.”

“Ele poderia ter saído?”

“É o que eles estão dizendo.”

Kostya refletiu sobre essa informação por um momento, sentindo um aperto no peito.

Ele sabia que Frankie não tinha nada de suicida. Estava cheio de planos, vislumbrando grandes coisas para o futuro.

“Eu não entendo mesmo”, continuou Rio. “Quer dizer, todo mundo que conhecia o Frank... o cara tinha o mundo aos seus pés. Seria uma estupidez acabar com tudo. E de bobo ele não tinha nada.”

Não mesmo, Kostya pensou consigo mesmo enquanto via a silhueta da faca ser marcada no seu antebraço, com as letras entalhadas no cabo: *OQCFTF. O Que Caralhos Frankie Tentaria Fazer.*

Por favor, ele pensou, *fala comigo.*

Mas o único gosto que Kostya sentiu foi o do café da manhã.

“E... pronto!”, exclamou Cal, levantando a luminária e desligando a máquina de tatuar. Em seguida tirou as luvas de látex dos dedos grossos e abriu seu sorriso com falha nos dentes da frente para Kostya. “Como é que está, campeão?”

“Um pouco dolorido”, disse Kostya, flexionando o antebraço e fazendo uma careta ao sentir a ardência que se seguiu.

“Bastante lubrificante”, aconselhou Cal, entregando para ele um tubo de vaselina. “Gelo, se estiver coçando. Mas não coça.”

Konstantin olhou para a nova tatuagem, para a pele vermelha e inchada ao redor, para as minúsculas bolhas ao redor do fio da lâmina marcada na sua pele. Nesse momento, ele apreciou a dor; era algo em que podia se concentrar, algo além do beco sem saída em que se encontrava — sem Frankie, sem seus jantares, sua vida indo pelo ralo.

"Ei", ele falou para Cal, "quanto demoraria para fechar esse braço?"

Cal deu uma olhada nele. "Você tem alguma ideia em mente?"

Eles começaram a partir de um desenho que Cal tinha feito para Frankie e depois modificado, acrescentando um pouco mais de Morte e um pouco menos do Wolfpup. Eram tatuagens sensacionais. Cal era um artista realmente talentoso; Frankie havia feito bem sua pesquisa antes de escolher seu tatuador. Quando eles terminaram a arte — Cal acrescentou crânios e ossos e utensílios de cozinha e um monte de detalhes intricados, mais do que suficientes para fechar um braço —, Konstantin havia concordado em fechar não só o braço esquerdo, como também o direito, quando estivesse cicatrizado. Cal garantiu que a tinta ajudaria a esconder as cicatrizes e, além disso, um braço só não ia ficar tão irado.

Por ora, Cal estampou com detalhes no braço esquerdo de Kostya uma cornucópia acompanhada de coisas mortas: crânios floridos cercados de frutas e grãos e legumes, com as órbitas dos olhos e a boca e os buracos do nariz cheios de ervas aromáticas — alecrim e tomilho, manjericão tailandês e coentro. Os ossos ficavam entre iguarias gastronômicas — frutos do mar, conchas de ostras e camarões rosados, patas de caranguejo e garras de lagosta, cortes de carne, filés e costeletas e aves, bolinhos e massas, bolos e pães; e entre as ferramentas do ramo — facas e garfos e colheres, espátulas, cutelos, fouets, barbante culinário.

Os detalhes eram impressionantes, com elementos extremamente realistas e, cercando tudo, um fluxo espumoso de vinho tinto bem escuro — Cabernet, Petit Verdot — descendo de uma taça inclinada em seu ombro, percorrendo toda a extensão do braço.

Foi uma dor filha da puta fazer tudo aquilo, mas cada momento de desconforto foi passado pensando em Frankie, desejando que estivesse bem, que estivesse seguro, jurando para si mesmo que descobriria como ele morrera e que faria o melhor possível para esclarecer tudo.

"Certo, meu amigo", disse Cal enquanto dava os toques finais na última camada de cor, o vermelho que fazia o vinho brilhar, os tomates parecerem maduros, as maçãs ganharem vida, e limpava o excesso de tinta fresca com o pano, "é... isso... aí."

Kostya virou o braço várias vezes diante do espelho, em um banquete para os olhos.

Cada centímetro tinha sido iluminado, renovado. Os caras do Saveur Fare iriam pirar se ele aparecesse lá assim. Se algum dia voltasse a trabalhar numa cozinha, recomendaria Cal a torto e a direito.

Ele ainda precisaria esconder aquilo de sua mãe, claro. Quase conseguia ouvi-la naquele instante, com seu julgamento estridente — O que você estava pensando, fazendo tatuagem? *É para o resto da vida! E se você larga a cozinha? Olha, Kostya! Se você falasse comigo, eu diria tudo isso enquanto ainda dava tempo, mas você não diz e agora é para sempre!* Desde o *incidente da pechonka*, sua mãe passara a considerar a pior hipótese possível o tempo todo. Era exatamente por isso que ele não levava em conta a opinião dela em nada do que fazia.

Não era apenas uma decoração frívola. Ele *precisava* disso. Uma lembrança de Frankie. Seu amigo, o melhor que tivera na vida, um que jamais perderia. Frankie era parte dele agora. Indelevelmente. Aonde Kostya fosse, Frankie iria também.

A campainha da porta da frente — que lembrava as entranhas do Inferno — ressoou de forma escandalosa pela sala.

"Ah, minha cliente das onze chegou." Cal se levantou. "Vou abrir a porta para ela. Enquanto isso, você dá uma boa olhada aí. Me avisa se quiser retocar alguma coisa. Eu acho que ficou bem louco."

Os olhos de Kostya seguiram o rio de vinho, parte fermentado e parte sangue. *É*, ele pensou silenciosamente. *Louco. Bem louco.*

E então, enquanto apreciava a própria loucura, aconteceu uma coisa realmente maluca. Inesperada. Fora do previsto. A corredeira de borgonha que espumava ao redor de seu cotovelo — onde um peixe elaboradíssimo com escamas iridescentes mergulhava no fluxo — parecia estar crescendo, se expandindo, engolindo a cabeça do peixe. Seu braço inteiro, na verdade, parecia banhado em cor-de-rosa, formigando e — seus olhos começaram a se encher de lágrimas — queimando. Sua pele estava inchando como um balão. *Não.*

Não, não, não, não, não.

"Hã, Cal...?", chamou Kostya, com a voz se erguendo uma oitava. "*Cal?!*"

"Fala, campeão!" Cal desceu os degraus, com alguém vindo logo atrás, mas apenas as botas eram visíveis nas escadas. "Ficou faltando alguma coisa?"

"Meu braço está queimando, caralho."

"Ah. Hã... puta merda."

Cal se debruçou sobre a tatuagem de Konstantin — que doía mais a cada momento —, estalou a língua, balançou a cabeça, começou a murmurar algo que parecia um *É, isso não é nada bom*, mas teve sua voz afogada pela da mulher que apareceu lá embaixo bem a tempo de ver o braço de Kostya inflando e seu ego desinflando.

"Ah! *Oi*. É... Konstantin, certo? Que coincidência, né?"

Kostya ergueu os olhos, viu quem era e pensou consigo mesmo: *Nem me fale*.

Madame Everleigh — Maura — parecia bem menos mística sem o tarô e a tenda listrada da Seyoncé, e ainda mais bonita do que ele lembrava. O cabelo estava mais comprido, com as mechas prateadas desbotando para um azul, e depois um roxo. Estava de botas e calça jeans e uma blusa preta larga. E uma echarpe cinza com caveirinhas. E a testa franzida.

"Hã" — ela fez um gesto com a mão diante do rosto dele —, "você está bem?"

Kostya engoliu em seco.

Queria dizer algo bem maldoso, para retribuir o que ouvira meses antes, o que ela falara sobre seu dom, e tudo o que havia feito desde que ela tentara demovê-lo da ideia. Mas, cara a cara com ela — e, *ah*, que carinha! —, descobriu que não conseguiria.

Não só porque ela era linda, ou porque ele pensava nela mais do que deveria. Nem porque, de todas as pessoas que conhecia, pensava que ela seria a única que podia saber alguma coisa — tipo, saber *de verdade* — sobre seus sabores residuais. Era bem mais simples que isso, apenas um instinto — uma intuição estranha, uma sensação esquisita — de que aquilo não devia ser *coincidência*, encontrá-la de novo. Afinal, qual era a chance de, no mesmo dia em que fechou seu braço como Frankie faria, com o tatuador que Frankie escolhera a dedo, encontrá-la de novo, a garota que Frankie o incentivara a ir conhecer?

Era quase como se fosse um sinal.

Sim, pensou Kostya de repente. *SIM*.

Talvez fosse o contato que ele estivesse esperando, um recado de Frankie lá do outro lado! Parecia exatamente o tipo de coisa que Frankie faria — dar uma força, conseguir uma segunda chance para Kostya, forçá-lo a encarar seus medos, provar à sua maior crítica que ela estava errada.

Kostya não o decepcionaria.

"Hã, desculpa. Isso mesmo. Konstantin. Oi. *Ai!*" Cal tinha cutucado seu braço com alguma coisa e ele sentiu como se sua carne estivesse derretendo. "E você é... Maura, certo?", ele acrescentou, fazendo uma careta, tentando soar natural, como se quase tivesse esquecido o nome dela (como se isso fosse possível).

"Boa memória." Ela sorriu, realmente surpresa. "Você estava na Seyoncé, né?"

"Ã-ham. É. Não pensei que você fosse... *au*!"

Maura olhou para Cal, que cutucava desajeitadamente a pele inchada de Konstantin. "O que aconteceu no braço dele?"

"Alergia à tinta, acho." Cal encolheu os ombros. "Nada que o especial da casa não cure."

Ela se virou de novo para Kostya, levantando uma sobrancelha. "Fechou o braço inteiro, é? Não pensei que você fosse do tipo que gostava de tattoos."

"Que bela vidente", ele retrucou, e ela deu risada.

"Me deixa dar uma olhada."

Maura se inclinou para ver melhor. Ela tinha um cheiro ótimo, tipo laranja e eucalipto e cedro, e Kostya tentou fingir que não estava inalando seu perfume.

"Ficou bem feio. Está doendo?"

Cal o cutucou de novo, e Kostya soltou um gritinho.

"Não", respondeu Kostya, com uma voz de quem estava respirando gás hélio. "Está uma maravilha."

A dor estava realmente absurda a essa altura, dançando pelo seu braço inteiro. Parecia que ele estava fervendo de dentro para fora, como se milhões de bolhas d'água estivessem estourando em sua pele.

"Pode ser que arda um pouco", avisou Cal, abrindo a tampa de uma gosma misteriosa, cujo mau cheiro dava a entender que alguma coisa tinha se afogado dentro do pote.

"Mais do que já está? Eu vou desmaiar."

"Ei." Maura se abaixou para a altura de Kostya e cravou os olhos nele. "Certo. Se concentra em mim." (Sem problemas.) Ela pegou sua mão não inchada, virou e passou os dedos pelas linhas da palma. "Vou distrair você." (Isso com certeza.) "Vou ler sua sorte."

"Vamos lá", disse Cal, e Kostya se preparou para a dor, voltando todo seu foco para os olhos castanhos e bem abertos de Maura.

"O que você está vendo?", ele perguntou, ofegante.

"Ok, que interessante! Sua linha do amor... ela é bem pronunciada. Mas curta. Você ama intensamente, mas o amor não dura."

Cal tocou na ferida, e a sensação era de que estava espalhando ácido sobre um enxame de abelhas. Kostya se obrigou a respirar fundo, apertando a mão de Maura, sem olhar para o que podia ser uma visita ao pronto-socorro se consumando.

"Isso é... deprimente", ele falou, resfolegando. "O que mais?"

"Sua linha da vida... essa aqui. É supercomprida, mas meio que se divide em duas. Tipo um antes e depois."

Cal estava enfaixando seu braço com gaze agora, bem apertado, e a pressão sobre a pele era como ser esfaqueado.

"Ai! Ai! *Ai!* Caralho! O que mais?"

"Você está aguentando firme, campeão!", disse Cal, num tom alegre demais para a dor que estava infligindo. "Só vou pegar o plástico filme."

"*Plástico filme?!* Me conta mais!", implorou Kostya para Maura, com os olhos cheios de lágrimas.

"Sua... sua linha da cabeça... é essa aqui. Está vendo como se divide? É toda picotada."

"Colapsos nervosos?"

Cal começou a embalá-lo para viagem.

"Epifanias! Momentos *a-ha*. Você tem vários desses."

Kostya soltou um suspiro longo e doloroso.

"Certo, amigão!", exclamou Cal. "Tudo certo!"

Kostya arriscou uma olhada relutante para o braço. Tinha passado de vermelho feroz a sanduíche de baguete num piscar de olhos, mais rápido do que poderia dizer anti-histamínico, o que parecia uma metáfora apropriada.

"Respira", disse Maura, e foi o que ele fez, bem devagar. "Isso passa. Com o tempo."

"A dor em nome da beleza, né?", ele conseguiu dizer.

"Exato. Você vai ser uma obra de arte de valor inestimável."

Ele olhou para o braço de novo. (Bom, o que sobrara dele.)

"Obrigado." Ele olhou para Maura. "Por... hã... é..." Ele mostrou a mão.

"Sem problemas. São vinte e cinco dólares. Dinheiro ou cheque?"

"Espera aí! Isso é... você está falando sério?"

"Claro. Eu não trabalho de graça."

"Mas foi você que..."

“Ou” — ela encolheu um dos ombros — “só desta vez, de repente você pode me pagar em bebida.”

Ele assentiu, ainda sem conseguir acreditar na sua sorte.

Depois da tatuagem de Maura — que demorou só alguns minutos na sala dos fundos —, eles saíram do Last Rites e foram caminhando na direção sudoeste, o que os levou a um passeio um tanto serpenteante pelo Village e pelo Soho e a uma longa conversa sobre restaurantes. Isso, por sua vez, levou Maura a falar entusiasmadamente de seus lugares favoritos, e alguns, para surpresa de Kostya, eram recomendações muito boas. (*Eu nunca ouvi ninguém que não trabalhava em restaurantes falar sobre o Frenchie's!*), o que levou Kostya a revelar como tinha virado chef (*Sério mesmo? Uau. Isso é bem... inesperado.*) e contar o que ouvira dizer que rolava no bufê de frutos do mar que ela elogiara (*Então é melhor manter distância às terças, a não ser que você curta sexo casual. Espera aí, pensando bem, o que você vai fazer na terça?*), o que levou a pele de Maura a assumir um encantador tom de cor-de-rosa e a empurrar Konstantin, só que no braço errado, sem querer (*Ai, merda! Desculpa! Não foi de propósito... espera aí, você está chorando?*), e ele a se dobrar em dois e precisar sentar um pouco, o que os levou a entrar no bar mais próximo (*Bebida! Preciso de uma bebida!*), um lugar chamado Mother's Ruin, que servia coquetéis à moda antiga inesperadamente bons, e doses de tequila e, como Maura não se contentava com pouco, uma seleção de champanhes baratos. *Isso* os levou a uma lata de lixo na Crosby Street, onde ele teve que segurar o cabelo dela (*Isso nunca me aconteceu antes* — bleeergh — *eu juro por Deus!*), e depois a comer hambúrgueres gordurosos no Soho para absorver o resto do álcool, só que ela não o deixava pagar (*Eu estou te devendo, pelo que você teve que fazer!*), o que levou Kostya a imaginar que a qualquer momento ela diria que ele era um cara *muito* legal, um *ótimo amigo*, que adoraria se encontrar com ele para um café algum dia, o tipo de coisa que as mulheres sempre diziam quando a noite não ia para a frente, mas em vez disso os olhos dela se iluminaram, ela o pegou pelo pulso não machucado, perguntou se ele queria se divertir de verdade, o que para ele queria dizer transar, mas acabou os levando até Chelsea, a um galpão à beira do High Line, para ver *No Turning Back*, quatro histórias de teatro imersivo (*... Ah. Uma peça? É... parece ser, hã, legal.*) dos produtores de *Sleep No More*, com máscaras prateadas da peste negra escondendo seus rostos e uma escuridão total enquanto percorriam os diferentes níveis de um Além-Vida (*Certo, beleza, isso é bem legal* mesmo), com a mão quente de Maura na sua, conduzindo-o por passagens secretas, com espaços intricados ocupados pelas coisas mais incríveis: dançarinos voadores, livros manchados de sangue, Orfeu e Eurídice cantando e caindo e fodendo e se afogando numa piscina, um baile de máscaras, Hades e Perséfone num palácio de fogo, Hermes numa mesa de carteado (*Façam suas apostas!*), mas apesar dos milagres da luz e do figurino e da cenografia ao seu redor, um banquete visual, os olhos de Kostya estavam ocupados com outra coisa, vidrados apenas em Maura.

Na cena final, quando Orfeu olha para trás e perde Eurídice para sempre, Maura se inclinou para mais perto e murmurou *Que idiota*, e Kostya sorriu sob a máscara, assentiu e sussurrou de volta: *Coisa de moleque. Se é amor de verdade, você aguenta firme.*

Eles ficaram tanto tempo por lá que a apresentação recomeçou, voltando para o início, com Orfeu tocando seu alaúde e caminhando por uma névoa estrelada até Eurídice, viva, ressuscitada, iluminada no espaço ao lado, e Konstantin se virou para segui-los uma segunda vez, mas Maura apertou sua mão e o puxou para a escada, para um longo beijo sobre os degraus.

"Quer sair daqui?", ela sussurrou, com seu hálito se condensando no ar gelado.

Fazia tempo que Kostya não ficava com ninguém, desde que sentira desaparecer seu desejo por qualquer coisa que não fossem respostas vindas do outro lado, e ficou arrebatado de tal forma por aquele momento impecável, aquela garota sublime, que ignorou o vento frio na nuca, não deu atenção à sensação que subia pela garganta e mal se deu conta do sabor residual que, pela terceira vez, se espalhava pela sua língua.

O Reese's Cup — a textura inconfundível da pasta de amendoim lisinha e o chocolate inacreditavelmente cremoso — deveria ter dado o que pensar, mas nada interromperia o decorrer daquela noite para ele, principalmente algum fantasma carente com um fraco por doces. Ele engoliu o sabor de volta, afastou-o de sua mente e em vez disso se concentrou na boca de Maura quando voltou a beijá-la, no gosto de sua língua, de cerveja, de manteiga, de sal, de tudo o que ele sempre quis.

Ela retribuiu o beijo, tornando-o mais profundo e faminto, e ele sentiu a discreta presença de alguma outra coisa, algo familiar — delicioso, defumado, doce. Algo indolente, que ele não conseguia identificar ao certo. Demoraria um bom tempo para ele entender o que era, e por que nela a morte tinha um gosto tão bom, mas ali, naquele momento, com os dedos dela puxando seus cabelos, o corpo dela pressionando o seu, Kostya não se importou com o que era, só sentiu que queria mais.

"Para onde você quiser", ele cochichou de volta, e a seguiu para a rua, para dentro de um táxi, para a magia perfeita de uma noite em Manhattan.

O trajeto até a casa dela — as luzes da cidade pelas janelas enquanto beijava sua boca, seu pescoço, inalava o cheiro do perfume misturado com o da pele como se fosse uma espécie de entorpecente — durou os sete minutos mais longos da sua vida.

Eles se agarraram na escuridão da entrada, se beijaram no elevador um tanto precário, entraram cambaleando pela porta do apartamento, insaciavelmente atravessaram um corredor que parecia infinito, onde deixaram a blusa dela, o casaco dele, a calça dela, os sapatos dele, e entraram na cozinha onde ela tirou seu braço dolorido da manga da blusa, com o plástico ainda esticado sobre sua nova tatuagem, e fez uma rápida pausa, passando o dedo pela carne grossa e marcada do direito.

Ele a sentou na bancada e a beijou de novo, faminto.

Ele perguntou do que ela gostava, e ela murmurou palavras que o fizeram ver estrelas, a ponto de explodir.

Quero ser preenchida por você.

Quando ela deslizou a mão para o meio das pernas, e fez aquele som, ele esqueceu em que cômodo estavam, em que cidade, em que planeta.

Quando levou a boca até lá, àquele calor doce e úmido, quando sentiu o sabor se espalhar pela sua língua, descer pela garganta, soube que jamais provaria nada — nem neste mundo, nem no próximo — que o deixasse tão desesperadamente faminto.

Na cama dela, lençóis de seda, lisos como vidro. Pele suada. Cabelos grudando.

Konstantin. O jeito como o nome dele parava na garganta dela.

Olha pra mim. Ele nunca queria parar.

E na escuridão, por um brevíssimo instante, ela desaparece, como se a vida tivesse abandonado seus olhos.

Uma ilusão de óptica, claro, essa pequena morte.

Porque em seguida ela desaba ao seu lado.

Arfando, rindo.

Eu quero de novo.

Inegavelmente viva.

!!

Numa escala de um a merda, a Fome é onze.

Você come sem parar, mas nunca se satisfaz.

Empaca no Centro Gastronômico, incapaz de seguir Adiante.

Você fica esperando que as coisas melhorem. Que a sua irmã — que não consegue desapegar de você — vá fazer terapia. Vá transar. Que ela encontre alguma coisa pra tirar você da cabeça.

Alerta de spoiler: não rola. Ela continua com raiva, e triste, e empacada.

E você também.

Com o passar do tempo, você sente uma mudança. Sua mão sempre foi assim tão acinzentada? Sua voz sempre fez eco quando você falava? Não é sua imaginação: a Fome muda você. Transforma.

(Sinceramente? Se você soubesse que a Morte seria esse aborrecimento todo, jamais teria se matado.)

Você fica se perguntando aonde isso vai dar. O que você vai virar se nunca seguir Adiante. O que vai acontecer se Maura — a sua irmã — morrer antes de se desapegar de você.

Aí você descobre.

Num canto escuro do Centro, tem um lugar cheio de sombras. Repleto de cascas vazias de espíritos que eram como você — atormentados pelos Vivos, jamais libertados. Só que não são mais espíritos, e são mais do que Famintos.

Eles viraram fantasmas.

Fantasmas Vorazes.

(Vamos tentar não rir, certo? Não é engraçado, não mesmo.)

Fantasmas Vorazes são criaturas sem alma com o tormento estampado nos olhos. O lamento pelas encarnações que nunca vão viver. O desejo pela satisfação que nunca mais vão sentir. A fúria pela prisão em que foram colocados. São frios, e sombrios, e desesperados. Ariscos. Impulsivos. Violentos também. Fortes o bastante para fazer picadinho de quem chegar perto demais. Se conseguissem escapar, os Fantasmas Vorazes seriam capazes de rasgar o véu entre os Vivos e os Mortos. E fariam isso. Fariam o que fosse preciso para saciar seus desejos. É por isso que o Centro Gastronômico os mantém presos.

Não é justo, na verdade, o que acontece com eles. O que está acontecendo com você.

É uma coisa que faz você se lembrar do seu pai, de como ele ficava quando estava deprimido. Sem alegria. Esvaziado e se afogando e se recusando a nadar, até que explodiu, como uma granada sem pino.

Você se recusava a viver assim. Não queria. Foi por isso que escolheu a morte. Porque tinha a mesma doença que ele.

Agora existe o risco de acontecer o mesmo com você de qualquer forma. Por toda a eternidade. E sem nenhuma porta de saída dessa vez.

Só que não, a escolha é sua.

Só sobremesas

De manhã, ainda intoxicado — tanto o fígado quanto a mente — e torcendo para não parecer um completo pervertido caso ela acordasse e o surpreendesse assim, Konstantin ficou vendo Maura dormir. Era como olhar para o sol — atordoante, ofuscante, uma visão que deixava uma imagem estampada nas retinas.

Seus cabelos reluziam sobre a fronha, se acumulando como tinta derramada. Queria enterrar seu rosto neles, aspirar o cheiro do que imaginava que seriam violetas cristalizadas, refrigerante de uva e geleia de amora. As raízes, vistas de perto, o surpreenderam; não eram descoloridas, cresciam brancas mesmo, como se algum choque tivesse empalidecido seus folículos.

O delineador estava borrado, e tudo parecia mais suave sob a luz empoeirada. A boca também estava borrada, com o batom da noite anterior desbotado, e uma parte tinha ido parar no travesseiro.

A pele era marcada de constelações, com muitas marcas que ele não tinha notado no escuro. Ela tinha uma tatuagem na clavícula, um pequeno crânio. Outra no ombro, sob uma fina camada de plástico, inchada e avermelhada nas bordas — o trabalho de Cal da noite anterior —, as palavras *Memento*

Mori em traço fino e preto. Um desenho maior e mais elaborado começava imediatamente sob os seios e percorria o flanco até o quadril esquerdo — uma mão de esqueleto segurando três cartas: A Morte, Os Amantes, O Mundo. Havia uma galáxia de sardas ao redor de sua cintura. Uma cicatriz de apendicectomia, pequena e reta. Mais uma série de tatuagens na coxa — três riscos irregulares de uma tinta azul esferográfica, como se ela tivesse feito aquilo em si mesma, para contabilizar algo.

Maura se mexeu enquanto dormia, e Kostya viu seu antebraço e punho, observando as cicatrizes ali por um bom tempo. Uma tentativa malsucedida de ir encontrar seu criador. Ele se perguntou por quê, e então, como se um cordão tivesse sido puxado, uma resposta apareceu na ponta da língua.

Um copinho tão macio que mal pode ser qualificado como chocolate, aquecido e semiderretido na mão de alguém. Uma pasta de amendoim tão doce que fez seus dentes doerem.

"Oi, estranho." Maura acordou nesse momento, com um sorriso.

"Bom dia." Ele sorriu de volta, com o gosto de Reese's Cup ainda na boca.

"Como está seu braço?"

"Melhor do que nunca." Parecia que sua pele estava endurecendo, na verdade, mas quem precisava de braços?

"Que bom."

"Que horas são?"

"O tempo é uma construção teórica." Maura apalpou a mesinha de cabeceira. "Mas nesta realidade. Argh. Seis e meia. Ops, este aqui é o seu."

Ela entregou seu celular, que mostrava (5) ligações perdidas de um número com código de área 917. Ele ignorou as notificações.

"Então, você é um chef mesmo? Ou só disse isso pra me levar pra cama?"

"Ei, foi *você* que me trouxe pra sua cama. Mas sou chef sim. Ou pelo menos era. Minha casa — onde eu servia jantares particulares — foi fechada."

"Que droga. Sinto muito." Ela se sentou na cama e vestiu uma camiseta. "Mas a minha cozinha continua aberta, e estou morrendo de fome. Primeiro o café. E depois, chef, você pode me mostrar do que é capaz."

A cozinha dela era um desastre. Em vez de utensílios, uma das gavetas tinha só caixas de fósforos de restaurantes, a maioria deles fechados fazia anos. Ela só tinha uma frigideira, e as facas estavam todas cegas a ponto de serem inúteis. O forno — como a cereja do bolo inexistente ali — era usado para guardar coisas, mas não para sapatos ou blusas ou coisas que os nova-iorquinos sem espaço em casa poderiam pôr ali. Havia um notebook, dois aparelhos de telefone fixo (*Nós voltamos no tempo para 1999?*) e meia dúzia de edições de bolso de *Chicken Soup for the Teenage Soul*.

"Isso são coisas para o trabalho!", ela falou, na defensiva.

"Onde, num ferro-velho?"

"Serviço de prevenção ao suicídio", ela contou. "Para adolescentes. É um dos meus trabalhos paralelos."

"Puta merda. Agora me deu vontade de cavar um buraco no chão e sumir."

"Você pode fazer um café primeiro?"

Kostya se encarregou disso enquanto Maura abria a porta da geladeira, franzindo a testa para tirar os ingredientes que tinha de lá — restos de salame fatiado, meia embalagem de morangos, um vidro de picles e três ovos caipiras.

"Você vai colocar tudo isso numa cesta misteriosa?"

Ela olhou para a bancada. "Não sou a Julia Child."

"Julia? Nem a tia da cantina se arriscaria com esse combo."

"Não me obriga a te fazer perder pontos."

"Ah, então estamos marcando pontos agora?"

"Claro."

"E qual é a recompensa?"

Maura pôs duas fatias de queijo da Kraft embaladas individualmente sobre a pilha e abriu um sorriso malicioso. "Faz alguma coisa aceitável com isso aí e depois vemos se conseguimos superar o desempenho de ontem à noite."

Kostya refletiu a respeito por um momento. *Santo cannoli, Batman.*

"Pode ligar o timer."

Quarenta e dois minutos depois, Maura estava gemendo.

"Ai, meu Deus. Meu *Deus*." Ela comeu outra colherada do suflê de morango.

"Isso aqui é tipo um lance de cabala tântrica avançada."

"Era para ser a *sobremesa*", retrucou Konstantin, estalando a língua.

"Nunca se sabe o que pode acontecer na vida." Ela apontou com a colher para ele. "Então coma a sobremesa primeiro."

"Experimente os ovos beneditinos."

Ele empurrou o prato, observou quando ela quebrou a cestinha crocante de salame com o garfo e a gema do ovo logo abaixo escorrendo, se misturando com o molho holandês, então cinco estrelas para o preparo. Ela fechou os olhos enquanto mastigava.

"Acho que eu te amo", ela falou, engolindo. "Onde você aprendeu isso?"

"No Saveur Fare, basicamente."

"*Saveur Fare?*", ela repetiu. "Tipo, o Saveur Fare três estrelas Michelin, que tem como chefe executivo a lenda gastronômica Michel Beauchêne, com fila de espera de seis meses?"

"Um dos seus trabalhos paralelos é ser crítica gastronômica?"

"Eu sou só gourmand mesmo." Ela afundou o garfo nos ovos de novo. "O Saveur está na minha lista de desejos faz tempo. Olha só você, todo chique."

"Não era bem assim. Eu era só um lavador de pratos."

"Não é assim que todos os aprendizes começam?"

"Isso faz parecer que a coisa foi mais... intencional do que foi. Na verdade... eu dei sorte. Uns caras da cozinha saíram, eu fui promovido. Não me entenda mal; eu me sinto grato. No Saveur aprendi tudo o que sei sobre a operação de um restaurante, sobre o funcionamento de uma cozinha, como fazer um prato a partir de basicamente qualquer ingrediente. Mas os sabores — os temperos, as combinações, as sensações na boca —, esse tipo de educação veio principalmente dos fantasmas."

Ele falou sem pensar, sem nenhum reflexo para tentar se esconder ou desviar a atenção ou se explicar, porque Maura já sabia. Era libertador poder falar com ela, ter alguém para ser sua confidente de novo, para desabafar sobre a convivência com os Mortos. Isso o fez perceber, com uma dor no coração, o quanto sentia falta de Frankie, o quanto vivia sozinho com seus segredos desde a morte dele.

"Você deve sentir bastante coisa, se eles mudaram seu paladar."

Sim! Era como se ela realmente o entendesse.

"O tempo todo. Mas não dá pra reclamar, né? Isso me deu uma vantagem contra aqueles esnobes das escolas de culinária."

“Mas deve ser cansativo, comungar com os Mortos assim.”

“Você meio que se acostuma.”

“E cozinhar”, ela continuou, “virar chef — essa foi sua válvula de escape?” Ela balançou a cabeça, espantada. “Isso foi brilhante. Lidar com os sabores residuais sem mexer com os Mortos.”

Opa... como assim? *Não*. Ela achou que...

“É *isso* o que você está fazendo, né?” Ela lhe lançou um olhar que ele não entendeu ao certo. Expectativa? Desconfiança? Esperança? “Você não está mais... experimentando, certo?”

Pareceu uma pergunta bem capciosa.

“Hã, então...”

Ele *queria* contar a verdade. E *deveria* ter feito isso. Confessar. Admitir tudo. Sobre seu pai no Saveur Fare. Sobre as almas que apareciam no Hell’s Kitchen Supper Club. Sobre não ter deixado de lado a clarigustação. Mas, em vez disso, ficou hesitante. Porque ela tinha dado um aviso.

Meses antes. Tinha dito que ele não deveria, em circunstância nenhuma, continuar se metendo com os Mortos.

“É uma história meio que engraçada, sabe?”

Ela levantou uma sobrancelha. “Engraçada em que sentido?”

Ele engoliu em seco.

Se ele contasse toda a verdade, o lance entre eles — fosse o que fosse, ou poderia vir a ser — talvez acabasse antes mesmo de começar. Só fazia algumas horas, mas ele sentia uma faísca diferente, sentia mais euforia e mais desejo com Maura do que em anos de tentativas frustradas e relacionamentos sem paixão. Não podia simplesmente perdê-la. Não antes de se revelar por inteiro. Ele encontraria uma maneira de mostrar o bem que estava fazendo, a ajuda que estava dando às pessoas, de convencê-la de que era seguro, de que ele estava entendendo como as coisas funcionavam, e aí talvez...

"Konstantin?", ela insistiu, e ele se transformou, indo de um homem a algum molusco invertebrado.

"Eu... hã... *bom*... lembra da Seyoncé, quando contei sobre aquele drinque?"

"O que evocou um fantasma."

"Hã, é. Esse drinque. *Enfim*, eu pensei bastante no que você falou depois da festa." Kostya escolheu as palavras com cuidado; tudo aquilo tecnicamente era verdade. "Sendo bem sincero, foi uma coisa difícil de ouvir. Não era exatamente o que eu esperava." Tudo verdade também. "E fiquei bem puto por você ter cortado minha onda daquele jeito. Então isso de virar chef, abrir o meu espaço... de certa forma foi um grande foda-se. Hã, pra você." Ele era praticamente um Abe Lincoln em termos de honestidade.

A expressão dela se atenuou. "Escuta só, eu sei que peguei pesado. O jeito como eu falei as coisas foi... meio cruel. Mas não foi nada pessoal. Eu... eu até fui procurar você naquela noite. Depois que você saiu."

"Sério? Por quê?"

Maura deu de ombros de um jeito que tentava — em vão — parecer despreocupado.

"Para pedir desculpa. Eu percebi que tinha ido além dos limites do aceitável. Quer dizer, um cara gatinho, e fofo, e que não fazia *a menor* ideia de onde estava se metendo. E não merecia isso."

Gatinho? Kostya estava prestes a começar a levitar sobre o piso da cozinha.

"Enfim", ela acrescentou. "Estou meio surpresa por você ter seguido meu conselho. Sobre os Mortos."

"O que fez você pensar que eu segui?", ele questionou,

tentando ficar do lado certo da história sem perder o clima de diversão e flerte. "Enfim, eu sou tatuado agora. Talvez eu seja um cara do mal. Talvez já tenha trazido centenas de volta."

Maura se esforçou para segurar o riso. Ela passou a mão em seu braço e ajeitou o plástico filme de volta em seu cotovelo, pressionando um pouco onde a ponta da bandagem tinha se soltado. Doeu, mas ele queria que ela fizesse aquilo de novo.

"Ok, Encarnação do Mal. Claro. Você bagunçou toda a ordem cósmica e saiu sem um arranhão. Cai na real. Se você estivesse mesmo mexendo com os Mortos, depois desse tempo todo..."

Ela se interrompeu, deixando um silêncio que pareceu uma pena de morte.

"Depois de todo esse tempo o quê?"

"Sei lá? Eles já teriam vindo atrás de você?"

"Acho que você não está pensando num jeito sexy, tipo Patrick Swayze fazendo um vaso de cerâmica."

"Eu estava pensando num cenário mais 'Não existe Dana, apenas Zuul'."

"Ah, sim. Legal. Legal."

Ela deu risada. "Mas você só fez isso uma vez, certo? Com aquele drinque?"

"Hã, é." Ele assentiu, incapaz de encará-la. "Por aí."

"E é assim que você vai manter a coisa?"

"Isso... essa é a ideia. Uma vez basta."

Ele disse a si mesmo que não era uma mentira descarada. Era mais uma minimizada na coisa. Uma historinha. E ele não tinha preparado um prato desde que o Hell's Kitchen tinha sido fechado, mais de um mês antes. Então, quem poderia saber? Talvez ele nunca mais trouxesse outro fantasma de volta. Além disso ele contaria toda a verdade para Maura. Assim que tivesse a chance.

"Certo. Enfim, na minha experiência, são os reincidentes que entram na lista dos meninos levados." Ela lançou um olhar que mostrou que o assunto estava encerrado. "Por falar nisso" — ela o empurrou na bancada — "os meninos bonzinhos ganham presentes. Eu te devo uma recompensa."

Ele sentiu um calafrio na espinha, e seu corpo entrou no ritmo de sua pulsação — se misturando, se liquefazendo. Ela se inclinou para a frente e o beijou com vontade. Suas mãos se enfiaram sob a camiseta dela, que soltou um gemidinho. A conta, obrigado.

E, bem nesse momento, seu telefone explodiu numa versão mal digitalizada de "Afternoon Delight" (uma brincadeira de Frankie que Kostya não conseguiu desprogramar) saindo em alto e bom som do alto-falante.

Sério mesmo?! Ele tirou o aparelho do bolso. O mesmo número, com o código de área 917.

Seu instinto imediato foi jogá-lo longe, mas uma vozinha no fundo de sua mente o fez se perguntar se sua mãe estaria bem, se Lower Manhattan não estaria debaixo d'água, se algum apocalipse não tinha se abatido sobre o mundo enquanto ele estava ali realizando várias de suas fantasias.

Ele soltou um grunhido. "Desculpa, é melhor eu atender."

"Posso começar sem você?"

"Não ouse fazer isso", ele falou, atendendo à ligação. "Alô?"

"*Da*, alô", disse a voz do outro lado da linha, com um sotaque tão distintamente russo que poderia ser até um vilão do James Bond. "Quero falar com Konstantin Duhovnil."

Ah, *qual é*!

Sua mãe devia estar por trás daquilo, tentando convencer o tio Vanya a aceitá-lo de volta no antigo trabalho no caminhão de entregas. Ela nunca confiara que ele seria capaz de se virar sozinho. De qualquer forma — Maura estava abrindo seu cinto —, *não* era a hora certa para isso.

"É Duhov*ny*. E aqui é Kostya falando", ele respondeu, apressado, "mas olha só, eu já disse para o Vanya que não trabalho mais de motorista, então..."

"Motorista? *Nyet, nyet*. Meu nome é Viktor. Musizchka. Sou dono do clube *Taina*, em Miami, *Passage*, em Brooklyn, *Russian Doll*, LA. Conhece esses?"

"Não."

O cinto foi para o chão.

"Eu quero você para chef."

"Obrigado, mas eu não entendo de culinária russa..."

"Rússia não. Lugar novo. Eu ouvi falar de Hell's Kitchen Supper Club. Comida de fantasma, sim? Eu quero fazer restaurante assim. Em Manhattan. Lugar chique. Elegante. Cinco estrelas. Está interessado?"

Maura beijava seu pescoço. Em algum lugar, Satanás gargalhava.

Kostya lançou para ela um olhar de lamento e pediu um instantinho.

"Estou", ele falou ao telefone. "Muito interessado."

!!!

Você faz de tudo para não virar um dos Fantasmas Vorazes.

Então começa a buscar um caminho de volta.

Uma forma de pacificação. Uma última conversa. Uma chance de explicar. De pedir para Maura desapegar de você. Parar de te prejudicar. Parar de te assombrar.

Você sabe que existem formas de se deslocar; ouviu falar dessas histórias mesmo quando ainda estava entre os Vivos. Espíritos voltando para festivais. Para oferendas deixadas em seu nome. Para o Halloween. Havia espíritos que assombravam os antigos vitorianos, e banheiros de postos de gasolina, e parques de diversões. Não deve ser tão difícil.

Mas, quando você começa a perguntar por aí, os outros espíritos — os Famintos, que estão no Centro Gastronômico há muito mais tempo, veteranos de rosto emaciado, membros desbotados — dizem que só existe uma forma de saciar a Fome.

Eles chamam isso de Refeição Mágica. Um Gostinho de Reencarnação. Um Gosto que Fica da vida.

O lance tem vários nomes, mas seja como for você encontra o seu, é um Bilhete Dourado. Uma forma de chegar até o seu Vivo. Uma última refeição para ajudar no desapego definitivo.

Tudo o que você precisa fazer é encontrar o prato certo, a combinação que destrave seu caminho até a pessoa. Só que ninguém nunca conseguiu fazer isso, e ninguém para quem você perguntar sabe ao certo o que você deve procurar.

Alguns dizem que tem que ser a melhor coisa que você já comeu. Outros têm certeza de que precisa ter a ver com o seu Vivo, um prato que comeram juntos. Alguns afirmam que é o sabor que lembra o luto do seu Vivo. Outros, o gosto do amor de vocês. Segundo um cara disse, a questão não é a comida, e sim como você se sente quando come aquilo. Uma mulher aí tem toda uma teoria sobre refeições, lembranças e laços criados.

No fim, você segue o conselho de todos, só por garantia.

Não faz diferença se isso nunca foi feito antes; você não se importa de desbravar o terreno.

Mas isso não torna a tarefa de encontrar seu Sabor Residual nem um pouco mais fácil.

Em banho-maria

Konstantin se encontrou com Viktor na tarde seguinte para o *zakusk* — acepipes quentes e frios, basicamente — no Russian Tea Room, exatamente o lugar que ele esperava que um oligarca velho e barrigudo usaria para fechar negócios. (Ou isso, ou uma *banya*, onde eles ficariam nus numa sauna falando de trabalho antes de baterem um no outro com galhos de bétula até ficarem com a pele toda vermelha e mergulharem numa água congelante. Bem divertido.)

O que ele não contava era com o cara que esperava à mesa, ou o intrigante rasgo no tecido do contínuo espaço-tempo que pareou a voz de Viktor Musizchka ao seu corpo. Apesar do sotaque ridículo de desenho animado, *Rocky and Bullwinkle*, tipo Boris e Natasha de chapéu fedora e casaco de pele, o rosto era o de um jovem Brad Pitt, e o corpo, o de um anúncio de cuecas Armani, combinados com uma confiança que cheirava demasiadamente a colônia.

Viktor Musizchka (calado) era uma força da natureza.

O tipo de homem com quem qualquer um faria negócios. Competente. Sofisticado. Ele tinha trinta e poucos anos — inacreditavelmente, a mesma faixa etária de Kostya — e o tipo de silhueta atlética que exige disciplina e suco verde e ver o dia nascer numa bicicleta ergométrica. O cabelo loiro-

-escuro e a barba aparada eram meticulosamente arrumados para transmitir uma imagem ao mesmo tempo jovial e madura. O cara quase brilhava.

Kostya se distraía o tempo todo com a sua aparência — Será que essa covinha era de verdade? Como ele mantinha a pele tão fresca? Usava hidratante? Kostya devia usar também? —, e se não fosse a voz, que parecia gravada ilegalmente fora do país e dublada usando um programa pirata, ele certamente estaria na televisão, vendendo coisas de que as pessoas não estavam precisando.

Para a sorte de Kostya, ele não demorou a falar de negócios.

Viktor fez sua apresentação depois que pediram a comida, praticamente sem olhar para o cardápio, o tipo de cliente para quem a cozinha servia iguarias que não estavam no menu, especiais da estação, *amuses* que jamais chegariam nem perto da *bouche* de um mané qualquer. Fora criado em São Petesburgo, fizera faculdade em Moscou, convicto de que seria poeta, mas depois de formado foi trabalhar no negócio da família (operações de importação e exportação cujos detalhes não vinham ao caso). No fim, ele descobriu que levava jeito para a coisa, faturou uma grana altíssima e se mudou para os Estados Unidos para promover uma expansão global de suas operações. Enquanto isso, financiara vários projetos paralelos — restaurantes russos, uma casa noturna — e estava em busca de sua próxima aventura.

"É aí que entra você. Quero saber tudo."

Kostya tinha certeza de que Viktor o encheria de perguntas sobre a clarigustação, sobre sua experiência anterior no ramo, sobre as qualificações que tinha para comandar uma cozinha. Era para essas perguntas que havia se preparado, mas Viktor sequer tocou no assunto. Em vez disso, conversaram sobre a infância de Konstantin, sobre de que lugar da União Soviética ele tinha vindo, sobre sua família em Nova York. Viktor perguntou sobre a mãe de Kostya, onde ela trabalhava, se era casada.

Quando Kostya mencionou o tio Vanya — Ivan Vasil'yevich Koslov, que não era seu tio coisa nenhuma, só um namorado com que sua mãe vinha desmanchando e reatando fazia quase duas décadas —, Viktor abriu um sorrisão, como se Konstantin tivesse dito exatamente o que ele precisava ouvir. Ao contrário de Michel Beauchêne, Viktor Musizchka *já tinha* ouvido falar dos Víveres do Vanya — *É seu tio? Que mundo pequeno! Vanya é meu fornecedor faz um tempão* — e isso pareceu colocar as coisas nos eixos, solidificar Kostya de alguma forma como o tipo de gente com quem se fazia negócios.

Viktor acendeu um cigarro e deu uma tragada profunda.

"Nós temos uma oportunidade aqui", ele falou, batendo a cinza num copo vazio, sem que ninguém da equipe do salão ousasse dizer àquele semideus que era proibido fumar em locais de consumo de alimentos em Nova York. "Um restaurante importante. Só precisa de um chef com uma grande ideia. Eu acredito muito em conceito. Qualquer um pode ter restaurante, mas nós" — ele apontou para Konstantin, para si mesmo e para o espaço entre os dois como se fossem uma única entidade — "achamos importante a experiência."

Ele fez uma pausa, deu um gole apressado na vodca, e pegou um pouco de caviar com uma colher de madrepérola.

"É bom aqui, não? Como *Ikra* em Moskva. Veja — conceito! Qualquer um pode servir caviar, mas Russian Tea Room é instituição. Lugar para experiência autêntica."

Kostya olhou ao redor, para as paredes verdes com decoração elaborada, os pássaros de fogo em relevo dourado, as tigelas de caviar de cristal, as bandejas de prata com entalhes: somando tudo, a sensação era de estar no interior de um ovo Fabergé. Era uma experiência autêntica apenas para uma pequena fração da população russa, do tipo que vivia em palácios e convivia de perto com os Románov. Era uma fantasia, uma forma de se imaginar à mesa com um tsar, respirando os ares de uma aristocracia perdida, de uma era dourada excessiva e excludente.

Por outro lado, lembrou-se de uma coisa que seu pai lhe dissera uma vez, que na União Soviética comer num restaurante custava um mês de salário e a comida servida nunca era melhor que a da sua avó. Seu pai ficava impressionado com os lugares onde os americanos comiam, as pizzarias e lanchonetes e hamburguerias, pela simples alegria de ser um lugar onde você podia sentar e comer e ainda ter dinheiro para pagar o aluguel, onde a comida era boa, rápida e barata, uma santíssima trindade. *Isso*, ele disse para Kostya uma vez, *é o que existe de mais americano. Todo mundo igual numa pizzaria.*

Era isso a que ele aspirava para sua cozinha. Um lugar onde todos fossem bem-vindos. Enquanto observava Viktor, que servia mais uma rodada de Imperia num copinho fino, Kostya não sabia se estava diante do tipo de homem que sabia apreciar isso.

"Então." Ele limpou a garganta. "Onde você ouviu falar de mim?"

"Instagram. Eu vi post de NamastayHigh."

Kostya precisou fazer um esforço consciente para relaxar o maxilar. NamastayHigh era a tal influenciadora que fez seu negócio ser fechado.

"Eu... estou surpreso por você ter visto isso."

"Todo mundo viu! Ela tem cinquenta mil likes." Viktor virou outra dose de vodca, que avermelhou de leve seu rosto. "Pessoas querem saber o segredo, como ela viu irmão de novo, como conseguiu fazer despedida. Então eu perguntei: isso é piada, jantar com fantasmas? É metáfora? E ela me disse não. É chef quem traz Mortos de volta. E na mesma hora pensei que preciso conhecer você."

Kostya se recostou na cadeira.

Cinquenta mil likes! Era um monte de gente pensando em sua comida, querendo conhecer! Um monte de gente precisando de sua ajuda. "E você realmente quer financiar um restaurante? Assim do nada?"

"Escuta", disse Viktor, espalhando uma fina camada de caviar numa torrada amanteigada. "Eu tenho muitos negócios. Muito sucesso. Conheço restaurantes. E conheço pessoas. A ideia, acho maravilhosa. Fantasmas são coisa assustadora. Coisa sexy. Como Halloween, e as pessoas adoram isso." Ele deu uma mordida, mastigou. "É como os espiritualistas antigos, não? Videntes? Conversam com fantasmas com bola de cristal e echarpe voadora. O que você usa, projeção? Alto-falante escondido? Nós usamos mais tecnologia. Meu sócio, Maksim, ele tem..."

"Quê? Não. Não mesmo. Não é um truque." Kostya sentiu seu rosto esquentar, sua camisa ficar apertada, nos punhos, no colarinho. "Isso que eu faço... não é um show. É de verdade."

Viktor riu como se estivesse por dentro da piada. "Com certeza você faz parecer muito real, mas Kostya, meu caro, se eu invisto, preciso saber a verdade."

"Mas *essa* é a verdade. Não tem nada de falso. Os fantasmas são de verdade."

"Eu não acredito em fantasmas."

"E eles continuam existindo mesmo assim."

"Isso nós podemos discutir. Mas pessoas não querem real! Querem fantasia."

"Olha só, tudo bem você pensar assim, mas a autenticidade é tudo. Precisa existir para haver conexão. Para a comida também. Eu passei quase um ano no Saveur Fare..."

"Sim, sim." Viktor revirou os olhos, deu outra mordida, riu de boca cheia. "Michel Beauchêne, acho que não acredita em fantasmas também. Minha fonte falou, ele demitiu você no meio do serviço."

"Porque ele me viu fazer justamente isso!", retrucou Kostya. "Quer uma prova?" Ele abriu os botões dos punhos da camisa e puxou violentamente a manga, mostrando o braço queimado por baixo. "Aqui está. Eu evoquei um fantasma no meio da festa de fim de ano do restaurante, e ele não gostou nem um pouco. E me deu isso como bônus de Natal. É real, certo?"

Os olhos de Viktor observaram o braço de Konstantin, a pele enrugada do pulso ao cotovelo. Então pôs o copo na mesa e limpou os cantos da boca com um guardanapo.

"Tudo bem. Vamos dizer que é real. Quantas vezes você fez isso, evocar fantasmas?"

"Quê?"

"Quantos você trouxe de volta?"

Kostya cravou as unhas na palma da mão. Respirou fundo.

"Umas duas dúzias." Arredondando. E multiplicando.

Viktor assentiu com um gesto lento, fazendo cálculos mentais. "E você sempre consegue, para todo cliente? Sempre funciona?"

"Bom, não, mas..."

"Você consegue dez, vinte, trinta vezes por dia, toda noite da semana?"

"Claro." Konstantin engoliu em seco, sentindo sua saliva espessa e desagradável. "Provavelmente."

"Você fez isso antes, em Hell's Kitchen? Várias noites?"

"Não... não exatamente."

Viktor levantou as sobrancelhas. Assentiu novamente. Levou uma taça de champanhe aos lábios. Deu um gole longo e relaxado.

Isso não era nada bom.

"Acho que não estamos falando a mesma coisa", ele disse por fim. "Seu conceito eu gosto muito..."

"Não é só um conceito", disse Kostya, apressado. "Eu dou conta. Meus pratos... minha comida... eu ofereço a chance de um desfecho. Isso faz diferença. Eu vou me esforçar, mais do que..."

"Seu conceito eu gosto muito", repetiu Viktor, interrompendo-o, "mas quero abrir um restaurante. Você não está pronto. Precisa de prática. Cozinha de teste, não restaurante. Não é isso que eu faço. Eu perdi o interesse."

Eles não ficaram para a sobremesa.

Kostya foi andando para casa a pé no frio.

Quando passou pelo McDonald's da Times Square, um velho parceiro para momentos assim, resistiu à vontade de entrar, pedir vários combos e engolir um após o outro. Ele não queria mais ser esse cara.

Por outro lado, a vida desse cara era simples. Previsível. Segura.

Esse cara tinha um emprego — um trabalho de merda, sem alma, sem futuro, como entregador, que ele detestava, verdade, mas a maioria dos moradores de Nova York parecia estar em paz com esse tipo de vida. Ele levava uma existência silenciosa e estável, em vez daquele Desfile de Dia de Ação de Graças de fracassos, um mais espetacular que o outro.

Quando Kostya finalmente chegou em casa e entrou, o

apartamento estava um gelo. A fornalha teria quebrado? Ele teria esquecido de pagar alguma conta? Ou era só o universo aproveitando para fazê-lo sofrer um pouco mais, agora que estava por baixo?

Ele se refugiou no antigo quarto de Frankie, o mais distante da porta, para se esquentar, e se enrolou no edredom. Estava tão frio que ele via sua própria respiração se condensar no ar enquanto tentava não desmoronar, o que não era exatamente fácil, considerando que estava congelando num apartamento que em breve não teria como pagar, sentindo o cheiro do desodorante do seu amigo morto nas cobertas, revivendo mentalmente a catástrofe que tinha sido a reunião com Viktor.

Seria quase engraçado, se não fosse tão triste. Os fantasmas que tinha evocado não bastavam para o sr. Musizchka, mas eram demais para o gosto de Maura (se ela soubesse). Um prato muito frio, outro muito quente. Talvez fosse bom, disse a si mesmo, que Viktor tivesse desistido. Kostya não achava possível abrir um restaurante fantasma e manter o relacionamento com Maura ao mesmo tempo. Era como ser dono de churrascaria e namorar uma vegana.

Era preciso escolher um lado.

Ele queria Maura, isso era inegável como a alquimia entre manteiga e sal. Era mais que mera atração, apesar de haver isso de sobra. Estar com ela era como cozinhar apenas guiado pela intuição, sem receita, só com aquela sensação de que esse ingrediente e aquele fariam mágica quando combinados um com o outro. Se ele precisasse desistir de qualquer outra coisa, superar qualquer obstáculo para ficar com ela, faria isso sem hesitar.

Nunca mais beber. Claro.

Desonrar sua família? Sem problemas.

Roubar um banco? O Citi ou o Chase?

Mas seus *sabores residuais*? Mesmo com todos os contratempos, as inconveniências, as decepções e as frustrações que traziam para sua vida, ele não podia deixá-los de lado. O lado bom deles era bom demais.

Toda vez que ele conseguia evocar os Mortos, sentia uma adrenalina com octanagem de combustível de foguete. Que o fazia sentir que era mais que um acaso. Que ele tinha seu valor. Que era uma pessoa impressionante. Excepcional.

A cada espírito que trazia de volta, sentia que estava mudando uma vida, era algo que de fato importava. Não sabia se poderia abandonar tudo isso — os fantasmas, os pratos, os Vivos —, ou suas décadas identificando sabores, seus meses trabalhando na cozinha, e partes de si mesmo que estavam começando a sair das sombras para a luz.

Por outro lado, talvez valesse a pena por Maura. O modo como ele se sentia quando a alimentava — isso também era algo capaz de mudar sua vida. Até conseguir se ver com ela. Algo real. De longa duração. Podia se imaginar envelhecendo — com o corpo envergado demais para conseguir carregar uma panela de ferro, os dedos tão tortos que mal conseguiria quebrar um ovo — e ainda assim se esforçando todos os dias para fazer uma refeição para Maura. Preparar algo que traria para o rosto dela aquele sorriso.

Mas isso era loucura!

Tirando os meses que ficara fantasiando, ele mal tinha passado vinte e quatro horas com ela. Não podia jogar fora tudo por que trabalhara na vida por uma paixonite!

... Ou podia?

Ele deitou no travesseiro de Frankie, querendo que a escuridão o engolisse, para não precisar pensar, mas uma folha de papel voou da mesinha de cabeceira, e ele estendeu a mão para pegar.

Era uma página de uma agenda, com uma receita questionável de muffin inglês de pizza: *Se não tiver molho de pizza à mão, use molho de macarrão ou ketchup!*

Essa aberração provavelmente fora um presente de uma das muitas transas ocasionais de Frankie, alguém que realmente acreditava que aquilo que um chef mais queria em seus dias de folga eram 365 dias de más ideias.

Do outro lado havia um cardápio. Frankie tinha escrito, com suas letras de fôrma apertadas, de forma apressada, manchando a página com a tinta da caneta:

Aperitif — Spectral Sour (Library of Spirits, outono de 2016)
Amuse-bouche — Fígado salteado com cebola (Saveur Fare, inverno de 2016)
Potage — Sopa de batata assada com frango frito (Hell's Kitchen, inverno de 2017)
Entrée — Torrada de sardinha frita com limão em conserva (Hell's Kitchen, inverno de 2017)
Mesas especiais — Degustações do Chef (Lugares limitados)

Quando percebeu o que era, Kostya precisou fazer uma pausa.

Eram todos sabores residuais, pratos que vieram dos Mortos que ele, Konstantin, tinha trazido de volta à vida. Frankie tinha visto um potencial naquilo; acreditava nele. Sempre. Aparentemente, a ponto de imaginar como seria um restaurante que servisse a comida de Kostya. Como estruturaria o menu.

Uma saudade se instalou no estômago de Kostya, fazendo-o se sentir ao mesmo tempo vazio e cheio.

Mais do que tudo, desejou que Frankie estivesse ali. Queria poder perguntar sobre esse menu, sobre o que fazer, se devia escolher os fantasmas ou a garota, a tentativa de deixar um legado ou tentar a sorte no amor. E, principalmente, desejava saber o que tinha acontecido no Wolfpup naquela noite. Se Frankie estava bem. Como havia morrido.

"Eu sinto a sua falta, cara", ele murmurou, e o quarto ficou ainda mais gelado em resposta. "Porra, sinto demais."

Kostya estremeceu, sentindo a dor e a perda se movendo dentro dele como se fossem uma presença física, um dedo se enfiando em seu peito, paralisando seus pulmões.

E então, ar. Um sopro, chegando ao fundo de sua garganta. Se desfazendo em sabor.

Uísque irlandês. Não Jameson. Não Teeling. Sexton. Forte e torrado, frutado com um toque de mel, fazendo arder seu nariz. Pão de ló doce. Macio, bem macio, encharcado em bebida, espalhando umidade em sua garganta. Cruzan de coco. Rum dominicano aromatizado, cheiro de brisa de uma ilha. Cera de abelha, de uma vela de aniversário, estalando entre seus dentes.

Ele reconheceria aquele bolo de rum em qualquer lugar. Caloroso e inebriante, metade irlandês, metade dominicano, uma promessa de bons momentos. Assim como o próprio homem.

Durante todo o tempo em que moraram juntos, Frankie nunca tinha sido muito fã de doces — preferia coisas picantes e cheias de especiarias, o sal ao açúcar —, mas sempre que ia para a casa da mãe voltava trazendo esse bolo num Tupperware. Era o que ela fazia em todo aniversário, todo feriado, toda vez que seu filhinho a visitava. Era a substância das memórias da infância de Frankie, a magia de seus momentos mais doces assada num bolo e regada com bebida — uma dose de Cruzan para sua *abuelita*, mãe de sua mãe; uma de Sexton para o avô — e servida para ele em fatias cada vez maiores à medida que ficava mais velho e aprendia a beber.

Kostya quase conseguia vê-lo, entrando pela porta com o pote balançando numa sacola plástica, pegando uma colher na gaveta, se recostando na bancada da cozinha e enfiando o bolo na boca, sem prato, sem cadeira, só um olhar de êxtase nostálgico no rosto.

Podem ficar com o foie e a lagosta, ele disse certa vez, enfiando as migalhas com os dedos na boca. *Essa é a minha última refeição no corredor da morte. Quer um pedaço?*

"F-Frankie?"

O coração de Kostya batia num nível seis xícaras de café. Ele sabia o que tinha prometido para Frankie. Que jurara nunca tentar trazê-lo de volta. Mas depois de meses sem nenhum sinal, a aparição súbita daquele sabor residual podia significar uma mudança. Talvez Frankie tivesse reconsiderado sua posição. Talvez estivesse com problemas. Sofrendo, como a irmã Stacy tinha dito. Talvez precisasse da ajuda de Kostya.

O calor voltou à ponta de seus dedos. Ele se desvencilhou das cobertas, encontrou os sapatos, enfiou-os nos pés. Estava fazendo um mapa mental para o mercado mais próximo quando seu bolso se acendeu e vibrou.

Maura.

Ele ficou olhando para a tela, dividido. Se fosse outra pessoa, ele teria deixado cair na caixa de mensagens. Mas em vez disso lá estava ele, com um resquício de uísque no hálito, relendo o nome dela.

Quando tocou pela segunda vez, seu polegar se posicionou sobre a tela.

Frankie ou Maura. *Maura ou Frankie.*

Frankie esperaria? Voltaria outra vez se Kostya não fizesse nada naquele momento? Ou seria sua única chance? Já estava começando a perdê-lo, com o sabor do açúcar se dissolvendo na ponta da língua. Se corresse, poderia chegar a tempo no mercadinho para comprar os ingredientes. Ou já podia ser tarde demais.

O nome de Maura piscou na tela de novo, e ele se lembrou das palavras dela.

São os reincidentes que entram na lista dos meninos levados.

Eles já teriam vindo atrás de você.

Não existe Dana, apenas Zuul.

Talvez fosse uma má ideia, trazer Frankie de volta antes de pelo menos investigar essas possibilidades. Ele podia acabar atrapalhando mais do que ajudando. Podia acabar irritando Frankie. E além do mais, lembrou-se de novo, tinha prometido que não faria isso.

Seu celular vibrou outra vez.

"Maura? Oi."

O sabor residual desapareceu assim que ele atendeu.

!!!!

Você vasculha o Centro Gastronômico à procura do seu Sabor Residual, comendo tudo o que consegue lembrar.

Tenta o bolo do aniversário de cada ano que você viveu. A canja de galinha que sua mãe fazia antes de partir. Os tacos de café da manhã engordurados da sua irmã. Os jantares congelados aquecidos no micro-ondas do seu pai, ainda gelados no meio.

Você come os almoços da escola, e as tortas do seu avô Perry, e a ambrosia da tia Sarah, que você não suporta, mas Maura adora.

Cada prato é uma lembrança, uma forma de reviver algo que vocês compartilharam. Você come essas coisas e sente raiva e tristeza e felicidade e amor. Medo. Sorte. Curiosidade. Calma. Não é nenhuma delas, mas ainda assim parece um progresso. Como se, pouco a pouco, estivesse retomando o controle. Seus dias agora têm um propósito. Uma missão. Um objetivo.

É uma sensação boa, apesar da Fome. Você se sente melhor.

E então, sem nenhum aviso, Maura aparece no Centro Gastronômico.

Num momento, você está comendo a pizza do Game Zone — o fliperama aonde vocês iam depois da escola, dois dólares por um pedaço do tamanho da sua cabeça — e no instante seguinte ela está lá ao seu lado, no Além-Vida, a pessoa que você estava tentando encontrar antes que ela morresse.

Você pisca algumas vezes, e sua pizza começa a esfriar. Uma semente de medo estoura dentro de você. Se ela está aqui, então a qualquer momento você não vai estar.

Os Vorazes vão vir atrás de você. O vazio. A dor.

Ela pergunta se você está bem, e você faz que não com a cabeça. Claro que não.

Então você começa a falar, dizendo tudo o que vinha planejando dizer — que você está sofrendo, que precisa de ajuda, e que ela precisa desapegar de você. Mas, antes que você possa terminar, ela já sumiu de novo.

Puf.

Você não entende; não faz sentido. Ela não poderia estar no Centro Gastronômico *a não ser que estivesse* Morta*. Mas agora sumiu, o que significa que... ainda não morreu? De alguma forma, em seu luto, ela teria encontrado uma maneira de fazer uma visita? Morrer e depois voltar? E fez isso para te ajudar? Para te salvar?*

Ela faria isso de novo?

Não deveria ser possível, mas Maura *sempre dava um jeito de burlar as regras.*

Você se agarra a isso, com força, à esperança de vê-la de novo. À memória da sua irmã, a pessoa que você mais amava no mundo. Não *consegue se desapegar dela.*

Você se pergunta se era assim que ela se sentia, se agarrando a você.

Mais uma rodada

Kostya encontrou Maura uma hora depois, num endereço em Alphabet City que ela enviou por mensagem.

"Eu andei pensando", ela disse em vez de *oi*, "você devia ligar pra ele e exigir uma nova conversa. Com o tal Música."

"Hã, oi. Que bom ver você também."

"É sério."

"Olha só, você não conheceu o Viktor. É... Acabou. Não tem volta."

"A única coisa que não tem volta é a morte, e até isso pode ser negociável. Convence o cara a experimentar sua comida!"

"A gente não pode falar sobre outra coisa? Tipo, o que a gente está fazendo em StuyTown?"

Ela encolheu os ombros. "Você parecia bem pra baixo. Eu vou te animar um pouco."

"Aqui?"

"Ã-ham. Vou mostrar a cidade pra você, Stan."

Ela estendeu o braço diante deles. Um rato saiu correndo de debaixo de uma caçamba de lixo.

"Você sabe que eu moro em Hell's Kitchen, né?"

"Mas você não anda pela rua de olhos abertos."

Ao que parecia, não havia duas pessoas que vivessem Manhattan da mesma forma, e os lugares que Maura frequentava, seus rolês favoritos, o faziam se sentir ainda menos descolado do que de costume. A versão dela da cidade era outro mundo. Cheio de cantinhos e frestas, entradas secretas, espaços que só seria possível conhecer se alguém mostrasse.

Ela o levou para tomar zumbis (aviso: um por cliente) no Fuego's Shrunken Head, um bar polinésio em cima de uma lavanderia automática, com carpete grudento depois de décadas servindo rum com misturas açucaradas.

"Eles limitam o drinque exclusivo da casa?", questionou Kostya. "Não parece uma boa ideia para um bar."

"Acho que eles não têm escolha", disse Maura, tirando o guarda-chuvinha da borda do copo e espetando uma cereja. "Esse drinque é um perigo. Convenci o bartender a me servir um segundo uma vez. Apaguei por um fim de semana inteiro."

Mais tarde, viraram cambaleando a esquina até a Big Apple Handyman, uma loja de ferragens entre uma barbearia e um salão de manicure.

"Nossa próxima parada", anunciou Maura enquanto o conduzia pelo corredor de tintas, até uma porta com os dizeres *Cuidado: Alta Voltagem*. "Uma cortesia do meu antigo empregador."

"Você trabalhava *aqui*?", perguntou Kostya.

Ela assentiu, digitando um código de quatro dígitos na fechadura da porta. "Na época que era estudante de arte. Antes de abandonar o curso."

"Você era estudante de arte?" Nossa, ele sabia absurdamente pouco sobre Maura.

"Para aprender sobre efeitos visuais e animação 3-D. Envolve muita programação, lógica e construção de mundos — é por isso que me esforcei tanto por esse emprego." Ela virou a maçaneta lentamente, sentindo a fechadura destravar.

"Numa loja de ferragens?"

"Não." Ela abriu a porta. "No High Voltage."

Era um fliperama particular — dez ou doze máquinas de jogos encostadas às paredes de uma salinha pequena, uma máquina para trocar notas por moedas de vinte e cinco centavos no canto e um pequeno bar (sem licença para vender bebidas legalmente, certo?) no fundo. Era um lugar apenas para quem conhecia e, ao contrário da Library of Spirits, *realmente* secreto. Havia alguns grupos reunidos ao redor de duas máquinas mais antigas, com os jogadores concentrados, e os espectadores acompanhando tudo quase sem respirar.

"Você joga?", perguntou Maura para ele.

"Nunca tive dinheiro para isso."

"Bom", ela disse, enfiando uma nota na máquina de fazer troco e pegando um punhado de moedas, "então me permita compensar a sua infância horrorosa."

Maura acabou com ele em todos os jogos.

O problema não era só que ele era um novato, dado a apertar qualquer botão para ver o que acontecia; ela era especialmente habilidosa, a ponto de os outros jogadores pararem para olhar. Seus olhos nunca deixavam a tela, e seus dedos acionavam as combinações certas de botões e manobras com o joystick. Aquilo lembrava a forma como ela embaralhava as cartas.

Ela passou para a máquina seguinte, enfiando uma moeda numa versão japonesa de Ms. Pac-Man.

"Foi por essa aqui que eu trouxe você para jogar", ela disse, posicionando as mãos sobre o controle com ares de especialista.

"Você ficou boa assim só trabalhando aqui?", perguntou Kostya.

"Eu jogo desde criança." A personagem do jogo, Ms. Pac-Man, apareceu na tela, com um labirinto carregando ao seu redor, e Maura assumiu uma expressão de concentração. "Tinha um fliperama na cidade, e a minha irmã e eu... era o nosso lugar favorito. Lá a gente estava segura."

Alguma coisa na maneira como ela disse isso deixou Kostya incomodado.

"Num jogo", ela continuou, "não importa o quanto você pise na bola, não importa quantas vezes morra, sempre dá para voltar. E jogar de novo." Na tela, ela perseguia um grupo de fantasmas piscantes, engolindo um a um, laranja, depois rosa. "A gente passava horas jogando depois da escola. Eu adorava absolutamente tudo. Os desafios. Os níveis. As regras que os jogos seguem. Existe uma lógica perfeita no mundo de um game. Ordenada. Previsível. Não é como na vida real."

"Você sabe quem são os vilões."

"Exatamente." Ela comeu uma cereja, depois uma pílula de poder, e então engoliu o fantasma azul, mandando-o de volta para a caixinha. "E, se você pegar as manhas, pode saber quais regras dá para burlar. Desbloquear níveis secretos. Ter uma experiência que quem criou o jogo reservou apenas para um grupo seleto."

Ela tirou a mão do controle e se virou para Konstantin. Ele observou enquanto o último fantasma — o que ainda não havia sido comido — se aproximava cada vez mais.

"Cuidado!", ele avisou, mas era tarde demais.

O fantasma vermelho ultrapassou Ms. Pac-Man, fazendo-a girar. Morta. O labirinto se apagou, e as pílulas desapareceram todas de uma vez. Alguns caracteres japoneses piscaram no centro da tela. *Game over*, foi o que ele pensou.

"Uh. Pensei que não fosse ver você perder."

"E não viu." Maura bateu com o dedo no canto esquerdo da tela, apontando para os dois ícones de vidas restante. "Olhe e aprenda."

O labirinto desapareceu, dessa vez num azul espectral, com as pílulas cercadas de diversas comidas em miniaturas — não só frutas, mas também miniaturas de fatia de pizza, sushis e hambúrgueres pixelados. Ms. Pac-Man surgiu na tela, não na parte de baixo, onde costumava começar, mas na caixinha no centro do labirinto, onde geralmente ficavam os fantasmas. Em vez da tradicional cor amarela, estava azul e piscante.

"Ela... ela é um dos fantasmas?"

Maura voltou a manusear o controle. Kostya assistia enquanto ela se movia pelo labirinto, comendo tudo o que via pela frente.

"É um nível secreto", contou Maura. "Só existe no relançamento de 1983 da máquina japonesa. O nome é Labirinto do Fantasma Faminto."

"Então é uma fase bônus? O objetivo é... conseguir mais pontos?"

"A pontuação não importa no reino dos fantasmas. Para passar desse nível, você precisa encontrar o Lance Feliz. No meio dessas frutas tem um portal escondido que leva você de volta para o mundo real."

"Mas não tem adversário!", exclamou Kostya, inconformado. "Nem tempo. Parece fácil demais."

"Até seria, sem o segundo jogador. Se prepara." Ela apontou com o queixo para ele. "É quase sua vez."

"Espera aí, como é?"

"Aí no chão, à direita. Tem outro controle."

Havia um joystick de mão conectado à parte de trás da máquina, com fio preto grosso prendendo-o no lugar.

"Mas eu não sei..."

Um instante depois, a tela se dividiu, e Maura continuou a devorar tudo no reino dos fantasmas no lado esquerdo e um novo labirinto apareceu à direita, o primeiro nível do Pac-Man original, com os fantasmas sendo liberados um a um para persegui-lo. Kostya se atrapalhou todo com o joystick, levando o Pac-Man diretamente na trajetória de um fantasma e perdendo uma de suas vidas.

"Cuidado! A Ms. Pac-Man só pode ficar deste lado se o Pac-Man sobreviver no dele. É amor de verdade, né? Se você morrer, eu não tenho como enfrentar o portal", avisou Maura. "Eu desapareço. Literalmente. Vamos ter que reiniciar o jogo para ela aparecer de novo."

"Lanche Feliz, é? Para trazer um fantasma de volta dos Mortos?" Kostya fez Pac-Man contornar um canto do labirinto. "Mais na cara impossível."

"Bom, os Fantasmas Famintos são do tipo que voltam." Maura sorriu. "No budismo, pelo menos. O criador do jogo era budista; achei que você fosse curtir."

Mais um fantasma o atacou, pegando Kostya acuado. Fuein-fuein.

"Só que você é muito ruim em escapadas", repreendeu Maura, pegando o controle de sua mão. "Pode deixar comigo."

Depois do fliperama, foram andar pelo Tompkins Square Park, com a escuridão caindo ao redor deles. A mão de Maura entrelaçada na sua parecia estar no lugar certo, espalhando um quentinho pela barriga de Kostya como uma boa tigela de sopa. Ela o conduziu por uma trilha mal iluminada e ladeada de árvores, enfim parando para sentar num banco, com o braço dele envolvendo-a pela cintura.

"Então", ele perguntou, "tem algum segredo no parque também? Algum galho que você puxa para entrar numa rave?"

Ela deu risada. "Eu costumava vir bastante aqui, só isso. A maioria das minhas aulas era logo ali, do outro lado da rua."

"Efeitos visuais, né?"

"É." Ela abriu um sorriso tenso. "Eu pensei que fosse ganhar a vida como criadora de games."

"O que aconteceu?"

Maura suspirou, mantendo os olhos cuidadosamente para o chão. "Eu cheguei até o primeiro semestre do último ano. Comecei meu trabalho de conclusão. Mas aí larguei. Porque Everleigh morreu."

"Everleigh", repetiu Kostya. "Tipo, a Madame Everleigh?"

"A minha irmã." Maura assentiu com a cabeça. "O espiritualismo era um lance dela. Essas coisas psíquicas, pra mim, essa..." — ela soltou um risinho irônico — "*carreira*? É só uma tentativa entre muitas de manter minha irmã viva. Depois que ela morreu, eu não consegui virar a página. Fiz um monte de bobagens, por não conseguir desapegar."

"Se apegar a alguém não é bobagem." Kostya vinha fazendo isso a vida toda, estava tentando inclusive transformar isso em sua carreira. "Como foi que ela... ela estava doente?"

Maura balançou a cabeça. "Acidente de carro."

Kostya sentiu o ar sendo expulso do seu peito. Pensou em seu pai. No ônibus. Naquele telefonema.

Na dor da perda repentina.

"Eu... minha nossa, sinto muito."

"Ev bateu de propósito." Ela pareceu entorpecida ao dizer isso, como se fosse algo que já tivesse revivido um milhão de vezes, uma lembrança gasta. "Eu estava estudando, e ela precisava de mim, e eu não estava lá."

"Porra."

"Pois é." Maura estremeceu ao seu lado. "Eu nem sequer imaginava que pudesse acontecer. Não conseguia entender o motivo. Tipo, o nosso pai tem seus problemas. É bipolar, e a nossa casa não era um ambiente estável para uma criança. Um dia, tinha comida na geladeira, conta de luz paga, e no outro ele podia estar esmurrando as paredes. Perdendo o emprego. Ou catatônico, como se não estivesse lá. A gente nunca sabia o que encontrar quando entrava pela porta. Eu segurava as pontas, acho, quando estava em casa. Mas para a Ev sofrer tanto assim? A ponto de sentir que a única escolha que tinha era acabar com tudo?" Ela enfiou o bico do sapato na terra. "Ela nunca me disse nada do tipo."

"Você não pode se culpar por isso."

"Ah, sim, isso é o que as pessoas dizem pra você se sentir melhor, mas quer saber? Nossa mãe não estava mais lá, e aí eu fui embora também. A irmã mais velha. Devia ter ficado em casa. Eu devia..." A voz dela falhou, e Kostya a puxou mais para perto. "Ela devia estar num estado sombrio demais. E agora eu nunca vou saber."

Ele mordeu o lábio, com a resposta na ponta da língua, perto o bastante para pôr a mão.

"E se você pudesse?"

O sabor residual tinha se apresentado a ele na primeira vez que se falaram. Ele quase podia sentir o gosto do chocolate naquele exato momento, a pasta de amendoim, a lembrança do fantasma de um fantasma. Tantas vezes, tantos Reese's Cups, apenas e sempre com Maura.

Everleigh devia estar lá o tempo todo.

"Eu posso ajudar", ele falou, devagar. "Você pode voltar a ver sua irmã."

Maura se virou para ele, com a boca bem próxima da sua. Os lábios. O hálito quente.

"Eu... você disse que tinha parado. Que foi uma primeira e última vez."

Havia algo diferente na voz dela. Não acusação, ou raiva, como ele esperava, mas uma possibilidade. Uma esperança.

"Eu sei que disse." Ele tirou o braço do ombro dela. "Mas não era verdade."

Seu coração disparou. Ele estava fazendo isso mesmo? Nesse lugar? Nesse momento? Olhou para Maura, para seus olhos, e sentiu que não podia mais mentir.

"Meus jantares particulares, sabe? O serviço que foi fechado? Era uma cozinha fantasma."

Ela o observou como se tentasse ler alguma coisa, mas não disse nada.

"E esse restaurante com o Viktor... Ia ser a mesma coisa", ele continuou. "Canalizar espíritos. Preparar os pratos de seus sabores residuais. Fazer de tudo para trazer os espíritos de volta."

"Por que você mentiu?"

"Me desculpa por ter feito isso. Sério *mesmo*. É que, naquele dia, quando o assunto surgiu... eu entrei em pânico. Porque gosto de você. Bastante. E pensei que isso fosse cagar tudo entre a gente, o lance dos fantasmas. Eu sei o que você acha disso."

O rosto dela não entregou nada. Só era possível ver um brilho atrás dos olhos, como se ela estivesse processando pensamentos em alta velocidade.

"Você sabe o que eu *achava*", ela disse por fim. "Depois de um julgamento feito numa fração de segundo numa festa. Muita coisa mudou desde a Seyoncé."

"Então esse lance dos fantasmas me procurarem... Dana não, apenas Zuul. Não é assim que você pensava?"

"Ah, sim", ela falou. "Essa parte sim. Se você continuar mexendo com isso, cedo ou tarde, vai dar merda."

"Então nada mudou."

"*Eu* mudei." Ela segurou sua mão e passou o polegar pelas linhas marcadas na palma. "E, depois de refletir a respeito, acho que os benefícios podem compensar os riscos."

Ele ficou só olhando para ela, sem saber ao certo se tinha escutado direito.

"*Sério?*"

"É."

"Hã, e o que fez você mudar de ideia?"

"O restaurante."

"O... aquele sobre o qual eu menti?" Ele não estava entendendo.

"O que você abriu sem ter nenhuma necessidade disso. Você podia ter trazido de volta só os seus amigos e familiares. E parado por aí. Em vez disso, evocou os Mortos pra gente que nem conhecia. Estranhos."

"Sim?"

"Por quê?"

"Eu..." Kostya mordeu a bochecha. "Por causa do meu pai... eu acho? Porque sei como é precisar de mais tempo, sabe? A perda dele foi muito repentina. Ele sofreu um acidente, e a gente... tinha brigado naquela manhã. E eu passei a vida toda me perguntando se ele tinha morrido bravo comigo. Se a última coisa que fiz foi provocar uma mágoa nele. Eu estava ansioso para esclarecer as coisas. E achando que podia ter a chance. Então, poder ajudar alguém a não se sentir assim... Isso vale a pena."

"Você é uma pessoa boa, Konstantin. Altruísta." Maura olhou para as mãos dadas dos dois. "Apesar de mentiroso."

"Isso significa que eu posso ter uma segunda chance? Ou ser altruísta não ameniza a mentira, e eu posso ir para a puta que me pariu?"

Ela sorriu. "Você falou sério, sobre a Everleigh?"

"Claro."

"E não ia me achar hipócrita?"

"Bom, claro que ia. Mas isso é parte da experiência humana, não? Você pode mudar de ideia."

Frankie surgiu em seus pensamentos nesse momento — o desejo de permanecer morto; o sabor residual repentino contrariando isso.

"Eu gostaria de ver Ev de novo", disse Maura, baixinho. "Dar uma ajuda para ela."

"Então vamos fazer isso."

Ele fez menção de se levantar, mapeando mentalmente o caminho mais curto para ir comprar o doce, mas Maura o puxou de volta.

"Não! Ainda não. É que... eu preciso ter certeza de que é a coisa certa." Ela desviou os olhos e se virou para um arvoredo. "Toda vez que tento processar a morte dela, as coisas só pioram. Nesse sentido, o luto é parecido com sobras de comida. Tipo, você fez um jantar de quatro pratos por amor, mas a outra pessoa só come um pouquinho de cada. Aí você fica com um montão de comida que não tem coragem de jogar fora, e só o que resta a fazer é enfiar na geladeira para acabar apodrecendo lá dentro, ou então passar mal de tanto comer para dar conta de tudo."

"Ou talvez", sugeriu Kostya, num tom gentil, "você pode

convidar outra pessoa para jantar. Alguém que esteja com fome."

Ela o encarou por um bom tempo, como quem olha para uma coisa que não pode ter.

"Enfim... Eu estou aqui para o que der e vier, certo?", ele disse, quebrando o silêncio. "Se você decidir que vai querer... as sobras. Eu entendo."

"Eu sei que sim. Mas é que..." Ela até começou a falar outra coisa, com as palavras na ponta da língua, mas seu estômago roncou, então em vez disso ela soltou uma risada. "Pelo jeito, ainda estou com fome. Está a fim de comer alguma coisa?"

Kostya piscou algumas vezes, perplexo. Ou melhor, impressionado.

Ele estava satisfeito com o que comera no bar polinésio, da comida dos diversos aplicativos que Maura insistira para pedirem, e da cerveja e dos pretzels no High Voltage e do pacote tamanho família de Nuts4Nuts que ela comprara para a caminhada no parque.

Ele não se imaginava comendo nem mesmo uma cerejinha de coquetel.

O metabolismo de Maura era fora de série.

Outro mistério a ser resolvido, junto com as cicatrizes nos pulsos e o apagão bem no meio do sexo. Isso sem mencionar o tanto que ela sabia sobre os Mortos. Mas isso era só um efeito colateral de ser vidente. E ela havia acabado de contar sobre Everleigh, então era só uma questão de tempo antes de ela compartilhar as outras coisas também, certo? *Certo?*

Claro. Com certeza.

Estava tudo certo. Tranquilo.

Tudo muito bom, tudo muito bem.

"Stan?"

"Oi?"

"Tem um cubano bacana a algumas quadras daqui. Você ainda não sabe o que é viver se nunca experimentou um charuto de lá. Ou a gente podia voltar para a sua casa... pedir comida..." Ela enrolou uma mecha de cabelo roxo no dedo. "Encontrar *alguma forma* de matar a meia hora de espera... A não ser que você não esteja com fome, né?"

De repente, ele estava, sim. Faminto.

"Eu topo comer, sim."

Maura foi embora de seu apartamento por volta da meia-noite, deixando seu cheiro ainda pairando no ar, o perfume e o xampu e o suor funcionando como fantasmas olfatórios. Kostya queria que ela ficasse, chegou quase a implorar, mas Maura precisava acordar cedo para trabalhar na manhã seguinte, uma limpeza de pele para alguma celebridade — *Você morreria se eu dissesse quem* — e precisava ir preparar tudo.

Ela gostara do apartamento dele, tinha pedido para conhecer tudo — *Ai, meu Deus, tem mais um quarto?* —, impressionada com a metragem, mas então ele explicou que nem sempre morara sozinho, que dividia o lugar com seu melhor amigo.

"Ele vai voltar pra buscar essas coisas?", ela perguntou. "Porque você consegue alugar esse quarto rapidinho."

"Não, ele, hã... ele morreu. Faz uns dois meses. Ele... ele era chef também. Teve um incêndio. No restaurante dele."

Ela arregalou os olhos. "Ai, meu Deus."

"Pois é. O Wolfpup. No Upper West Side. O Frankie era o sous-chef." Kostya abriu uma foto no celular. Frankie com uniforme de chef, empratando a comida com uma das mãos e mostrando o dedo do meio para ele com a outra. "Ele comandava a cozinha."

"Uau." Maura ficou olhando para a foto por um bom tempo. "Você sente os sabores dele?"

Kostya pensou no bolo de rum no início daquela noite, com seus sabores que tinham aparecido bem ali naquele quarto.

"Às vezes."

"Deve ser bom", comentou Maura. "Saber que ele está lá."

"É, sim", concordou Kostya. "Mas também é complicado. Na maior parte da minha vida, eu me senti mais conectado com os Mortos do que com os Vivos."

Maura se aproximou. "Talvez você só precise viver um pouco mais."

Ele respirou fundo, sentindo o cheiro inebriante dela. "Talvez você possa me ensinar."

Ela engoliu o espaço entre os dois e o beijou lentamente. Sua boca era como mel, doce e espessa. Ele retribuiu o beijo, e foi uma agonia sentir como o consumia. Ela o puxou para mais e mais perto, e o desejo expulsou todos os outros pensamentos de sua mente.

Mais tarde, já sozinho, Kostya estava na cozinha, olhando para as anotações de Frankie, o menu rabiscado e recebido como uma mensagem do além-túmulo. Ele o releu. Releu a última linha várias e várias vezes.

Mesas especiais — Degustações do Chef (Lugares limitados)

Sim.

Era isso. *Claro.*

Era *assim* que ele poderia abrir um restaurante — recebendo bastante gente e ao mesmo tempo evocando alguns fantasmas por noite. Era *assim* que resolveria o problema de volume apontado por Viktor.

Ele ofereceria um cardápio fixo com os melhores sabores fantasmas trazidos do além, com tudo pronto para serem pedidos à la carte. E, então, para os mais aventureiros, uma experiência especial para reconectá-los a seus fantasmas pessoais, limitada a poucas mesas por noite. As Degustações do Chef.

Degustações dos *sabores residuais* do chef.

Tudo providenciado de antemão, em ambientes separados e com reservas limitadas a um número que ele conseguisse atender.

Maura estava certa sobre repetir aquela conversa. Dar mais uma chance à ideia.

Era tarde da noite, mas Kostya não estava nem aí. Ele pegou o celular e digitou o número. Viktor Musizchka atendeu no quarto toque, com a voz rouca de sono.

"Viktor? É Konstantin."

"É uma da manhã. É trote?"

"Não desliga! Por favor."

Ele ouviu Viktor bocejar. "Eu dou dez segundos."

"Dez se... minha nossa, ok. Você estava errado. Eu não preciso de uma cozinha de teste. Estou pronto. Posso trabalhar a ideia em escala. Descobri como."

Houve um instante de silêncio do outro lado da linha, e então: "Obrigado pela ligação, Kostya, mas o trem, eu acho que já passou."

"Só me dá uma chance para eu provar! Me deixa cozinhar pra você."

"Nós já estamos falando com outros chefs..."

Em desespero, com o menu de Frankie na mão suada, Kostya deu sua cartada, aquela que sabia ser capaz de dobrar Viktor.

"Mas nenhum deles vai ser capaz de fazer o mesmo barulho que nós. Com os fantasmas, o meu conceito — você ia ganhar uma fortuna. E podemos atender quantos clientes você quiser. Casa cheia toda noite. Mas a experiência com fantasmas, essa parte ia ser exclusiva. Como um clube dentro de um clube. Um restaurante dentro de um restaurante. Salas VIP."

Do outro lado da linha, só silêncio.

"Pensa bem", insistiu Kostya. "O que você daria para ver de novo alguém que ama? Alguém que morreu, que você pensou que tivesse partido pra sempre? Para ter uma última conversa? Pedir um conselho? Ouvir sua voz?"

Viktor limpou a garganta.

"O que você daria", continuou Kostya, "por uma última refeição juntos?"

Um sabor residual surgiu em sua boca — arenque em conserva, cebolas brancas, ovo cozido picado, beterraba ralada, maionese, maionese, muita maionese envolvendo tudo —, e nesse momento ele soube que tinha Viktor na palma da mão.

!!!!!

Depois de visitar o Centro Gastronômico, Maura fica pior. E sua Fome também.

A matemática é simples: quanto mais o seu Vivo sofre, quanto mais a vida da pessoa é destruída pela sua morte, mais você deseja. E Maura? Ela está arrasada o suficiente para acabar morrendo.

Você percebe as mudanças acontecendo. Primeiro na ponta dos dedos. E na ponta dos cabelos. Não são mais sólidas, são só um brilho fraco. Virando sombra. Como uma lâmpada se apagando.

Você precisa dar um jeito nisso. Precisa encontrá-la de novo.

Precisa do seu Sabor Residual.

Então você redobra os esforços. Come mais. Mastiga mais depressa.

Nada ajuda.

Você sente o tempo escorrendo pelos seus dedos, como um punhado de açúcar, e se desespera a ponto de tentar qualquer coisa. E mesmo assim, quando o novo espírito aparece, cheio de lábia, sorriso cativante, garantindo que Sim, voltar é fácil — Eu já vi acontecer; meu amigo faz isso, *você não consegue acreditar totalmente.*

Mas outras lamas que você vê por aí, outros Famintos, começam a comentar.

Você ouve dizer que o Cara Novo está falando sério. Que ele era chef e sabe tudo sobre comida. Que tem alguém do outro lado trabalhando com ele. Que eles podem burlar o Centro Gastronômico, evocar Sabores Residuais sob demanda.

Que eles podem passar você para o outro lado.

Como a outra parte come

Viktor estava dentro de novo. Ou quase.

Havia um jantar — quase sem aviso; ou de fato sem — na sua casa, e ele queria Konstantin lá, um último aro pelo qual saltar, como um cão adestrado. Um que poderia ou não estar em chamas.

"Você quer se provar", perguntou Viktor sem perguntar. "Hoje é a grande chance. Vou receber um pequeno grupo de amigos para jantar. Eles têm interesse em restaurante. Se conseguir impressionar as pessoas, fechamos acordo."

Kostya sentiu sua boca azedar. "Pensei que a gente já tivesse fechado o acordo."

"Foram só discussões, Kostik! Acordo ainda não tem. Para você é sem risco, sabe. Mas para mim, um grande investimento. Quinhentos mil, talvez, para construir o espaço, contratar equipe, fazer marketing. Mas não tem problema, eu pago. Fazemos ficar bonito. Mas preciso de convicção no que pago."

Kostya passou a manhã tentando não entrar em pânico.

Tinha sido um idiota por não prever algum tipo de teste — Viktor não iria simplesmente entregar um restaurante na mão dele, *obviamente* —, mas agora seu futuro dependia de bajular um bando de novos-ricos para ganhar seus fartos patrocínios. O que ele poderia fazer para conquistar essa aprovação? Sobre o que as pessoas que têm dinheiro conversam?

Seu primeiro instinto tinha sido ligar para Frankie. Chegou até a desbloquear o celular e abrir a lista de contatos antes de lembrar. Era sempre dolorido quando sua mente recorria a antigos hábitos, a um mundo onde Frankie ainda estava vivo. Dois meses após sua morte, Kostya não tinha conseguido tirar o nome de Frankie de sua lista de contatos favoritos, apagar as mensagens que trocavam com um número recorde de emojis de berinjela, apagar as poucas mensagens que ele deixara no correio de voz.

O que ele não daria por mais um gostinho daquele bolo de rum naquele momento.

Em vez disso, para piorar ainda mais a situação, seu celular vibrou com uma mensagem de sua mãe.

Kostya, me liga.

Ele bloqueou o celular de novo, sem responder, e ela mandou outra mensagem logo em seguida.

É importante!!!

Fechando a cara, ele pôs o aparelho no silencioso e foi tomar um banho escaldante. O apartamento estava gelado, e Kostya precisava encontrar alguma forma de dissipar a tensão antes da festa. Se não conseguisse controlar logo aquela ansiedade, teria um colapso nervoso antes mesmo de ter a chance de morrer de vergonha.

Três horas mais tarde, com uma camada de suor recobrindo de novo tudo o que fora lavado, ele saiu do elevador e se dirigiu para a cobertura de Viktor em Tribeca.

Diante da porta do elevador, ocupando a parede inteira, havia dois enormes desenhos a lápis, um retratando uma echarpe Hermès contorcida, que mal recebeu uma rápida olhada de Konstantin, e o outro imortalizando uma cinta-caralho de um metro e oitenta de altura, que provocou um acesso de riso nervoso tão violento que precipitou a aparição de um guarda-costas ao melhor estilo soviético.

Depois de Kostya respirar fundo várias vezes e finalmente conseguir falar seu nome, seu novo Camarada soltou um grunhido seco e o conduziu por uma sala de estar espaçosa — dois andares de janelas com vista para o rio Hudson e um monte de coisas modernas e reluzentes com cor de chiclete —, então o cutucou pelas costas e o mandou entrar numa biblioteca. Kostya ficou boquiaberto diante das estantes do chão ao teto — estantes que se estendiam de parede a parede, pintadas com um tom berrante de verde-limão e centenas de volumes atrás das portas de vidro iridescente. Estava tão absorto no efeito psicodélico que não percebeu imediatamente as portas francesas de cobre na extremidade do cômodo, com um jantar acontecendo a todo vapor do outro lado.

Mas as pessoas repararam nele.

Os sons dos drinques antes do jantar — risadas, conversas, o sacudir das coqueteleiras — diminuíram até silenciarem quando ele apareceu.

Kostya deu uma espiada pelo vidro da porta. Viktor olhou feio para ele da cabeceira da mesa. Seus amigos, seis pessoas — mulheres chiques e elegantes, retocadas com procedimentos estéticos e vestindo grifes que Kostya mal saberia pronunciar; homens titânicos, com o rosto vermelho de vodca, já soltando a gravata — o observaram dos pés à cabeça — os sapatos pretos ralados, a calça jeans sem marca, sua camisa Gap amarrotada com resquícios ainda visíveis de uma mancha de molho no colarinho — antes de ignorá-lo e voltarem os olhares para o anfitrião, do outro lado da mesa cromada, esperando por uma explicação, porque aquele sujeito, obviamente, não estava lá para jantar com eles, certo?

A sensação era de estar no refeitório da escola na hora do almoço.

Normalmente, Kostya teria dado um jeito de parecer minúsculo, tão invisível quanto possível. Mas, como estava numa missão para causar uma boa impressão, se obrigou a abrir um sorriso largo e acenar antes de pôr a mão na maçaneta. Nisso, o aperto mortal da mão do Camarada se fez sentir em seu braço. Ele arrastou Kostya para longe dali murmurando uma série de xingamentos peculiares em russo (*Que caralho de trança pinto é esse?*), e o conduziu por um pequeno corredor à direita das estantes de livros, que os levou até uma enorme cozinha com duas ilhas, onde três chefs — duas mulheres e um homem — já estavam fazendo os preparativos para começar a cozinhar.

"Acho que é um engano", começou Kostya. "Eu fui convidado para o jantar."

"Você" — o Camarada deu um tapa no lado desocupado da segunda ilha — "trabalha aqui!"

"Mas eu não vou cozinhar hoje! Vim conhecer os amigos dele. Para... para conversar com eles. Despertar o interesse deles. Em mim." Kostya lançou um olhar de súplica para os demais chefs, como se algum deles fosse interceder em seu favor. "Sou um convidado!"

Embora saídas de sua boca, aquelas palavras soavam como uma idiotice. As pessoas naquela sala de jantar o olharam como se ele fosse parte de um chorume primitivo que vazara na praia de sua ilha particular, uma aberração que elas esperavam que a próxima onda lavasse antes que alguém pisasse sem querer.

O Camarada começou a gargalhar. Kostya riu de nervoso. Um dos chefs — de nariz adunco e magro demais para ser confiável — soltou uma risadinha de deboche. As outras duas — uma com uma postura perfeita e uma trança preta escapando de um lenço de seda; a outra com a cabeça raspada, piercing na sobrancelha e sereias pinups tatuadas nos antebraços — trocaram olhares sarcásticos de seus espaços na ilha ao lado.

"Você..." O Camarada tropeçou nas palavras num idioma que não era o seu, rindo de chorar, com as lágrimas escorrendo dos olhos, "... um convidado? Você!" Ele respirou fundo, recobrando o fôlego. "Um convidado!? Um cretino como você!" O guarda-costas se equilibrou na beirada da ilha. "Você serve em último, *Dîner de Cons*!"

E, com isso, ele saiu da cozinha.

Os chefs voltaram ao que estavam fazendo, picando, descascando e ralando. Todos usavam dólmãs lisos e impecáveis, com o nome bordado sobre o bolso — Louis-Jean Volière, 朽木 Yume Kutsuki, Val Ibáñez —, e se movimentavam com a falta de pressa típica de pessoas não habituadas à pressão, um tipo de inércia que Kostya nunca tinha visto numa cozinha profissional.

Não, ele concluiu, aqueles não eram veteranos da indústria de restaurantes; provavelmente eram personal chefs, que faturavam alto nos verões nos Hamptons e na baixa temporada trabalhavam para os ricaços do Upper East Side.

"Bueno", disse Kostya, torcendo para que os outros de alguma forma o achassem patético, mas também simpático. "O palhaço da história sou eu, então. Certo, o que nós vamos fazer? No que vocês querem que eu ajude?"

"Nós?" Volière fungou, sem sequer se dignar a levantar os olhos da sua estação, onde estava depenando um pássaro minúsculo. "*Mais non, mon ami*. Aqui é cada um por si."

Kutsuki, à sua esquerda, abaixou a faca e se inclinou para pegar o cooler debaixo da bancada.

"Cada um trouxe seu prato", ela explicou, levantando um cooler Igloo com barulho de água chacoalhando dentro. "Quanto mais exótico, mais impressionante tende a ser. Os meus patrões — os que têm tanto botox na cara que mal conseguem se mexer, sabe? — estão tentando vencer há mais de um ano."

"Vencer?"

"É o *Iron Chef* particular deles." Ibáñez parecia enojada. "Eles põem a gente para competir uma vez por ano para essa idiotice de concurso. Se eles gostam tanto de ver quem pode mais, por que não compram uns galos de briga e montam um ringue? Não precisam envolver a gente."

Ela bateu com um cutelo na tampa de um pote de caviar, lançando-a longe pela cozinha, como se fosse um frisbee.

"E o vencedor ganha o quê", perguntou Kostya.

"Cinco mil dólares." Ibáñez deu de ombro. "E motivo para se gabar. Além de manter o emprego."

Kutsuki assentiu com a cabeça; Volière franziu os lábios.

"E vocês *querem* trabalhar para pessoas que fazem esse tipo de coisa?"

"Você me arruma outro trabalho fácil, então, ganhando mais de cem paus por ano? Fora os benefícios? Com moradia e comida no Upper West Side?"

"Entendi."

"Você não trabalha para o Viktor?", questionou Volière. "Essa é sua entrevista? *Merde*."

"Eu não estou aqui para ser empregado do Viktor", respondeu Kostya. "Vou ser o chef executivo no novo restaurante dele. Quer dizer, se eu ganhar, ao que parece. O que vocês estão preparando?"

Volière não respondeu, só continuou depenando aquelas criaturas patéticas em sua estação, mais ou menos uma dúzia de passarinhos do tamanho da palma de uma mão, com penas marrons e pretas e de um amarelo bem vivo, ainda com os bicos e os pés, os olhos sem vida brilhando.

"*Fugu*", falou Kutsuki. "Trazido especialmente do mercado de peixes de Tsukiji."

Ela tinha retirado tudo de sua estação, a não ser uma faca de filetar afiada e o cooler, que destampou com um floreio. Lá de dentro, tirou um enorme peixe sem escamas, cinza em cima, barriga branca, lábios grossos, ainda se debatendo nas suas mãos pequenas. Com um apertão na barriga, o peixe inchou como um balão, os espinhos se eriçando na pele como um tipo perigoso de arrepio. Ela o pôs de lado e fez um corte rápido e preciso atrás da cabeça e então começou a arrancar a pele. O peixe sangrava sobre a bancada enquanto a faca dela trabalhava em seu corpo com cortes cirúrgicos, para impedir que o veneno do fígado e dos ovários — mais potente que cianureto; sem antídoto conhecido — contaminasse a carne.

"Baiacu", murmurou Kostya. "Uau. Bom, tenta não envenenar o pessoal antes de experimentar a nossa comida. Ou, pensando bem, pode envenenar sim."

Kutsuki abriu um sorrisinho de satisfação. "Não se preocupe; eu sou licenciada. Foram anos de treino, mas foi por isso que os Stoli me contrataram." Ela fechou a cara. "Eles gostam de surpreender os amigos na noite do sushi. De fazer as pessoas pensarem que estão comendo linguado, até que a língua delas adormece. Totalmente antiético."

Ela abriu a barriga e limpou as entranhas — com o coraçãozinho do peixe ainda batendo na palma de sua mão —, jogando as vísceras dentro do cooler.

"Mas ninguém quer saber sua opinião, certo, bebê?", interrompeu Ibáñez. "Nem eu. Quando você lida com esse pessoal do um por cento por tempo suficiente, aprende a identificar babacas. É por isso que gastei dez mil da herança deles nisso." Ela mostrou o que parecia ser uma pedra enrugada, marrom-acinzentada, com estrias brancas. "Eu gosto da ideia de dar merda para eles comerem e ganhar agradecimentos em profusão."

Kostya estreitou os olhos para observar a coisa. "Imagino que não seja uma trufa."

"Tente mais uma vez."

"Alguma coisa calcificada. Porcini podre? Um queijo ancestral? Pulmão desidratado?"

"Âmbar-gris." Ibáñez fez uma leve mesura. "A matéria fecal da nobre baleia cachalote." Ela deu uma cheirada. "Tem um cheiro almiscarado agradável, aliás. Combina bem com ostras das Montanhas Rochosas." Ela deu uma piscadinha. "Se é para sacanear, entra logo até as bolas."

Kostya demorou um instante para lembrar o que eram as ostras das Montanhas Rochosas: *animelles*, no Canadá; testículos de touro para os entendidos.

"Ela pensa que está no Fear Factor." O comentário foi de Volière.

"*Cojones* não me dão medo." Ibáñez deu de ombros. "Mas talvez seja porque eu tenha mais disso do que a maioria dos garotinhos que andam por aí brincando com facas. Não me entenda mal, francesinho. Eu jogo para ganhar. Só não vou fazer isso nos termos desses babacas."

"Ah, sim, porque você é *tão* nobre!", retrucou Volière, incapaz de se conter. "Mentindo por omissão! Isso é pior até do que aqueles lugares que servem brunch de domingo em Midtown."

"Que mentira? Eu vou dizer exatamente o que é." Ibáñez

sorriu e começou a passar o âmbar-gris no ralador, espalhando um cheiro estonteante pela cozinha. "Eles vão raspar o prato e pedir mais. E logo você, vir me falar de integridade, Lou?" Ela lançou um olhar cortante para o passarinho na mão dele. "Pelo menos *eu* não estou servindo nenhum produto de contrabando."

Isso atingiu Volière conforme o pretendido, e ele se voltou de novo para o seu trabalho, amargurado, estreitando os olhos para examinar a pequena ave estendida em sua estação, à procura de alguma pena que tivesse passado despercebida.

Kostya olhou de novo para aqueles corpinhos diminutos — eram *o quê*? Filhotes de pombo? Ou de galinha córnica? Fetos de patos? Então ele notou as várias garrafas de Armagnac, o primo mais forte do conhaque, reluzindo seu brilho dourado na bancada logo atrás de Volière, e a maneira como as penas estavam, lisas e molhadas. Ele arregalou os olhos.

"Não", murmurou Kostya. "Não é possível."

Ortolans.

Michel Beauchêne tinha falado a respeito deles para Konstantin numa noite em que fecharam o restaurante tarde: um prato tão requintado, tão arrebatador, que ele compararia com tudo o que comeria depois com aquilo. Michel havia experimentado a iguaria apenas uma vez, na casa de um chef francês cujo nome se recusou a revelar, mas tinha sido a maior experiência gastronômica de sua vida, um nirvana comestível, segundo suas palavras, que o fizera ver o Paraíso enquanto escondia o rosto atrás de um véu de guardanapo, à maneira tradicional, escondendo a indulgência de Deus enquanto o passarinho — afogado em Armagnac ainda vivo; frito e comido inteiro — derramava entranhas borbulhantes e gordura com sabor de avelã em sua garganta, enquanto os ossinhos se quebravam sob a pressão de seus maxilares.

O ortolan era uma espécie ameaçada — morta durante séculos em nome da gula humana — e sua caça era proibida. Os pratos que a continham haviam sido banidos dos restaurantes e eliminados da consciência coletiva gastronômica nos anos 90. Quase ninguém mais sabia como prepará-los — só aqueles que foram treinados por antigos mestres.

"Mas você não pode fazer isso", disse Kostya. "É ilegal."

Volière encolheu um dos ombros de forma quase imperceptível, e Kutsuki fez um barulhão com sua tábua, cortando a cauda do baiacu com um único golpe da faca.

"Ele não vai fazer isso", ela disse baixinho. "Não são ortolans."

"Como se você soubesse!", retrucou Volière. "Isso aqui está um pouquinho acima do seu nível."

Mas o olhar no rosto dele — como se também estivesse diante da perspectiva de ser depenado e afogado em Armagnac — dizia mais do que as palavras.

"Eu observo pássaros. Por diversão. E sou boa nisso." Ela soltou um assobio que inegavelmente soou como um passarinho. "Mas até um ornitólogo amador sabia que o que você tem aí" — Kutsuki pegou uma faca de filetar mais fina e começou a passá-la sob a pele verrugosa do baiacu — "com esse peito dourado bem característico, bem mais amarelo que o marrom-acinzentado do ortolan, é um pintassilgo-americano."

Volière fez uma cara de quem estava engasgado com um osso na garganta. Ibáñez riu tanto que derrubou um testículo de touro no chão. Kostya — que inevitavelmente riu também — quase se sentiu mal pelo cara. *Quase*, porque logo depois Volière murmurou que aqueles oligarcas idiotas jamais saberiam a diferença mesmo.

"Mas *você* sabe", rebateu Kostya. "Comida boa é comida honesta."

"Mas na alta gastronomia", respondeu Volière, impaciente, "o que interessa é a percepção. A tradição."

"Olha só, ou você conta a verdade para eles", disse Ibáñez, de repente parecendo bem séria, "ou eu mesma faço isso. Não vou perder pra você com base numa mentira."

Volière apertou o cabo da faca com mais força. Ibáñez fez menção de dizer mais alguma coisa, mas Kostya a interrompeu.

"Diz que você está reinventando o prato. Que vai ser a primeira vez que alguém vai provar um ortolan reimaginado como pintassilgo — um prato estilo New American, inspirado pelo Velho Mundo. Assim como eles."

Volière pareceu humilde e receptivo pela primeira vez naquela noite. "*Merci*, chef."

Ibáñez ficou boquiaberta. "Por que diabos você fez isso?"

"Porque quando eu vencer", respondeu Kostya, "quero que isso signifique alguma coisa."

"*Quando?* Por falar em tamanho de *cojones*! Não pensei que você fosse assim, chef... hã..."

"Duhovny. Konstantin."

Um brilho de reconhecimento surgiu no rosto dela. "O mesmo Duhovny que levou um banho de óleo quente no regabofe natalino dos babacas do Gild?"

Kostya estendeu o braço, com as cicatrizes de queimadura ainda brilhando sob as tatuagens.

"Eu ouvi dizer que o Beauchêne colocou você na estação do *saucier*", comentou Volière, incrédulo.

"Ouvi dizer que você mandou o chefão do Gild tomar no cu", disse Ibáñez, sorrindo.

"Ouvi dizer que você fez um enxerto de pele de atum", acrescentou Kutsuki, começando a empratar suas fatias translúcidas de filé de baiacu no formato de uma flor de lótus.

"Tilápia, na verdade. Fiquei fedendo por semanas. Mas não sabia que a informação tinha se espalhado assim", respondeu Kostya. "Eles me pagaram para ficar de bico calado."

"Não existem segredos numa cozinha", disse Kutsuki.

"Nosso mundinho é pequeno e incestuoso", concordou Ibáñez, derramando óleo de amendoim numa panela de ferro e acendendo o fogo. "Cozinheiros gostam de conversar." Ela ficou em silêncio por um momento, então limpou a mão num pano de prato e o encarou, espremendo os olhos como se estivesse tentando ler alguma coisa. "Meu primo estava na cozinha naquela noite. Fernando Rodríguez. Lembra dele?"

Kostya lembrava. Fernando fazia os salteados, tinha uma risada contagiante e gostava de deixar fotos pornográficas no armário de todo mundo.

"Ele falou que viu uma parada estranha antes de o Beauchêne entrar na cozinha soltando os cachorros. Luzes brilhando. Um rosto flutuando no ar. Conversando com você. Enfim, o Nando é um cara legal, mas gosta de beber umas e outras, e na maior parte do tempo não acredito em metade do que ele fala. Mas alguma coisa me diz que você é mais do que um rostinho bonito, hein, *papi chulo*?"

Kostya engoliu em seco, tentando decidir se confirmava ou negava a história. Houve momentos em sua vida em que não teria nem o que pensar: era disfarçar a bizarrice, negar qualquer coisa antinatural e ficar de cabeça baixa e bico calado.

"Errada você não está."

"Hã", disse Ibáñez, arregalando os olhos. "Então compartilha com o resto da classe o que você — um cara que veio de um restaurante três estrelas Michelin, e que pode ou não ser algum tipo de *brujo* russo — vai fazer para impressionar os jurados."

Kostya umedeceu os lábios.

Só havia uma coisa que ele *poderia* fazer para competir com o que aqueles três estavam preparando. E isso lhe daria a vitória também. Se funcionasse.

Porque de garantido não tinha nada.

Fazia meses que Kostya não tentava preparar um prato fantasma.

Estava um pouco enferrujado, claro, e ainda não sabia o que tinha feito de certo (ou de errado) no Hell's Kitchen, ou como — além de uma lembrança carregada de emoções fortes — entrar em contato com os Mortos. Viktor cancelaria a empreitada se Kostya não mostrasse serviço? Daria outra chance a ele? Não, foi o que Kostya respondeu a si mesmo.

Não haveria terceira oportunidade. Era nadar ou morrer na praia. Agora ou nunca.

"Sou ucraniano, na verdade. E vou fazer minha especialidade", ele disse lentamente, encarando Ibáñez. "Mais chocante que ostras das Montanhas Rochosas." Ele apontou com o queixo para Volière. "Mais raro que ortolans. Mas talvez igualmente tabu." Ele se virou para Kutsuki. "E faz muito mais do que aproximar as pessoas da morte. Na verdade, é o inverso."

Houve um silêncio na cozinha enquanto eles esperavam o complemento, ansiosos para saber se o que ouviram dizer era verdade.

"E então?", questionou Volière. "*Qu'est-ce que c'est?*"

"Não sei." Kostya encolheu os ombros. "Os Mortos ainda não me passaram o que vai ser."

Um a um, Kutsuki, Volière e Ibáñez serviram sua comida.

Em seguida, voltaram para a cozinha para beber vinho e comentar a experiência.

Quando chegou a vez de Kostya, ele virou seu Malbec e esperou que o Camarada o levasse até a sala de jantar, assim como tinha feito com todos os outros. O que aconteceu em vez disso foi uma inversão de uma regra tácita entre a cozinha e o salão: ninguém entrava lá, a não ser a convite do chef.

Cozinhas eram lugares reservados, onde a alquimia acontecia, onde a salsicha era feita e onde, de vez em quando, o divino era evocado e assado numa torta. Toda cozinha em que Kostya esteve e se sentiu confortável era apartada do que acontecia no salão — o calor e os palavrões e as ordens dadas aos berros eram incongruentes com o ambiente sereno exigido pelas toalhas brancas e pelas conversas sofisticadas.

Havia restaurantes que punham a cozinha à mostra, claro — bem no meio do salão, até, entre paredes de vidro — e todo mundo trabalhava em silêncio absoluto, sem derrubar uma gota de demi-glace, sem trombar em ninguém carregando bandejas, sem nunca gritar que o babaca da mesa quatro estava exigindo que seu filé fosse assassinado. Sociopatas também podem comandar cozinhas.

Kostya jamais gostaria de ser exposto desse jeito, jantar e entretenimento ao mesmo tempo, mas Viktor não o consultara a respeito (e isso estava virando um padrão) antes de levar seu séquito para a cozinha. Sem poder fazer nada, Kostya os viu tomar conta do recinto, contaminando o ar com perfume e laquê, fumaça de cigarro e *amuse-bouches* trazidos da mesa de jantar. Eles se espalharam ao redor das ilhas, emporcalhando as bancadas com marcas de dedos e manchas de gordura, se apossando das estações de Volière e Kutsuki sem pedir a permissão de ninguém. Os outros chefs se retiraram para um canto — ali o espírito de coletividade passava longe — e observavam tudo de olhos arregalados, ansiosos para descobrir se Kostya tinha a caminho uma vitória tática ou um massacre sangrento.

Viktor limpou a garganta, e Kostya entendeu que estavam esperando ele falar alguma coisa, realizar uma performance, dançar. Seu coração disparou, dissolvendo o pouco de coragem proporcionada pelo vinho. Então arregaçou as mangas da camisa, se preparando para pôr a mão na massa e revelar suas tatuagens no processo.

Seu olhar pousou na faca em seu antebraço, com o *OQCFTF* no cabo.

O *que* Frankie tentaria fazer, se estivesse em seu lugar? Como deixaria aquelas pessoas de queixo caído?

Contaria histórias sobre a profissão — tiradas incríveis ao estilo *Cozinha confidencial* —, exalando carisma como o mel escorrendo de um favo. Falaria maravilhas sobre a comida, fazendo-os acreditar que era incrível antes mesmo de botarem qualquer coisa na boca.

Se Frankie estivesse ali, iria... *fazer cada um pensar que era a pessoa mais interessante entre os presentes, e então mostrar que na verdade o sujeito mais interessante era ele mesmo.*

Viktor limpou a garganta de novo.

"Hã, certo." Kostya assentiu para os presentes, que o encaravam. "Senhoras. Senhores. Eu gostaria de começar dizendo que é um prazer cozinhar para vocês esta noite. Apesar de que, como podem ver, eu, hã, ainda não comecei a preparar nada."

Os convidados se entreolharam, se perguntando se não teria havido um engano.

Uma mulher com cabelos de Rapunzel cruzou os braços. Um homem de terno cinza coçou o cavanhaque. Uma mulher baixinha e curvilínea de cabelo escuro estreitou os olhos para Kostya. E Viktor riscou um fósforo e acendeu um cigarro de uma forma que comunicava toda a sua insatisfação.

Kostya o encarou.

Estava na hora de dançar conforme a Musizchka. Provar que valia cada centavo de seu investimento.

"Quando o sr. Musizchka me contou sobre esse jantar", ele continuou, falando diretamente para Viktor, "fiquei intrigado. E, depois de passar essa noite com seus chefs, passei de intrigado a impressionado. Não é todo dia que sou convidado a satisfazer apetites tão refinados quanto o de vocês. *Fugu*, ortolans, âmbar-gris — são algumas das iguarias mais raras do mundo. Mas eu estou disposto a oferecer algo ainda mais raro. O sabor dos Mortos."

"Ele disse *mortos*?", uma mulher cochichou.

"Ah, não, essa merda de canibalismo de novo, não", reclamou um homem rechonchudo de camisa de estampa de caxemira.

"Eu tenho um palato peculiar", continuou Kostya. "Singular, talvez. Isso me proporciona uma conexão com o mundo espiritual. Tendo os devidos fatores desencadeantes, vou sentir o gosto de uma refeição de um de seus Mortos aqui. E, quando preparar o prato, e um de vocês comer, isso vai trazer esse espírito para o jantar."

Várias pessoas se remexeram de maneira desconfortável.

"Quem não quiser participar da experiência pode ficar à vontade para se retirar."

Uma mulher magra vestida de preto foi andando silenciosamente para a porta. Um instante depois, um homem de rosto vermelho fez o mesmo.

"Mais alguém?"

Ele encarou cada um, olhando-os nos olhos. Atrás dele, ouviu uma movimentação e se virou a tempo de ver Kutsuki balançar a cabeça e correr para a porta, murmurando algo que soou como *idiota* e *evocar Fantasmas Famintos*.

"Certo", continuou Kostya, sem se deixar abalar. "Para começar, pensem em alguém que perderam. Alguém que gostariam de rever."

Várias pessoas fecharam os olhos; e outras lançaram olhares incrédulos para Kostya.

"Se concentrem nos Mortos", ele pediu. "Se lembrem deles."

"Que tipo de lembranças?", perguntou a mulher de cabelo escuro, com os olhos fechados com força. "Tipo, felizes? Ou tristes? Uma lembrança envolvendo comida, ou de comer com a pessoa? Nossa primeira lembrança com ela, ou a última? O quê, exatamente?"

Kostya abriu a boca para responder, mas fechou de novo. Franziu a testa.

No Hell's Kitchen, ele nunca tinha exigido um *tipo* de memórias; só conversava com os clientes sobre seus entes queridos e alguma coisa aparecia em sua boca ou não. Mas a maneira como ela fez essa pergunta — que tipo de lembranças? — o deixou pensativo.

Ele pensou na irmã Louise. Foi preciso esperar um tempo para a irmã Stacy aparecer. Ela não estava esperando ali por perto; houve um fator desencadeante. Stacy surgiu quando Louise pensou no assassinato, quando culpou a si mesma, quando a saudade apertou tanto que se tornou quase palpável, e temperada pelo arrependimento — a culpa por não estar lá quando ela morreu.

Pensou em Steven Ty... — *não*; Kostya se interrompeu. O nome dele era Charlie. E o da esposa falecida, Anna. Ele tinha chegado à Library of Spirits praticamente paralisado pela dor da perda, incapaz de seguir com sua vida, com um desespero tão grande que assim que invocou a imagem dela — *minha linda mulher morta* —, Anna apareceu com toda força no sistema digestivo de Kostya. O preço que aqueles pensamentos cobraram — isso estava estampado na cara de Charlie.

Ele pensou em seu pai, que aparecia nos momentos em que Kostya mais sentia sua ausência, o ressentimento na piscina quando era criança, o desejo intenso no Bouche de Noël. Pouco antes de experimentar o *pechonka* no Saveur Fare, Kostya estava vendo a cozinha em funcionamento, explodindo de orgulho cada vez que gritava uma ordem e todos se moviam ao seu comando, impressionado pelo lugar que havia conquistado para si, pelo respeito com que era tratado. E o pensamento foi inevitável: *Papa, como eu queria que você visse isso.*

Kostya fechou os olhos. Se sentia bem perto de chegar a algum lugar, com os dedos coçando. Acima de sua cabeça, as luzes tremeram.

"Uma lembrança que tenha um custo pra vocês", disse, quase só para si mesmo. "Uma que machuque. Que faça vocês se arrependerem de alguma coisa que fizeram ou não fizeram. Ou que faça vocês se lembrarem de como eram felizes quando tinham essa pessoa por aqui. Alguma coisa que faça vocês realmente sentirem sua perda."

Eram essas as lembranças que evocavam fantasmas: as que cobravam um preço, que arrancavam algo de dentro da pessoa que tinha a recordação. Essas eram emoções complexas como sabores, que articulavam a doçura e o amargor, o ácido se infiltrando no umami, a gordura neutralizando o calor.

Como quando se acende uma boca no fogão, as coisas começaram a acontecer dentro da boca de Konstantin. Lampejos de gostos — não exatamente sabores residuais. Mais uma bocada do que refeições. Várias dessas bocadas.

Frango à Kiev cozido bolo de chocolate kielbasa torta de groselha kvass pão de fôrma coco língua de vaca fatiada fino repolho em conserva bitter ostra cogumelo carne suína espadilhas fritas na torrada Nutella cogumelo silvestre xarope doce conhaque tartare de atum shuba de arenque vinagre mortadela brulée tostada abacaxi em lata com marzipã bala de goma toranja biscoito de pasta de amendoim escargot com pesto limão saliva suco gástrico prelúdio de um vômito...

Kostya se agarrou à ponta da bancada para se equilibrar. Aquilo era como beber a gosma do fundo da lixeira da cozinha. Tudo em desarmonia, uma cacofonia, as notas azedadas, estragadas. Ele sentiu a bile subindo para o fundo da garganta; ia vomitar a qualquer momento.

"Parem!", ele pediu, ofegante. "Parem!"

Os pensamentos dos convidados foram interrompidos com um sobressalto, desaparecendo de sua língua em um leve estalo. A não ser por um, que flutuava pela superfície, envolvendo sua boca, fazendo-o reviver como sais de amônia. Um sabor residual de verdade, com toda a sua complexidade.

Uma sopa doce, ácida e pungente. Fatias fininhas de repolho. Cenoura. Batata. Picadas e cozidas. Um único pedaço de carne, cozida no caldo por tanto tempo que até se dissolveu. Beterraba, cozida até perder a cor e virar cor-de-rosa e tingir tudo na panela de um marrom avermelhado. Algo para dar acidez, por cima e por baixo — massa de tomate? Molho de pizza? Ah, credo — ketchup (?!!) e um toque de (que blasfêmia!) molho de salada Miracle Whip. Borscht. Com uns toques pessoais bem heterodoxos.

"Quem põe ketchup no borscht?", perguntou Kostya em voz alta. "Ou Miracle Whip?"

A baixinha de cabelo escuro soltou um suspiro de susto.

"Babushka Fira! Mas como você...", ela começou, mas Kostya não estava ouvindo.

A cozinha ficou em segundo plano, quase invisível a não

ser pelo rosto de Viktor do outro lado da ilha, com a estupefação estampada nas sobrancelhas levantadas, no sorrisinho amarelo.

"Agora temos negócio fechado", disse Kostya.

O resto foi fácil. Kostya escreveu a lista de ingredientes e Viktor mandou um de seus vários empregados ir até o mercadinho da esquina. Volière tinha um termocirculador para *sous vide* e uma panela de pressão, e ficou mais do que contente em deixar Kostya usar. (*Mas é claro! Eu preciso ver isso.*) Mais ou menos quarenta minutos depois, Bab Fira chegou, como fogos de artifício vermelhos sobre a cabeça dos convidados, e os arquejos e palavrões soltados pelos presentes provocaram em Kostya uma espécie de euforia. Ele nunca se cansava disso, de realizar os desejos das pessoas.

Isso o fazia querer realizar o seu também.

Ansiava por ver o pai. Para testar aquela súbita revelação sobre o fator desencadeante dos sabores residuais. Kostya se perguntou se encarar seu luto o faria sentir gosto de *pechonka* de novo, se tiraria de dentro dele aquele gosto de agonia, algo bem mais profundo e delicado do que a dor latejante de sempre. Observou com inveja quando a mulher estendeu o braço para pegar a mão reluzente da avó, e pensou que seria bem fácil sair de fininho, correr para o apartamento e tentar conjurar a presença do pai.

Mas algo o deteve. Um resquício de medo, de dúvida.

Ele já havia perdido duas chances com seu pai. Dois strikes. Não podia arriscar uma terceira, não se pudesse ser a última. Precisava ter certeza de que aquilo funcionaria em outras ocasiões também. Que funcionaria todas as vezes. Que seria um método à prova de falhas. Porque se o que Maura tinha dito — se continuasse a fazer isso, mais cedo ou mais tarde teria problemas — fosse verdade, ele não poderia permitir que o problema se desse justamente com seu pai.

Ele sorriu para o espírito da avó do outro lado do recinto. Um dia, tinha certeza disso, chegaria sua vez. Ela ergueu os olhos e, em meio a lágrimas reluzentes cor de vinho, retribuiu o sorriso.

Depois da festa, Viktor o chamou à sala de estar para fazer um brinde com champanhe, um tilintar de taças que tinha o mesmo valor de um aperto de mãos.

"À nossa parceria", brindou Viktor.

"E ao nosso sucesso", acrescentou Kostya.

As bolhas na boca de Kostya eram agradabilíssimas — notas de caramelo e um fundinho de baunilha, com os minerais, o sal, os metais e o ácido cítrico se transformando em calor na sua garganta, a doçura de uma fruta excessivamente madura. Ele segurou a taça contra a luz, vendo as fileiras de espuma dançando rente ao vidro, com um brilho quase verde.

"Gostou do Krug?", perguntou Viktor. "É Blanc de Noir. De uvas negras."

"É maravilhoso."

Viktor estudou sua taça. "Sempre gostei do nome. *Krug*. Como círculo." Ele deu um gole. "Guardo para pessoas especiais. Meus sócios" — ele apontou com o queixo para Kostya — "fazem parte de círculo. Como família. Mais próximo."

Nesse momento, o celular de Kostya vibrou no bolso. Ele rejeitou a chamada. Mas voltou a tocar.

Ele tirou o aparelho do bolso e viu a foto de sua mãe na tela, uma minúscula, do dia do casamento, com ela e seu pai de perfil, sorrindo.

"Eu... desculpa, é a minha mãe. Só um minutinho... perdão."

Ele se afastou alguns passos, atendeu e não teve a chance nem de dizer alô antes que começasse o bombardeio.

"Kostya, graças a Deus! Você está perdido da cabeça?! Eu mandei mensagem de manhã! Avisando que é importante. E você não liga de volta. Me deu oito derrames esperando. Você quer me matar, e está conseguindo."

"Mãe, desculpa. Foi um dia corrido."

"Eu sei! Vanya me disse ontem de noite, contou que você fala com Viktor Musizchka..."

"Então, pois é, na verdade, eu..."

"... e eu disse para Vanya que tipo de bobagem é essa que está fazendo comigo? Kostya é menino inteligente, tem juízo. Nunca fala com bandidos assim! A família Musizchka é uma máfia."

Kostya sentiu sua língua grudar no céu da boca.

"Dinheiro novo, mas mesma coisa que KGB", ela continuou. "Sem lei, sem moral, bangue-bangue torto e direito. Eu disse para Vanya, você não se envolve. Você mantém distância."

Kostya tentou engolir, mas nem isso conseguiu.

"Kostya", ela insistiu, falando mais devagar, "fala que estou certa. Fala que não conversa com assassino e ladrão. Me fala..."

"Não sei do que você está falando", ele respondeu, apressado, e era verdade. "Ele é um cara ótimo."

O Viktor que ele conhecia não era do submundo. Era um homem de negócios. Um bonitão do outro lado da sala com um champanhe caríssimo e um talão de cheques aberto. O bilhete premiado para Kostya abrir seu restaurante, para fazer diferença no mundo, para encontrar Frankie, e seu pai, e juntar seus cacos de novo.

"*Bozhe moy!*" Ele conseguiu ouvi-la se agarrar ao tecido da roupa sobre o coração. "Você perdeu todo seu faro?! Olha bem no que se mete! Vai acabar morto."

"Preciso desligar."

"Kostya? Kostya! Não desligue telefone! Não..."

Ele desligou e se voltou de novo para seu anfitrião.

"Está tudo bem?", perguntou Viktor.

"Ah, sim. Ela, hã... gosta de se preocupar à toa."

"Bom, você não tem mais com o que se preocupar."

Viktor ergueu a taça, e Kostya fez o mesmo. Quando beberam dessa vez, o champanhe pareceu mais choco, sem graça. Menos doce, mais metálico. Como sangue.

"Bem-vindo à família."

!!!!!!

O Cara Novo está criando um tour gastronômico.

A Experiência Culinária de Konstantin Duhovny.

Um nome idiota, você pensa, mas não diz. Em vez disso, pergunta como funciona. Se o que você ouviu sobre o, hã, itinerário, *é verdade.*

Digamos que você vai num pé e volta no outro, *o Cara novo diz pra você.*

Ele dá uma piscadinha quando diz isso, o que você entende como uma insinuação de que os boatos são verdadeiros. Que você não vai num pé e volta no outro coisa nenhuma, na verdade é uma travessia. Você tenta descobrir mais, entender como acontece, se eles podem mesmo produzir Sabores Residuais fora do Centro Gastronômico. Mas o Cara novo se esquiva. Ou ele não sabe, ou não quer dizer, é o que você conclui.

Você pergunta quando sai o passeio, e ele diz que o amigo está abrindo um restaurante do outro lado. Que o tour tem que acontecer na noite de inauguração.

Por quê?, *você pergunta, sem saber o que o restaurante de um Vivo tem a ver com os Mortos.*

Porque esse lugar é para isso mesmo. Sabores residuais. Espíritos. Ele vai levar todo mundo de volta ali. Desde que você esteja a fim.

A fome se manifesta, com força, dentro de você.

Certo, *você responde*. Estou dentro.

Ele diz que vai entrar em contato para falar da data, mas que não deve demorar muito. Quase nada.

Você deseja que Maura consiga durar até lá.

Que ela não faça nada imprudente. Impulsivo. O tipo de coisa que cause problemas.

Mas, sendo Maura quem é, claro que ela vai fazer.

Haute Cuisine

Nos anos 70 do século anterior, o Swingline era um lugar cool e descolado, um hotel butique no centro da cidade, que recebia gatinhas e gatões, o tipo de gente bonita que balançava o esqueleto e cheirava seu pozinho no Studio 54 e no Max's Kansas City. Nos anos 20 e poucos do século seguinte, nem tanto. Agora parece velho. Dilapidado. Decididamente — Kostya franziu a testa ao ver o revestimento dourado descascando e a porta com globo de espelhos — *retrô*. E não no bom sentido, como um vinil de primeira prensagem ou uma camiseta vintage. Uma vibe mais *deveria-ter-morrido-junto--com-a-era-disco*.

Por dentro, era pior. As paredes tinham lambris, parecia o porão da casa do tio de alguém; o carpete felpudo vermelho era como um túmulo coletivo de bonecos do Elmo da *Vila Sésamo*. A mesa da recepção — com acesso por uma sala de espera rebaixada (mais carpete, sofá de veludo marrom-avermelhado, almofadas que induziam o vômito no chão) — era espelhada, e estava toda arranhada e marcada de pichações. Sobre sua superfície repousavam um rato morto — uma olhada naquele saguão provavelmente o matara — e uma pilha ameaçadora de papéis com a documentação do aluguel, algumas folhas já com a assinatura de Viktor Musizchka.

Kostya apertou os olhos com os dedos, tentando não julgar aquela lixeira pela pilha de lixo que continha. Ele ainda não tinha visto a atração principal — Viktor havia contado que aquele lugar tinha um restaurante —, mas Kostya já conseguia imaginar como era a "charmosa brasserie e cozinha comercial de época" se aquela visão agradável como uma bunda cheia de espinhas era descrita como uma "lenda do glamour da Manhattan dos anos 70, carregada de nostalgia chique" pelo corretor tagarela.

E quase não importava o que eles tinham feito para arrumar aquele lugar. Mesmo que Viktor estivesse disposto a gastar dinheiro para resolver os problemas mais do que óbvios, ainda assim não seria possível mudar o principal: um restaurante localizado bem no esfíncter da cena gastronômica de Manhattan.

O Swingline ficava nas vizinhanças de South Street Seaport e Two Bridges, bem na extremidade do Financial District. Era uma zona morta, encaixotada entre o Departamento de Polícia de Nova York, a Suprema Corte do Condado e o Centro Correcional Metropolitano, uma terra de ninguém em termos culinários, que mal conseguia atrair os trabalhadores locais na hora do almoço, e estava fadada a, como o restante do FiDi, virar uma cidade fantasma depois das seis da tarde, quando o distrito expulsava o pessoal de Wall Street de suas entranhas. Eles seriam o único restaurante de alta gastronomia em vários quarteirões, o que Viktor via como uma vantagem pelo pioneirismo, mas Kostya sabia que era o primeiro prego do inevitável caixão.

Havia uma boa razão para todos os restaurantes de sucesso se concentrarem em certos locais — o Soho, o Village, o Upper East e Upper West Side, o Gramercy, o Flatiron e o Meatpacking District — e não era porque queriam ficar perto da concorrência. Eram os lugares que as pessoas frequentavam, onde outros restaurantes se estabeleceram com sucesso, ou pelo menos viraram moda por certo tempo. Não era segredo nenhum que a maioria fechava nos primeiros seis meses; os bambambãs, os casos de sucesso, esses dava para contar nos dedos de uma das mãos. Nesse setor, a única opção era um pacto com o Diabo, e o Satanás Restaurateur estava com a agenda lotada pelos três anos seguintes, pelo que Kostya ouvira da última vez.

"Kostya, *privet*! Obrigado por vir."

Viktor dá o ar de sua graça. Entra pela esquerda do palco, se materializando a partir de uma sala atrás da recepção. Vestido como se sua estilista pessoal tivesse tirado o dia de folga.

Como todos os novos-ricos russos, Viktor gostava de grifes — Gucci, Hermès, Armani, Prada, Burberry, Louis V —, mas acabava exagerando na dose dos pés à cabeça na ideia de que *quanto mais custar, melhor fica em você, meu caro*, o que às vezes, como naquele momento, fazia parecer que as vitrines da Quinta Avenida tinham sofrido uma colisão violenta e se misturado umas às outras.

"Viktor, oi", respondeu Kostya. "Então é aqui, hein?"

A esperança de Kostya era que Viktor confessasse que estava só tirando sarro dele, o pegasse pelo braço e o levasse para um carro com motorista particular para outro lugar, bem, mas bem longe dali. Em vez disso:

"Então, o que acha? Gostou ou amou?"

"Amar é uma palavra forte."

"Amou, né? Eu também. Muito."

Ele tirou um isqueiro da Tiffany do bolso da calça, acendeu um cigarro e soprou a fumaça na direção de um desconsolado aviso de NÃO FUME, cuja tinta descascando — como todo o restante do lugar — já havia desistido de tentar parecer alguma coisa séria muito tempo antes.

"Acho que podemos transformar saguão em *cocktailnaya*." Viktor deu outra tragada. "Pessoas entram, bebem enquanto esperam mesa." Ele soltou a fumaça. "Estou pensando em vidro preto aqui. Obsidiana. Moderno. Muito *clean*. Colocamos hosts na porta. Garota sexy e rapaz, vestidos de branco para *kontrast*. O que você me diz?"

"Acho que a gente precisa ver a cozinha primeiro."

"Ok, ok. Vem comigo, é embaixo. Coisas muito legais. Acho que você vai se surpreender."

"Bom, se for parecida com o saguão...", começou Kostya, inalando a fumaça exalada por Viktor e o cheiro estonteante de água-de-colônia, e o seguiu pela portinha atrás da recepção, passando por escritórios administrativos até chegar a uma escada estreita, "... aí vai precisar gastar uma grana para colocar de acordo com as normas de segurança de hoje. Talvez mais do que você queira investir. Pode ser interessante ver outros lugares. Até no Brooklyn, de repente. Ou Astoria, que tem uma cena gastronômica interessante..."

Eles desceram a escada inclinada, passando por evidências de diversas infestações — mosquitos, ratos, baratas — nos degraus.

"Cara", continuou Kostya, fazendo questão de esmagar uma barata sob a sola do sapato, "esse lugar parece infestado pelas sete pragas. Tipo, a gente vai ter que fazer o sacrifício de um primogênito? Porque eu deixei o sangue de cordeiro em outra calça."

Viktor o ignorou — ou por não entender ou por desinteresse — e começou a virar o celular na mão, à procura do interruptor. Quando encontrou, Kostya se preparou para o choque das luzes fluorescentes e quaisquer outros horrores que a cozinha revelaria. Mas, quando as lâmpadas piscaram e acenderam, quando o espaço generoso se expandiu diante de seus olhos arregalados, quando reparou no teto alto e nas amplas áreas de preparação, nas vigas industriais, no chão de cimento, nas enormes janelas arqueadas e para onde se abriam — aquilo era uma estação de metrô do outro lado do vidro —, ele sorriu, apesar de tudo.

Kostya sentiu no fundo de seu ser; havia algo ali, um diamante bruto.

"Precisa de reforma, claro", disse Viktor sem demora. "Podemos fazer do jeito que quiser. Mas o espaço, acho que é bom."

"Mais do que bom", respondeu Kostya. "Essas janelas, por acaso..."

A resposta passou por eles em alta velocidade. O Trem 6 contornou aquela parada desativada rumo à linha norte, com suas luzes piscantes iluminando momentaneamente a estação fechada, como um flash do passado. Kostya observou as arcadas altíssimas em meia-lua, os azulejos em padrão trançado, os vitrais art déco, tudo isso piscando em stop-motion enquanto os vagões avançavam, souvenires de outra era. Ele quase era capaz de imaginar os nova-iorquinos de outros tempos esperando na plataforma, de casaco impermeável ou de lã, com maletas e jornais nas mãos, cigarros e lenços. Fantasmas de quem só os trilhos lembravam.

"Podemos cobrir com gesso", sugeriu Viktor. "Se for distração."

Kostya conseguia ver com absoluta clareza o que aquele lugar poderia ser. Até as paredes tinham história.

"É perfeito", murmurou. "É tudo perfeito. Onde nós assinamos?"

Essa não era a única coisa na sua vida que parecia perfeita.

Quando Kostya chegou em casa, ainda no embalo da empolgação com a nova cozinha, encontrou Maura sentada nos degraus da frente do prédio, com um café e um croissant de amêndoas nas mãos e um saco cheio de doces ao seu lado.

"Oi, chef." Ela sorriu, balançando o pacote para ele. "Eu passei no Balthazar."

"Nunca me senti tão atraído por você na minha vida." Ele a beijou, sentindo o gosto de açúcar e manteiga e pasta de amêndoa nos lábios dela. *Hmm.* "Qual é a ocasião especial?"

"Ah, é só o seu suborno matinal de terça-feira."

"Ah, é?" Ele abriu a porta do prédio. "E quais dos meus serviços você está tentando comprar? Porque não existem croissants suficientes no mundo para me convencer a limpar a sua cozinha."

Ela deu uma risada, que soou mais aguda que o normal. "Mais uma chance."

"Bom, se for para me usar para algum tipo de perversão", ele continuou, entrando com ela no prédio e destrancando o apartamento, "tipo, uma coisa bem suja e safada, não precisa nem dos doces. Sério mesmo. Eu topo."

Ela abriu um sorrisinho. "Talvez depois."

"*Depois?* Não me diga que a gente vai montar móveis da Ikea."

Maura entrou atrás dele, e alguma coisa parecia muito errada. Ela segurava a parte de cima do saco de doces com tanta força que o papel estava prestes a rasgar.

"Maur?", ele perguntou, resgatando o pacote. "É sério, o que foi?"

"Eu..." Ela parecia petrificada. "Estou pronta."

"Para...?"

"Eu quero que você traga a minha irmã de volta."

"Ah!" Kostya soltou uma risada aliviada. "Só isso?"

Os olhos dela estavam enormes, tão cheios de emoção que ameaçavam se desfazer em lágrimas.

"Você vai fazer?"

"Claro! Eu dei minha palavra. Só preciso dar uma corrida até o mercadinho."

"Para quê?"

"Para comprar o Reese's Cup", disse Kostya. "Eu sinto esse gosto quando estou com você desde a noite em que a gente se conheceu."

De volta ao apartamento, com uma dúzia de embalagens de Reese's sobre a bancada da cozinha, Kostya explicou a Maura como funcionava a visita. Falou sobre a lembrança de que ela precisava, sobre sentir o luto, buscar vivenciá-lo. Contou sobre as regras — que Everleigh só ficaria enquanto Maura estivesse comendo. E prometeu acompanhá-la o tempo todo.

"Na verdade", disse Maura, sem olhar nos olhos dele, "se você não se incomodar, prefiro fazer isso sozinha. Em particular."

"Ah." Ele tentou não parecer magoado. "Claro. Com certeza. É uma coisa muito pessoal. Eu vou, hã, começar com você e depois te deixo sozinha."

"Obrigada." Ela pegou sua mão e a beijou. "Você não faz ideia do que isso significa para mim.

Ele abriu um sorriso tristonho. "Na verdade, sei, sim."

Maura Elizabeth Struk se sentou à mesa de jantar do apartamento do namorado com um prato branco vazio diante de si. Procurou por Everleigh, por meio da Fome sobrenatural que se debatia dentro dela, de uma quantidade infinita de arrependimento e culpa, e de todos os riscos envolvidos em evocar sua irmã dos Mortos. Ela vasculhou sua mente em busca de lembranças, da mais dolorida. Aquela que mais a fazia sentir o peso do luto, como instruiu Konstantin. E isso ficou óbvio quando ele mencionou o Reese's Cup.

Noite de Halloween, uma década antes.

Maura tinha catorze anos e Ev dez, ambas ainda vivas. Estavam pedindo doces de porta em porta. Era a última vez, só que Maura não sabia disso na ocasião. Estavam na varanda, vendo o que tinham conseguido, fazendo inventário do estoque. Ev adorava Reese's, ficava com eles todo ano, escondia debaixo da cama para comer à noite, principalmente quando o pai estava mal. Às vezes, no escuro, Maura sentia o cheiro do doce do outro lado do quarto, chocolate e pasta de amendoim, e descia da cama para se deitar com a irmã, sem dizer nada, só ouvindo Everleigh comer.

Mas naquela noite, naquele Halloween, Ev não fez isso. Não pediu nenhuma troca a Maura — nem um Reese's por um Snickers ou um pacotinho de M&M's, nem dois Reese's por um saquinho de Nerds, nem — o que acontecia muito raramente — três Reese's por um Airhead.

Em vez disso, Everleigh os comeu, dividiu com Maura.

Elas ficaram ali, na noite gelada, Everleigh com sua peruca da Ayane (*Quando for mais velha, vou tingir meu cabelo de roxo de verdade!*) e Maura com sua máscara do Super Mario (*Não consigo respirar com essa coisa!*) deixada de lado, comendo cada um dos copinhos de chocolate com pasta de amendoim que tinham conseguido. Parecia um exagero. Uma coisa divertida. Elas lamberam o chocolate dos dedos. Descartaram as embalagens pelo chão. Se empanturraram. E então restava só uma embalagem com duas unidades. Elas abriram, levantaram cada uma o seu e, como se fossem mais velhas, uma idade que Everleigh nunca teria, bateram um copinho no outro como se fossem taças de champanhe, amassando o chocolate num brinde a si mesmas.

"Vamos fazer isso todo ano", declarou Everleigh.

"Eu topo", concordou Maura, com a boca cheia.

"É sério. Você precisa prometer. Desde que a gente queira ir."

"Claro que a gente vai querer. Sempre."

Foi o momento mais feliz das duas juntas.

Konstantin suspirou baixinho ao seu lado.

"Estou sentindo, Maura. Ela está aqui."

Maura sentiu suas mãos suarem. Abriu os olhos e o viu abrir uma embalagem e colocar um copinho de chocolate no prato.

"Espera", ela falou. "Pega o outro. Brinda comigo."

Ele arregalou os olhos. "O amassado! Eu fiquei curioso para saber o que era."

Konstantin sorriu, levantou seu doce e bateu no dela, que ficou felicíssima por ser ele a primeira pessoa a fazê-la sentir que poderia amar de novo, que a ajudaria a trazer Everleigh de volta.

E então Maura começou a comer o Reese's Cup.

Fazia anos que não punha um na boca. Não tinham um gosto agradável para ela. Não mais. Ela mordeu a casquinha ondulada de chocolate, que estourou assim como ela estourara com Everleigh ao telefone no dia de sua morte — *Pedir doces!? Você não está velha demais pra isso, não? Eu estou na faculdade, Ev! Tenho outras coisas pra fazer! Vejo você no fim de semana que vem, ok?* A pasta de amendoim colou no céu da boca, sem querer largar, da mesma forma que ela havia grudado — primeiro ao lençol no necrotério, onde fora identificar o corpo de Everleigh; depois à urna com as cinzas; depois à própria memória de Ev, suas roupas exóticas, seu cabelo violeta, sua vida breve, passional e purpurinada. O açúcar contaminava a experiência como um veneno, assim como as coisas que Maura colocara para dentro do corpo depois disso — álcool e drogas, comprimidos de todas as cores, qualquer coisa que a impedisse de sentir —, até o momento em que tinha ido longe demais, quando viu em primeira mão como Ev havia sofrido. Enquanto engolia, o efeito cumulativo do Reese's Cup — a compulsão para não parar em apenas uma mordida; o gosto artificial de coisa industrializada, mas a vontade de terminar mesmo assim; o fato de haver uma segunda unidade na embalagem para acompanhar a primeira — uma bola de neve de vício e mentira, com uma coisa levando à outra e virando a avalanche que a perseguia na encosta escorregadia em que se encontrava, da qual vinha tentando escapar fazia tanto tempo, e que essa última tentativa desesperada — naquele exato momento e lugar, Everleigh e ela e aquele maldito doce — poderia encerrar de uma vez por todas.

Kostya esperou até Everleigh aparecer. As luzes dela — como seria de esperar — se materializaram em lilás, orbes delicados que se arranjaram numa figura que ele quase reconhecia. Era como uma Maura mais jovem — os mesmos olhos grandes piscando; a mesma postura; o mesmo (ele sorriu quando viu isso) cabelo roxo. Ele deu um beijo na cabeça de Maura antes de sair e apertou de leve seu ombro.

"Eu não vou muito longe", ele falou, "só para garantir."

Mas ela não ligou.

Em vez disso, uma hora e meia depois, quando tomava o segundo milk-shake no The Flame, Kostya sentiu um gosto estranho.

Um Reese's Cup. Mais um. O mesmo amassado do lado, como um cartão de visitas.

De Everleigh.

Mas isso era impossível, não? Principalmente considerando que — ele olhou no relógio — não importava o quanto Maura tivesse comido devagar, com certeza já havia terminado o Reese's a essa altura.

Com certeza, Everleigh não estava mais lá.

!!!!!!!
•••••••

Quando o sabor residual aparece, ele é só um brilho no ar, líquido e viscoso, como se alguém tivesse aberto a porta de um forno. Um cheiro vem de lá, de dar água na boca. De abalar a alma. Como um Reese's Cup, mas também como lembranças. Você segue essa luz até chegar ao abraço de Maura.

Vê-la de novo é tudo o que você esperava. Risos e segredos e a forma mais lenta possível de comer um copinho de chocolate com pasta de amendoim. Ela conta tudo pra você.

Que, depois que você morreu, ela arruinou a própria vida. Que tentou muito ajudar você. Que só o que ela quer é deixar a Morte para trás. Viver. Voltar a amar alguém, esse homem que a faz se sentir completa.

Ela não quer continuar tão apegada a você.

Dá para sentir, assim que ela desapega, sua Fome se dissipar. Ser substituída pelo que agora se espalha pelo seu peito: um alívio e um desfecho. Amor.

Você se desapega dela também.

Quando você se despede dela, quando diz que a ama pela última vez, sua convicção é total. Ridiculamente esperançosa. Com a certeza de que tudo funcionou como você desejava e que a qualquer momento vai embarcar naquele trem, deixando o Centro Gastronômico para trás. Seguindo Adiante.

Só que não é assim que funciona.

Quando o Reese's termina, e a embalagem é lambida até não sobrar nada, você desaparece, mas não volta. Continua no reino dos Vivos.

Indefesa, invisível. Incapaz de ir embora.

Você bate no véu. Chuta. Grita.

Mas não tem volta. Nenhuma saída.

E nenhuma forma de avançar também.

No fim, o Sabor Residual que você seguiu até aqui — criado com a comida dos Vivos; preparado por alguém ainda em vida — não funciona da mesma forma que a comida dos Mortos. Não está ancorado no Além-Vida, como um produto do Centro Gastronômico, para trazer você de volta à Morte. Esse Sabor Residual está ancorado à Vida. A uma pessoa.

Ao Chef.

E agora você também está.

Você vai aonde ele vai, só pode visitar lugares onde ele já esteve. Você tenta fazer contato, gelar o ar, estragar a comida dele, apagar as luzes, mas não tem força suficiente para fazê-lo reparar. O máximo que consegue é enviar mais uma vez o sabor, e ele franze a testa quando reconhece sua comida, uma questão que ele imagina já estar resolvida.

O único lado positivo é que você não está só.

Fleur de sel

O contrato de aluguel estava assinado.

Em questão de poucos meses, eles teriam menus. Serviço de jantar. Uma nota A (Viktor se encarregaria disso) na inspeção do Departamento de Saúde. Teriam bundas nas cadeiras. Um bar com bartenders treinados. Um livro de reservas. Uma cozinha com pedidos chegando e uma equipe para servir no salão e Konstantin a cargo de tudo. Seria um restaurante de verdade. Feito para trazer de volta fantasmas de verdade.

Parecia quase irreal.

Maura estava vindo comemorar (*Isso pede uma celebração! Um jantar na sua casa?*), e Kostya deu uma espiada em sua geladeira (alguém precisava ressuscitar aquela coisa; a comida estava apodrecendo), tentando decidir o que preparar para ela. Tinha perguntado o que ela estava a fim de comer, e recebido uma resposta bem típica de Maura: *Alguma coisa que me anime.*

O relacionamento dos dois também parecia quase irreal para Kostya.

Desde seu encontro fortuito no estúdio de tatuagem, eles passavam a maior parte do tempo livre juntos, horas de conversas inteligentes e ótima comida e múltiplos — hã-ham — deleites, sem nenhuma indicação de que Maura pudesse querer ir mais devagar, ou ficar só na amizade ou começar a sair com outras pessoas. Era quase o contrário; ela não se cansava dele. Se fosse uma pessoa diferente — alguém alérgico a compromissos, como Frankie, por exemplo —, isso poderia ter acendido alertas vermelhos, desencadeado uma avaliação dela como uma Grudenta Grau Cinco e logo um plano de fuga, mas Kostya adorava esse tipo de atenção. Nunca tinha se sentido tão querido.

Eles trocavam segredos, partes de si mesmos a que outras pessoas não tinham acesso. Ele, um namorado exemplar, havia trazido a irmã dela de volta dos Mortos. Ainda não tinha ideia do que acontecera quando ela voltou, verdade, mas também não tinha perguntado. Porque respeitava sua privacidade! Confiava nela! Maura contaria quando se sentisse pronta. E Kostya — o auge da intimidade! — tinha deixado várias facas e uma panela de aço carbono na cozinha dela.

Estava apaixonadíssimo, e queria declarar isso para ela. Mostrar para ela.

O que cozinharia naquela noite tinha de ser especial. A comida lhe permitiria se revelar para ela, não só seu lado chef, mas ele por inteiro. Quem ele era. De onde vinha. No que acreditava.

A comida permitia essa possibilidade. Era capaz de contar histórias. Não só sobre culinária ou ingredientes, mas narrativas inteiras — sobre as pessoas que tinham criado os pratos, a maneira como os aperfeiçoaram ao longo do tempo, a maneira como deram seu toque pessoal às coisas. Deixar uma receita era uma forma de ser lembrado e saboreado e amado mesmo depois de partir deste mundo. Uma forma de viver para sempre.

Quando Kostya comia o que seu pai fazia para ele quando criança, sempre sentia sua presença por perto, bem ali na cozinha, guiando a mão dele enquanto picava o endro ou acrescentava o creme azedo, com sua risada alegre prestes a ressoar a qualquer momento atrás de uma porta. Uma refeição podia conter muita coisa que ele não seria capaz de dizer, e cada bocado era uma viagem no tempo.

Ele fechou a geladeira e abriu o armário.

Havia uma quantidade absurda de temperos, latas variadas (atum, feijão-preto, coco, leite condensado) e meia dúzia de tipos de grãos a granel. Foi então que ele viu — um pote de cerejas morello.

Em sua forma atual, eram doces demais para qualquer coisa que não fosse uma sobremesa antiquada, mas antes de virarem conserva eram azedas. Deliciosamente ácidas.

Ele soube imediatamente o que cozinharia para Maura, a jornada pela qual a levaria.

Era uma coisa que poderiam fazer juntos — *varenyky*. Pasteizinhos de massa fina com cerejas azedas levemente açucarados, que inundavam a boca com seu suco doce e escuro. Ou então de queijo — pedaços macios e doces de ricota boiando numa piscina de manteiga derretida. Ou de carne, a versão de seu pai dos *pelmenis*, com carne bovina e suína, pimenta-do-reino e cebola, primeiro cozidos e depois fritos, douradinhos e crocantes, mergulhados numa mistura de vinagre branco, uma mostarda russa potente e creme azedo bem grosso.

Porra, ele podia preparar os três tipos.

Eles costumavam fazer isso no verão, Kostya, seu pai e sua mãe, todos juntos. Um evento que durava todo um fim de semana, sovando a massa, misturando os recheios, moldando e fechando os delicados pasteizinhos à mão. Eles faziam centenas no primeiro fim de semana de calor da temporada, congelavam em sacos plásticos e comiam o ano todo. Uma linha de montagem — seu pai abrindo a massa em discos do tamanho da palma de sua mão; um pequeno Kostya colocando as colheradas de recheio; os dedos de sua mãe cobertos de farinha, mergulhando a todo momento numa tigela de água, grudando e fechando as laterais. Fazia anos que ele não pensava nisso.

Era o tipo de coisa que poderia não despertar a atenção no guia gastronômico *Zagat*, e que Michel Beauchêne rotularia como exótico ou caseiro, mas era uma comida honesta. Suas melhores lembranças da infância num prato. Ele ficou torcendo para Maura gostar.

Ele queria muito impressioná-la, deixá-la pasma e eletrizada e estupefata, ver aquele olhar no rosto dela de quando gostava de algo, ouvir o gemidinho, ver os seus olhos quase se fecharem. Ainda não conseguia acreditar no que tinham juntos, nem entender como alguém como ela poderia se interessar por alguém como ele, ou no que sentia quando a alimentava e a via comer — que aquilo tudo era mesmo verdade.

Por volta das quatro horas, começaram os preparativos.

Um panelão de água com sal posto para ferver. Carne bovina e suína moída degelando na bancada sobre as embalagens de papel pardo. Uma cebola descascada. Um saco de cerejas Montmorency congeladas escorrendo numa peneira, com uma tigela embaixo para não perder seu suco acre. Outra peneira revestida com morim, contendo vinagre branco, sal e suco de limão e leite integral talhado — o início da produção de uma ricota caseira. Farinha, sal e óleo tirados do armário, medidos em xícaras, junto com creme azedo. Um ovo. Leite integral. A bancada inteira limpa e enfarinhada, coberta de papel-manteiga.

Preparar essa comida — a comida de seu pai — provocava um latejar no centro de seu peito. Ele ainda não tinha tentado desencadear nada com o *pechonka*. Ainda não. Não depois de Everleigh. Kostya sabia que daria certo; o retorno de Everleigh confirmava a hipótese, mas no fundo isso ele talvez já soubesse. Confrontado com a possibilidade de rever seu pai, ele hesitou. Estaria mesmo pronto para um reencontro? Sabia o que gostaria de dizer, como expressar todas as coisas que queria que seu pai entendesse? Os dois teriam *uma refeição*. Uma hora. Talvez duas, comendo bem devagar. E essa conversa precisaria valer por uma vida inteira. Ele não podia estragar tudo.

Kostya estava começando a misturar a massa, com as mãos grudentas, sovando e dobrando sobre a bancada, quando Maura tocou o interfone.

Emoldurada pelo batente da porta, ela parecia uma das *Estações* de Mucha: o arrepio do inverno, a sedução da primavera, o frescor do outono, o calor do verão. Ela tirou o casaco, e seu cabelo violeta se espalhou como tinta sobre a camiseta branca e larga. Os lábios estavam vermelhos como cerejas, do tipo mais ácido que seu pai plantava em sua casa de infância. *Vishnya* — a palavra lhe voltou à mente, assim como a imagem de seu pai entregando um embrulho de jornal com frutas macias dentro.

Ele quase derrubou o pano de prato.

"Maura, oi. Uau."

Ela lhe entregou uma garrafa gelada de Moët & Chandon.

"Eu que o diga." Ela deu uma espiada atrás dele, na cozinha. "Você fez uma linha de montagem completa."

"Espero que você esteja com fome." Ele sorriu, dando um passo para trás para que ela entrasse.

"Isso sempre."

* * *

Eles estouraram o champanhe, e depois Kostya se pôs a trabalhar.

Enquanto bebia, ela o observou fazer a massa, se deleitando com seus movimentos. Ele sovava tudo até ficar macio como uma almofada, acrescentava farinha e esticava a massa num rolo comprido. Depois fatiava com a faca e separava e enfileirava os pedaços todos iguais.

"E agora, o que você faz?", ela perguntou.

"Agora *eu* faço os recheios, enquanto você abre a massa em disquinhos. Finos como massa de crepe, ok?" Ele lhe entregou um rolo de abrir massa. "Uns oito centímetros cada. Com bastante farinha. Não deixa grudar, se não eles rasgam quando a gente for colocar o recheio."

"Tem certeza de que você me quer na sua cozinha?"

"Eu quero você em qualquer lugar da casa." Ela abriu um meio-sorriso. "E eu fazia isso quando tinha sete anos. Você dá conta."

"É, mas você tem um talento sobrenatural."

"Eu não senti gostos de fantasmas até os onze anos. Isso foi meu pai que me ensinou."

Ela pegou o rolo e fez um teste com um pedaço de massa.

"Ele cozinhava bastante?"

"Sempre que não estava trabalhando. Ele adorava comida. Era obcecado pelo gosto das coisas."

"Isso me lembra você."

Maura abria a massa, e Konstantin preparava os recheios.

Sem pressa, ela foi fazendo uma pilha simétrica de discos finos e enfarinhados. Quando punha força demais, ou rasgava algum ao tirá-los da bancada, Kostya mostrava como consertar — um pouquinho de massa nova com os dedos, um pouco de água e ir passando até fechar o rasgo.

"Meu pai dizia que tinha que ser fino o bastante para ser transparente, mas não para desmanchar."

"E eu pensando que você estava pegando leve comigo."

"Está reclamando na minha cozinha?"

"Não, chef! Só estou tentando chegar ao seu padrão tão exigente de guioza."

"Como você ousa? Isso é *varenyky*."

"Ok, pastelzinho polonês, que seja."

"Pastelzinho polonês é *pierogi*." Ele balançou a cabeça. "Não me obriga a te rebaixar a lavadora de pratos."

Eles rechearam os de carne primeiro.

Kostya pôs a carne moída bovina e suína numa tigela, jogou uma pitada de sal, farelos de pimenta fresca e abriu um espaço para a cebola com o dorso da colher. Ela parou de abrir a massa para vê-lo picar, com a faca se movendo tão depressa nos dois sentidos para formar pequenos cubos perfeitos — *tap-tap-tap-tap* — que ela aplaudiu no final.

"Nunca me senti tão emocionada por uma cebola. Quase chorei."

"Isso é o champanhe falando."

"Não. Ver você no seu habitat natural... é uma coisa incrível."

Ela o fitava enquanto ele drenava a ricota, torcendo o pano e despejando o queijo fresco numa tigela com sal, açúcar e um toque de mel.

"Espera aí, sério mesmo que você *fez* queijo? Tipo, do nada?"

"Não, tipo do leite. Só precisa adicionar acidez para deixar coalhar. Não é nada demais." Ele ficou vermelho, todo orgulhoso, apesar de não querer. "Ricota é uma coisa à prova de idiotas."

"Se eu tentasse fazer ricota, ia acabar envenenando nós dois."

Ele drenou e adoçou as cerejas congeladas, levou-as à panela em fogo médio e deixou até o suco esquentar e virar um xarope espesso, doce, ácido e perfeitamente equilibrado.

"O cheiro é divino."

"Experimenta." Ele pegou uma fruta quentinha com a colher na panela e deu na boca de Maura.

"Casa comigo."

"Precisamos terminar isso primeiro."

Ele pôs uma tigela com água sobre a mesa e mostrou a Maura como aninhar a massa na palma da mão e pôr o recheio com a colher, numa quantidade menor do que seria de pensar. Depois, como fazer o contorno das bordas com a ponta molhada do dedo para fixar. E então como dobrar ao meio e apertar as bordas uma contra a outra, dando o acabamento ondulado. Os dedos dos dois deslizavam sobre a massa, usando a farinha e a água como cola, formando uma gosminha no final. Quando terminaram, tinham dezenas de *varenykys* prontos, pacotinhos perfeitos prontos para ser escaldados.

"Toma aqui", disse Kostya, trocando a taça de champanhe dela por uma de Cabernet.

"Bebe um pouco de vinho enquanto eu ponho para cozinhar. Deve ficar pronto em uns dez minutos."

"Entendido, chef!"

"E me lembra de parar de te ensinar como as pessoas falam na cozinha."

Como um sinal de concordância, as luzes acima deles piscaram.

"Foi alguma coisa que eu falei?", disse Maura, rindo.

As lâmpadas se apagaram, deixando o cômodo às escuras.

"Merda, de novo não!" Kostya remexeu numa gaveta e encontrou uma caixa de fósforo e algumas velas. "Está acontecendo a semana toda. A fiação é de, tipo, um milhão de anos atrás. Remendada na base de clipe de papel e reza. O disjuntor fica no porão, me deixa ir..."

"Na verdade, está legal assim." Maura pegou as velas, pôs sobre a mesa e acendeu. "Deixa a luz apagada mesmo."

Era uma das melhores coisas que ele já cozinhara na vida. E compartilhar esse momento com Maura, junto com esses pedacinhos da memória de seu pai, era como passar adiante um legado. A maneira como ela fechava os olhos; os sons baixinhos de aprovação; o sorriso, *aquele* sorriso; o fato de não deixá-lo tirar o prato até que tivesse degustado cada mínimo pedacinho — tudo isso deixou Kostya se sentindo satisfeito de uma forma que não tinha nada a ver com a barriga cheia.

Maura devorou os pasteizinhos salgados, mergulhando-os na mistura cremosa e picante de mostarda, vinagre e creme azedo.

Ela balançou a cabeça, extasiada, quando experimentou o de ricota, com a massa quente e macia embebida em manteiga, despejando o açúcar e o queijo leve como o ar em sua boca.

Mas quando chegou a hora da sobremesa — o *varenyky* de cereja azeda, que Kostya serviu com chantilly batido à mão — a comoção não foi a mesma. Era para ser a proverbial cereja do bolo, para encerrar uma refeição impecável. Maura tentou disfarçar, mas ele viu que ela não estava curtindo. Comeu devagar. Balançou a cabeça. Sorriu. Mas não havia aquela alegria nos seus olhos.

Não foi como uma perdição. Não houve gemido.

"Certo, me diz o que tem de errado", pediu Kostya, desconfiado.

"Hã? Não! Está uma delícia."

Ele pegou sua colher. "Mentirosa."

Quando experimentou, ficou à espera de que os sabores se desenvolvessem na sua boca, que se aprofundasse, que a acidez da cereja e a doçura do chantilly fizessem sua mágica. Mas não rolou.

"Não. Você tem razão. Tem alguma coisa errada."

"Está meio doce demais, será? Pode ser isso?"

Kostya deu outra colherada. Estava enjoativo. Era quase como se as cerejas tivessem fermentado de alguma forma depois que ele as tirara do fogo.

"É, não ficou bom mesmo. Mas eu dou um jeito. Só um minutinho."

Ele vasculhou o armário de temperos, passando os dedos por moedores e pimenteiros, potinhos e saquinhos, tubinhos de ingredientes vendidos por peso, até encontrar o que queria, um vidrinho que cabia na palma da mão com o que parecia ser uma areia cinza e úmida.

"Abre a boca!", ele gritou da cozinha. "E fecha os olhos!"

Quando voltou à mesa, viu Maura sob a luz de velas, com

os olhos fechados e um sorriso de curiosidade nos cantos da boca aberta, ele sentiu um arrepio. Ficou se perguntando se era assim que parecia quando criança, brincando com o pai de degustação às cegas. Aquela abertura para qualquer que fosse a aventura que viesse, para onde os sabores o transportassem.

Ele despejou um pouco de *fleur de sel* na mão e polvilhou a língua dela com o sal mais fino do mundo.

"Não precisa ter pressa", ele avisou. "Deixa derreter. Sente a jornada do sal. O Atlântico, onde ele nasceu. Os pântanos, onde se desenvolveu. As coisas que encontrou pelo caminho. Peixes. Enguias. Caracóis. Os canais que percorreu. O sol que lhe arrancou toda a água, deixando apenas o sal para trás."

Maura assentia devagar, com os olhos ainda fechados.

A expressão no rosto dela mudou, e a curiosidade virou fascínio. Como se, por trás das pálpebras, ela estivesse lá, à beira de uma salina.

"Eu estou sentindo", ela murmurou. "Estou mesmo."

"E consegue ver?", ele perguntou, dando um pouco mais. "*Paludiers* de avental? O mesmo processo há centenas de anos. Sabia que os homens não podem fazer isso? Eles não têm o toque certo. Só as mulheres, colhendo o sal, debruçadas sobre a água. Está vendo como elas passam os ancinhos pela superfície? Está ouvindo a crosta se romper? O som do sal sendo raspado e moído?"

Maura estava tão imóvel que ele mal ouvia sua respiração.

Ele pôs uma colher de chantilly em sua boca, um *varenyky* de cereja e outra pitada de sal. Observou os sabores se casarem enquanto ela mastigava, viu o sorriso, *aquele* sorriso, aparecer em seu rosto.

Ele queria beijá-la, sentir o mesmo gosto que ela.

"Agora, sim", ela murmurou.

"*Fleur de sel*", ele falou, levantando o vidrinho.

"Flor de sal." Ela abriu os olhos. "Que lindo."

"Linda é você. Isso é só sal." Ele sentiu seu rosto queimar assim que disso isso. Não era bom nesse tipo de coisa. "E eu, pelo jeito, sou um xarope meloso."

"Eu gosto de xarope meloso." Ela pegou os cristais de sua mão com a ponta de um dedo. "E eu gosto quando você fica assim, todo gastronômico. Me conta mais. Como você cozinha com isso?"

"É um sal para finalização. Você usa só uma pitadinha no final, para elevar os sabores. Essa coisa... você não imagina o quanto muda tudo. Dá vida para a comida."

Maura ficou olhando para ele, com algo diferente em seu sorriso. Inesperado.

"Desculpa" — ele ficou vermelho de novo — "estou tagarelando sem parar. É que isso é muito especial. Extraordinário."

"Eu já vi muita coisa na vida, Stan", ela falou, estendendo o braço até tocar sua mão coberta de sal. "Coisas que você nem acreditaria. E não chamaria a maioria delas de extraordinária. Mas você?"

Ela levou a mão dele à boca, com os olhos grudados nos seus.

"Sua comida? O que você é capaz de fazer?" Ela passou a língua pela palma da mão dele, abrindo uma trilha na *fleur de sel* e provocando um arrepio que percorreu o corpo dele inteiro. "Isso é extraordinário. *Você* é extraordinário. Isso?" Ela provou de novo, e o coração dele disparou dentro do peito. "Isso é só sal."

De repente, passou a ser muito mais que sal.

Ela lambeu os cristais das dobras de sua mão, de sua linha da vida, de sua linha do amor, deixando tudo derreter na boca, na pele dele, com a *fleur de sel* se misturando aos minerais de seu suor.

Muito mais que sal.

Ele ficou zonzo ao pensar em tudo o que queria sentir. Seu corpo todo se inclinou na direção da boca de Maura, para mostrar o quanto desejava estar lá.

Mais do que qualquer coisa.

Mais do que sal.

Kostya estremeceu ao puxá-la para perto — nervosismo, ele pensou, ou adrenalina. O sangue acelerando.

Maura se arrepiou quando ele a beijou, um calafrio — um beijo bom a *esse* ponto, ela pensou, de deixar as pernas bambas.

Extraordinário.

Mais do que sal.

Mas na verdade a temperatura no ambiente tinha desabado.

O chantilly parou de derreter na tigela. O vinho parou de respirar, com seu florescimento interrompido pelo frio. Os talheres gelaram, com o fio das facas e as bordas das colheres recobertos com uma fina camada de gelo, e a superfície deixando de refletir a mesa, ou os recém-chegados com seus olhos Famintos, observando lá de cima.

Rostos cobertos pela sombra atravessando o teto como faca quente na manteiga, pairando na escuridão, invisíveis para os Vivos à mesa, consumidos e absortos insaciavelmente pelos prazeres de suas bocas, incapazes de registrar sua presença.

!!!!!!!

São muitas as almas neste apartamento em Hell's Kitchen.

Todos os espíritos que o Chef evocou.

Uma freira, um escalador, um menino pequeno. Dois adolescentes — um garoto e uma garota — emburrados juntos. Uma bailarina. Uma esposa. A avó de alguém. O pai do próprio Chef.

E agora você.

Estão todos empacados. Amedrontados. Virando o que você mais temia.

Vorazes.

Porque, apesar de terem tido seus desfechos, vocês ainda estão presos e não podem seguir Adiante.

Os que estão há mais tempo aqui já estão mostrando sinais. Olhares enlouquecidos. Uma raiva que se alastra. Desejos que não conseguem controlar. São mais fortes agora, podem fazer as coisas acontecerem. Marcar sua presença. Se fazerem ver.

Quanto mais Vorazes ficam, mais aparentes se tornam. Seus corpos se mostram em luzes sombrias. Suas formas projetam sombras no chão. Eles têm uma silhueta, um formato, uma aparência que se faz sentir. São os fantasmas que em Hollywood as pessoas morreriam para capturar com as câmeras.

Vocês se aproximam em busca de conforto, um enxame ansioso de almas. Os pensamentos de todos formam uma colmeia, não são apenas só seus. Vocês se contorcem e estremecem e uivam como um só ser.

E, nesse estado coletivo, empurrando e puxando e pensando juntos, vocês percebem.

O véu — o que existe entre os mundos — não é sólido como vocês pensavam.

Não é uma parede rígida e dura.

É mais como uma pele. Uma camada de nata no leite quente. A membrana de um ovo.

E, apesar de esse véu não ceder a ninguém individualmente, quando vocês agem em conjunto, reunindo suas forças, descobrem que podem esticá-lo.

Deixá-lo cada vez mais fino.

Translúcido como massa.

A ideia chega a todos de uma vez, passando de um a outro como nos cordões de lâmpadas de parque de diversões. Se conseguirmos voltar ao Além-Vida antes que a Fome nos consuma, talvez ainda seja possível dar um jeito nas coisas. Interromper o processo. Salvar nossas almas. Encontrar uma forma de seguir Adiante.

Só precisamos de mais força. Mais mãos. Que o Chef evoque mais de nós.

Com uma massa crítica, podemos romper o véu.

PARTE QUATRO

ACIDEZ E VIAGENS

*Mas estar com fome é como estar apaixonado:
se você não percebe, provavelmente não está. Seu corpo
deixa claro de forma inequívoca quando quer comida.
A fome mental, por outro lado, é infindável,
insondável, errática.*

Geneen Roth, *Breaking Free*

I

Na primeira vez que eu morri, foi um acidente.

Não durou muito. Quatro minutos e treze segundos no monitor do hospital, até a linha plana como o horizonte.

Não houve nenhum prenúncio do sobrenatural quando aconteceu. Nenhum coro celestial. Nenhum portão. Só a visão do meu próprio corpo; médicos e enfermeiros se aglomerando ao meu redor, tudo enevoado, como se filmado por uma câmera com lente suja, com o filme que separa os Vivos e os Mortos se revelando só depois de eu tê-lo atravessado.

Vi os funcionários do hospital me trazendo de volta — desfibrilador, passo atrás, choque, sobressalto, respiração.

Eu queria viver.

Ainda não estava pronta para partir; tinha vinte e um anos — uma criança. Era Halloween. Na véspera do aniversário de um ano da morte de Everleigh. Eu estava numa festa, no banheiro com um cara que nem conhecia, tomando uma droga misteriosa que supostamente me faria — nas palavras dele — levitar.

Nessa noite, eu só queria esquecer. Não sentir.

Quando Ev morreu, eu não consegui lidar; não sabia como. Eu devia ter ficado mais triste. Perdida. Atormentada pela culpa, incapaz de me encontrar. Ou rastejando pelos tais cinco estágios do luto até alcançar uma aceitação pela metade, até ver uma luz tranquila. Mas eu era jovem e teimosa e não queria encarar todos esses sentimentos. Queria fingir que estava tudo bem. Como se Everleigh tivesse decidido me abandonar, e portanto para mim não fosse problema deixá-la para trás também.

O luto aparece de várias formas complicadas, e no meu caso foi como negação.

Depois do funeral, decidi que não ia sentir tristeza nem raiva nem entorpecimento o tempo todo. Só queria me sentir bem de novo. Me sentir viva.

E comecei a buscar sensações agradáveis.

Êxtase, adrenalina, furor — isso tudo dava uma surra na mágoa.

Não foi um período especialmente profundo ou reflexivo na minha vida. Pode me chamar de hedonista, se quiser pegar leve. Uma chutadora de balde ambulante, se não quiser. Uma drogada. Inconsequente. Carente de atenção. Baladeira. Eu era tudo isso.

O problema da vida a mil por hora é que você nunca se satisfaz. Depois de um tempo, essa correria toda perde a graça. Você quer decolar. Quer voar. Está sempre em busca do próximo estímulo, e do próximo.

Eu procurava em todo lugar. Qualquer lugar. Tatuagens, piercings, lâminas de barbear. Clubes VIPs e secretos, apartamentos de cobertura. Na droga, na bebida, nos corpos de pessoas desconhecidas. Em lugares onde nunca deveria ter me enfiado.

E nessa noite, finalmente, a conta chegou.

A pessoa responsável pelo setor chegou correndo até mim, gritando ordens. Alguém da enfermagem pôs o dedo sobre a minha carótida. Eles se afastaram de novo, carregaram o desfibrilador, me fizeram saltar com a corrente elétrica.

Eu flutuei no ar, de repente me conscientizando dessa nova forma de movimento — sem peso, sem corpo. Enquanto me intubavam, passando um plástico grosso e corrugado garganta abaixo para dentro de um peito que era meu. Eu estava convulsionando, havia alguma coisa errada, mas eu já não queria olhar.

Fechei os olhos, imaginei um lugar mais feliz, uma época mais feliz. Um Halloween mais feliz.

Estávamos sentadas na varanda. Comendo Reese's. Rindo. Everleigh e eu.

Foi um daqueles momentos em que estávamos totalmente presentes. Envolvidas pela magia de amar e ser amadas. Unidas pelo sabor em nossa boca.

Um gosto, uma lembrança, que trouxe minha irmã de volta para mim.

E de repente tinha alguém dizendo meu nome.

M-Maura?

A voz de Ev me chegou como se eu estivesse dentro d'água. Quando abri os olhos e a vi ali — me encarando, perplexa, sentada a uma mesa num lugar que era uma réplica exata do fliperama da nossa cidade —, foi como se cada pedacinho da minha alma tivesse ido parar no chão.

Ela parecia tão diferente. Ainda jovem, ainda magra, ainda rebelde com seu cabelo violeta, mas havia algo de errado com sua aparência agora. Seus olhos tinham perdido o brilho; a pele estava retesada sobre os ossos. A boca permanecia aberta, em desespero.

Ela parecia faminta. Atormentada.

Mas eu não me importei com isso.

Lancei os braços ao redor do seu pescoço, e ela me abraçou de volta, com força, e eu a senti contra o meu peito, espírito contra espírito, como carne sólida. Talvez valha a pena morrer, pensei, para sentir isso de novo.

Ev? *Eu estava ofegante.* Everleigh. Você está bem?

Ela balançava a cabeça, com os olhos arregalados e cheios de dor. Tomados de pânico.

Não, *ela murmurou.*

Ela não estava bem.

É a Fome. *Suas palavras saíram apressadas, como se ela estivesse ficando sem tempo.*

Maura, por favor — eu preciso da sua ajuda.

E eu teria feito qualquer coisa por ela nesse momento. O que fosse preciso.

Preciso que você —

Mas a equipe médica de emergência conseguiu, nesse momento, me trazer de volta à Vida.

Acordei em meio a celebrações, como se eles tivessem realizado um milagre.

E, tecnicamente, acho que tinham, sim.

Não me entendam mal — eu fiquei feliz por estar viva. Mas também estava arrasada.

Eram a perda e o luto e a dor, tudo de novo. Só que dessa vez eu tinha visto a minha irmã sofrer. Implorar por ajuda. Ela me estendeu seus braços; precisava de mim.

E eu sei que alguém mais cético teria questionado o que acabara de ver. Considerado uma alucinação. Um sonho induzido pelas drogas. Mas se houvesse uma chance de ser real, por menor que fosse, eu precisava tentar.

Quando Ev tirou sua vida, eu não fui capaz de fazer porra nenhuma para ajudar.

Mas agora que estava Morta, *talvez eu pudesse.*

Rodas da fortuna

Era fim de setembro, o ar seco e frio, as folhas se desfazendo em tons de laranja e vermelho.

Eles estavam fazendo fotos no Dumbo, numa rua de paralelepípedos com vista para a ponte. A câmera fez outra rápida sucessão de cliques — *pá-pá-pá-pá-pá* — e Konstantin fez uma careta como se estivesse sob fogo cerrado. O que, pensando bem, talvez fosse menos doloroso.

Ele não tirava uma fotografia profissional desde o sexto ano do colégio — sua família nunca tinha dinheiro para comprar as fotos da escola, então de que adiantava? — e, nas poucas vezes que aparecera diante das lentes na última década, surpreendido em momentos de distração em casamentos de amigos e parentes, homens e mulheres de sua idade que haviam conseguido seguir a receita de uma vida, encontrar um amor, formar família, parecia sempre triste e ressentido e mais do que um pouquinho bêbado.

Kostya pensou em tudo isso ao respirar fundo sob seu novo dólmã de chef, de um branco imaculado, com seu nome bordado em preto, as mangas dobradas casualmente até os cotovelos, como a estilista queria. Em vez do xadrez tradicional na cozinha, ela o vestiu com uma calça social azul-marinho, que seria uma escolha péssima para um serviço de jantar, mas ele era obrigado a admitir que tinha ficado bem legal, principalmente agora que perdera alguns quilos.

Ele não se empanturrava de comida fazia meses, desde a noite em que Frankie morreu. O sentimento de vazio que ele costumava suprimir com infinitos sacos de batata frita, donuts engordurados e tudo o que houvesse nos armários de casa vinha com cada vez menos frequência agora. Estar com Maura, ter com quem acordar e dormir, alguém com quem podia ser ele mesmo, que o fazia se sentir querido, ajudou bastante a preencher esse espaço. Isso sem contar a dose de exercícios extras que vinha fazendo, tanto em casa — Maura era insaciável; eles queimavam calorias basicamente onde quer que estivessem — como no restaurante, subindo e descendo a escada centenas de vezes por dia, reconfigurando mesas e cadeiras em várias encarnações do salão principal, e recebendo entregas de ingredientes e equipamentos para a semana de pré-inauguração, cada vez mais próxima.

Kostya acordava todo dia bem cedo, incapaz de dormir mais, empolgado para começar logo. Cada momento que passava o aproximava mais da inauguração, do que passara a considerar privadamente seu grande recomeço. Até os momentos mais idiotas, como aquela sessão de fotos.

"Um passo para a direita; quero enquadrar a ponte. Ok, agora quero uma pose bem sexy!", instruiu o fotógrafo.

Seu nome era Viper ou Vapor, um remanescente do grunge dos anos 90, com cabelo comprido e camisa de flanela sem manga.

Kostya espremeu os olhos, se perguntando se a impaciência podia ser sexy quando registrada na película. Viper (Vapor?) voltou a clicar.

"Maravilha, Kon-*stan*-tin!", ele gritou, para incentivá-lo. "Agora cruza os braços na frente do peito. Gira um pouco os pulsos — quero ver essas tatuagens. Abaixa o queixo... isso! Olha pra mim como alguém que não leva desaforo para casa."

Kostya piscou algumas vezes e fechou a cara um pouco.

"Sensacional. Você tem talento para a coisa. Jen, faz o retoque!"

A maquiadora apareceu com um pote de gel e começou a refazer o penteado de Kostya.

A sessão de fotos — assim como a estilista, o novo corte de cabelo e a barba por fazer que Kostya estava deixando no rosto — tinha sido ideia de Viktor.

"Precisamos de fotos, para quando imprensa quiser entrevistas", ele informou a Kostya, que nunca na vida imaginara que alguém fosse querer entrevistá-lo. "Eu conheço fotógrafo bom. Marquei horário."

Com Viktor, era tudo assim — ele estava sempre um passo à frente, já tinha uma solução antes mesmo que o problema aparecesse. Contratara uma assessora de imprensa para o restaurante um dia depois do jantar na casa dele, e ela já tinha contatado críticos gastronômicos — *todos aguardando ansiosamente*, segundo ela — para a inauguração exclusiva para convidados em algumas semanas. Ele tinha um contato na Autoridade de Transportes Metropolitanos (*Velho conhecido que me deve favor*) que se encarregou de espalhar anúncios por todas as linhas de trem na cidade. A lista de contatos de Viktor tinha gente suficiente para construir uma cidade, e ele contava com uma equipe de operários para fazer inclusive o turno da madrugada, então a reforma no Swingline havia começado mal a tinta tinha secado na papelada do aluguel.

Isso havia sido três meses antes, e desde então Kostya vinha vivendo a vida boa do Círculo Próximo de Musizchka. Os benefícios eram consideráveis — não só em termos de dinheiro, mas também da experiência que Viktor trazia para a mesa. Kostya se sentia seguro, guiado por uma mão competente.

Sob a asa de um mentor. Aceito.

Sua mãe tinha tentado (e continuava tentando) fazê-lo ter medo de Musizchka, mas como sempre era precipitada em seu julgamento e convictamente equivocada. *Você vai ver, Kostya*, ela gritou em sua caixa de mensagens. *Pessoas não mudam nunca, e esse é bandido, e você vai me dizer Mama, você estava certa!*

Mas, até então, a única coisa desagradável que Viktor havia feito tinha sido insistir num nome dos mais idiotas. Kostya lhe mandara uma lista enorme — Diner d'Esprits, The Haunt, Last Supper, The Other Kitchen —, mas ele foi irredutível na hora de escolher o nome.

"*DUH!*", insistiu Viktor. "Por causa de você, *Duh*ovny! É perfeito, D-U-H. *Дух* significa espírito, e *Дух* significa você."

"Mas ninguém vai ler assim!", protestou Kostya. "As pessoas vão ler como *dã*. Tipo, *dã*, por que a gente vai querer comer aqui?"

Independentemente do nome, Viktor levava o projeto a sério — claro que sim; estava colocando um dinheirão — e se importava com Konstantin. À medida que as informações sobre o restaurante começaram a se espalhar — um lugar novo no centro da cidade, alguma coisa a ver com fantasmas, meio que uma sessão espírita com comida — o interesse por Kostya só crescia, e Viktor fez questão de estar sempre por perto. Uma pessoa da área de marketing especializada em redes sociais administrava as postagens em plataformas das quais Kostya nunca tinha ouvido falar. Uma personal shopper tinha reorganizado (leia-se queimado) as roupas em seu armário, substituindo as camisetas velhas e puídas e os jeans de ponta de estoque por blusas de gola careca e calças de brim orgânico. Havia inclusive um especialista em oratória para instruir Kostya sobre entrevistas e discursos em público.

"Você é pessoa pública agora", lembrou Viktor naquela manhã, enquanto eles caminhavam pelo restaurante, escolhendo tecidos. "Você é a cara. Pelo que nós cobramos, você precisa parecer sério, ou ninguém vai levar a sério."

Kostya franziu a testa para as amostras de guardanapo.

"Que tal esse?" Stella, a decoradora, tirou uma terceira opção da sacola, de linho cinza-chumbo com costura com linha preta na borda.

"Perfeito." Kostya assentiu para ela. "É esse. E como assim", ele se voltou para Viktor, "pelo que estamos cobrando? *Quanto* estamos cobrando?"

Isso tinha sido um ponto controverso. Na noite do jantar em sua cobertura, Viktor tinha olhado para seus convidados e visto cifrões nos olhos deles.

Queria cobrar quinhentos paus por cabeça — e era só o começo! — para as Degustações do Chef. Kostya respondeu que era um roubo, que ninguém pagaria isso por um jantar, que isso contrariava a ideia de ajudar as pessoas a se reconectar e se despedir propriamente de seus entes queridos. Os clientes que podiam pagar essa grana numa única refeição, ele argumentou, provavelmente tinham outras formas de lidar com a morte.

Como terapia. Ou iates. Naves espaciais que estavam construindo para colonizar Marte.

"Gente rica sangra que nem pobre", argumentou Viktor. "Além disso mantém portas abertas."

"Mas o serviço não devia ser só para o um por cento! Isso sem contar que com preços como esses, vamos virar motivo de piada. Nem em Nova York um chef estreante pode cobrar tanto assim. Simplesmente não rola."

"Eleven Madison cobra quatrocentos por cabeça, e não serve fantasmas", retrucou Viktor. "Ouvi dizer que eles nem fazem mais carne."

"O Eleven Madison é uma instituição! Nós somos um conceito inédito e nunca testado!"

"Conceito é tudo", disse Viktor, e se virou para Stella, que estava substituindo os guardanapos por amostras de cortinas e estofamento para as cadeiras.

"Quanto você pagaria, Stellachka, para saber que ente querido está bem?"

"Para... para ver minha mãe de novo?" Ela alisou uma amostra de veludo cinza, que brilhava como o luar.

Kostya ficou olhando para ela, se perguntando a mesma coisa. Aos onze anos, quanto ele pagaria se alguém pudesse estalar os dedos e trazer seu pai de volta? Ou, no momento em que recebeu o fatídico telefonema, poder rever Frankie?

O cheque do acordo com o Saveur Fare. Tudo o que tivesse. Anos de sua vida.

"Qualquer coisa", respondeu Stella. "Foi por isso que peguei este trabalho."

"Está vendo, Kostik?", falou Viktor, triunfante. "Você paga o que custar. Vou fazer o seguinte: se esse preço não encher mesas, nós podemos discutir mudança."

"*Tudo bem*", resmungou Kostya, de má vontade. "Mas vamos pagar salários decentes pra todo mundo. Com benefícios. Nada dessa história de *chance de mostrar seu trabalho* aqui. Ah, e Stella? Que tal na terça que vem? Aparece aqui na hora do almoço.

Ela olhou para Kostya como se ele tivesse lhe entregado um bilhete premiado de loteria.

"Ai, meu Deus." Ela estava com lágrimas nos olhos. "*Obrigada*. Eu venho, sim, com certeza."

"Por falar nisso." Ele se virou de novo para Viktor. "Eu queria poder fazer mais."

Viktor ergueu uma sobrancelha, desconfiado. "Por exemplo?"

"Uma vez por mês, quero abrir a casa para quem não pode gastar todo o dinheiro do aluguel em uma refeição. Vinte pratas por cabeça, só para cobrir o custo dos ingredientes."

Ele se lembrou de seu pai, e do amor dele pelas pizzarias. Estava se sentindo quase pronto para vê-lo, para trazê-lo de volta. Quando o restaurante estivesse aberto, quando pudesse mostrar em quem tinha se transformado, talvez finalmente encontrasse as palavras que queria dizer.

"Uma vez a cada *dois* meses." Viktor fechou a cara. "E meu pessoal vai verificar nomes de lista de espera, para não ter ninguém causando problema."

"Combinado."

"Por falar em pessoal... você contrata cozinha?"

Hilario Torres foi o primeiro para quem Kostya ligou.

Os dois se encontraram no Harlem, no apartamento modesto de um quarto que ele dividia com a mulher, dois gatos e um periquito bem velhinho, para beber o famoso *cafe de olla* de Rio (verdadeiramente celestial) e pôr a conversa em dia sobre o Wolfpup (a seguradora ainda estava com aquela conversa fiada de suicídio), sobre o novo visual de Kostya (*Olha só esses panos! Está até com mais carne nesses ossos, hein? E tattoos novas! Que bom.*), e sobre o trabalho atual de Rio (chef convidado numa cadeia de lanchonetes de burritos — um desperdício total de seu talento).

"Bom" — Rio deu um longo gole em seu café —, "apesar de gostar de jogar conversa fora, estou curioso pra saber por que você me ligou. Qual é o lance, Bones?"

Kostya respirou fundo. "Então... Eu estou abrindo um restaurante."

"*Órale!* Então é isso! Olha só você, o bebê chef virou adulto."

"Talvez. Mas preciso de ajuda. E você é o maior craque que eu conheço. O que você fez com o Frankie, ajudou ele a equilibrar o menu, como lidar com a parte administrativa — eu preciso disso, Rio. Sei que não é a mesma coisa que seu próprio lugar, e não posso oferecer o cargo de chef executivo, mas o pagamento..."

"Estou dentro."

"Você... ah, é?"

"Porra, claro. Mia está trabalhando dobrado desde o incêndio, e eu estou pegando tudo o que posso por aí, mas a gente tem contas a pagar, preciso de um emprego estável. Além disso, não importa o que aconteceu, Frank é meu irmão. E ele amava você, seu bobalhão, então a gente é família também."

"E os outros caras? Tem alguém a fim de entrar numa cozinha nova?"

"Eu posso ligar e conversar."

Kostya sorriu. "Isso vai ser demais! A cozinha está quase pronta. Espera só pra você ver o lugar; parece a porra da Capela Sistina. E eu preciso elaborar o menu, coisas que as pessoas possam pedir enquanto esperam..."

"Esperam o quê?"

"Então... tem outra coisa que eu preciso explicar."

"Ô-ou." Rio cruzou os braços. "Tem que fazer show na cozinha ou coisa do tipo? Aquele lance de jantar com teatro?"

"Não exatamente. Você é supersticioso?"

"Sou mexicano. Jogo tempero fazendo uma cruz."
"Certo. Acho melhor você sentar um pouco.

Contar tudo para Rio foi tranquilo. Ele assentiu, deu risada, fez cara de desconfiado, como se Kostya estivesse explicando um novo método para assar carne de porco — plausível, mas bem pouco ortodoxo. Ao contrário de Frankie, que não duvidou em nenhum momento dos sabores residuais, mas não tinha experiência com fantasmas, Rio já havia lidado com espíritos antes; fazia isso todo ano. No início de novembro, todas as pessoas que conhecia celebravam o Día de Muertos, preparando crânios de açúcar e mescal e tamales e tortilhas, flores de cempasúchil e copal, com a família toda se juntando para cozinhar, relembrar e se reunir, tanto os Vivos como os Mortos.

Apesar de nunca ter *visto* de fato um fantasma, Rio sentia com frequência a presença dos espíritos de seus entes queridos.

"Não pense que você inventou isso, não", ele disse para Kostya. "Os fantasmas já voltaram pela minha comida também."

"Só espero que a minha comida esteja à altura da sua. Caso contrário, vamos manter o lugar aberto pelo menos até o cheque ser descontado."

Quando ouviu qual era o salário, Rio arregalou os olhos.

"Puta merda", ele falou. "Os caras não estão pra brincadeira, não. Tem certeza de que vai ser só um restaurante?"

"Foi o que me disseram."

II

Na segunda vez que eu morri, foi uma escolha minha.

Demorei meses para achar um caminho seguro de volta.

Brink, era o nome do lugar. Um clube de mortes.

Os clubes de mortes talvez sejam o segredo mais bem guardado da cidade. Fugidios como sonhos. Só existem dois ou três, e mesmo isso é impossível confirmar. Eles chegam ao escurecer, geralmente em algum lugar morto ou moribundo. E desaparecem pela manhã.

Nunca usam o mesmo lugar duas vezes.

Na noite em que fui, o Brink estava em Meatpacking, reunido na carcaça de um restaurante de cozinha fusion asiática que tinha saído de moda. A decoração elaborada — sofás opulentos, lanternas ornamentais, escadas espirais e telas de seda pintadas à mão — tinha sido toda cooptada, desfigurada, coberta com mortalhas e limo e velas pretas até que o espaço fosse reanimado e passasse de um falecido clube-restaurante a uma existência numa espécie de limbo imortal.

Não era uma festa, exatamente. Era mais como o fantasma de uma festa.

Por volta da meia-noite, as liteiras apareceram, carregadas por mulheres e homens lindos. Estavam vestidos como djinn *— echarpes negras escondendo a boca; delineador grosso enfatizando o contorno dos olhos. Eles romantizavam a morte pra valer.*

Psicopompos, *uma pessoa desconhecida ao meu lado sussurrou para a outra.*

Eles circulavam pelo ambiente como sombras, pegando os convidados pela mão e os levando aos leitos de morte. Quando fui escolhida, não senti medo nem hesitação, só vontade de ir mesmo, atraída para a morte como quem aceitava um beijo.

O colchão cheirava a veludo, e os travesseiros, a poeira. Minha psicopompa arregaçou minha manga. Eu a deixei enfiar uma seringa na minha veia sem sequer perguntar o que era.

Poderia existir alguém mais ingênua, mais insolente? Tão convicta de que morreria e voltaria logo em seguida?

Quando o veneno fez efeito, o lugar inteiro ficou imóvel. Uma névoa se acumulou nos cantos dos meus olhos. A psicopompa se aproximou e murmurou no meu ouvido, com um sopro leve como uma pluma.

Siga o som da minha voz.

Estou indo, Ev, *murmurei de volta.*

Ela fez uma contagem regressiva de dez a um, e eu morri pela segunda vez.

Foi diferente de antes. Não vi a vida desaparecendo dos meus olhos. Não acordei com o som da voz de Everleigh. Simplesmente apaguei. E fiz a travessia.

O véu entre os Vivos e os Mortos me atraiu, guiou meu espírito e me colocou diante do brilho agradável de — estou falando sério — uma lanchonete In-N-Out.

Sabe o Além-Vida? Para onde você vai depois de morrer? É um Centro Gastronômico.

Tem coisas gostosas pra comer para onde quer que você olhe. Os espíritos circulavam pelas alamedas com o olhar preguiçoso dos turistas. Comiam crepes com guardanapos encerados; tomavam sorvetes de casquinha. Mastigavam fatias quase transparentes de prosciutto que vinham em cones de jornal.

Meu estômago roncou ao ver tudo aquilo; gemeu com os cheiros. Alho fritando e estalando na manteiga. Pão com a casca crocante, ainda fumegando ao sair do forno. Discos reluzentes de chocolate derretendo em banho-maria.

No Centro, era impossível pensar em qualquer coisa que não fosse comida. Para onde eu me virava, algo me atraía. E quando passei diante de uma vitrine — uma doceria, com as balas distribuídas nos mostradores como pedras preciosas —, a vontade falou mais alto.

Só para experimentar, *pensei, e abri a porta.*

Do lado de dentro, sobre um balcão de mármore, surgiu uma caixa preta. Dentro dela, quatro doces perfeitos — uma degustação surpresa. O cheiro era luxuriante — envolvente e agridoce. Eu nem pensei antes de enfiar um deles na boca.

Um copinho de pasta de amendoim artesanal.

Chocolate amargo. Recheio com pedaços. Casquinha firme e grossa.

Uma gourmetização descarada, mas que desencadeou uma lembrança tão poderosa que quase derrubei a caixa.

Reese's.

Everleigh.

Halloween.

O motivo por que eu estava lá.

Foi como ser arrancada de um transe. Eu devia estar procurando por ela! Ev precisava da minha ajuda! Estava sofrendo, e eu estava desperdiçando um tempo que não tinha.

Senti o pânico subir à garganta. Estremeci.

E então, diante dos meus olhos, a doceria se liquefez.

O Centro Gastronômico sumiu.

No Brink, eles já tinham administrado o antídoto.

Uma estranha música invadiu meus ouvidos quando eu acordei; uma lanterna dilatou minhas pupilas.

Como está se sentindo?, *perguntou minha psicopompa.*

A resposta se desprendeu do meu cérebro antes que a minha boca se desse conta do que estava dizendo.

Faminta.

É normal. *Ela sorriu.* Vamos dar um lanchinho para você.

Mas acontece que essa Fome não era normal.

Pertencia ao Além-Vida, aos Mortos.

E me acompanhou de volta para casa.

Espíritos fortes

O Lincoln Center depois do anoitecer — a luz rosada se projetando sobre a pedra branca da praça, piscando ao atravessar a fonte, banhando os espectadores que chegam vestindo paetês e sedas, ternos de inverno e seu ar de condescendência cultural, figurinos tão elaborados quanto os dos atores — era como uma viagem no tempo, testemunhar um tempo que já passou. Uma outra era que, apesar de não estar totalmente morta, parecia andar perigosamente na corda bamba, no vale entre a sombra e a morte.

Konstantin estava nessa mesma situação. Equilibrando--se no beiral da fonte, esperando Maura, bebendo um expresso superfaturado e tentando não deixar seu terno novo (cortesia da estilista de Viktor) todo respingado.

Ele tinha planejado uma noite especial, para deixá-la encantada. Havia comprado ingressos para *Matsukaze* (plateia de pé, e em japonês, e ele detestava ópera, mas Maura vinha comentando sobre o enredo das irmãs fantasmas fazia quase um mês), e depois drinques no The Smith (lugar de turista, mas faz parte do programa envolvendo teatro) e uma caminhada noturna pelo Central Park (nunca falha), o lugar ideal para uma conversa profunda, um encontro romântico, a maneira perfeita — depois de preparar o terreno com champanhe e música e refinamento) — para finalmente dizer que a amava.

Ele não sabia por que essa confissão em especial parecia tão difícil. Principalmente depois de ter anunciado sua clarigustação — seu segredo mais bem guardado por vinte *anos* — para o mundo todo. Isso sem falar que, em comparação com os sabores mandados pelos fantasmas, amar alguém era uma experiência bem comum. O tipo de coisa que acontecia com as pessoas o tempo todo! E ainda assim, só de pensar em dizer aquelas três palavras para Maura, Kostya suava frio.

Será que ela abriria um sorrisinho educado e depois diria algo arrasador em resposta, como *aww* ou *obrigada* ou *que fofo*? Ou responderia na lata — *é, eu também* —, como se estivesse respondendo a uma coisa simples e trivial, como se queria fritas junto com o hambúrguer. Ou iria na direção oposta e diria que ele estava apressando as coisas, que seus sentimentos estavam fora de compasso com os dela? Ou, pior ainda, retribuiria suas palavras — *eu te amo, Konstantin* — de uma forma convincente, que pareceria verdadeira, mas que na verdade não era?

Kostya não sabia se resistiria a um baque como esse.

Estava profundamente apaixonado. Verdadeiramente. Loucamente. Um tipo de amor que jamais ousara imaginar. Não tinha acontecido de uma hora para outra — uma passada na frigideira, só para selar, ainda cru por dentro —, mas com o tempo, sua atração inicial de repente parecendo uma coisa insubstancial e insossa perto do sentimento concentrado que o consumia agora, esse amor de preparo longo, com o molho sendo incorporado durante um longo tempo em fogo brando.

Maura com o tarô, embaralhando as cartas, destruindo seus sonhos, falando para ele desistir de um jeito que faria com que não saísse mais de sua cabeça: *a acidez do tomate, cozendo sobre a chama do fogão.*

Maura no escuro, arrancando sua máscara, beijando-o na escadaria daquele estranho teatro imersivo: *a picância de flocos de pimenta-malagueta.*

Maura na sua cama, de camiseta, comendo um queijo quente no meio da noite, dando um pedaço para ele, deixando cair farelos no edredom, com os dedos na boca dele: *uma doce emulsão de manteiga.*

Maura discutindo com ele, com uma das mãos na cintura, irritadíssima: *manjericão, as folhas picadas à mão.*

Maura resolvendo um problema, franzindo a testa, com os olhos afiados totalmente em foco: *a concentração da massa de tomate.*

Maura chegando a um lugar, a atmosfera mudando, seus olhos encontrando os dela: *alho caramelizado.*

Maura quando dizia o nome dele, quando o murmurava, quando o escrevia com a ponta do dedo em seu ombro, quando arfava ao dizê-lo, quando o gritava, quando o mantinha na boca como um segredo: *pimenta — vermelha e preta e branca — moída na hora.*

Maura no mundo, tão cheia de vontade de viver, cheia de desejos, cheia de apetite, que tudo o que ele queria fazer era alimentá-la, satisfazê-la, amá-la, fazê-la se sentir plena como ela o fazia se sentir: *rios de sal e sal e mais sal.*

Tudo isso havia se misturado dentro dele e então lá estava — o amor — e tudo o que ele já tinha provado antes pareceu sem gosto.

Daí a ópera e os sapatos desconfortáveis e o olhar ansioso à espera de que ela chegasse.

Quando finalmente a viu, todas as demais pessoas na praça pareceram desaparecer, e seu olhar se concentrou nela, descendo do táxi, afastando uma mecha de cabelo violeta do rosto, atravessando a calçada naquele vestido incrível. Sem fazer ideia do quanto estava linda.

Ela começou a subir os degraus cor de marfim — com camadas de tule lavanda flutuando ao seu redor, uma saia longa que ela segurava na frente do corpo — como um confeito vivo, um sonho de algodão-doce. As pessoas foram se dispersando, fumando os últimos cigarros, tirando selfies. Ele sorria, e quando ela encontrou seu olhar retribuiu o sorriso fazendo com a boca um *Oi, chef.* Um táxi buzinou, e uma dúzia de pássaros voaram. Kostya estava indo ao encontro dela na praça, contornando a fonte e se desviando das pessoas que iam ao teatro. Um vento bateu forte, estranhamente gelado, e enquanto agitava o tecido do vestido de Maura ele a viu fraquejar, não só o passo, mas o corpo todo. Com o coração disparado acelerou o passo — havia algo errado, claramente muito errado. E então ele viu — os olhos dela parecendo perder o brilho, como acontecera na primeira noite que foram para a cama juntos.

Ele desceu os degraus correndo e amparou sua queda.

Em vez de uma noite na ópera, teriam uma noite no PS.

Em um momento de heroísmo movido a adrenalina (ou de precipitação espetaculosa, a depender do ponto de vista), ele a pegou no colo e correu três quadras até o Mount Sinai West, gritando para os pedestres na calçada saírem de seu caminho.

"Meu Deus, por favor", ele arfava enquanto corria. "Acorda, Maura! Acorda!"

Ela não pesava quase nada, como um passarinho, desses que eram só penas por fora e ossos frágeis por dentro. Maura não abria os olhos. Ele estava apavorado com a ideia de largá-la, e sentiu o corpo todo amortecido quando ela foi levada para dentro do pronto-socorro e fora de seu campo de visão.

De tanta preocupação, abriu um buraco no forro do bolso

da calça, a ansiedade se manifestando nas pontas dos dedos. Tentou pegar um chá na máquina automática da sala de espera, mas suas mãos, geralmente firmes — que manejavam facas como seu ganha-pão —, tremiam tanto que ele quase derramou toda a água quente sobre si mesmo. Estava lendo e relendo a mesma frase numa revista, sem nenhuma palavra parecendo coerente, quando alguém da enfermagem apareceu para informar que Maura estava consciente.

Vê-la numa cama de hospital — com um avental de papel no lugar do vestido, um acesso na veia do pulso e cânulas de oxigênio no nariz — acabou com ele.

"Mas o que aconteceu?", ele perguntou várias e várias vezes. "Do que você se lembra?"

Ela não tinha uma resposta.

A equipe médica falou que provavelmente tinha sido um desmaio. Ela estava com a glicemia baixa quando chegou, portanto era possível que tivesse havido uma queda de pressão; eles fariam um exame de ouvido interno para descartar labirintite e blá-blá-blá-blá, mas ninguém dera atenção ao que Kostya tinha dito, ao que ele tinha gritado quando a atenderam, sobre os olhos apagados — não inconscientes, e sim mortos.

Isso o deixara morrendo de medo.

Ele segurou a mão de Maura por cima do cobertor fino do hospital, passando o polegar sobre os dedos dela, sobre o pulso, com as cicatrizes antigas que havia ali, uma das muitas coisas a respeito de Maura sobre as quais ainda não sabia porque tinha medo de perguntar.

"Escuta só", ele falou, "se tiver algum problema mais sério... você pode me contar, ok?"

Ela ficou tensa.

"Eu só desmaiei, Stan. É meio vergonhoso, mas foi o que aconteceu."

"Sim." Ele engoliu em seco. "Você falou. Só que eu..." Ele franziu a testa. "Maura, eu já vi isso acontecer antes. Essa... tipo, essa pequena morte."

"*Quê?* Quando?"

Ele deu de ombros. "Naquela primeira noite na sua casa. E algumas outras vezes que dormimos juntos. Seus olhos ficam simplesmente... vazios."

"Talvez você seja assim, absurdamente bom."

"Quer parar de se esquivar? Por favor?"

Ela desviou os olhos para o monitor do hospital, para os picos e vales de seus batimentos cardíacos e o gotejar lento da bolsa de soro.

"Maur?", ele tentou de novo. "Eu preciso que você me conte o que está acontecendo."

Ela balançou a cabeça, com um sorriso tenso. "Não é nada. Não precisa se preocupar, ok? Pode deixar que eu cuido disso."

"Ah, é?" Ele olhou para o pulso dela de novo, para as cicatrizes que ela mesma pusera ali. "Então me conta sobre isso aqui. Acho que dessa vez você não conseguiu dar conta sozinha, né?"

Ela puxou a mão para longe dele. "Isso foi há muito tempo."

"Não. Nem tenta fazer isso. Não se fecha pra mim desse jeito." Ele se aproximou e se curvou, chegando mais perto, como se pudesse vencer a distância entre os dois sozinho. "Eu vi uma coisa acontecer com você hoje. Te trouxe para o pronto-socorro pensando que você corria o risco de morrer nos meus braços. Vi um monte de médicos te levarem às pressas porta adentro, sem saber se você ia voltar. E ainda estou aqui, *sempre* vou estar. Mas eu mereço a verdade."

Maura respirou fundo. Assentiu com a cabeça.

"Quando isso aconteceu", ela disse por fim, "eu só queria morrer. As coisas tinham ficado tão fora de controle que senti que era a minha única escolha. Mas agora eu não sou mais essa pessoa. Quero viver, Stan. E luto todos os dias para isso."

"Que coisas? Luta contra o quê?"

Maura ficou olhando para o soro entrando na veia, com o acesso inchando sua pele cicatrizada. Alguma coisa tinha acontecido com ela. E talvez ainda estivesse acontecendo.

"Eu não quero falar nisso."

"Tudo bem", disse Kostya, cerrando os dentes. "Então vamos falar sobre o Reese's."

Ela o encarou. Como um cervo paralisado diante dos faróis de um carro. "Do Reese's?"

Ele assentiu. "Eu estou sentindo o gosto de novo. Bastante. Apesar de já ter trazido Everleigh de volta."

A respiração dela se acelerou, e um dos sensores ligados ao seu corpo apitou.

"Você não me falou nada."

"Porque quando eu evoquei o espírito dela você ficou... sei lá... esquisita, né? Cheia de segredos? Recusou a oportunidade quando eu ofereci pela primeira vez, e quando finalmente aceitou me pôs pra fora." Ele sentiu tudo isso saindo de sua garganta como um jorro. Todos os pensamentos que vinha alimentando fazia semanas, e que manteve para si por respeito, por querer esperar que Maura se sentisse enfim à vontade para compartilhá-los. Só que não podia mais esperar. "E tudo bem, eu entendo que você precisava de privacidade, mas depois nunca mais tocou no assunto! Não me contou o que conversaram, nem conseguiram se despedir. Eu não queria ficar interrogando, mas... minha nossa, Maura, nem uma palavra? E você disse que ela estava com problemas. Que vivia na *escuridão*, né? E agora eu continuo sentindo o gosto dela, o que não aconteceu com *nenhum* outro fantasma, e você tem essas cicatrizes, coisas *misteriosas* do passado, e tem esses momentos em que simplesmente... o quê? Morre? Fica à beira da morte? Deus do céu, ela está assombrando você? Está" — a voz dele ficou embargada — "*machucando* você? O que quer que seja, me deixa ajudar. *Por favor.*"

Os olhos dela pareceram frios de repente. Duros. Como se um muro tivesse se erguido diante deles.

"Olha só, Stan", ela falou, devagar, "o que aconteceu só diz respeito a mim e a Ev. A mais ninguém. Essa conversa, o reencontro com ela, isso é particular. Eu não perguntei pra você — em nenhum momento! — por que nunca trouxe o seu pai de volta. Porque confio em você, sei que deve lidar com o seu luto da maneira que achar melhor. E preciso que você confie em mim."

"Mas não é a mesma coisa! *Ela* está fazendo *alguma coisa* com você!"

"Não." Maura balançou a cabeça. "Não é a Everleigh."

"Então o que é?"

Ela olhou pela janela, com os olhos marejados e uma expressão resignada, dando de ombros.

"Você ouviu os médicos. Pode ser um monte de coisas."

"Mas você não faz nem ideia? Não tem nem um palpite?"

Ela balançou a cabeça de novo.

Kostya ia insistir, fazer mais perguntas, mas então recebeu sua resposta. Um sopro de ar no fundo da garganta, os sabores fortes e nada bem-vindos invadindo sua boca.

Chocolate e pasta de amendoim, com a borda do copinho amassada. Como sempre.

A irmã dela, bem ali no quarto. Inquieta. Faminta. Contradizendo tudo o que Maura dissera.

III

Na terceira vez que morri, foi um erro.

Fiz isso para encontrar Everleigh, mas também para alimentar a Fome.

Ela não tinha passado depois do Brink. Continuava presente, e arruinava a minha vida.

Tentei muitas coisas para saciá-la. Qualquer coisa com que pudesse me empapuçar. Videogames e romances de vampiro. Música pop. Lixo na TV. Eu andava pelos museus e me empanturrava de arte. Corria vários quilômetros, me enchendo de endorfina. Passava de bar em bar e enchia a cara de bebida.

Ah, e a comida! Pela cidade toda, eu comia, e comia, e comia.

Mas nada disso funcionava por muito tempo.

Levei um ano para entender do que eu tinha Fome. Por que mexer nas coisas de Ev — seus baralhos de tarô, seus tabuleiros de espíritos, a pilha de receitas médicas escondidas na gaveta — acalmava os desejos. Por que nos momentos de desespero — correndo pela Manhattan Bridge, olhando para o rio, pensando em parar —, isso parava. Por que eu me via atraída por objetos afiados, lugares perigosos, caminhadas noturnas.

A Fome queria a Everleigh. Me levar para onde ela estava.

Me puxava para a Morte, era uma âncora para aquele mundo. Era uma conexão entre nós, a irmandade dos estômagos vazios. Uma doença que tínhamos em comum.

Então decidi voltar. Encontrar uma forma de saciar a Fome. De curar nós duas.

Queria estar no controle dessa vez. Fazer isso nos meus próprios termos.

Pesquisei sobre experiências de quase morte. Entrei em fóruns obscuros no Reddit. Compareci a reuniões de sobreviventes. Outras pessoas que estiveram diante da morte relembravam de bom grado cada detalhe de como morreram e viveram para contar. Explicavam cada passo que eu precisaria replicar.

Alguns métodos eram tão complexos que exigiam um título de PhD. Envolviam ingredientes que eu não conseguiria comprar. Acesso a laboratórios.

Mas outros eram mais diretos.

Eletrocussão.

Afogamento guiado.

Cortes estratégicos nos pulsos.

Pensei que seria fácil. Uma lâmina de barbear — um corte fundo, mas não letal. Uma ligação bem cronometrada para o serviço de emergência. Assim eu encontraria minha irmã, saciaria nossa Fome e teria um final feliz mágico, em Technicolor.

Ou nem tanto.

Perdi sangue suficiente para virar quase uma viagem só de ida. Percorri aquela porra de Centro Gastronômico gritando por Ev, mas ela não apareceu. Ah, e a melhor parte? A cereja do bolo?

Quando voltei, a Fome estava pior.

Insaciável. Constante. Sem trégua, nem mesmo com as coisas que funcionavam antes ajudavam agora. Tudo doía, não só meu corpo, mas a mente também.

Eu já não me sentia invencível. Nem alguém de sorte, como depois da overdose.

Ou motivada, como quando entrei no Brink. Só assustada mesmo. Sozinha. E muito idiota.

Não podia me arriscar a outra viagem, nem mesmo pela Everleigh. A não ser que não me importasse de não voltar, o que não era o caso. Sangrar até quase morrer me serviu como um alerta.

Apesar da fragilidade e da complicação que a Fome trouxe para a minha vida, eu queria viver. Pelo menos tentar. Fazer isso direito, como talvez pudesse se a Ev não tivesse morrido.

Então jurei a mim mesma que ia parar de me meter com coisas além do meu controle. Que ia encontrar uma forma de conviver com a Fome. Que nada no mundo me faria querer mexer com o Além-Mundo de novo.

Mas então, Stan, naquela festa, eu conheci você.

Pondo a mesa

Nas semanas anteriores aos primeiros eventos de pré-inauguração, Kostya contratou bartenders e a equipe de salão, inclusive ajudantes, hosts e maître. Entrevistou prestadores de serviço — floriculturas, lavanderias e serviços de limpeza. Desembalou infinitas caixas de toalhas e guardanapos de todos os tons de preto imaginável. Testou o time da cozinha numa simulação de serviço de jantar, com Rio e Ale e Big Mike e mais uma dezena de cozinheiros preparando pratos a partir de suas especificações, seguindo suas ordens na cozinha, com gritos de *Entendido!* e *Sete asinhas de frango na mão!* e *Dourada saindo para a mesa seis!*, o que soava como música para seus ouvidos, enquanto os garçons e garçonetes mais graduados rapidamente traziam mais pedidos para o varal de comandas. Ele fechou os contratos de fornecimento das entregas, embalagens individuais de centenas de ingredientes diferentes, com fichas de pedido que deixavam Baldor e Rozzo e D'Artagnan malucos.

Com tudo isso acontecendo, Kostya devia estar absolutamente focado. Comendo, dormindo e respirando o DUH. E estava, na maior parte do tempo. Quando não estava se preocupando obsessivamente com Maura.

Ele estava na cozinha, ensinando como fazer determinado empratamento, e de repente a imaginava desmaiando enquanto atravessava a rua. Fazia o inventário do estoque com Rio e se interrompia no meio da frase, imaginando Everleigh aparecendo do nada, sem ser convidada, cuspindo fogo e enxofre em sua fúria espectral. Se via apreciando uma mesa arrumada por Stella, olhando por tempo demais para um guardanapo bordado, e então visualizava algum cenário no estilo *Sexta-feira muito louca*, com Maura e Everleigh trocando de lugar, uma irmã possuindo o corpo da outra.

Maura não havia sofrido mais nenhum episódio desde que saíra do hospital (pelo menos, não que tivesse contado a ele), mas Kostya não conseguia se livrar da sensação de que ela não estava dizendo tudo o que sabia. Cada vez que ele perguntava a respeito, ela desconversava. Revirava os olhos. Ria. Como se ele estivesse fazendo de um bolinho de chuva um croquembouche.

E talvez estivesse mesmo! Talvez ele estivesse surtando sem motivo!

Ou *talvez* seus instintos naquele quarto de hospital estivessem certos, e Everleigh fosse, *sim*, a responsável por lançar Maura naquele estado bizarro de morte sem morte. Talvez ela fosse perigosa. Talvez estivesse atacando. E talvez Maura a estivesse protegendo, ou estivesse em negação.

Só o que Kostya sabia era que não confiava em Everleigh, mas não tinha ideia do que fazer a respeito. E não teria tempo para bancar o caça-fantasmas mesmo se soubesse como.

Depois, ele prometeu a si mesmo, quando o DUH estivesse inaugurado, e as coisas estivessem funcionando bem, ele voltaria a esse problema entre Maura e a irmã. Com sorte, a essa altura, talvez ela já estivesse pronta para lhe dizer a verdade.

Faltando duas semanas para o grande dia, Kostya viu a placa na entrada — *DUH by Executive Chef Konstantin Duhovny* — e sentiu as mãos tremerem. Ele passou o dedo pelas letras — do nome que nem gostava! — e precisou respirar várias vezes para se acalmar. Ao ver aquilo escrito ali, sentiu como se finalmente tivesse chegado, não só à cena gastronômica, mas à porta de entrada de sua vida.

Na última semana antes da inauguração, ele passeou pelo espaço que eles haviam construído — que *ele* havia construído — se sentindo renascido. A cozinha era de tirar o fôlego, imponente, com suas arcadas art déco sobre os fogões top de linha, uma fileira de fornos, salamandras e termocirculadores para *sous vide*, duas enormes câmaras frias, uma gaveta refrigerada em cada estação, um freezer espaçoso, um ultracongelador e todos os tipos de utensílios imagináveis enfileirados e refletidos na fileira de janelas antigas, com o trem da linha 6 passando a intervalos regulares diante daquele brilho deslumbrante.

Lá em cima, o hall de entrada — piso preto espelhado; cortinas cor de fumaça; um enorme balcão para os hosts em formato de vértebras — levava ao espaço para coquetéis — couro e ossos; cromados; vidro preto; o balcão duplo se abrindo a partir de uma coluna central de banquinhos, como uma caixa torácica —, onde os clientes poderiam esperar para ser conduzidos ao salão principal ou a uma câmara privativa de sabores residuais. Havia dez dessas no total, cinco de cada lado, flanqueando as mesas pretas e as cadeiras esqueletais da área para o público em geral. O espaço de cada câmara era delimitado com vidro de mercúrio, e a decoração do lado de dentro era escura e minimalista, com uma iluminação baixa e opressiva, e a sensação era como a de entrar numa mina de ródio.

O que não era possível ver no balcão eram as brechas no revestimento de mercúrio, espaços por onde a luz escapava pelo vidro iridescente. Quando Kostya trouxe de volta a mãe de Stella, as luzes que anunciaram seu retorno deram uma ideia à decoradora. Ela planejou os espaços de tal forma que, quando os clientes encontrassem seus fantasmas, as câmaras brilhariam de dentro para fora, dando uma prévia para os que estavam à espera, ansiando por um reencontro. Um show de luzes paranormais.

"Como uma aurora das almas", ela murmurou ao mostrar o desenho.

"Vai ficar incrível, se funcionar."

"*Quando*", corrigiu Stella.

O mundo — o da gastronomia, pelo menos — pareceu concordar.

Era só questão de tempo. O chef Duhovny, até então desconhecido (não era sequer um chef!) estava sendo devidamente apresentado. Saíram matérias a seu respeito em publicações como *Time Out*, *Epicurious*, *Nosh*, *Foodie* e *Eats*, todas especulando sobre o que de fato seria o DUH, e se o preço salgado valia a pena. Vários chefs que ele não conhecia, além de — para a absoluta surpresa de Konstantin — Michel Beauchêne, apareceram para dar seu apoio à empreitada, com comentários sobre Kostya estar ressuscitando a falecida cena gastronômica do FiDi, chamando atenção para as tradições históricas em torno da comida e da perda, fazendo um lembrete sobre a conexão poderosa entre o alimento e o luto, e entre a culinária e a preservação da memória.

Foi feita também uma gravação para o *Good Morning Manhattan*, para ser levada ao ar na véspera da inauguração, com Kostya falando diante de um microfone num estúdio, batendo papo com a apresentadora enquanto lindas fotos do restaurante eram projetadas num monitor entre eles.

"O espaço é simplesmente divino", ela disse, se derretendo com um sorriso, mostrando os dentes ofuscantemente brancos e quadrados. "E, por falar em divinações... antes de encerrarmos, vamos esclarecer uma coisa. Ouvi boatos dizendo que um jantar no DUH não se limita à comida." Ela se inclinou para a frente com ares conspiratórios. "É verdade que você oferece às pessoas a oportunidade de ressuscitar um ente querido? E que pode fazer isso por meio de uma refeição?"

Kostya sentiu como se alguém estivesse segurando sua mão sobre uma boca de fogão acesa, mas manteve a calma, com um sorriso estampado no rosto.

"DUH significa alma", ele respondeu, recitando o que tinha praticado no treinamento de mídia. "No nosso restaurante, o objetivo é criar um reencontro entre almas através da comida." Ele juntou os dedos das mãos como se estivesse fazendo uma brincadeira de cama de gato. "Para proporcionar aos clientes — principalmente aqueles que perderam alguém — uma oportunidade de um desfecho, ajudando a reviver o passado através do paladar. Agora, se evocar os Mortos é parte da experiência de jantar oferecida no DUH" — Kostya abriu o sorriso misterioso que havia treinado diante do espelho, do tipo *pague-para-ver* — "só posso dizer que nossa comida certamente oferece uma experiência espiritual. Fora isso, você vai ter que entrar na lista de espera e descobrir por si mesma."

Eles tinham tomado o cuidado de não falar dos fantasmas com todas as letras na imprensa. De pisar em ovos em torno do assunto, dando a entender que era um mistério intrigante. A equipe de divulgação fora unânime: uma menção direta a fantasmas poderia ser um tiro pela culatra, transformando a ideia numa grande piada. Num truque barato. Para fazer o conceito funcionar num restaurante sofisticado, de alta gastronomia, era preciso vender em primeiro lugar a comida, e que o boca a boca — que com certeza existiria — se encarregaria do resto.

E, no fim, tinha sido a estratégia certa.

Quando o sistema de reservas entrou no ar, os lugares disponíveis se esgotaram em questão de horas. No fim do dia, todas as reservas — até as menos procuradas, nos primeiros e últimos horários — estavam preenchidas. A semana de eventos de pré-inauguração, que começaria em poucos dias, estava lotada com antecedência; a demanda da mídia era bem acima do esperado, obrigando a assessora de imprensa a ceder convites apenas aos veículos maiores e aos críticos de maior prestígio.

"É melhor você impressionar esse pessoal na semana que vem", ela avisou. "Certas pessoas ali... elas podem te jogar lá para o alto ou te destruir."

Os últimos dias foram como um relógio em câmera lenta. Kostya trabalhava pesado na cozinha, com suas ansiedades — a preocupação em impressionar os críticos, o *lance* com Maura, a obrigação de cumprir a promessa que fazia a todos os que vinham atrás de sua comida, que não sabia se poderia sempre cumprir — se despejando em cada prato que preparava.

Durante as demonstrações, o frango saía esturricado, o fígado, sem sal, a pele do bacalhau rasgava. Amadorismo puro. O tipo de coisa que valeria sua demissão na cozinha do Saveur Fare. E, para piorar, quando seu pessoal falhava na execução, ele não conseguia explicar qual era o problema com o prato, só dizia que não estava com o sabor certo. A cozinha precisava ser uma máquina bem azeitada, mas as instruções de montagem estavam apenas na sua cabeça, e eram difíceis de articular. Não dava para dizer "sal a gosto" para alguém que não sabia *que gosto* a comida deveria ter.

A equipe sentia essa fraqueza, e o *saucier* e o *chef de partie* e até o *commis* das saladas (que cara de pau!) estavam reclamando de Kostya a ponto de Rio precisar intervir e pôr as coisas na linha.

"Ei, seus pentelhos! Estamos a dias da inauguração e eu não tenho *soigné* da estação de nenhum de vocês. Se querem ter tempo pra falar merda, sua comida precisa estar em dia. Miguel, você tem quatro sopas com frango frito para sair. Anda, *papi chulo*! Stephanie, eu quero os fígados — sete. Vai ficar de cara feia pra mim? Então oito. Ricky Martin, três torradas com atum no centeio. E, puta que pariu, quando eu entrar na despensa quero ver tudo impecável."

"Entendido!"

"Sim, chef!"

"Saindo, chef!"

Mas, em particular, no escritório de Kostya, Rio falou para ele assumir o controle da situação.

"Você está levando esse pessoal para a guerra. Precisa mostrar que está no comando. Que você dá conta do recado. Que dá conta *deles*. Se fizer isso, eles vão te seguir para onde você quiser. Mas, se você afundar, eles afundam junto. Sacou?"

Na noite anterior à pré-inauguração, Kostya ficou no restaurante até bem depois de os funcionários irem para casa. Ele checou tudo no salão — e rechecou mais duas vezes: os lugares estavam propriamente arrumados, com os guardanapos dobrados, os talheres polidos? Havia erros de digitação nos cardápios, lascados nos móveis, riscos no chão? — até sentir que receberia a aprovação até do mais indigesto mordomo inglês. Fez o inventário da despensa, da câmara fria, do bar, levando em conta uma série de contextos e hipóteses para garantir que haveria comida suficiente. Apagou e acendeu todas as luzes da casa, à procura de lâmpadas queimadas, curtos-circuitos, riscos de incêndio — sentindo uma pontada no peito por Frankie ao testar o mecanismo de abertura de emergência dentro da câmara fria — e depois fez o mesmo com as pias, os vasos sanitários e os aquecedores de água, à procura de vazamentos.

Quando terminou, Kostya ficou sozinho no escuro do DUH, na *sua* cozinha, e soltou um longo suspiro. Estava acontecendo mesmo. A atmosfera parecia carregada por causa do que ele estava prestes a fazer, essa coisa que estava prestes a pôr no mundo. Havia algo quase palpável no ar: se estendesse a mão o bastante, poderia até tocar.

Kostya pensou em seu pai, em como seria trazê-lo aqui, cozinhar para ele, mostrar o que fazia. Ele ficaria orgulhoso; teria dito que estava tudo delicioso. Isso ainda poderia acontecer, inclusive, quando Kostya o trouxesse de volta; na semana seguinte, prometeu a si mesmo. Quando o restaurante já estivesse aberto.

Ele pensou em Frankie, sentindo o peito contrair-se com uma mistura poderosa de tristeza e culpa. Deveria ser o amigo em seu lugar, no comando da mais nova adição à realeza gastronômica de Manhattan. Fazer daquele lugar uma coisa importante era uma dívida que Kostya tinha com Frankie. Era manter a chama dele viva.

Pensou nos fantasmas. Em todos os que fizera voltar à vida, espíritos transbordantes de gratidão. E em todos os que não conseguira ressuscitar, nas promessas não cumpridas do Hell's Kitchen Supper Club. Em todos os vivos que ajudaram e atrapalharam, nos clientes que saíram andando nas nuvens e nos que foram embora carregando o peso do luto nos ombros, talvez mais do que antes, por causa das esperanças que nunca se materializaram. Ele não queria fazer ninguém se sentir assim de novo.

Era só não se desviar do caminho, lembrou a si mesmo. Os sabores residuais o tinham levado até ali, e agora o conduziriam até a linha de chegada.

O trem da linha 6 surgiu de repente diante das janelas, invadindo a cozinha com seus ruídos trovejantes e sua luz estroboscópica. Kostya observou sua passagem, com o rosto refletido no vidro, acima das bancadas, das facas, das panelas e dos utensílios reluzentes. Sua própria expressão o surpreendeu. Era o rosto de alguém que se sentia em casa. Tranquilo. Relaxado. Feliz.

E então o trem se foi, as luzes engolidas pela boca do túnel, um acontecimento tão breve que ele não teve tempo de olhar para cima, de direcionar o olhar só alguns centímetros para o alto. Se tivesse feito isso, teria visto os outros rostos refletidos no vidro das janelas, todos os fantasmas em sua cozinha, se juntando como uma tempestade.

Quando Kostya enfim chegou em casa, eram quase três da manhã. Cambaleou pelo apartamento às escuras, tirando as roupas pelo caminho como se deixasse uma trilha de farelos de pão. Estava exausto, e precisaria voltar ao DUH em poucas horas para os preparativos, mas dormir parecia impossível. A essa hora, no dia seguinte, ou refaria aqueles mesmos passos, tirando o dólmã, a calça xadrez e os sapatos de bico reforçado com um sentimento abjeto de derrota ou estaria do outro lado da cidade, bebendo à vontade, abraçando todo mundo, brindando seu triunfo com toda a equipe.

Ele parou diante do quarto para tirar uma das meias e ficou paralisado.

A pele de Maura estava palidíssima ao luar, e seu corpo tão imóvel que ela mal parecia respirar. Estava encolhida na cama, com os cabelos violeta espalhados no travesseiro, em sono profundo.

Ele não a vira a semana toda — a agenda dele estava uma loucura, e ambos haviam concordado que era hora de se concentrar no trabalho —, mas sentia falta dela, mais até do que se dava conta, e vê-la ali, à sua espera, fez um calor invadir seu peito. Seu coração se sentiu pleno. Prestes a explodir.

Maura se virou na cama e piscou algumas vezes para acordar. "Querido, você chegou." Ela abriu um sorriso sonolento.

"Querida, você está aqui." Ele sentou na cama ao lado dela.

"Queria ficar com você. Amanhã é o grande dia."

"É." Ele bufou. "Grande mesmo."

"Vai ser incrível." Ela se achegou um pouco mais e se recostou nele.

"É o que eu espero."

"Vai, sim. Olha só tudo o que você fez."

Ele abriu um sorriso amarelo.

"Ei, eu sei que não é fácil, fazer isso sem o seu pai. E o Frankie. As pessoas que você ama e que..."

"Você está aqui", ele murmurou.

Ele sentiu tudo crescer de uma vez dentro de si, a alegria por um lado, o luto por outro. Seu maxilar travou. Seus olhos arderam. Seu corpo doía, exaurido, mas ele continuava acordado, despertíssimo.

"Eu... eu também te amo", ela sussurrou de volta.

Ele sentia isso fazia meses, talvez desde a primeira vez que a viu, mas naquele momento era como algo novo. Algo tremendo.

"Não." Ele balançou a cabeça.

"Não?"

"Não. Eu não te amo, Maura. O que eu sinto não é só amor." A expressão dela era um ponto de interrogação, e as respostas foram fluindo de dentro dele, coisas para as quais ele nunca tivera palavras, sentimentos que eram como sabores. "É mais. Muito mais." Ele estava com o rosto virado para o chão, com medo de olhar para ela. "Eu te idolatro. Te venero. Gosto de tudo em você. Cada coisinha. Até das que você detesta. Até das que te dão medo. Você me deixa louco; não como se fosse um adolescente bobão cheio de hormônios, não, você me vira a cabeça, mesmo, me faz querer conquistar o mundo, ver até onde consigo chegar, me deixa louco a esse ponto. Você me faz desejar coisas. Me faz tentar. Me faz feliz — tipo, absurdamente feliz. Tipo, não consigo nem imaginar a felicidade sem você. Com você eu me sinto vivo. E não consigo imaginar uma vida sem você, Maura. Você é meu café. Meu vinho. Meu..."

"Açúcar?" Ela abriu um sorriso indulgente, mas ele balançou a cabeça com força.

"Sal." Ele a encarou, com ousadia, assentindo com a cabeça, encontrando o que queria dizer. "Você traz à tona o melhor de tudo — do doce, do azedo, do amargo. Você é o motivo para eu saborear as coisas. É o primeiro e último tempero. Você é o mar. É as estrelas. A vida se constrói sobre o sal, e eu... eu quero construir a minha com você."

"Repete isso", murmurou Maura, e por um momento ele pensou que fosse só uma provocação, mas os olhos dela estavam úmidos, marejados.

"Eu te amo que nem sal."

Ela piscou algumas vezes, e uma lágrima escorreu pelo seu rosto.

"Eu também te amo. Assim." Minha nossa, a forma como ela o olhava. "Que nem sal."

Ela chegou mais perto, com seu hálito roçando o rosto dele. "Um círculo de você mantém as coisas ruins à distância."

Ele a envolveu nos braços, entrelaçando os dedos às suas costas. Um círculo de sal.

Ela o puxou para mais perto, para debaixo das cobertas.

"Vem fazer sal comigo."

Era como vinho, decantando na taça. Respirando lentamente, se abrindo, se soltando, se transformando; ganhando corpo, pleno e leve; os extremos se desfazendo; mais suave a cada gole, mais profundo, mais suave e intenso, a fruta e o terroir, o sabor de todos os lugares em que os dois estiveram, os barris em que envelheceram.

Ele esperou que ela desaparecesse, que seus olhos se esvaziassem, tão brevemente que seria quase possível acreditar que tinha sido sua imaginação. Mas não; ela ficou.

Ela se manteve ali o tempo todo.

Foi ele que desapareceu, ao sentir um sabor.

Maura apertou sua mão e lá estava, no fundo de sua garganta. *A doçura granulosa do chocolate com amendoim.* A assombração comestível que ele continuava engolindo sem parar.

Um desejo — o da irmã dela — tentando chegar até Maura, incapaz de desapegar.

IIII

As cicatrizes nos meus pulsos ainda estavam rosadas quando você entrou na minha tenda dizendo que sentia o gosto dos Mortos. Que, se preparasse a comida deles, eles voltavam.

Se eu acreditei em você? Você *no meu lugar teria acreditado?*

Mas aí você sentiu aquele gosto. A única coisa que seria capaz de me fazer mudar de ideia. Aquele Reese's Cup era uma mensagem num copinho de chocolate ondulado: Ainda estou aqui, Maura. Você não se importa mais?

Fiquei apavorada. Assustada demais para pensar claramente. Eu não podia me meter com os Mortos de novo. Não podia continuar cometendo erros. E você parecia perdido e imprudente e decidido a brincar com fogo. Então eu avisei: você devia parar. Te deixei com medo para você ir embora.

Só que, depois que você foi, eu li suas cartas. Elas diziam que você estava sendo verdadeiro. E que o nosso assunto ainda não estava encerrado. Comecei a perceber que tinha me precipitado. Que o que você estava fazendo podia ser interessante, trazer os espíritos para cá *em vez de ir* para lá *atrás deles. Que talvez você pudesse me ajudar. Que sua comida talvez pudesse ajudar a Everleigh. Mas, quando enfim engoli meu orgulho e saí correndo pra te procurar, você não estava mais lá.*

Passei semanas te procurando.

Postei um anúncio na Craigslist. Liguei para centenas de telefones. E então, no Instagram, uma influenciadora publicou algo estranho, sobre comidas e fantasmas. Um restaurante. Eu mal conseguia acreditar, mas mandei uma mensagem para ela pedindo seu endereço mesmo assim.

Peguei o metrô para Hell's Kitchen, pensando no caminho em como explicar as coisas sem parecer totalmente maluca. Mas, quando cheguei lá, estava bloqueado com fita vermelha. Uma notificação de interdição do Departamento de Saúde. E você, sentado nos degraus da frente, olhando para o celular. Aos prantos.

Fui embora naquela noite para respeitar seu espaço, só que a partir desse momento eu tinha seu endereço. Não conseguia mais ficar longe. Continuei voltando, à procura de uma abertura. Segui você no funeral do Frankie. Na vigília com as velas. No lugar onde você fazia suas compras.

Não foi nada bonito; eu me comportei como uma stalker.

É como naquele anúncio do chocolate Snickers. Você não é você quando está com Fome, sabe? Eles nem imaginam o quanto estão certos.

E aí você foi ao Last Rites. Eu conheço o Cal — foi ele que fez o desenho nas minhas costelas — e sei que, depois de uma ou duas rodadas, ele fica bem falante. Saímos pra beber, e eu marquei um horário logo depois do seu. Não sabia que você ia ter aquela reação alérgica à tinta, mas me senti grata por isso. Ler sua mão serviu para quebrar o gelo.

E então o passeio pelo Soho, e você sendo tão bacana, muito mais do que deveria, e mesmo assim eu não conseguia criar coragem para te contar por que estava lá. Pedir sua ajuda. Explicar sobre a Fome, e sobre a minha irmã. Pedir desculpas por ter sido babaca.

Mas eu amarelei. Fiquei com medo de que de repente você fosse surtar e me mandar tomar no cu. E não podia me arriscar. Você era minha melhor chance de voltar a ver a Everleigh.

Talvez minha única chance de acabar com a Fome. E tinha algo mais. Algo além.

Com você, foi a primeira vez em meses que não senti que estava definhando. Conversar com você, pegar na sua mão, isso alimentou alguma coisa em mim. E talvez tenha sido só a sua proximidade com a Morte, mas parecia muito mais. Parecia tudo.

No fim da noite, eu não resisti.

Quando te beijei, a Fome — foi como se você tivesse abafado aquela chama. Senti a emoção de estar viva de novo, como se pudesse ser mais que uma vampira, uma zumbi, uma Fantasma Faminta. Te levei para a minha casa porque não queria deixar essa sensação passar. E o que aconteceu quando dormimos juntos — isso mudou as coisas.

Eu morri nos seus braços.

Num momento, seus olhos estavam fixos nos meus, intensos como estrelas. No instante seguinte, eu estava de novo no Além-Vida.

Num tour gastronômico.

O guia era um cara lindo. Alto. Moreno. Com cabelos pretos cacheados e um sorriso com covinhas que era um sinal de encrenca certa. Nem parecia que estava morto.

Demorei um tempinho para reconhecer o rosto dele, do retrato no funeral. Frankie.

Os espíritos reunidos ao redor dele, se aglomerando, se esforçando para ouvir.

Não precisa empurrar, família, *ele dizia.* Tem espaço de sobra! Se estão aqui para o tour — a Experiência Culinária de Konstantin Duhovny —, podem chegar.

E lá estava você, Stan! Uma experiência no Além-Vida em sua homenagem, antes mesmo que você — pelo menos que eu saiba — tivesse morrido. Frankie estava explicando sobre a sua comida. Como era especial, o que era capaz de fazer. Dizendo que podia alimentar a gente como nenhuma outra.

Estão procurando Sabores Residuais? *Ele baixou o tom de*

voz. Uma forma de ver o pessoal que deixaram pra trás? É isso o que o meu amigo faz.

Uma onda percorreu a multidão. Passou por mim e todos os outros espíritos reunidos ali. A Fome, percebi. Todos nós a tínhamos.

E eu entendi o que o Frankie estava prometendo, na verdade.

Um reencontro. Uma cura.

Isso que você pode fazer, Stan, esse desfecho que oferece aos Vivos? Os Mortos também precisam disso.

Está tudo interligado, *o Frankie estava dizendo*. Nossa Fome, o luto deles. Seguir Adiante, e desapegar. Os Vivos e os Mortos.

E você, Stan, sua comida, era o elo que ligava tudo.

Eu me agarrei a cada palavra, desesperada para entender. E tentei. Mas estava me afastando. Perdendo o contato.

Aí acordei do seu lado. Tremendo. Rindo.

Pedindo mais.

No começo, era só o que eu queria.

Dormir com você de novo. Deixar suas mãos, sua boca, seu corpo, me levarem para o outro lado. Morrer sem me preocupar com as consequências.

Comecei a achar que não precisava evocar a Everleigh. Que podia simplesmente voltar lá e encontrá-la. Que podia fazer o tour e saciar minha própria Fome.

Disse a mim mesma que seria mais fácil assim. Mais simples. Você nem precisaria saber.

Só que aí eu me apaixonei por você.

Eu tinha muita coisa dentro de mim que havia sobrado depois da Ev, muito amor guardado e ninguém para alimentar.

E você apareceu, com o garfo na mão. Nunca imaginei o que a gente viraria. O que você ia significar para mim. Mais que um amigo, ou parceiro, ou amante.

Tudo, Stan. Você é tudo.

E eu sinto muitíssimo pelo que fiz com você.

Pré-inauguração

A noite teve crepes finíssimos como um murmúrio, com camadas translúcidas de manteiga. Teve *sinigang*, quentíssimo e revigorantemente azedo, com tamarindo e *bilimbi* e mangostim amarrando a boca sob o caldo de peixe e camarão. Teve *skyr* feito na própria casa, complementado com excelente azeite de oliva e flocos de sal extraído à mão e ovas defumadas de esturjão temperadas com endro. Teve um *chorizo* com tempero picante, torradas e funcho cortado fininho por cima. Teve um filé T-bone ao ponto para mais (o que fez todo mundo torcer o nariz), mas também polvo selado na frigideira, com um tom caramelo bem forte e tentáculos que eram um sonho de Fibonacci, e um pernil de cordeiro com azeitona e alecrim, e ostras Rockefeller, e biscoitos Ritz triturados para empanar. Teve legumes tostados, pimentões e berinjela e cabeças de alho inteiras sobre queijo haloumi passado na grelha. Teve berinjela feita de outro jeito, caponata, sobre uma torrada tostada com chalotas. Teve ovos, recheados com cebolas caramelizadas e um toquezinho de maionese, e ao estilo cantonês, cremosos, com amido de milho e molho de peixe, e mexidos com bacon, sal, pimenta e ketchup acompanhados de um pãozinho. Uma tigela de Lucky Charms com os marshmallows separados e devolvidos após o cereal ficar mole e encharcado. Um sanduíche de picles com pasta de amendoim no pão branco, com as cascas cortadas de forma irregular, como um adolescente teria feito.

E teve uma coisa que Kostya percebia só agora, com seu foco mais afiado do que nunca. A forma como as emoções chegavam à sua língua — não só o que testemunhara entre os Vivos e os Mortos, mas sentimentos que podia saborear na boca. A alegria indisfarçada de um espaguete à carbonara. A indulgência absoluta de um sanduíche de peito de peru com três camadas. A tristeza toda particular de um bolo de limão. Quando os fantasmas apareciam, Kostya via isso no rosto deles — os sentimentos que degustava, temperando a lembrança que os havia trazido de volta.

Ele desejou poder assistir àquilo para sempre, cada reencontro, cada despedida lacrimosa ou ruidosa ou carinhosa, como fazia no Hell's Kitchen. Mas estava de casa cheia. Os eventos de pré-inauguração estavam lotados, com mesas reservadas do meio-dia às quatro e depois das cinco às oito, com críticos e VIPS sendo conduzidos o tempo todo pela entrada de espelhos pretos do DUH para um *aperitif* no bar em formato de caixa torácica (dois, se a casa estivesse muito cheia) antes de serem levados para uma câmara privativa com uma pessoa da equipe do salão já à espera para explicar o menu.

No salão, Kostya viu os efeitos de seu talento pela primeira vez, com o show de luzes arrancando suspiros e aplausos maravilhados. (Stella tinha acertado em cheio nessa.) Lá embaixo, os pedidos chegavam sem parar, com a impressora trabalhando a todo vapor enquanto os convidados experimentavam o menu regular (que se expandia toda noite para incluir os novos sabores residuais) em preparação para a grande inauguração. A cozinha estava fervilhando, com todo mundo cozinhando não só com habilidade técnica, mas também com o coração, envolvidos emocionalmente com o trabalho.

Não era como no Saveur Fare, onde a precisão exigia silêncio, e a tensão era pesada como uma torrada texana. No DUH, o ruído e o caos se convertiam num foco tranquilo e confortável. Entre ocasionais piadas obscenas, porque afinal era uma *cozinha*, havia uma reverência ali. A consciência de que o que acontecia nas salas lá de cima era um milagre.

No final do primeiro serviço, eles já tinham estabelecido um ritmo.

Assim que recebia um sabor residual, Kostya voltava para a cozinha e distribuía as tarefas. *Certo, pessoal. Na sala três, torta de maçã. Preciso que alguém moa as frutas na faca, e é para moer mesmo, não para cortar em cubos — Tony, isso é com você. Preciso de uma* pâte sucrée, *mas a manteiga precisa ser artesanal — Stephanie, você faz isso. E, Mica, sei que você acabou de chegar, mas preciso mandar você sair de novo — extrato de baunilha Bourbon; nós só temos o normal.*

Essa era uma liberdade que eles haviam tomado em relação ao método Ecoffier de divisão de trabalho na cozinha. Ao contrário dos restaurantes que serviam os pratos de um cardápio predefinido, eles não conseguiam ter na despensa tudo o que precisariam para as Degustações do Chef — os fantasmas podiam pedir *qualquer coisa*, e geralmente era isso o que faziam —, então Mica, o mais jovem e mais verde entre os cozinheiros, fazia essas idas e vindas, a postos para ir comprar um ingrediente que não tivessem; ele tinha um mapa colado na estação com as mercearias, os supermercados, as lojas especializadas e os restaurantes mais próximos, além das rotas de bicicleta mais rápidas até lá.

Depois que essa parte era equacionada, apesar dos problemas habituais numa cozinha — a equipe do salão ficando impaciente (*Preciso dessas entradas para ontem!*); alguém sofrendo um corte na mão (*Ei, cara, me passa esses panos de prato! Anda, anda, anda!*); ou pequenos incêndios ou pratos queimados (*Eu não vou servir isso. Refaz!*) —, as coisas corriam suavemente.

Os sabores residuais vinham sem problemas, sem partes faltando ou conexões perdidas. Kostya sabia o que fazer, tinha aprendido. Seus movimentos na cozinha eram tão confiantes, tão deliberados, que ouviu o *garde-manger* perguntar para Rio aos sussurros se aquele era o mesmo cara que alguns dias antes estava todo atrapalhado, arruinando os pratos.

Ainda havia clientes que não conseguiam produzir um sabor residual, mas isso não era exatamente um problema. Kostya ficava agoniado quando isso acontecia no Hell's Kitchen, mas agora via a coisa de maneira diferente. E os clientes também, depois que ele explicava. A percepção veio de algo que Maura tinha dito: *Fantasmas Famintos são do tipo que volta.* Os espíritos que apareciam eram os que sentiam falta de um desfecho. Eram os que precisavam ser pacificados. Se os Vivos não conseguiam sentir os que tinham partido, era porque seus Mortos estavam satisfeitos. E isso, apesar de ser decepcionante em termos de experiência culinária, era uma coisa boa. (Mesmo assim, para amenizar o baque, Kostya oferecia uma sobremesa por conta da casa.)

Em termos gerais, era tudo bem mais simples do que ele tinha imaginado. Era quase como se os fantasmas a fim de aparecer estivessem só esperando que Kostya abrisse as portas do DUH. Como se estivessem em fila, ansiosos para fazer a travessia. Talvez de alguma forma ele tivesse conquistado uma reputação do outro lado. Talvez houvesse um sistema de reserva no outro mundo que fosse interligado ao deles. Talvez, ele ousou pensar, seu nome estivesse em destaque por lá, estampado em jornais fantasmas ou sussurrado em bares fantasmas.

E (como um bônus) desde que o restaurante fora aberto nada de ruim tinha acontecido! Nada *sombrio* tinha seguido os espíritos até ali. Ninguém estava vindo se vingar de ninguém. Era *Apenas Dana*, no fim das contas, *e não Zuul*. E Maura estava bem — perfeitamente consciente — durante todo esse tempo. Que alívio. Enfim, *finalmente*, depois de tudo por que ele passara, tudo dava certo.

O jantar de sexta-feira era o último serviço para convidados antes da abertura oficial para o público, no sábado. Chegava a hora, e a casa estava cheia, com exceção de uma mesa que não comparecera (que audácia!). A cozinha estava diminuindo o ritmo, com os lavadores de pratos com espuma até os cotovelos e Big Mike limpando a estação de *sauté*. Kostya tinha alguns comunicados para a equipe — novos sabores residuais que queria incluir na rotação do menu regular, um *bao* de barriga de porco que provocara uma dancinha de alegria e uma batata assada recheada até não poder mais (com pepinos em conserva e anchovas e atum selado e cheddar) que era como uma prima sexy da salada *niçoise*.

"Certo, pessoal!", ele falou. "Temos atualizações. A abertura é amanhã à noite. Mas primeiro eu preciso falar. Vocês mandaram muito bem esta semana. Me deixaram orgulhoso."

"Não pega leve com eles, não, mano", disse Rio com um sorriso, mas Kostya percebeu que ele se sentia do mesmo jeito. A cozinha tinha arrasado.

A equipe se reuniu ao redor da estação de *garde-manger*, Rio ao lado dele com um caderno; alguns ainda enxugavam as mãos nos panos de prato e Steph afiava uma faca no balcão, em meio aos sons de aço contra aço.

Kostya estava no meio da lista de ingredientes para o preparo da barriga de porco quando Allison, a hostess, desceu correndo a escada, com o rosto vermelho e o medo estampado nos olhos.

"Ele chegou!", ela falou resfolegando. "A mesa que não compareceu! É do *New York Times*. Ele quer o menu inteiro em meia hora." Allison se virou para Kostya, mortificada. "E quer ter uma palavrinha com você."

Enquanto a cozinha retomava o burburinho de antes, com conversas numa linguagem com certeza mais picantes do que no restante da semana, Kostya vestiu um dólmã limpo e subiu a escada.

Dan Evans, com seus títulos de mestrado e o diabo, era como uma caricatura nada favorável de um crítico gastronômico. O tipo de sujeito conhecido por fazer chefs chorarem, por colocar restaurantes de joelhos para receber uma crítica sua, por derrubá-los da ribalta direto para a sarjeta. Suas resenhas negativas tinham condenado o Angelique, em Midtown, o Meat Market, em Bushwick, e toda a cadeia de restaurantes Duck Duck Goose (que seu confit comoditizado descansasse em paz). Para completar, era famoso por ser um escroto com a equipe do salão, impondo um tratamento abusivo só para ver se as pessoas perdiam a cabeça, para fazê-los, em suas palavras (11 de junho de 2017, "Ária — Está mais para Sarau") "cantar para suas refeições sem azedar as notas".

A assessora de imprensa de Viktor tinha informado Kostya a respeito dele: passara meia hora balançando a cabeça e anotando tudo o que ele não podia dizer ou fazer.

"Ele vai bater onde machuca mais", ela informou. "Proteja seu lombo."

Quando Kostya abriu a porta da Câmara de Degustação nº 4, reconheceu o Don da foto granulada que a assessora lhe entregara. Ele não deveria conhecer a aparência dos críticos — supostamente, deveriam ser anônimos, clientes como quaisquer outros —, mas aquele cara tinha ficado tão conhecido nos círculos gastronômicos que as pessoas enviavam fotos para alertar umas às outras.

Além de universalmente detestado, ele era agressivamente insosso. Baixo, atarracado, o rosto largo e de bochechas caídas, com bolsas sob os olhos e rugas profundas na testa. Para Kostya, lembrava (com uma pontada no coração) Freddie Mercury, o buldogue francês de sua ex, só que Dan Evans era bem menos adorável e com certeza muito menos simpático. Ele observou Kostya com seus olhinhos castanhos redondos, artificialmente aumentados por óculos caríssimos, e limpou a garganta.

"Boa noite", disse Kostya, cauteloso. "Nossa hostess disse que o senhor queria conversar comigo."

"Você" — ele franziu a testa — "é o chef executivo? Minha nossa."

Michel não teria aguentado isso calado. Até mesmo Frankie, depois de uma ou outra dose, teria colocado o sujeito para fora. Kostya se limitou a assentir com a cabeça.

"Posso supor que você saiba quem eu sou?", perguntou Dan.

Kostya confirmou com a cabeça de novo.

"Então você é menos idiota do que no mínimo metade das pessoas que eu resenho." Dan tirou os óculos, examinou as lentes sob a luz fraca e colocou de volta no rosto. "Eu não gosto de papo-furado. Você gosta?" Ele não esperou por uma resposta. "Então por que não vamos direto ao assunto? Isso não vai ser uma festinha, colega. Não vai ter um final feliz no estilo Disney, comigo comendo seu ratatouille com lágrimas nos olhos. Eu tenho desprezo por truquezinhos baratos; você já deve saber disso. Sendo assim, eu me recuso a participar da farsa que é este restaurante. Só estou aqui porque meu editor insistiu, e hoje eu não estava a fim de briga. Então minha proposta é a seguinte: vou pedir apenas o seu menu regular. Vou deixar de lado a Degustação do Chef — não vou comer um prato que você deixou requentando a noite toda e vai querer me dizer que veio da minha tia-avó Mabel. E vou julgar O DUH pelos mesmos padrões que qualquer outro estabelecimento: pelo mérito da sua comida."

Kostya não se deixou levar pela onda de desdém.

"As Degustações do Chef não são preparadas com antecedência", ele falou, cauteloso. "É tudo sob demanda. Com base no que os espíritos me passam."

"Por falar no seu menu", continuou Dan, como se Kostya não tivesse dito nada, "e digo isso na definição mais ampla possível da palavra, que tipo de culinária você diria que serve aqui? Cozinha americana de quinta?" Ele deu mais uma olhada no papel velino preto com as letras impressas em prateado. "Japonesa picareta? Algum tipo de fusion mediterrânea, que Deus me livre e guarde? Escolha uma linha clara, ora essa."

Kostya precisou empreender todas as suas forças para não quebrar nada.

"O que nós servimos no DUH vai além de uma única tradição culinária. Nós ajudamos as pessoas com suas despedidas. É essa a nossa culinária. O luto e seu desfecho."

"Eu não *acabei* de dizer que não gosto de papo-furado?"

Kostya olhou para Dan, para a camisa meticulosamente branca que parecia feita sob medida para suas proporções, para a caneta-tinteiro elegante disposta diante dele, com a ponta já mergulhada no veneno, para a maneira como seu rosto parecia posicionado para expressar sua pior versão de si mesmo. Ele estava profundamente magoado por alguma coisa. Por alguém. Estava na cara.

"Sinto muito pela sua perda", disse Kostya, falando devagar.

"Que perda?"

"Os clientes vêm ao DUH porque perderam alguém especial. Pensei que fosse também o seu caso, sr. Evans."

"Pensou errado. Meu velho morreu em maio" — ele soltou uma risada seca — "mas, sinceramente, já foi tarde."

Kostya o encarou com outros olhos depois disso. Apesar de toda a pose, Dan era como ele. Um garoto sem seu pai. Descontando a dor nos outros.

"Entendi. Quando perdi meu pai, me senti sozinho da pior maneira possível. Eu sinto muito mesmo."

"Como eu disse, não foi lá uma grande perda", retrucou Dan. "Muito bem, o que você me recomenda para começar? Não tem nada aqui que me apeteça."

E então Kostya sentiu o gosto.

Queimado. Amargo. Desagradável. Assim como o recipiente amassado. A casca, antes folheada, quebradiça depois de carbonizada. Intragável. O toque de açúcar com canela incapaz de redimir esse desastre da confeitaria.

"Obrigado pelo feedback", disse Kostya. "Vou pedir para lhe servirem algumas de nossas opções."

Kostya desceu a escada correndo.

"Mica! Preciso que você vá correndo buscar uma coisa! Massa congelada Pillsbury — os croissants. Compra de todos os tipos que tiver. Vai, vai, vai!" Ele se virou para Rio. "Põe todos os fornos para preaquecer. Duzentos e trinta graus. Vamos deixar assando até queimar." Ele parou seu principal garçom na escada. "Mikey! Segura o serviço. Avisa para todo mundo. Um prato de cada vez. *Sem pressa*. Ele precisa ficar aqui até o sabor residual ficar pronto."

Dan Evans comeu exatamente uma bocada de cada prato. Uma colher da sopa com frango frito da irmã Stacy. Uma mordida da torrada com sardinha da NamastayHigh. Um pedacinho das salsichinhas com chucrute salteado, e do ragu de pato à Pequim, e do pão com geleia de morango. Quando empurrou para o lado o espaguete com ervilhas (sem nem sentir o cheiro), os croissants estavam começando a dourar.

Kostya havia feito pequenos acréscimos — canela, açúcar, uma pincelada de clara de ovo — e colocado no forno para queimar. Experimentava um a cada poucos minutos, para chegar ao nível certo de estrago. Quando finalmente ficaram pretos, ele pegou um da fôrma com uma faca de manteiga e levou pessoalmente para Dan.

"Porra, falando sério, que merda é essa?", questionou Dan, estreitando os olhos para o prato.

"Um croissant queimado. Do seu pai, imagino. Ele está aqui, batendo na porta. A escolha de abrir ou não é sua." Kostya se virou para sair e acrescentou: "Ah, e só para deixar claro? Eu não ajusto os sabores residuais para ficarem gostosos. Às vezes, os espíritos são amargos. O que quer que eles precisem para voltar, é isso o que faço. Em todos os detalhes, até a casca esturricada".

Kostya ficou observando tudo do salão, com Rio ao seu lado. Por um tempo, nada aconteceu. Os clientes foram indo embora — eufóricos! emocionados! —, deixando a última câmara de degustação nas sombras, enquanto Dan Evans decidia se queria ou não acreditar naquilo.

Quando o vidro de mercúrio que cercava o ambiente explodiu em luz — um brilho estroboscópico que fez o salão parecer em chamas —, Rio abraçou Kostya pelo pescoço.

"Olha, vou te dizer uma coisa. Agora ninguém mais te segura."

Kostya continuou com o ânimo em alta até a meia-noite, quando sentou sozinho na cozinha, com o restaurante vazio e a equipe dispensada para descansar (quem ele estava querendo enganar; estavam todos em algum bar) antes da abertura oficial no dia seguinte. Ele deu um longo gole no champanhe de uma das duas taças borbulhantes que separara e abriu a sacola plástica entre elas, com uma dúzia de embalagens de Reese's Peanut Butter Cups.

Maura estava a caminho para encontrá-lo.

"Quero te mostrar o restaurante", foi o que ele disse. "Só nós dois. Antes da insanidade da abertura para o público. Quero te mostrar tudo."

"Mal posso esperar", ela falou. "A gente vai comer na sua cozinha chique?"

"Com certeza. Quero que você experimente o menu todo. E eu..." — ele não conseguiu se segurar — "... eu posso ter até uma surpresa pra você."

Ele tinha decidido isso quando encontrara Maura à sua espera ao chegar em casa. Os dois tinham acabado de vivenciar a euforia do amor, de declará-lo e recebê-lo e fazê-lo, uma sensação incomparável pela qual tanto esperara e que tanto desejara, mas, no mesmo quarto, quase na cama com eles, estava Everleigh.

Maura jamais seria livre enquanto o espírito da irmã continuasse agarrado a ela. Kostya também não. Nunca teria a certeza de que Maura estava a salvo. De que a Morte não estava logo ali, virando a esquina, ameaçando a felicidade dos dois. De que eles podiam estar verdadeiramente sozinhos quando ficavam juntos.

Mas mudar isso estava ao seu alcance.

Ele traria Everleigh de volta outra vez. Para dar a Maura e sua irmã mais uma chance de desfecho. Só não sabia se iria funcionar; alguns dos fantasmas que ele tinha ressuscitado haviam deixado implícito que a viagem só podia ser feita uma vez. Mas, ao contrário desses, Everleigh ainda estava lá. Mandando sabores residuais. E, se isso não era um sinal de que queria mais, ele não sabia o que poderia ser. Então resolveu tentar. Comprou os Reese's. Tinha tudo de que precisava.

A não ser a permissão de Maura.

E, considerando o quanto ela havia hesitado antes de trazer Everleigh de volta, e como cercara tudo de segredo, sem a menor vontade de se abrir a respeito, convencê-la daria um pouco de trabalho.

Kostya caminhou nervosamente entre as estações, tentando se manter ocupado. Arranjou e rearranjou a comida que pretendia servir, mudou as coisas da despensa de lugar (e então pôs de volta onde estavam), abasteceu a fritadeira de óleo, lavou verduras e legumes. Encheu de novo as taças de champanhe, bebeu mais um pouco. Estava no meio de uma troca de roupas (com o suor de nervoso encharcando a camisa) quando Maura mandou uma mensagem avisando que estava a um quarteirão de lá.

"Estilista idiota. Botõezinhos minúsculos idiotas", ele resmungou, se atrapalhando com as casas.

Ele queria que aquela noite desse certo; *precisava* disso. Se conseguisse chegar à noite de abertura com Maura a salvo dos fantasmas e ao seu lado, com o mundo da gastronomia aos seus pés, com todas as pessoas que poderia ajudar, tanto entre os Vivos como os Mortos — isso seria tudo o que sempre quisera na vida.

E então, finalmente, poderia fazer a outra coisa pela qual estava esperando. O que desejava desde que aquela primeira fantasma aparecera na Library of Spirits.

Poderia trazer de volta seu pai.

Cheguei, avisou Maura por mensagem, e Kostya engoliu o sabor de chocolate no fundo da garganta para ir encontrá-la.

~~IIII~~

Porra, eu detesto essa parte.

Respira fundo. Certo.

Eu dormi com você de novo. Todas as vezes que tive a chance.

Visitei o Além-Vida.

Continuei monitorando o Centro Gastronômico.

Havia mais espíritos se reunindo. Muitos mais. Uma multidão inquieta, ansiosa para começar. Mais cedo ou mais tarde, pensei, Ev ia aparecer por lá. Estaria junto com o grupo quando o tour gastronômico começasse. Esse me pareceu um jeito melhor de procurá-la do que ficar vagando a esmo pelo Além-Vida.

Mas houve atrasos. O Frankie ficou enrolando. Começou os passeios pelos seus primeiros sabores residuais; explicou como você trazia os espíritos de volta. Mas ninguém novo foi para o outro lado. Ainda não.

Ele estava esperando você, foi o que falou. Pelo seu restaurante para os fantasmas.

Não demorou muito para eu entender que ele estava falando do DUH.

Então eu te incentivei a fazer isso. Insisti para que falasse com o Viktor, mesmo sabendo que ele era um pilantra. Insisti para que continuasse em contato com os Mortos, apesar dos riscos. Insisti para que fosse para a cozinha, porque era lá que eu precisava de você. Mas as coisas não aconteceram na velocidade necessária.

Minha Fome mudou.

Quando eu não estava com você, os desejos se intensificaram. Estavam me devorando viva, me levando para a Morte, exigindo isso de mim. Passei a sentir medo de ficar sozinha, de dormir. No dia em que apareci com os doces, tinha acordado aos gritos, com as dores da Fome tão fortes e agudas que precisei lutar até para conseguir abrir os olhos. Estava com medo de que, mais dia menos dia, fosse fechá-los para não abrir nunca mais. De que a Fome me levasse durante o sono.

Eu não podia esperar pelo tour gastronômico, ou pelo seu restaurante.

Precisava fazer alguma coisa. Dar um jeito nisso.

Então implorei para você trazer a Everleigh de volta.

Eu devia ter contado tudo pra você. Todas as coisas que ela me disse quando voltou. Que a Fome dela era culpa minha. E que a minha Fome era culpa dela. Que, quando não nos desapegamos, matamos de Fome aqueles que amamos. Que a Fome nos atrai uma para a outra porque quer um desfecho. Que é isso o que todos os seus fantasmas também querem.

Ela falou que precisávamos nos desapegar uma da outra, aceitar a partida uma da outra.

E foi isso o que fizemos.

Mas, quando a Ev desapareceu, eu ainda assim não me senti plena. E sim vazia. Faminta.

Eu gostaria de ter entendido na hora, de ter tido essa percepção. Tinha alguma coisa errada no que você estava fazendo. Mas eu pensei que o problema fosse eu — as vezes que morri; as minhas más decisões. Eu tinha estragado todo o resto, por que não teria estragado também isso?

Disse a mim mesma que encontraria alguma outra forma de saciar a Fome. Que tudo ainda poderia ficar bem. Que a Everleigh ainda estava segura. Que, acima de tudo, eu ainda tinha você.

E então, algumas semanas depois, comecei a atravessar o véu.

Acontecia sem aviso. Sem querer. No meio de uma leitura de tarô. No meio de um jogo de videogame. Naquela noite da ópera.

Era como se a Fome tivesse terminado o que começara no meu sono. Como se tivesse encontrado uma forma de me arrastar brevemente para o outro lado do véu.

E o que eu via? O estado de confusão no Além-Vida.

Comida sendo queimada no Centro Gastronômico. Barracas fechadas, ou preparando coisas que ninguém queria comer. As almas que faziam parte do tour gastronômico do Frankie enlouquecidas, como se fossem sair em disparada a qualquer momento.

Havia sinais do nosso lado também. Como um fungo, se espalhando a partir dos Mortos.

Espaços frios no seu apartamento. Luzes piscando. O termostato. Comida apodrecendo de forma inexplicável. Sua geladeira não está quebrada, Stan — ela é assombrada.

No hospital, quando você falou que ainda sentia o gosto da Everleigh, comecei a perceber que os seus desfechos não eram realmente desfechos. Que talvez estivesse sentindo o mesmo gosto de novo porque ela na verdade não tinha seguido Adiante. Só que, se isso fosse verdade, onde diabos ela estava? No Além-Vida? Em outro lugar? Um lugar pior? Onde estavam todos os fantasmas que você havia trazido de volta, aliás?

Hoje de manhã, eu descobri.

Aqui, *Stan. Eles ainda estão aqui.*

Eles nunca foram embora.

Perecíveis

Maura Elizabeth Struk passou os dedos trêmulos sobre o letreiro na porta preta e lisa. *DUH*. Um nome imperdoavelmente idiota, mas ela conseguia sentir a energia nos entalhes, como algo que tivesse sido congelado vivo. Uma alma inquieta, se movendo ali dentro.

Ou talvez fosse sua própria pulsação.

Sua cabeça girava. Tontura. Calor. Cada pedacinho de seu corpo tremia. Exatamente como nos degraus do Met, antes de cair. Hipoglicêmica. Semimorta.

Uma puta Fome do caralho.

Ela abriu a porta para o hall de entrada — escuro, frio, uma cavidade corporal — para esperar junto ao balcão dos hosts, onde Konstantin a encontraria. O som de seus saltos ecoava pelo chão, a seda clara de sua saia flutuava como um espectro pelas superfícies reluzentes, seu rosto espectral refletido no vidro espelhado.

Ela observou o espaço, um deleite para os olhos.

O DUH era deslumbrante, uma coisa saída dos sonhos molhados de arquitetos e decoradores. Mas Maura não conseguia se desvencilhar da sensação que o lugar transmitia — justamente a sensação desejada —, de estar cercado pela Morte. Por espíritos. Por lugares tão diáfanos que você podia cruzar a barreira para o outro lado sem perceber.

Não, ela avisou a si mesma. *Não ouse fazer isso.*

Ela mordeu o lábio, observou as cortinas transparentes, que flutuavam sobre seu reflexo em um corredor de aparições.

Um mar de fantasmas.

Maura engoliu em seco.

Era culpa sua a coisa ter saído de controle nesse nível. O que ela fizera com Konstantin era uma irresponsabilidade. Uma atitude negligente, mas deliberada. Tinha ignorado todas as objeções e hesitações e avisos, por razões egoístas de início, verdade, mas depois porque se apaixonara por ele. E agora a conta tinha chegado.

Não havia escolha se ela quisesse impedir o que estava para acontecer.

Precisava contar tudo. Naquela noite mesmo.

E mesmo assim podia ser tarde demais.

"Não se mexe." A voz de Konstantin atravessou a escuridão. "Quero me lembrar de você exatamente assim, parada no meu restaurante."

Ela sentiu o calor do olhar dele e se virou.

Ele a observava da outra porta. Sua camisa branca se destacava contra o veludo preto logo atrás. Estava com os olhos arregalados, absorvendo a visão dela, com o cabelo preto desarrumado. Em seu habitat natural. Uma coisa linda de ver.

Konstantin sorriu, e ela sentiu seu estômago dar uma cambalhota, em um alívio momentâneo da Fome que a feria por dentro. A forma como ele a olhava — só aquilo fazia parecer que as coisas poderiam ficar bem.

"Então?", ele perguntou. "O que achou?"

"Stan, este lugar" — ela deu uma volta em torno de si mesma, gesticulando — "é inacreditável."

"Minha ideia era bancar o humilde hoje, mas foda-se. É irado, né?" Ele foi até ela, com uma risada de alegria que ecoava pelas paredes. "Bem-vinda ao DUH."

"Ah, você pronuncia o *H*?", ela provocou.

"Isso você reclama com o Viktor."

"Eu prefiro direcionar minhas queixas diretamente ao chef, na verdade."

Ela deu uma corridinha sobre os saltos e o abraçou, sentindo um calafrio na espinha. Quando o beijou, uma onda de alívio a percorreu, da cabeça aos pés. O tremor em suas mãos e braços parou. Era como um antiveneno.

A Fome adorava Konstantin.

Os dedos dele agarraram sua cintura. "Está com fome?"

Ela usou sua voz mais animada para afogar a dor de perdê-lo, a consciência de revirar o estômago de tudo o que estava prestes a contar.

"Isso sempre."

Ele a levou para conhecer o lounge e o salão, com a estética sombria e clean ao estilo meio Além-Vida meio Apple-Store gritando em cada uma das câmaras privativas por onde passaram. Ela esperava por algo similar enquanto descia a escada para a cozinha, mas, quando viu, soltou um suspiro de surpresa.

"É como voltar no tempo." Seu olhar passeou pelo teto abobadado, os vitrais decorados, a parede de janelas antigas.

"Pois é! Eu mal consegui acreditar quando vi pela primeira vez. Você viu o meu nome na porta? Vem cá... senta aqui nesta estação."

Ele a levou até um banquinho diante de uma bancada de aço inox, com duas taças compridas de espumante à espera.

"A você, por estar aqui", ele falou, lhe entregando uma.

"A nós." Maura ergueu sua taça. "Por estarmos juntos."

Eles brindaram. Beberam. E começaram a falar exatamente ao mesmo tempo.

"Por falar em estarmos juntos..."

"Preciso te contar uma coisa..."

Ele deu risada e levantou a mão.

"Posso ser o primeiro? Por favor? Estou criando coragem faz tempo, e tenho medo de que, se não falar agora, não fale nunca mais."

Maura mordeu o lábio com força o suficiente para conseguir se concentrar, apesar da Fome. "Claro."

"Certo." Ele respirou fundo, e seu pescoço ficou vermelho sob o colarinho. "Então. Eu te amo, Maura. E quero compartilhar tudo com você. A minha vida toda. Te convidei para vir hoje porque quero compartilhar o DUH" — ele estendeu o braço para o espaço ao redor — "com você também. E disse que tinha uma surpresa, mas é mais uma pergunta, na verdade."

O coração de Maura disparou. Ele ia propor que os dois morassem juntos? Que se casassem? Tivessem uma vida em comum? Eram coisas que ela queria um dia também, com ele — só com ele —, mas que naquele momento parecia impossível.

"E sei que existem coisas do seu passado que você não quer contar", ele continuou, levantando uma sacolinha de supermercado e pondo sobre a bancada, "mas isso não me assusta. Pensei muito a respeito. E quero ajudar. Quero que você tenha o desfecho de que precisa. Para desapegar. Para seguir adiante." Ele enfiou a mão na sacola e pegou uma embalagem de Reese's Cup. "Para se libertar da Everleigh, e do que a morte dela te provocou. Acho que podemos trazer ela de volta de novo. Hoje. Deixar esse fantasma ir embora de uma vez por todas. Você topa?"

Maura empalideceu. O que quer que ela tivesse imaginado, não era isso. Evocar a presença de Ev era exatamente o contrário do que deveriam fazer. Era justamente o que os tinha colocado naquela situação.

"Nós não podemos", ela falou, ofegante.

"Claro que podemos."

"Stan, você não entende..."

"Ei", ele falou num tom gentil. "Eu entendo, sim. É uma coisa de dar medo. Mas você pode confiar em mim. Está tudo certo; eu entendi exatamente como..."

"Não está tudo certo!", ela gritou. "Você não faz ideia do estado em que as coisas estão!"

"Do que você está falando?"

"A gente pisou na bola, Stan. Você. Eu. Tem um monte de coisas que eu gostaria de não ter feito."

Ele contornou o balcão lentamente, como se estivesse com medo de afugentá-la.

"Maura? Você está me deixando assustado."

Ela piscou algumas vezes, com a respiração rasa. Quente e acelerada.

"Preciso te contar uma coisa."

"São as palavras que todo homem quer ouvir."

"Sobre os fantasmas que você evocou. Sobre o Além-Vida. Sobre um monte de coisas."

Maura piscou, e lágrimas quentes e grossas escorreram pelo seu rosto. Ela as secou com a palma da mão. "É uma longa história." Sua voz estava trêmula. "É melhor você se sentar."

Ele puxou uma cadeira e sentou ao seu lado.

"Hã, ok?"

“Eu preciso que você me escute”, ela falou. “Por favor.”

“Eu não vou a lugar nenhum.”

“Mas e depois que ficar sabendo, você vai continuar aqui?” Ela balançou a cabeça, limpando mais lágrimas. “Não, isso não é o mais importante. Eu só preciso contar. Tudo, do início ao fim.”

O trem da linha 6 passou nesse momento, banhando os dois numa luz espectral.

“Na primeira vez que eu morri”, ela começou, “foi um acidente.”

Difícil de engolir

Maura contou tudo.

Como morreu. Como voltou. Como a primeira vez tinha sido um acidente, a segunda uma escolha e a terceira um erro terrível. Como contraíra a Fome, e como nada que ela consumia era capaz de saciá-la.

Contou sobre Everleigh. E... um Centro Gastronômico? E — sério mesmo? — *Frankie* no Além-Vida. Organizando um passeio para os Mortos cujo tema era *ele*. E que claramente tinha algo a ver com o DUH.

A cabeça de Kostya estava girando a mil.

Atordoado, ele sentiu seus lábios se entreabrindo como se houvesse palavras a dizer, o ar entalando na garganta ao não conseguir enunciá-las.

Quando ela contou sobre a Seyoncé, sobre a tatuagem no Last Rites, sobre o motivo pelo qual dormira com ele aquela primeira vez, Konstantin franziu os lábios numa linha reta e fria.

A forma como olhava para ela naquele momento — magoado, arrasado, como se nunca a tivesse visto antes, como se jamais fosse querer vê-la depois — tornou difícil para Maura continuar falando. Ela queria parar, cair de joelhos e implorar por perdão, mas não havia tempo. As coisas que estavam em jogo eram mais importantes que seus sentimentos. Maiores que eles dois.

Quando chegou à parte da ópera — sobre ter ido parar do outro lado do véu e percebido que havia alguma coisa errada —, ele balançou a cabeça, com os olhos faiscando de uma forma perigosa.

Raiva. Incredulidade. Nojo.

Quando por fim contou sobre aquela manhã, ela não conseguia parar de tremer.

"Eles ainda estão aqui, Stan. Não foram embora." Ela tentou afastar o tremor na voz. "Na sua cozinha... no teto do apartamento. Fantasmas. Dezenas deles. Não estão só Famintos, estão em outro nível. São outra *coisa*. Estão presos aqui. Não conseguem voltar para o lugar deles. E acho que todos eles, agindo juntos... estão fazendo alguma coisa com o véu. É por isso que o véu está se desfazendo. É por isso que estou passando para o outro lado."

Maura fez uma pausa, lembrando-se de quando ela olhara para seu café e vira refletidos ali todos aqueles rostos, que se despedaçaram quando ela derrubou a caneca, que se espatifou em pedacinhos. De como olhara para cima e os vira se debatendo contra o véu esfarrapado, puxando, empurrando e arranhando — ali ela soube que seu tempo havia se esgotado. Que ela não tinha mais como lidar com isso sozinha.

"Preciso da sua ajuda, Stan."

Ela o encarou, e ele desviou os olhos.

"Eu sei que não mereço", ela disse baixinho. "Que devia ter sido mais honesta. Contado tudo desde o início. Mas tinha vergonha. Da Fome, e da minha irmã, e do jeito como as coisas entre nós começaram. De ter metido os pés pelas mãos de tal forma que já não era capaz de tomar uma única decisão que prestasse."

Sua voz ia perdendo a força a cada palavra, frágil como vidro.

"Eu fui fraca, Stan. E egoísta. E caguei tudo quando tentei... sei lá! Lidar com as coisas do meu jeito? Não pedir ajuda? Bancar a irmã mais velha?"

Sua voz falhou, e era em parte riso, em parte choro. Ele ainda se recusava a encará-la.

"E então aconteceu tudo isso entre a gente e, apesar de tudo o que veio antes, era uma coisa *real*. Ainda *é*. Como sal. E eu só queria que você fosse feliz! Que fosse atrás do seu sonho. Para chegar até *aqui*."

Ela olhou ao redor da cozinha, com a luz mais fraca agora, o ar gelado, destituída de toda a magia.

"Só que agora..." Ela balançou a cabeça. "Você não pode evocar mais fantasmas. A gente precisa dar um jeito de consertar o véu. Mandar os espíritos de volta para o lugar deles. Convencer o Frankie a desistir do tour gastronômico. *Por favor*."

Em cima da cabeça deles, a lâmpada que iluminava a estação começou a piscar.

Culinária (des)afetiva

Na cozinha do DUH, Konstantin tentava lembrar como era respirar.

Se sentia como se tivesse sido congelado, com todas as extremidades dormentes. O corpo latejando com uma dor terrível.

"Stan?" O rosto de Maura estava manchado, molhado de lágrimas. "Fala alguma coisa."

Ele balançou a cabeça.

Não era assim que a noite deveria ser. Era para eles estarem comemorando. Para ele trazer Everleigh de volta e proporcionar um desfecho para Maura, resolver o que estivesse errado. Ter um jantar romântico em sua cozinha e passar o resto da noite batizando cada espacinho do restaurante.

Em vez disso, ela havia arrancado seu coração e jogado no liquidificador.

Ela estendeu a mão, mas ele se afastou às pressas, por reflexo, como se estivesse diante de um fogão perigoso.

"Konstantin", ela murmurou. "Desculpa. Eu sinto muito, demais. *Por favor*... tenta entender como eu estava me sentindo, como era complicado..."

Alguma coisa dentro dele explodiu. Um gosto se espalhou pela sua língua, não um sabor residual, mas uma lembrança. Traição. Pinho-Sol.

"Ah, eu entendo totalmente", ele esbravejou. "Você me usou. Me seduziu. Transou comigo para conseguir o que queria. Durante todos esses meses, você me fez pensar — minha nossa, como eu sou idiota! —, você me fez acreditar que realmente me amava! E agora vem me dizer que deu merda com os fantasmas e um tal véu e a culpa é minha? E... e do Frankie? Que está morto, aliás, então não sei exatamente onde ele entra nessa história. Isso resume bem a situação?"

"Isso não é justo." Ela se sentia como se estivesse caindo. "Aconteceu alguma coisa errada. Eu *vi*. E amo você, *sim*."

"Porra nenhuma." Ele se levantou, sentindo o corpo fervilhar por dentro, como se estivesse prestes a vomitar. "Você ama não estar Faminta. Você ama a si mesma. Você ama poder dar um passeio pelo Além-Vida sempre que quiser, basta tirar a minha calça."

"Não! Konstantin, isso não... pode ter sido assim que começou, mas não foi por isso que continuou! Eu me apaixonei por você. Teria sido muito mais fácil se eu não te amasse."

"Ainda bem que agora estamos facilitando as coisas."

Ele começou a andar ao redor da estação, esvaziando os pratos com gestos irritados. As taças de champanhe. Precisava se movimentar. Se manter ocupado. Não olhar para ela.

Maura se equilibrou na beira da bancada, com o aço parecendo um bloco de gelo sob sua mão.

"Não foi fácil. Nada disso foi. Eu daria qualquer coisa pra poder voltar atrás." Estava difícil respirar; ela não conseguia puxar ar suficiente para dentro dos pulmões. "A Fome... ela tomou tanto de mim, tanto..."

Konstantin jogou um pano molhado no chão, e o barulho foi tão alto que provocou um sobressalto nela.

"Ah, é? E sentir o gosto dos Mortos por duas décadas? Hein? Ou pensar que é louco toda vez que algum sabor misterioso aparece na sua boca? E não vamos nem entrar na questão das minhas paranoias e desconfianças. Mas não, você é a única pessoa no mundo que sofre, né? Pelo menos você fez por merecer. A minha boca simplesmente ficou assim." Ele pegou a sacola com os Reese's e jogou tudo no lixo. "É melhor você ir embora, Maura."

"Por favor." A voz dela saiu fraquíssima. "Você precisa acreditar em mim."

"Eu não sei mais no que acreditar." Ele começou a esfregar a bancada, irritado, com toda a força, seu reflexo borrado o encarando de volta da superfície. "Mas não quero falar com você agora."

"E os fantasmas?"

"O que tem *eles*?" Uma veia pulsava em seu maxilar. "Ainda não vi problema nenhum com isso. Então, hã, valeu pelo aviso; quando eu tiver tempo, penso no que fazer sobre isso."

"Você *não tem* esse tempo. Tem um buraco no véu! Nós precisamos fazer alguma coisa."

"Esse *nós* não existe mais, Maura. E o que *eu* preciso fazer é me concentrar na minha inauguração."

Ele apontou para a escada. "Agora vai."

"Stan." Ela sentiu as pernas bambas. "Sei que você está bravo. A ponto de nunca me perdoar. Mas isso vai além da gente. Você não pode abrir o restaurante. Não pode trazer mais fantasmas de volta. Me promete que não vai."

"Uau." Ele soltou uma risadinha estrangulada. "Certo. Então você quer me tirar isso também? Cozinhar — trazer eles de volta — é a única coisa que ainda faz algum sentido para mim. A única coisa na minha vida que não é uma mentira."

"Eu não sou uma mentira!" A voz dela falhou. "Você não pode..."

"Não venha me dizer o que eu posso ou não posso fazer."

O trem da linha 6 passou ruidosamente de novo, projetando suas luzes piscantes sobre a cozinha, fazendo as coisas parecerem lentas, em stop-motion. Maura ficou olhando para a plataforma, suas lágrimas caindo como diamantes sob a luz estroboscópica. De repente, a expressão dela mudou.

"Você viu isso?"

"Viu o quê?"

Ela apontou para o trem e correu pela cozinha até a fileira de janelas para colar o rosto contra o vidro.

"O que você..."

"Essas janelas", ela falou, ofegante, "elas abrem?"

"Sei lá. Acho que não..."

Mas ela já estava destravando o trinco, e a janela abriu com um estalo. Maura estendeu a mão para ele.

"Vem", ela disse. "Se não acredita em mim, vem comprovar com os próprios olhos. Acabei de ver a Everleigh nos trilhos."

Kostya não se moveu.

Uma parte dele — pequena e irritante, que ainda amava Maura e sempre amaria — queria atravessar a cozinha e ir até ela. Envolvê-la nos braços. Perdoá-la. Acreditar que ela realmente o amava, e que aquela era a verdade sobre os fantasmas, tudo aquilo que fora dito na conversa. Essa parte dele só queria que tudo ficasse bem de novo.

Mas outra parte dele — a que não queria ser feita de idiota — se perguntava em que tipo de confusão ela estaria se metendo. Tipo, como exatamente Everleigh tinha chegado ali? Ela era perigosa, como Kostya suspeitava fazia tempo? Maura não era exatamente um exemplo de decisões sensatas e, se alguma coisa acontecesse — se Everleigh a atacasse —, ele seria o responsável por deixá-la ir sozinha?

Porque se a maior parte dele — a que estava ganhando

essa disputa interna — ainda estava entorpecida, dolorida e irritada demais para sequer estar no mesmo ambiente que Maura, que dirá para caçar fantasmas com ela pelas entranhas do metrô de Nova York. Ela tinha mentido! E o usado! Se aproveitado de suas vulnerabilidades mais profundas, percebido seu desejo de ser amado e direcionado as coisas para seus próprios fins. Pelo que ele sabia, aquilo poderia ser só mais uma grande manipulação dela. Uma encenação para fazê-lo perdoá-la. Ele não cairia no mesmo truque duas vezes.

"Stan? Por favor?"

"Eu..."

Mas, antes que Kostya pudesse responder, seu celular explodiu em som, provocando um sobressalto em ambos. Uma mensagem de texto de Viktor.

Kostik, onde você está?

Na cozinha do DUH, ele respondeu. *Por quê?*

Assunto urgente. Viktor voltou a escrever. *Estamos descendo.*

Descendo? Eles estavam indo para lá?

"Viktor está vindo", ele avisou para Maura, com uma voz deliberadamente distante. "Vai descer aqui na cozinha."

"Quê? *Agora?*"

"Ele diz que é urgente."

"Bom, fala para ele esperar! Isso é literalmente questão de vida ou morte."

Kostya olhou para ela, decidindo o que fazer.

Maura ou Viktor. Maura ou o DUH. Maura ou a clarigustação.

Em muitas ocasiões, ele a tinha escolhido. Em vez de Frankie. Em vez de si mesmo. Ela vinha sempre em primeiro lugar. E o traiu.

"O restaurante abre amanhã. E meu chefe quer falar comigo."

Ela piscou algumas vezes, com a mágoa estampada no rosto.

"Sério mesmo que você vai abrir o restaurante? Depois de tudo o que eu acabei de dizer?"

Ele não respondeu, só ergueu o queixo.

Ela assentiu com a cabeça, resignada, e pulou a janela para a plataforma.

Kostya hesitou, e então gritou atrás dela: "Só toma cuidado, viu? Com a sua irmã".

Mas ela não respondeu, e o som de seus passos já estava sendo engolido pela escuridão.

Um minuto depois, ele ouviu outros sons de passos.

Um par de sapatos Givenchy — os de Viktor — apareceu na escada. Foram seguidos por um par de tênis de couro — os calçados de um trabalhador — e um par de Air Jordans laranja, ambos se movendo devagar, desajeitados, como se seus donos estivessem carregando um sofá.

Quando a cabeça de Viktor apareceu, Kostya abriu a boca para perguntar o que exatamente era tão urgente, mas se calou assim que viu o que os outros dois estavam carregando. Um saco de lixo preto e grosso, preso de ambos os lados com fita prateada, com o conteúdo rígido e desajeitado dentro. Sem a menor cerimônia, eles o depositaram sobre uma das estações de preparo limpinhas, e olharam para Viktor, que fumava seu cigarro sem pressa, à espera das instruções que daria.

Kostya os reconheceu.

O dos tênis de couro preto era o Camarada (nome verdadeiro: Stanislav Boroholshik), o guarda-costas que Kostya conhecera no apartamento de Viktor, com um abrigo azul-marinho, um Rolex chamativo no pulso e uma expressão serena de *vou-te-matar-a-qualquer-momento.* O dos Air Jordans era o cara da informática que ele havia visto no restaurante antes — Max, ou talvez Mark —, que instalara o wi-fi, as câmeras de segurança e o sistema de alarmes, e que parecia estar ocupado desativando tudo isso com seu celular.

A movimentação como um todo transmitia o clima de um filme do Tarantino: muita tensão, alto risco. Como se a qualquer momento o sangue pudesse começar a rolar. Kostya engoliu uma saliva espessa, que transmitia uma sensação desagradável na boca.

"Senhores." Ele tentou parecer casual. "Hã, o que está acontecendo?"

Viktor esmagou o cigarro no balcão para apagá-lo.

"Temos negócios a fazer hoje, no restaurante. É bom você estar aqui, Kostik. É bom poder conversar."

Viktor ficou brincando com o isqueiro, abrindo a tampa e fechando com um clique.

Flap. Clique.

Um suor frio desceu pelas costas de Kostya. Alguma coisa estava errada. Muito errada. Ele apertou as mãos para disfarçar o tremor nos dedos.

"Conversar?"

"Sobre DUH. Muita expectativa na abertura."

Flap. Clique.

"Sim, com certeza. Amanhã é um grande dia."

"Esse é grande investimento para mim. E localização — é *muito* importante que restaurante continue aberto."

Flap. Clique.

"Eu entendo, claro. É isso que eu quero também. Que isso dê certo."

"É mais do que querer, Kostik. *Precisa* dar certo. Perdendo localização, vamos ter sérios problemas."

Flap. Clique.

"Nós estamos prontos. Quer dizer, não estamos exatamente na Restaurant Row, mas vamos tentar nosso melhor para ser um sucesso."

"Não é *tentar*", disse Viktor, secamente. "É continuar de porta aberta. Meus negócios" — ele apontou com o queixo para a estação mais adiante, reconhecendo a presença do pacote misterioso pela primeira vez — "dependem disso."

Kostya voltou os olhos para o saco. Não conseguia olhar para outra coisa, não conseguia parar de reparar no relevo e no formato. Para seu horror, pensou em todos os alertas que sua mãe tinha dado — *mafiosos, drogas, dinheiro sujo, negócios que dão errado, bangue-bangue.*

"O que tem aí?"

"Não se preocupa com isso", falou Viktor, tranquilamente, pegando outro cigarro. "Stas e Max, eles vão vir para cozinha às vezes, para" — ele pôs o cigarro no canto da boca e acendeu, falando ao redor do filtro — "receber e entregar *ingredientes.*"

"Ingredientes."

"Isso." Viktor assentiu. "E você mantenha o restaurante aberto para eles poderem fazer o trabalho."

"Isso é... é coca? Ou heroína? É dinheiro?" Kostya engoliu em seco por cima do enorme nó na garganta. "É um cor—"

Viktor deu uma risadinha. "*Oy*, Kostik! Melhor não saber. Para ter negativa plausível."

"Puta que pariu", ele disse baixinho, com os olhos ainda grudados no saco preto.

"Para você, tudo muito simples." Viktor deu uma longa tragada no cigarro. "Você faz sucesso amanhã. Tanto que DUH continua aberto por muito, muito tempo. Muita imprensa. Muitos fantasmas. Mais é mais." Ele soltou a fumaça pelo canto da boca. "Se não, vamos ter problema."

Exatamente nesse momento, a mão do Camarada se moveu na cintura, revelando a arma presa ao elástico da calça.

"Eu não quero problemas", se apressou em dizer Kostya.

"Ótimo." Viktor fechou o isqueiro de novo. *Flap. Clique.* E assunto encerrado.

"Que horas tem?"

Com os dedos trêmulos, Kostya pegou o celular, ignorando a sequência habitual de ligações de sua mãe. "Onze e três."

Viktor apontou com a cabeça para seus capangas. "Dois minutos. Hora de ir."

O Camarada e o dos Air Jordans se juntaram e levantaram o pacote de novo. Eles o carregaram pela cozinha — o que quer que houvesse ali, com certeza era pesado e espúrio, algo com que Kostya não queria ter nada a ver —, mas em vez de subirem de novo eles foram adiante, na direção do metrô.

O sangue de Kostya pareceu congelar nas veias.

Maura ainda estava ali? O quanto ela tinha visto? Teria conseguido escapar para o outro lado do túnel ou estava na plataforma, testemunhando um provável crime executado por um bando de gângsteres que com certeza não pensariam duas vezes antes de arrancar sua cabeça?

Ele ficou olhando para as janelas, torcendo para ela estar longe, e quase engasgou com a própria saliva. Lá estava ela, no final da fileira, espiando atrás do vidro. Kostya mexeu a cabeça num gesto discretíssimo. *Foge daqui, caralho.* Ela sumiu de vista, mas não sem antes ele ver seu rosto, perdendo todo o brilho. Toda a esperança.

Ela devia ter visto tudo.

"Espera!", ele gritou, tentando ganhar tempo. Os capangas se viraram para encará-lo.

"Vocês... não dá para simplesmente levar isso de metrô! Tem as câmeras!"

Viktor minimizou suas palavras com um gesto com a mão. "Max cuida disso."

"E o condutor? E os outros passageiros? Alguém vai ver se vocês levarem...", Kostya não conseguia encontrar a palavra, "... *isso* no trem."

"Próximo trem é nosso condutor", disse Viktor calmamente. "Expresso até Brooklyn."

"Mas e..."

"Sai da frente."

O Camarada passou por ele com um empurrão, girou um trinco de um dos vidros — como se já tivesse feito aquilo antes; como se fosse mais do que familiarizado com aquela conveniente peculiaridade arquitetônica — e pulou para a plataforma. O dos Air Jordans levantou o pacote por cima do parapeito — que caiu do outro lado com um baque surdo — e saltou também.

Por um momento, nada aconteceu, e então uma luz ofuscante tomou conta da cozinha, com o trem da linha 6 iluminando a estação — não passando em alta velocidade como de costume, mas diminuindo o ritmo e parando ruidosamente. *Ding-dong*, as portas do metrô se abriram. Os capangas entraram com o pacote. *Não impeça o fechamento das portas*. E assim eles se foram. Como se tudo tivesse sido combinado de antemão.

E de fato, Kostya se deu conta com um sobressalto, era isso o que Viktor tinha feito.

"Kostik", falou Viktor, "vai para casa. Descansa. Como você disse, amanhã é grande dia."

Kostya sentiu seus olhos arderem, se liquefazendo em medo. Como podia não ter antecipado aquilo, como podia ter sido tão cego? Viktor não estava nem aí para ele, nem para sua comida, nem mesmo para os fantasmas. Não estava preocupado com restaurantes, ou estrelas Michelin, ou críticas gastronômicas. Só precisava do trem da linha 6. E daquela estação abandonada.

"O restaurante era só uma fachada", ele falou, entorpecido.

"Claro." Viktor deu de ombros como se fosse a coisa mais óbvia do mundo. "Plano original não era tão bom sem você, verdade. Ia ser só casa noturna russa qualquer. Só para cobertura. Mas conheci você; e você disse que eu ganho fortuna, e pensei: 'Gosto de bolo, de ter e de comer também'. Restaurante de mais sucesso traz mais dinheiro. Menos suspeita. Aluguel com mais prazo. Ganha-ganha-ganha."

Ele soltou a fumaça num jato longo e lento, e a cozinha estava tão fria que os vapores não se dissiparam.

"Até amanhã." Viktor levantou de onde estava sentado e deu um tapinha no rosto de Kostya. "Não esquece: muitos fantasmas. Muita sorte."

Kostya ficou paralisado, olhando para a cozinha enquanto ele subia a escada e sumia, e então ficou ouvindo o ranger das tábuas do assoalho mais acima, e a porta pesada batendo quando Viktor saiu.

Na manhã seguinte, querendo ou não, Kostya voltaria lá. Para liderar uma equipe de cozinheiros, pessoas de quem realmente gostava, a serviço daquele homem, daquele gângster — droga, sua mãe estava certa! —, para evocar Mortos suficientes para manter o lugar aberto por um ano, o que, segundo Maura, provocaria uma espécie de apocalipse fantasma.

Maura.

Ele correu para as janelas e as abriu, gritando o nome dela para a plataforma. Furioso ou não, vê-la em perigo o deixara abalado.

Mas apenas a voz dele ecoou de volta.

Maura não estava mais lá.

Stan, querido

Eu não sou muito boa em escrever cartas, mas tenho umas coisas para dizer e não acho que você vai querer me escutar depois de tudo o que ouviu de mim hoje. Então vai por aqui. Para você ler quando se sentir preparado.

Primeiro: sobre nós. Me desculpa se as coisas não começaram do jeito que você merecia. Mas o meu amor não é menos verdadeiro só porque é confuso. Provavelmente é o contrário. Alguns sais são extraídos da terra, em cristais perfeitos, com um sabor tão previsível que serve para qualquer cozinha. Mas outros sais vêm dos pântanos, são coletados à mão, e têm o gosto da jornada percorrida até chegar em você, inclusive o dos descaminhos. Eu te amo mais por causa dos lugares onde estive, e viveria Faminta para sempre se isso te convencesse que meu amor por você nunca teve nada a ver com me sentir vazia. Era pela chance de me sentir assim tão plena.

Segundo: os fantasmas. Me desculpa por ter despejado essa bomba em cima de você. É muita coisa. Pesado demais. E eu ouvi o que o Viktor disse. Que você precisa evocar um zilhão de fantasmas, ou então... Ele é um grande filho da puta, mas eu não posso te pôr em perigo; não quando fui eu que te coloquei no caminho dele. Então faz o que ele mandou. Tenta não se preocupar.

Hoje nos trilhos (a Ev mandou um oi, aliás) acho que encontrei uma solução. Uma forma de pôr as coisas nos eixos. E dessa vez consigo fazer isso sem você. Então, lá vou eu de novo.

Enquanto isso, se cuida. E segue vivendo. Quem sabe um dia, se eu tiver sorte, vou poder te implorar para voltar a me amar.

Beijos, M.

Intoxicação alimentar

Konstantin ligou. Mandou mensagens, e-mails e — seria possível se odiar mais? — até um "oi, sumida" no Instagram. Mas Maura nunca respondeu.

Ele tentou o apartamento dela, mas não a encontrou por lá também, e a chave reserva que ficava acima do batente da porta não estava mais lá, o que era um sinal de que a presença dele não era desejada ali. Sua conclusão: Maura tinha ouvido a conversa dele com Viktor, o modo como cedera, visto como era covarde, prometendo que evocaria um monte de fantasmas mesmo depois de ela ter pedido tanto para ele não fazê-lo. Provavelmente estava puta com ele e não queria conversa.

Enfim. Ele também não estava lá muito ansioso para vê-la. Ainda estava com raiva. Se sentindo usado. Enganado. Magoado. Mas também queria saber se ela estava bem. Viva. Respirando. Essas coisas.

Por fim, deixou um bilhete por baixo da porta — *Oi. Só queria saber se você conseguiu sair pelo metrô. Me avisa, ok?* — e foi para casa com vários sentimentos conflitantes borbulhando dentro dele.

Que merda de noite.

Quando chegou ao apartamento, ouviu a tevê em volume baixo do outro lado da porta e sentiu a tensão dentro do peito começar a se desfazer. Maura tinha ido para sua casa? Estaria lá dentro, esperando para conversar? Ele até se atrapalhou com as chaves.

"Puta merda, você me deixou..."

Mas, em vez de Maura, era sua mãe sentada no sofá, a luz azul da tela projetando sombras sobre seu rosto. Ela se virou ao ouvi-lo, com o rosto molhado de lágrimas.

"Mama? O que você... como você entrou aqui?", ele começou, mas se interrompeu quando ouviu sua própria voz dando uma risadinha no alto-falante. Uma risada falsa. Para as câmeras de tevê.

Ela estava vendo sua entrevista.

"Na verdade", ia dizendo sua versão televisiva, "o conceito do DUH surgiu da minha própria experiência com a comida e com a morte. Eu perdi meu pai ainda criança. E meu melhor amigo, Frankie — o chef Francis O'Shaunessey, do Wolfpup —, este ano."

Ele observou sua imagem na tela, penteado e maquiado. Confiante. Tranquilo. E até um pouco bonito. As tatuagens — visíveis dos cotovelos para baixo, onde a estilista tinha dobrado suas mangas — eram uma extensão de sua personalidade, não mais uma imitação de um chef de verdade. Esse outro Konstantin sabia ser o centro das atenções, esse desconhecido que parecia senhor de si como ele nunca fora antes, certamente muito mais do que se sentia naquele momento. Mas estava dizendo sua verdade, palavras que realmente pertenciam a Kostya. Era a única parte da entrevista que não seguira o roteiro do treinamento de mídia. Que não fora analisada e aprovada pela assessora de imprensa.

"Eu me reconectei com eles através da comida. Comendo

os pratos que eles adoravam, as coisas que cozinhavam. Uma vez me disseram que o luto era como ter um monte de sobras e ninguém para servir. Então, as coisas que eu ainda tinha pra dizer, todos os momentos que nós nunca havíamos tido, todo o amor que eu não tinha podido dar — eu depositei tudo isso na comida. E usei para alimentar outras pessoas."

Sua mãe pausou a gravação. Ele esperou que ela lhe dissesse que tinha sido uma ótima entrevista. Que tinha sido levada às lágrimas pela força de suas palavras. Que ele estava bonito na tela. Esperou que ela desse os parabéns pela inauguração, ou talvez comentasse que ele tinha perdido peso. Em vez disso...

"Você está querendo que eu tenha derrame?"

"Quê?"

"Por que não atende telefone? Eu liguei! Mandei mensagem! O que você queria, pombo-correio? Estou tão preocupada que vim aqui ver se você estava vivo."

"Minha nossa. Tudo bem, Mama. Eu estou vivo." Ele apertou o nariz entre os olhos, tentando evitar a dor de cabeça que se aproximava. "Escuta só, eu preciso descansar; a inauguração é amanhã e..."

"*Nyet*. Eu não vou embora! Você acabou de chegar. Você me ignora e ignora e ignora e agora sei que abriu restaurante com mafioso!"

Alguns dias antes, ele teria argumentado contra, mas agora... Touché.

"Pois é... eu sei que ele não é exatamente um cidadão exemplar. Agradeço a preocupação, mas pode deixar que eu cuido disso, ok? Vai ficar tudo bem."

"*Nyet!*" Ela bateu o pé. "*Nyet*, você não vai cuidar de nada. Vai ter minha ajuda dessa vez."

E talvez aquilo fosse a culminação de um fim de noite

insuportável — após ter se sentido terrivelmente traído por Maura, que deveria ser o amor de sua vida; após descobrir a outra face de Viktor, que era um louco sanguinário; e se dar conta de que tudo o que tinha trabalhado tanto para criar era muito provavelmente como a arma de Tchékhov, e com um coice digno do Chuck Norris —, mas sua mãe, sentada ali na sua sala de estar, querendo forçá-lo a aceitar a ajuda errada na hora errada, fingindo que de repente se importava com alguma coisa depois de duas décadas só julgando, reclamando e mandando-o para o hospício, aquilo era a gota d'água.

"Está falando sério?" Ele ouviu a acidez na própria voz.

"Sim. Muito sério. Estou aqui para ajudar."

"Em que realidade paralela" — ele era veneno puro — "você acha que eu ia querer sua ajuda? Depois do que você fez?"

"O quê, Kostya?", ela gritou de volta, ofendida. "O que eu fiz? Eu me preocupo com você. Amo você. Sempre tento conversar!"

"Você me abandonou." Ele desistiu de tentar se segurar. "Num hospício! Eu nem sabia que isso ainda existia, mas vou te falar uma coisa, aquela porra não mudou nada desde os anos 50. Sedativos. Amarras. Não podia usar nem meias, porra! Eu confiava em você, Mama. E você se livrou de mim. *Você*. Quem fez isso foi você."

Em todos aqueles anos, ele nunca tinha desabafado a respeito daquilo, era como uma panela de pressão que finalmente sucumbia e estourava. Doía falar aquilo para ela; doía simplesmente lembrar.

"E quando voltei para casa, quando finalmente saí daquele inferno, o Papa estava morto e era como se eu não tivesse mais uma mãe. Eu tinha *dez* anos, Mama! Não sabia nem fritar um ovo! E precisei cuidar de *nós dois*. Durante a minha infância inteira, eu precisei ser um pai pra *você*. Tive que aprender a trazer comida pra casa, pagar o aluguel e as outras contas. Arrumar um jeito de deixar você contente — ou pelo menos um jeito de não ficar triste o tempo todo. Precisei ser o adulto da casa, porque você era uma egoísta do caralho que não tinha a capacidade de enxergar além do próprio luto, de perceber que eu estava sofrendo também."

Depois disso, a sala ficou em silêncio absoluto. Ela franziu os lábios.

"Kostya... eu..."

"Me poupa." Ele engoliu o nó na garganta e tentou piscar para conter as lágrimas que começaram a se formar. Enfiou as chaves no bolso, se virando para sair. Se ela não iria embora, ele faria isso. "Pra mim já deu. Não preciso da sua ajuda. E não preciso que você me diga nada, entendeu? Você não tem o direito de fazer parte da minha vida, e nunca me quis na sua."

"Kostya... para!" Sua mão parecia minúscula naquele momento. Muito mais velha do que antes. Com os cabelos grisalhos, os pés de galinha nos olhos. Fazia tempo que ele não olhava para ela de verdade, e o tempo não tinha sido nada generoso com ela. "Você sabia onde eu estava quando ficava com Natasha?"

"Que diferença faz? Você me largou na casa dela por um mês. Todo dia, eu achava que o Valerik ia me deixar naquela piscina e nunca mais voltar. Você não estava comigo, Mama. Não ligou nem uma vez. Eu era uma criança! Um menino! Você me abandonou. Fiquei vendo as outras crianças com os pais, o verão todo. E logo depois que o Papa morreu."

"Eu..." Ela soluçou, escondendo o rosto entre as mãos. "Eu tentei morrer também, Kostya. Deixei você com Nata e tentei. Tamara me encontrou, cheia de remédios."

Alguma coisa dentro dele travou. As palavras dela não faziam mais sentido. Ele não entendia.

"Tamara? A vizinha?"

Sua mãe assentiu. "Ela me levou para clínica onde filho trabalhava."

"Você não foi para o hospital?"

Ela fez que não com a cabeça. "Tamara disse que eles iam levar você embora se eu fosse."

"Quem? Eles quem?"

Ela encolheu os ombros. "Governo."

Kostya sentiu seus dedos começarem a formigar.

"Mas e daí? Você queria se matar e por isso tudo bem me internar? Para poder ficar mais umas semanas sozinha?"

Ela balançou a cabeça, sem a menor vontade de continuar brigando. "Você me disse que sente gosto de Sergei, e achei que ele chamava você também. Que" — a voz dela ficou embargada — "você tinha mesma doença que eu. E merecia ajuda de verdade, não clínica russa clandestina."

"Você... você pensou que eu queria me matar?"

Ela assentiu, com as lágrimas escorrendo pelo rosto.

"Espera aí", ele falou, devagar. "Como assim, *também*? Você... você sentia o gosto de alguma coisa?"

Ela o encarou, abalada, como se perguntasse com os olhos se os dois não eram loucos. "Nas semanas depois que ele morreu, quando pensava nele, sentia gosto de *pechonka*."

"Meu Deus do céu. *Mãe*."

"Os remédios que tomei, quando deixei você com Natasha, foi pra fazer parar."

Os olhos de Kostya ardiam. Quando piscou, sentiu as lágrimas quentes escorrendo. De todas as pessoas do mundo que ele pensara que podiam entender pelo que ele passava, que poderiam ter uma ideia do que era relembrar seus momentos mais dolorosos de forma sinestésica, mágica, inescapável em toda sua estranheza... e no fim sua mãe sabia. Mas, ao contrário dele, ela não pensara que os sabores viessem de seu pai; tinha a convicção de que era algo gerado em sua própria mente, da degeneração de sua psique, de um colapso nervoso após uma perda com a qual não era capaz de lidar.

"Ah, Mama." Ele a abraçou, deu um abraço de verdade, do tipo que não dava nela desde antes da morte do pai, sem reservas, sem nenhum espaço entre os dois. "E você... você ainda sente o gosto dele?"

"Não", ela murmurou. "Não depois de remédios."

E Kostya parecia entender. Quando sua mãe tentara se livrar dos sabores residuais tirando a própria vida, seu pai recuara. Parara de tentar fazê-la sentir sua presença, e passara a fazer isso com Konstantin. E, por algum motivo, outros espíritos vieram atrás.

"Sinto muito, Mama. E o Papa... com certeza ele também."

Ela soltou um suspiro pesado.

"Às vezes pessoas que você ama te machucam. Às vezes é por querer. E às vezes é sem querer, mas não conseguem parar. É você que precisa decidir continuar amando as pessoas mesmo assim."

Kostya pensou em seu pai, que tinha levado sua mãe às raias da loucura e a deixado à beira da morte: ela o perdoara mesmo assim. Nunca deixara de amá-lo.

Kostya pensou no tanto de sua dor que tinha descontado nela ao longo dos anos. E ela continuara a amá-lo também, tentando. Por mais ríspido e distante que ele fosse.

Pensou em Maura. No que ela o fizera sofrer naquela noite. No quanto o magoara, de uma forma tão profunda, mas sem ter a intenção. E se perguntou se conseguiria perdoar isso.

Sua mãe pôs uma das mãos suadas sobre a sua. "Ainda sente gosto dele?"

"Às vezes." Kostya estremeceu, e um vento entrou na sala como se alguém tivesse deixado a geladeira aberta. "O *pechonka*, aquele queimado... acontece quando sinto mais saudade."

Sua mãe assentiu, e ele sabia que ela entendia. E, como se estivesse ouvindo, como se estivesse à espera, seu pai se materializou na boca de Kostya.

Pedaços carnudos de fígado, com a textura firme demais, passados do ponto. Cebolas tão doces que derretiam entre os dentes. Cristais de sal estalando na língua. O amargo do queimado no fundo da garganta.

O fígado queimado, da mesma forma que Kostya se sentia, queimando por dentro, ansioso para preparar aquele prato, compartilhá-lo com sua mãe, trazer seu pai de volta. No fundo de seu ser, tinha a certeza de que era o momento certo, de que, se preparasse o prato, com certeza funcionaria. Todos os componentes da receita estavam ali — seu pai, o luto compartilhado, a melhor lembrança da vida dele.

"Disseram na tevê que você traz Mortos de volta com sua comida."

Ele olhou para sua mãe, a forma sutil como os olhos dela se arregalaram. Ela acreditava. Ali estava tudo o que ele queria. Tudo pelo qual passara o ano todo trabalhando, tudo o que estava desmoronando naquela noite. Ele não ficaria com a garota nem realizaria seu sonho, mas talvez — *quem sabe* — ainda pudesse ter ao menos isso.

"Eu posso trazer Papa de volta, Mama", disse Kostya, baixinho. "Agora mesmo. A gente pode se despedir."

Sua mãe o encarou por um bom tempo, se sentindo tentada. Então fez que não com a cabeça.

"*Nyet*, Kostya. Isso é só para nós. Melhor coisa para Papa é descansar em paz."

"Mas..."

"Faz vinte anos. Nós já ficamos agarrados nele tempo demais." Os olhos dela estavam marejados. "Agora amor de verdade é deixar Papa ir."

Ela estava certa. Claro que sim.

Tudo o que os espíritos queriam era descansar. Se sentir pacificados. Durante todo esse tempo em que estava apegado à memória dele, Kostya em nenhum momento parara para se perguntar se não estaria prendendo seu pai.

Era isso o que Maura queria dizer? Ela estava falando a verdade? Havia fantasmas em seu apartamento, presos por seus Vivos? Por sua comida? Esperando para serem libertados? Kostya ainda não os tinha visto, mas sabia melhor que ninguém que não era preciso vê-los para saber que estavam lá.

Sua mãe de repente caiu na risada, interrompendo seus pensamentos. "Você é tão parecido com ele, sabe. Está igual ele agora. Mesma expressão! E a cozinha; ah, ele adorava comida! E deixando bagunça em casa para todo mundo ver", ela completou em tom brincalhão.

"Que bagunça?"

"Caneca de café no chão! Vidro na cozinha toda. Mas não se preocupa. Moça da limpeza recolheu quando me deixou entrar."

"Que moça da limpeza?"

"Com cabelo roxo." Sua mãe fungou. "Eu não gosto dessa cor, mas ela é solteira? Você pode chamar moça para sair."

"Puta merda. Mama, ela falou alguma coisa?"

Sua mãe franziu a testa, pensativa. "Deixou bilhete, acho, na cozinha. E levou caderno. Disse que ia precisar de receitas."

Konstantin revirou a cozinha toda procurando. Maura tinha levado seu caderninho de pedidos do Saveur Fare, com todas as receitas que ele registrara — uma compilação completa de todos os sabores residuais que sentira. Não que isso importasse para a inauguração; todos os cozinheiros do DUH sabiam preparar esses pratos de olhos fechados. Mas o que Maura, que não saberia cozinhar nem para salvar a própria vida, faria com aquilo?

O bilhete dizia que ela havia encontrado uma solução, uma que não exigia a colaboração dele. Mas talvez sua comida fosse necessária. Suas instruções. Sua forma de evocar os Mortos.

Ele leu e releu as mensagens.

Foi absorvendo aquelas palavras, as coisas que ela disse sobre o amor, sobre a Fome. Ele mandou mais mensagens, ligou de novo, ficou torcendo por um contato. Mas não rolou.

Kostya passou a noite acordado, rezando para que ela não tivesse feito nenhuma bobagem.

Sobremesa

A EXPERIÊNCIA CULINÁRIA DE KONSTANTIN DUHOVNY

Estão prontos?

Sei que estão esperando faz tempo, e agradeço a paciência! Vai valer a pena.

O DUH *abre hoje!*

Isso significa que agora as portas vão se abrir para nós também. Vejam só esse lugar. Olhem essa cozinha. Deem uma espiada no metrô. Repararam bem no salão? Foi feito para os espíritos. Nosso amigo caprichou!

Certo, agora vamos falar da logística. As portas se abrem às sete, então vamos ficar aqui até lá. Vamos ver quem vai voltar, quais foram os Vivos que fizeram reservas, como é que vai rolar essa primeira travessia do véu...

Ah, e aí, garota! Adorei o cabelo — como é que chama essa cor mesmo? —, bem legal. Quer perguntar alguma coisa?

*

Ei, espera aí, vai com calma. Como assim, perigo?

Greve de fome

Konstantin estava na cozinha do DUH, com o dólmã de chef com seu nome na lapela, e seu grande momento batendo na porta.

Lá em cima, Viktor bajulava os clientes e a imprensa. A assessora encaminhou os VIPS para as melhores mesas. O restaurante vibrava com vida e morte e coquetéis elaborados.

Era a noite de abertura, a festa revelação de Kostya ao mundo gastronômico, mas ele não estava nem aí.

Maura ainda não tinha respondido.

Fazia quase vinte e quatro horas que ele não tinha notícias dela. Desde que ela desaparecera na plataforma do metrô. Desde que partira seu coração, e Viktor destruíra seu ânimo, e ele vira dois homens pondo um pacote incomodamente misterioso bem ali onde estavam seus cozinheiros, preparando a sopa da irmã Stacy.

Em um instante, os cozinheiros e a equipe de salão, os lavadores de prato com as mãos enrugadas, os bartenders pretensiosos, a garota temperamental do guarda-volumes e a hostess fofoqueira esperariam que ele puxasse o grito de guerra e os liderasse para a glória. Em vez disso, ele estava de costas para todos, encarando seu reflexo perturbado nas janelas.

Ele tirou o celular do bolso e escreveu para ela de novo,

acrescentando mais uma à fila quilométrica de mensagens não respondidas.

Só me diz se está tudo bem.

Atrás dele, a movimentação na cozinha era intensa, refletida ao contrário no vidro. Aço inoxidável, madeira em tons quentes. A equipe estava pronta, com todas as estações e *mises en place* preparados. Algumas entradas já começavam a ser preparadas de antemão para o fluxo de pedidos que logo chegariam quando o coquetel no bar terminasse. Rio estava realizando a ronda com uma prancheta, fazendo uma última checagem de uma longa lista.

O plano era deixar todo mundo fazer os pedidos do menu principal primeiro, proporcionando à cozinha seu momento para brilhar, e então apresentar Kostya como um dignatário para os encontros com fantasmas nas salas de degustação.

Evocar fantasmas era a última coisa que ele gostaria de ter que fazer agora. Era como entrar num paiol com uma granada na mão. Por outro lado, não evocá-los também seria.

Kostya apoiou as palmas nas janelas, sentindo as mãos começarem a tremer.

Estava entre a cruz e a espada. Os fantasmas espreitando de um lado, e Viktor e sua quadrilha de bandidos do outro.

"Ei, Huesos? Tudo certo?" Ele sentiu a mão de Rio no seu ombro. "Nervosismo pré-estreia?"

"Mais ou menos isso."

"Aqui. Eu tenho uma coisa para isso." Rio estendeu a mão, com um punhado de sal na palma. "Frankie e eu, a gente fez isso no Wolfpup na primeira noite. E em todos os serviços mais importantes depois. Virou meio que uma tradição." Ele jogou um punhado por cima do ombro de Kostya. "Que o seu fogo sempre seja quente." Outro punhado sobre o outro. "Que sua comida sempre esteja bem temperada." Um terceiro punhado, apontado para seu saco, fez Kostya abrir um sorriso relutante. "E que você cozinhe tanto com a cabeça quanto com o coração. Manda ver, chef."

Kostya segurou as lágrimas e puxou Rio para um abraço.

Ele não sabia como a noite seria, só que precisava proteger sua equipe. Tinha que se acalmar. Evocar cada fantasma com um sorriso no rosto. Não dar a Viktor nenhum motivo para vir atrás dele. Fazer da inauguração um sucesso, tanto em termos de lucro como de divulgação. (Ele lidaria com as repercussões do Além-Vida mais tarde, concluiu. Será que poderia, tipo, pastorear os fantasmas? Encontrar uma forma de mandá-los de volta para o outro lado? *Porra*. Queria muito que Maura respondesse a seus contatos.)

Ele ainda estava abraçando Rio, que pigarreou.

"Certo. Enfim, acho que eles estão esperando uma palavrinha sua, patrão."

Quando Kostya se virou, a equipe estava reunida diante dele — todos impecáveis e a postos, ao redor das estações e nos degraus da escada, recostados nas paredes. Todo mundo ali contava com ele. Tinham dado seu apoio, seguido sua liderança, acreditado no projeto. Uma parte de Kostya também acreditara, por algum tempo. Ele respirou fundo para a encenação.

"Oi, pessoal." Ele fez um aceno nervoso. "Aqui estamos nós, hein? Eu não sou tão bom com as palavras quanto com a comida, então não vou falar muito. Só quero dizer... obrigado. Por estarem aqui. Por acreditarem" — a palavra quase ficou entalada em sua garganta — "no que estamos fazendo. Porque vocês precisam ter um pouquinho de fé, né? Quando coisas impossíveis acontecem, só pode ser" — ele tentou não ficar com a voz embargada — "porque tinham que acontecer de qualquer jeito. E a gente vai fazer o impossível hoje. Porque a nossa cozinha" (os cozinheiros aplaudiram) "é foda. Especial mesmo. E a equipe do salão" (gritinhos nas escadas), "bom, vocês são um pé no saco" (risos generalizados), "mas a gente... a gente ama vocês mesmo assim. É disso que a gente precisa numa cozinha. Para cozinhar. Para alimentar as pessoas. Amor. Estou falando muito sério. E tem duas coisas que eu jamais enfrentaria sem as pessoas que eu amo. A primeira são nova-iorquinos com fome." (Mais risos.) "E a segunda são os mortos."

Um silêncio pesado se abateu sobre o recinto.

Kostya sentiu seus olhos arderem. Ele não queria dizer o que estava prestes a falar, e tentou conter as palavras antes que saíssem da sua boca.

"Então vamos... vamos evocar alguns espíritos, certo? Vamos alimentar uns Fantasmas Famintos."

O serviço do jantar foi como um sonho. Os clientes ficaram encantados. Soltaram suspiros e deram vivas. Tiraram selfies. Ficaram impressionados quando foram conduzidos para as mesas, pois o interior de DUH era diferente de qualquer restaurante que já tinham visto, e a caminhada pelo saguão de obsidiana era como uma jornada para *outro lugar*.

A equipe fazia seu trabalho como uma dança bem ensaiada, com os hosts e os garçons e os ajudantes rodopiando num balé silencioso, com seus uniformes pretos se fundindo com o pano de fundo, fazendo com que os clientes quase não reparassem na sua presença, como os fantasmas vivos de um lugar espectral. Assim, os copos com água e os talheres e os *amuse-bouches* pareciam surgir quase magicamente sobre as mesas. Como se tivessem se materializado ali, vindos do outro lado da vida.

O bar estava cheio, com os pedidos de drinques cobrindo

as tais vértebras enquanto os bartenders faziam suas misturas agitando as coqueteleiras. Os Spectral Sours brilhavam ao lado dos Dirty Martinis e Old Fashioneds, com a equipe de serviço levando os copos gelados antes mesmo que pudessem começar a suar.

A cozinha estava ocupada também — facas batucando nas tábuas de corte, o estalar das frigideiras quentes, o vapor d'água na cozinha, os pratos se chocando uns contra os outros, as campainhas dos timers, os gritos de *Começando! Mesa quatro!* e *Pedido! Duas tartines para a seis!* e *Ei, Miguel, você está atrasando a mesa; acelera aí!* —, proporcionando um último momento de conforto para os ouvidos de Kostya.

Enquanto a equipe do salão servia a primeira rodada de entrada, Kostya ficou no alto da escada, observando. Seu coração batia forte no peito, com a adrenalina correndo pelo corpo, o fazendo tremer.

Hora do show.

Dentro do bolso, seu celular vibrou, e seu coração deu uma cambalhota enquanto ele pegava o aparelho, rezando para que fosse Maura, mas era só sua mãe.

Kostochka, boa sorte. Se cuida.

Ele começou a digitar uma resposta, mas as luzes lá em cima piscaram, era a sua deixa; o celular foi guardado no bolso com a mensagem pela metade.

Konstantin atravessou o salão lentamente. Dava para sentir o peso de todos os olhares sobre ele, acompanhando cada movimento seu. As conversas foram sendo interrompidas, as taças de vinho deixaram de ser levadas à boca e o tilintar de talheres e pratos parou.

Seu reflexo o acompanhava pelo piso brilhante, entre os painéis espelhados com cortinas transparentes. O salão estava gelado. Como uma câmara fria.

Como um necrotério.

Ele forçou um sorriso, virou a maçaneta da porta da Câmara de Degustação nº 1 e abriu a porta.

O primeiro fantasma pediu *moussaka* e fritas.

Fácil. Moleza. O sabor residual surgiu na sua boca assim que ele entrou na sala, como se o espírito estivesse à sua espera.

Se todos os aspectos de seu mundo não estivessem escorrendo por um ralo existencial, isso teria deixado Kostya mais preocupado. Mas, em seu estado apavorado-barra-furioso--barra-em-pânico, ele estava funcionando no piloto automático, preparando o prato com uma concentração silenciosa.

Quando ficou pronto, ele o finalizou com um fio de azeite de oliva e salsinha picada à mão e olhou para a comida com nojo.

Não queria servi-la.

Não queria ver o que aconteceria quando esse espírito voltasse. Não queria continuar imaginando o rosto de Maura quando descobrisse que ele tinha feito aquilo. Não queria continuar com aquela sensação horrível no estômago, como se estivesse se debruçando sobre um abismo, e a queda fosse tão longa que ele não conseguia ver onde terminava.

Chegou a pensar em jogar no lixo, mas nesse momento o Camarada apareceu na cozinha.

"Onde está prato?", ele rosnou. "Clientes impacientes. Viktor incomodado."

Kostya se preparou para o pior.

"Está aqui."

Na Câmara de Degustação nº 1, ele pôs o prato sobre a mesa e levantou o *cloche* com a mão insegura. O aroma — carne, molho béchamel, batatas fritas — se espalhou pela sala em meio a delicados volteios de vapor. Ele sentiu no ar um espírito se inquietando, como uma vibração, um instrumento musical sendo afinado.

E então, antes que os clientes tivessem a chance de provar a comida, houve uma comoção do lado de fora, no salão.

Um grito. Uma exclamação de surpresa. De deleite.

Então outro. E mais outro.

Kostya viu através do vidro de mercúrio da câmara onde estava.

As luzes mais acima. Fracas, mas ainda acesas.

Um instante depois, aplausos. Ovações entusiasmadas. Gritos para alguém — ou alguma coisa — que ele não tinha trazido de volta.

E então uma cascata de vidro, o estilhaçar de coisas delicadas e preciosas. Não como um garçom derrubando uma bandeja, mas como o mundo se despedaçando.

Depois disso, vieram outros tipos de gritos.

Berros.

Primeiro de uma pessoa, então de muitas outras, com as vozes formando uma avalanche até a construção inteira tremer com a força do som.

Kostya abriu a porta às pressas, e sentiu seu coração gelar.

Havia fantasmas *por toda parte.*

Descendo do teto; atravessando as paredes; subindo do chão.

Os corpos translúcidos se multiplicavam no vidro e nos espelhos e nas superfícies reflexivas até se tornar impossível saber quantos eram exatamente, eram incontáveis, e continuavam chegando e não iam parar.

Os clientes que não estavam nas salas particulares correram para as portas, escorregando sobre os pratos quebrados e os talheres espalhados. Tinham cortes nas mãos, no rosto, com sangue escorrendo das feridas e pingando no piso. A equipe do salão estava imóvel, paralisada, sem saber se aquilo era parte do plano ou um imprevisto terrível, sem saber se acalmavam os clientes ou corriam para se salvar. Os cozinheiros e ajudantes começaram a fugir da cozinha, perseguidos por mais fantasmas, cujas bocas — enormes, distorcidas, famintas — urravam sem parar.

E, em um momento assustador em que o tempo pareceu congelar, Kostya os reconheceu.

O revoar do hábito da irmã Stacy, com a freira transformada dessa vez, com olhos mortos, emaciada, sinistra e assustadora. O escalador cuja irmã arruinara o Hell's Kitchen, também mudado, monstruoso, com uma bocarra que era como um buraco no meio do rosto. O adolescente cujo *abuelo* viera procurá-lo, que voltara tão logo Kostya sentira o gosto da sopa de ketchup de sua própria infância, mas agora com uma aparência perigosa e um olhar sanguinário.

Ele tinha feito isso com eles. Sua comida. Seus sabores residuais. Suas más decisões.

Maura tinha razão. Ele os envenenara.

Enquanto eles subiam a escada, outros espíritos vinham flutuando logo atrás. Fantasmas que ele nunca tinha visto antes. Que não havia evocado. Mortos Famintos que de alguma forma tinham conseguido fazer a travessia. Sem convite. Sem empecilhos.

O véu estava comprometido.

Gritos e berros se erguiam da cozinha, e Kostya foi na contramão da onda de pessoas em pânico para voltar à sua equipe. Os clientes passavam por ele, abrindo espaço aos empurrões rumo à saída, tropeçando nos escombros. Um garçom se escondeu atrás de uma cortina de veludo, mas foi expulso de lá por um fantasma às gargalhadas, com uma expressão de euforia no rosto. A hostess estava engatinhando, procurando abrigo sob as mesas do salão, com alguns clientes agachados atrás dela.

Mais acima, um enxame de espíritos se juntava, formando uma nuvem terrível. Era o caos. O medo que pairava no ar tinha um sabor metálico na boca de Kostya — de alumínio, ferro, parecido com o sangue —, e então, do nada, todas as luzes do restaurante estouraram ao mesmo tempo, deixando o salão na escuridão absoluta.

Os cacos de vidro finíssimo começaram a cair. Kostya os sentiu no rosto, cortando sua sobrancelha, sua bochecha. Não conseguia ver nada — todas as janelas estavam com a cortina fechada para maximizar o efeito da luz das almas retornantes —, mas podia ouvir.

Gritos. Guinchos. Solas de sapato se chocando contra o chão. Arquejos e suspiros de dor. Choros. Explosões de mais vidro se quebrando, à medida que pratos e taças e paredes espelhadas eram reduzidos a estilhaços. O rugido distante do trem da linha 6 nas entranhas do restaurante.

Retângulos de luz apareceram quando as pessoas ligavam o celular à procura de uma escapatória, com os fantasmas esfomeados bloqueando seu caminho. Kostya sentiu um sopro de ar congelante em suas costas e se virou, lançando a luz do seu telefone contra a escuridão, iluminando um espírito próximo o bastante para tocá-lo.

O tempo se esticou, pegajoso, quando a encarou.

Aquela fantasma — ele a reconheceu com um calafrio — estava emaciada e esfarrapada, maculada pelo apodrecimento, os ossos despontando da carne em alguns lugares.

Como se fosse uma assombração. Ou uma alma amaldiçoada. Como se tocá-la fosse transformá-lo em pedra, ou no mínimo provocar uma erupção severa na pele.

Ela o encarou com um olhar que era como uma faca cega — antes afiado, preciso e poderoso, mas arruinado pela falta de cuidado. Havia sido linda, mas só o que restava dela agora era um cabelo violeta e a sombra de um sorriso, com a boca preta e apodrecendo, os dentes pequenos e pontudos. Tinha morrido jovem, pelo que era possível ver em seu rosto, cheia de potencial desperdiçado.

Tudo nela fazia Kostya gelar, a não ser os olhos. Eram tão familiares que, por um momento, ele não conseguiu respirar. Cor de chocolate, com toques de dourado. Bem separados entre si. Estranhos e lindos e famintos. Assim como os da irmã.

"Everleigh?"

"Konstantin Duhovny." Ela inclinou a cabeça, e sua voz não era como ele esperava. Era aveludada, e não áspera. "Justo quem eu estava procurando."

Ele recuou devagar, esmagando o vidro quebrado sob as solas dos sapatos.

"Ah, é? Bom, agora me encontrou." Suas costas bateram numa parede, deixando-o encurralado. "Por favor, não me machuca." Num momento de crise, seu herói interior realmente brilhava.

"Machucar você?" Everleigh revirou os olhos, que tinham uma mancha avermelhada ao redor. "Você é o único que pode dar um jeito nisso. A gente precisa de você."

"Eu... o quê?" Ele piscou algumas vezes, confuso. "Você não é, tipo, um espírito do mal? Estava atormentando a sua irmã!"

"Você está errado de novo. Era *ela* quem me atormentava."

"Mas todos aqueles Reese's, toda vez que eu sentia o gosto de um..."

"... era porque Maura estava sofrendo", explicou Everleigh. "E eu definhando por isso. Quando os Vivos não desapegam, os Mortos ficam Famintos; não podem seguir Adiante. É por isso que eu estava procurando uma forma de falar com ela de novo."

"Mas como foi que você..."

"Olha só, a gente não tem muito tempo. Quer a versão resumida? Sua comida traz os espíritos de volta, mas também amarra todos eles a você, o que basicamente mantém a gente preso aqui. Para apodrecer. Para virar Fantasmas Vorazes, que são tipo os Famintos, só que muito piores. E, quanto mais Vorazes ficamos, mais força ganhamos. É por isso que você está conseguindo ver a gente agora. É por isso que a gente consegue mover as coisas. É por isso que está rolando toda essa quebradeira e essa pilhagem. Quando a gente percebeu que tinha poder, um pessoal achou que era uma boa ideia" — ela gesticulou com a mão ao redor — "abrir um buraquinho no véu. Atravessar, voltar para o outro lado. Tentar se salvar. Mas no fim — uma coisa bem curiosa, aliás — só voltar não adianta. A gente cruzou para o Além-Vida ontem à noite, mesmo assim não conseguiu seguir Adiante. E acho que é porque agora estamos atrelados a *você*. E agora o véu está se rasgando e tem um monte de outros espíritos usando a abertura para sair do Além-Vida e, quanto mais tempo continuar assim, mais as portas do Inferno vão ficar abertas e..."

Nesse momento, um lustre desabou, exemplificando o que estava sendo dito. Os espíritos no salão comemoraram, com gargalhadas que se elevavam como vapor.

"Espera aí", disse Kostya, tentando entender tudo o que

fora informado naquele ataque de pânico. "Estamos falando, tipo do Inferno de verdade ou é mais uma metáfora e..."

"*Foco*, Konstantin. A gente não queria entrar nesse modo poltergeist, mas não tem outro jeito. A Fome tomou conta da maioria agora; é o caos. Você precisa fazer todo mundo voltar para o Centro Gastronômico antes que todos virem Fantasmas Vorazes de vez. Todos os espíritos daqui. Você precisa fazer a gente seguir Adiante."

"Certo. Ok. Eu posso fazer isso!" Ele assentiu com a cabeça. "Mas como?"

"Você trouxe os Mortos para cá, para o mundo dos vivos, então acho que pode fazer a mesma coisa no sentido inverso. Atrair a gente de volta com comida."

"Com os sabores residuais."

Ela confirmou com a cabeça.

"Só que... não vai poder ser deste lado. Para levar a gente para o Além-Mundo, você precisaria estar lá."

"Então...?"

"Se quiser ajudar, você vai ter que morrer."

"O-o quê?" Ele ouviu o susto na própria voz.

"Desculpa." Ela parecia realmente lamentar. "Eu queria que a Maura contasse pra você; avisei ela ontem à noite na plataforma, quando ficou claro que o lance de 'rasgar o véu' tinha dado errado. Achei que você podia ajudar, mas ela não quis te envolver na história."

A plataforma. Aquelas últimas palavras que ele tinha dito a ela antes que fosse embora, sobre não existir um *nós*. E o silêncio dela depois. E as receitas que ela levara. E o bilhete.

"*Não*. Não, não, não."

"Sim." Everleigh balançou a cabeça. "Ela disse que ia tentar resolver isso sozinha."

"A gente não pode deixar! A cagada foi *minha*. Só me diz o

que fazer", ele disse às pressas, e Everleigh flutuou para mais perto e murmurou no seu ouvido, lançando um hálito gelado em seu pescoço enquanto o salão era demolido ao redor deles.

"Vai logo", ela falou, se afastando. "Para o metrô. Depressa."

E Kostya foi se esgueirando de volta pela escuridão, para a escada que levava à cozinha, passando os dedos por vidro quebrado, espelhos estilhaçados e incontáveis anos de azar, com as cortinas finas se rasgando sob as palmas de suas mãos, assim como o véu entre os Vivos e os Mortos.

No patamar da escada, sentiu um tremor. Kostya olhou para os degraus, se preparando para encontrar mais fantasmas, mas em vez disso deu de cara com a equipe da cozinha — Rio, Big Mike, Miguel, Stephanie, Mica, Ale e Lin. Eles estavam subindo os degraus, armados de panelas e frigideiras, latas de sal, colheres de pau amarrada em formato de cruz com barbante culinário. Estavam indo em sua defesa, para lutar por ele — e sua lealdade provocou um aperto no peito de Kostya.

Ele fez um gesto para eles voltarem.

"Não!", ele gritou, balançando a cabeça. "Vão pelos fundos. Pelo metrô! Está tudo certo. É... sou eu que eles querem."

Rio o encarou, horrorizado. "Huesos, esses aí... esses não são espíritos domesticados. Você precisa de um exorcista."

Kostya balançou a cabeça, enfim compreendendo.

"Não. O que eu fiz para eles antes — não foi legal. Eles estão mandando isso tudo de volta para a cozinha."

"Como assim, porra?"

"Eles ainda estão com fome. E quem precisa alimentar eles sou eu."

* * *

Na cozinha iluminada pelas luzes de emergência, Konstantin abriu as janelas para a plataforma do trem da linha 6.

"Podem ir!", ele falou para a equipe. "Tem uma saída na plataforma. Eu vou logo em seguida."

Mas então eles ouviram os passos, as pisadas furiosas de sapatos caros, e quando se virou Kostya viu Viktor, roxo de raiva, descendo a escada."

"Para onde estão indo?", ele rosnou, com a voz afiada como uma faca. "Serviço ainda não acabou."

Ele vinha acompanhado do Camarada, que mancava, com um sangramento no joelho, uma arma numa das mãos e a outra segurando o corrimão. Viktor limpava o rosto com um guardanapo de mesa do DUH, com o sangue escorrendo de um corte na maçã do rosto e outro no queixo.

"Do *que* você está falando?" Kostya estava perplexo. "Não tem serviço nenhum! Não tem nem restaurante depois disso. Acabou." Ele não acreditava que estava dizendo aquilo. "Já era."

Viktor agitou o guardanapo ensanguentado no ar. "Voltem ao trabalho!" Ele se virou para os cozinheiros. "Todo mundo! Vamos completar serviço de hoje. Dizer que é parte do show. Fantasmas assustadores com fome. Precisamos alimentar logo! Já estamos explicando para clientes."

"Não." Kostya bateu o pé. "Tem espíritos raivosos lá em cima. É perigoso. Não vamos servir mais ninguém. A cozinha está fechada."

Viktor acenou com o queixo para o Camarada, que apontou a pistola para Konstantin.

"Opa!", gritou Rio, colocando as mãos para cima.

"Que porra é essa, cara?", disse Big Mike.

"Voltem ao trabalho", repetiu Viktor. "Todos. Estações."

Kostya sentiu todos os olhares sobre ele, esperando para ver o que faria. A adrenalina invadiu seu corpo, e seu ódio por Viktor, e sua raiva de si mesmo, a agonia de não saber o que cada instante perdido ali significava. Maura estava ainda mais em perigo, e a cada segundo ela estava mais perto de deixá-lo de vez, e também este mundo.

"Já era, Viktor", ele repetiu. "Estou indo embora."

Ele se virou de novo para as janelas, para a plataforma, e estava indo naquela direção quando ouviu. O som inconfundível de uma arma sendo engatilhada.

"Pensa *muito* bem", avisou Viktor.

Kostya se virou de novo, sentindo um calor irradiando de dentro do corpo. "Quer atirar em mim? Fica à vontade. Assim quem sabe eu possa finalmente fazer alguma coisa que preste."

Mas, antes que ele pudesse processar o que estava acontecendo, Rio entrou na sua frente.

"E depois vai ter que atirar em mim também, cuzão."

"E em mim." Big Mike estava balançando a cabeça.

"Em todo mundo." Quem disse isso foi Mica, que parecia estar tentando não chorar.

"E aproveita para sorrir para a câmera enquanto isso", acrescentou Stephanie, com o celular apontado para Viktor e o Camarada como uma arma, filmando tudo. "Estou fazendo uma live. Manda um oi para os meus seguidores."

Viktor e o Camarada trocaram olhares, com o capanga levantando uma sobrancelha como quem pergunta: *E agora, patrão?*

"O DUH está fechado", disse Konstantin, convicto. "Por respeito aos Mortos. Agora saiam da minha cozinha."

E, apesar de Kostya mal conseguir acreditar no que estava acontecendo, isso funcionou. Viktor se afastou, com uma veia grossa no pescoço pulsando raivosamente, como se fosse estourar.

Na calçada, eles se sentiram capazes de respirar de novo.

"Não acredito que aquela porra funcionou", comentou Rio.

"Eu já disse que amo o Instagram?", falou Kostya, ofegante, com o coração ainda disparado.

"Mal sabe ele que eu só tenho quatro seguidores!"

Havia uma estranha e alegre camaradagem entre eles, a união que vinha de sobreviver a um encontro com a morte (tecnicamente, dois). Eles estavam rindo. Aquele tipo de risada nervosa, que comunica algo como *não sei-como-ainda-estamos--vivos*. Kostya sabia que a encrenca ainda não tinha acabado, que Viktor retaliaria, que poderia ser necessário envolver a polícia, mas naquele instante estava só abraçando os demais, tentando viver aquele momento de alívio e alegria e amor.

E então o ar bateu de novo em sua nuca, uma brisa que era como um beijo.

O sopro frio no fundo da garganta.

Um calafrio o percorreu, e seu coração disparou, como se tivesse tomado um café expresso duplo. Quando engoliu, lá estava, o leve toque metálico em sua língua.

Sal. O melhor do mundo. Com os minerais dos pântanos de Guérande.

E, apesar de saber que poderia ser tarde demais, Konstantin saiu correndo.

Ingredientes secretos

Ele estava suando frio quando chegou ao apartamento de Maura. Bateu na porta, gritou o nome dela e tentou arrombá-la com o ombro duas vezes antes de lembrar da chave reserva.

Dessa vez estava lá, em cima do batente. Ela tinha colocado de volta, como se esperasse sua presença. Como se quisesse que ele fosse.

Lá dentro, só o zumbido estridente do silêncio.

Kostya tremia, com a adrenalina e o terror inundando suas veias enquanto atravessava o longo corredor até a cozinha. Se sentia atraído para ali como por instinto, de volta ao lugar onde tinham passado sua primeira noite juntos, onde cozinhara pela primeira vez para ela, onde passaram noites debruçados sobre a bancada, bebendo café, ou uísque, ou vinho, e conversando. Foram tantas conversas, tantos beijos de despedida naquela cozinha — todas as lembranças dali eram boas, a não ser a que estava prestes a formar naquele momento.

Ele sentia ainda — ou talvez de novo — a *fleur de sel* no fundo da garganta, aquele toque pungente. Sentia nos ossos a ausência dela. E, quando viu os cabelos roxos espalhados pelo chão, a maneira como ela estava caída, como se estivesse só dormindo, seu coração quase saiu pela boca, para logo afundar em algum lugar subterrâneo profundo, de onde nunca, jamais sairia.

"Não. *Não*. Meu Deus! Meu Deus do céu!"

Ele tentou sentir uma pulsação, ouvir uma respiração, implorando para Maura voltar como se não fosse uma escolha dela, uma escolha horrível, ter partido.

"Maur, por favor. *Por favor*. Acorda."

Ele já tinha visto esse truque antes, a vida voltando aos olhos dela.

Só que dessa vez não aconteceu.

Com os dedos trêmulos, digitou 911 no celular e posicionou o dedo sobre o botão de chamada.

Imaginou os socorristas entrando às pressas, avaliando a situação, levando Maura embora. E se perguntou se não seria levado também, direto para o hospício. Camisas de força. Tranquilizantes. Sem meias nos pés. Eles teriam acesso ao prontuário da sua internação anterior, fora os relatos sobre tudo o que tinha ocorrido no DUH; criariam uma narrativa em que ele era um desequilibrado, com um histórico de psicose. Uma tragédia. Um crime.

Nada disso importava naquele momento.

Ele merecia fosse o que fosse, depois de prejudicar tantas pessoas, entre Vivos e Mortos, sem nunca pensar a sério nas consequências. E agora a mulher que amava estava esfriando no chão ao seu lado porque ele não acreditara nela, não a ajudara nem quando ela implorara por isso.

Ele não se importava com o que ela havia feito. Não estava mais irritado, apenas desesperadamente arrependido. Só queria que ela voltasse. Por tempo suficiente para ouvir seu pedido de desculpas.

"M-Maura." Ele secou as lágrimas, sugou o catarro salgado e quente, embaralhando as palavras. "Maur, eu... eu te amo. M-me desculpa. Eu acredito em *você*."

Ele se inclinou para perto do rosto dela, pôs a mão no seu cabelo. Chorou mais forte, sentindo o estômago pesado. Ela teria tomado veneno? Um frasco de comprimidos? Pressionou o botão de chamada, esperando o atendimento, se perguntando o que diria. Se ainda seria possível salvá-la.

Mas o corpo no chão teve um sobressalto repentino.

"Nove-um-um, qual é a emergência?"

Um arquejo.

Uma puxada de ar.

E Maura Elizabeth Struk abriu os olhos, sua alma voltando para o corpo depois de uma viagem ao Além-Vida que ela não planejava fazer.

"Foi engano", ele balbuciou e desligou.

Ela piscou algumas vezes. "Konstantin?"

E, apesar de o mundo estar em chamas, e seu restaurante em frangalhos, e de um portal para o Além-Vida estar aberto no Financial District sem nenhuma perspectiva de fechamento a não ser um palpite da irmã morta de Maura, Kostya a pegou nos braços e a beijou de um jeito que acontece uma vez na vida, talvez, se a pessoa tiver sorte.

Aquilo dizia tudo o que era preciso ser dito.

Desculpa, e *Eu estava errado*, *e fui um idiota*, e *Me perdoa. Vamos dar um jeito nisso*, e *Eu te amo*, e *Existe um* nós, *claro que sim. Eu acredito em você*, e *Confio em você*, e *Sinto muito por ter duvidado. Nunca mais vou te perder*.

Ela retribui o beijo e o abraçou, e teria sido muito fácil se perder assim, deixar de lado tudo o que tinham causado, só ficarem nos braços um do outro.

Em vez disso, eles se afastaram, com a mesma ideia na cabeça ao mesmo tempo.

"A gente fodeu tudo mesmo", disse Kostya, pressionando a testa contra a dela.

"Eu avisei." Maura abriu um sorriso fraco.

E então ela contou por onde havia andado.

Maura tinha morrido de novo na noite anterior, depois do DUH. Depois de levar as receitas.

"É ridículo o quanto é fácil conseguir coisas que podem te matar", ela explicou. "Penicilina num posto de saúde. Uma receita falsa para comprar um injetor de epinefrina."

Ela estava com tudo a postos havia semanas, desde que passara pelo véu sem ter a intenção. Tomou a penicilina, os quatro comprimidos de uma vez, e esperou a reação alérgica, a anafilaxia, com a agulha do injetor de epinefrina já na perna, com seu polegar posicionado para esperar até o último instante de consciência antes de administrar o medicamento. O tempo que levava para a adrenalina se espalhar pelo organismo era todo o tempo que ela tinha para passar no Além-Vida.

Kostya esfregou o rosto, tentando não pensar no que poderia ter acontecido se ela tivesse demorado um segundo a mais para injetar a epinefrina.

"Qual era o plano?", ele quis saber.

"Ev falou que os fantasmas estavam presos a você por causa dos sabores residuais, mas precisavam estar atrelados ao Além-Vida. Que eles podiam seguir o cheiro da comida para voltar para casa. Então peguei suas receitas e voltei lá para a turnê gastronômica. Para falar com outro chef que conheço. Um que já morreu."

Kostya piscou algumas vezes. "Frankie?"

Maura confirmou com a cabeça. "Ele estava no DUH, esperando do outro lado do véu que você abrisse as portas.

Eu contei tudo, e ele concordou em tentar fazer sua comida. Pra ver se conseguia atrair de volta um dos fantasmas da Ev. Mas ele não conseguiu. Não acertou a mão no prato."

Kostya assentiu, entristecido.

"Pois é. A gente tentou aqui também, várias vezes. Os sabores residuais precisam ser exatos. Precisos. Só experimentando ele saberia acertar o ponto. Mas... você ficou *tanto tempo* assim no Além-Vida? O suficiente para ele cozinhar?"

"Quase não consegui voltar", ela murmurou. "Ouvi você batendo na porta quando estava voltando a mim. Me agarrei à sua voz."

"Caralho", ele murmurou, com os olhos ardendo. "E só agora?"

"Foi como no Met. Eu simplesmente... passei para lá." Ela balançou a cabeça.

"Está ficando cada vez mais difícil continuar viva. A Fome... ela quer estar *lá*. Tanto quanto eu não quero. Mas ela sempre vence." Maura mordeu o lábio ao se lembrar. "As coisas estão feias no Centro. Os espíritos definhando. Os restaurantes desmoronando. Tem uma fenda bem no meio da praça central. Com os espíritos se acotovelando para passar."

"O rasgo no véu?"

"Só pode ser."

"Encontrei sua irmã, aliás. Ela é legal. Mas está precisando de um banho."

Maura sorriu. "E de um descanso eterno."

"Ela, hã..." Kostya observou o rosto de Maura e se preparou para o que viria a seguir: "Ela me disse o que fazer. Para eles seguirem Adiante."

"Pois é." Maura fechou a cara. "Ela me falou também. Mas o único jeito não pode ser esse. Eu posso ir de novo. Talvez o Frankie consiga..."

"Não", ele falou com um tom gentil. "O pessoal da Everleigh já tentou rasgar o véu. Você já tentou atrair eles de volta com ajuda do Frankie. Não funcionou; e *não* vai. Porque eles estão presos a *mim*. Tem que ser eu, Maur. Os espíritos que aprisionei, e os que estão aqui por causa do véu... só eu posso ajudar." Ele respirou fundo. "Foi uma escolha minha trazer os Mortos de volta. E agora é minha obrigação fazê-los voltar."

Ela observou seus olhos em busca de hesitação. Uma dúvida a que pudesse se apegar. Mas ele estava decidido. Estava convicto.

"Ok", ela concordou. "Mas, enquanto você estiver cozinhando esses desfechos, alguém precisa dar um jeito no véu. Ou então eles vão continuar vindo."

"Frankie pode fazer isso."

"*Eu* vou fazer isso." Ela segurou sua mão. Apertou com força. "Eu também ajudei a criar essa confusão. Preciso ajudar a resolver. Uma coisa que a Ev falou me deu uma ideia, e..."

"Não. Sem chance. Eu não vou deixar você fazer uma viagem só de ida. Você mesmo falou que a Fome..."

"Eu não posso mais deixar a Fome me controlar. Preciso me livrar disso. Mandar de volta para onde veio." Ela segurou o rosto dele com suas mãos geladas. "Agora eu consigo fazer isso. Me desapegar da Ev. Se ela seguir Adiante, minha Fome também vai."

"Mas e se..."

"Eu não tenho a menor intenção de ficar com os Mortos, Stan. Quero sair dessa viva. Você e eu." Ela o encarou bem nos olhos. "Confio em você para levar aqueles espíritos para onde precisam ir. E você, confia em mim para te ajudar?"

Kostya a encarou de volta e, por fim, assentiu.

"Eu confio em você." Ele soltou um suspiro. "Mas vou primeiro. Se alguma coisa der errado, você pula fora."

"Combinado."

"E já que estamos nesse assunto..." Ele segurou a mão dela para tentar esquentá-la. "Qual é o jeito menos doloroso de morrer?"

"Dormindo, provavelmente." Ela sorriu. "Mas a gente não precisa *morrer*. Só *quase*."

"Você faz parecer bem fácil."

"Lembra daquelas convenções que eu frequentava? Das pessoas que tiveram experiências de quase morte? Um cara me explicou um jeito uma vez. Quase indolor, segundo ele. Não consegui os ingredientes para testar, mas aposto que você consegue."

"Do que a gente precisa?"

Kostya fez dois telefonemas. Ambos começaram da mesma forma.

"Oi, é o Konstantin. Quanto tempo. Preciso de um favor seu."

Michel Beauchêne precisou de um tempinho para pensar a respeito.

"Você acabou de abrir um restaurante", ele disse por fim. "Por que precisa da minha câmara fria?"

Por algum milagre, a notícia sobre o desastre no DUH ainda não tinha chegado aos ouvidos dele.

"Você sabe que eu não ia pedir se tivesse outra escolha."

"É para alguma coisa ilegal?"

"Não existe nada ilegal em armazenar coisas a frio", respondeu Kostya, sem se abalar. "Eu só tenho uma coisa importante que preciso manter no gelo."

"Em quanto tempo você tira de lá?", perguntou Michel, começando a negociar, sem dúvida tentando descobrir o que Kostya ia guardar lá.

"Quatro horas. Cinco, no máximo", mentiu Kostya. "Por favor", ele implorou. "Não vai caber na minha."

"E eu não posso saber o que é?"

"Se quiser ter uma negativa plausível."

"Porque o que você está fazendo é ilegal."

"Porque... é melhor prevenir."

Michel ficou em silêncio do outro lado da linha. E, quando Kostya teve a certeza de que ouviria um não e um sermão sobre a importância de não queimar pontes, de ter lealdade, de trabalhar seriamente, o que escutou foi:

"Ok."

"Sério?"

Ele ouviu o sorriso de Michel do outro lado da linha. "Você é um de nós agora. Chef executivo de um restaurante badalado em Nova York. É um clubinho pequeno e incestuoso, mas somos unidos. Pesada é a cabeça que usa a coroa."

"Porra. Obrigado."

"Só me diz uma coisa. Os fantasmas que você diz que serve, essas reuniões espirituais — é tudo verdade?"

A pergunta o pegou de surpresa. "O que você acha?"

"Acho que você mente muito mal, então deve ser." Ele limpou a garganta. "De repente você pode reservar um lugar pra mim uma noite dessas. Na sua casa."

Kostya sentiu seus olhos se encherem de lágrimas. Isso era tudo o que ele sempre quisera na cozinha — uma conexão, uma forma de ajudar —, porém era tarde demais.

"Quando você quiser", ele conseguiu dizer, sabendo que provavelmente nunca cumpriria a promessa. "Seria uma honra, chef."

Michel bufou ao telefone.

"A porta de serviço está destrancada. Se alguém perguntar, você foi por conta própria. Não faça nenhuma besteira."

Yume Kutsuki exigiu um esforço maior de convencimento.

"Eu não posso", ela afirmou de imediato. "Vou perder minha licença."

"Yume, *por favor*. Ninguém nunca vai saber que foi você."

"E quando alguém aparecer morto? Quando sua faca escorregar e fim de papo?"

"Eu não vou servir! Só vou fazer uma experiência com uma técnica nova."

"Existem *regras*, um monte de provas que você precisa fazer antes de pôr as mãos num *fugu*."

"É por isso que estou procurando você", ele falou, acrescentando em seguida, envergonhado: "Você tinha um mau pressentimento, não? Sobre os Fantasmas Famintos? Saiu da cozinha quando eu fui servir."

Ela não respondeu.

"Você estava certa, Yume." Ele tentou impedir sua voz de ficar embargada. "Eu preciso dar um jeito nisso. E esse é o jeito."

Ele ouviu o silêncio enquanto ela pensava.

Ela hesitou. Não queria se envolver com o que quer que fosse aquilo. Mas também queria que acabasse.

"Me liga de novo em uma hora."

Eles chegaram ao Saveur Fare à meia-noite, com Maura levando uma bolsa com suprimentos e Konstantin arrastando o cooler de rodinhas que Kutsuki lhe entregara, com água salgada balançando lá dentro.

Ele abriu a porta de serviço e entrou pelo familiar corredor de azulejos brancos até onde ficavam as três câmaras frias lado a lado, cintilando sob as luzes. Eles entraram na última, um freezer de sorvete, com a temperatura programada para dez graus negativos ou, em termos técnicos, um *frio do caralho*.

Frio o suficiente para impedir que o veneno se espalhasse depressa demais pelas suas veias.

Frio o suficiente para, quando Kostya passasse para o Além-Vida, manter seu corpo preservado.

Eles ficaram só de camiseta — quanto mais resfriados ficassem, melhor — e Maura forrou o chão com papel de embrulhar carne, parando uma ou outra vez para soprar as mãos, sentindo as pontas dos dedos dormentes, em meio a um frio tamanho que seu hálito pairava no ar como uma névoa. Kostya colocou o cooler de Kutsuki no chão e abriu a bolsa com as facas.

"Está pronta?", ele perguntou.

"Você está?"

Ele assentiu e abriu a tampa do cooler. Os dois espiaram lá dentro, cientes de que seu destino estava naquele peixe feioso que nadava ali.

Kostya o levantou da água, espetando o dedo em um dos espinhos e, soltando um palavrão por causa da dor, beliscou a barriga do peixe com força, onde Kutsuki tinha mostrado. O baiacu se encheu de ar. Ele o pôs sobre o papel no chão, onde o bicho se debateu e saltou violentamente, como se soubesse o que viria pela frente.

Kostya pegou a faca. "Chegou a hora."

"Não vai ficar com medo agora", disse Maura, baixinho.

"Eu não sabia que ia para o Além-Vida com o garotinho de *Esqueceram de mim*."

Ela abriu um sorriso fraco.

Kostya segurou o peixe no chão e abriu a barriga, com o sangue escorrendo sobre o papel e chegando ao chão. Ele olhou dentro do bicho, para as costelas e as entranhas e o coração ainda batendo, e ignorando completamente as orientações de Kutsuki enfiou a mão na cavidade e retirou o fígado.

A parte mais venenosa.

Sem antídoto conhecido.

Não haveria como sobreviver às toxinas quando se espalhassem pelo organismo. Mas talvez existisse um jeito de manipular a forma como agia. Se eles conseguissem atrasar seu efeito.

O plano dependia do timing. Ele comeria o fígado na câmara fria, com o fluxo de sangue e oxigênio restringidos pelo frio. A hipotermia se instalando junto com o veneno. Duas coisas agindo ao mesmo tempo.

Assim que ele fizesse a travessia para o Além-Vida, Maura acionaria o cronômetro. Em cinco minutos, chamaria uma ambulância. Isso daria a ele dez ou quinze minutos antes que o socorro chegasse. Tempo suficiente no Além-Vida, era o que esperavam, para levar os fantasmas para casa. A equipe de socorro o levaria para o hospital — mais dez minutos —, onde fariam uma lavagem em seu estômago, o colocariam num respirador, e manteriam seu corpo funcionando por aparelhos até que ele metabolizasse a tetratodoxina. Em alguns dias, ele teria alta e voltaria para casa.

Era possível sobreviver, segundo o que o cara da convenção dissera para Maura, desde que a ação fosse rápida. Ele já tinha feito isso, além de centenas de pessoas no mundo todo. O fundamental era receber cuidados médicos em menos de uma hora, e os dois programaram o socorro em quarenta e cinco minutos, por segurança. Além disso, o freezer proporcionaria algum tempinho a mais.

E Maura estaria bem ali, observando tudo, para garantir.

Se tudo saísse conforme o planejado, ela comeria sua parte do fígado logo depois que pedisse ajuda, com a ambulância já a caminho, e consertaria o véu antes que eles chegassem. Everleigh tinha explicado que ele esticava como massa, então Maura achou que poderia remendá-lo como faria com uma massa. Como fizera com o *pelmeni*. Do jeito que Konstantin tinha ensinado. Ela só esperava ter a chance de tentar. Mas se as coisas não saíssem como o planejado, se algo desse errado, o combinado era que ela ficasse para trás.

"Só vai se for seguro", Kostya a fez prometer.

"Relaxa, pai." Ela sorriu. "Não é a minha primeira vez."

Mas dessa vez nenhum dos dois sorriu, enquanto Kostya punha o fígado num prato e o cortava ao meio.

"Espera", pediu Maura, se inclinando para a frente e colando os lábios congelados aos dele. "Eu te amo, Stan. Se cuida. A gente se vê do outro lado."

"Eu também te amo", ele respondeu. "A gente se encontra aqui de novo, para umas cervejas e uns hambúrgueres e o resto da vida juntos."

Ela assentiu, tentando disfarçar a preocupação no rosto enquanto Kostya limpava o sangue do baiacu das mãos e levantava o pequeno pedaço de carne — de um cinza rosado, como se estivesse com um pouquinho de geleia — e enfiava na boca.

A simetria e a poesia dessa última mordida não passaram despercebidas por ele.

Tudo tinha começado com um gosto de fígado. E terminaria com um.

Kostya buscou dentro de si o lugar que parecia incontornável, um ponto de entrada, cujo vazio era como uma porta. Pensou em seu pai. Em Frankie. E no outro lado.

Quase podia sentir as mãos dos Mortos se estendendo para ele.

Colocou o fígado do baiacu na língua.

Molhado, gelado, escorregadio por causa do sangue.

Tóxico, exótico, um gosto para sentir só uma vez na vida.

Ele mastigou com força, antes que perdesse a coragem.

Gorduroso, mineral, metálico, cremoso. Amargo no fundo da garganta.

As lágrimas escorreram pelo seu rosto. Medo líquido.

Que nem sal, ele disse para Maura, em vez de se despedir, e engoliu.

PARTE CINCO

SAL E TERRA

Uma receita não tem alma. Você, a pessoa que cozinha, é que precisa dar alma à receita.

Thomas Keller, *The French Laundry Cookbook*

Sua vida não passa diante de seus olhos;
salta sobre sua língua.
As coisas que saboreou.
Os momentos que o azedaram.
Lembranças que eram doces.
Outras que causavam repulsa.
Os pedaços — lugares, pessoas, paixões —
que ele desejava continuar degustando.
Todos os sabores que temperaram tudo,
em cada estação,
de sua breve,
e deliciosa vida.

UMAMI

Missô
Shitake
Papa fazendo o café da manhã enquanto eu vejo desenhos
Caldo de tutano
Demi-glace
"Você começa amanhã"
Bacon
Molho de soja
Frankie no bar
Nostalgia
Levedura nutricional
Freddie Mercury lambendo meu rosto
Sardinha
Algas marinhas
"Um brinde a nós, Bones"
Coco Aminos
As últimas fagulhas de vida, faiscando sobre a língua

AZEDO

Cidra mão de Buda
Lima
Pinho-Sol de limão
Vômito
Kinkan
Túmulo de Frankie
Cranberry
Maracujá
"Você é um puta desperdício de talento"
Cereja Montmorency
Suco de cereja azeda
Kefir
Queijo cottage
Garotos com os pais na piscina enquanto eu sofro
Creme azedo
Iogurte
Rejeição
Champanhe
O cheiro do caminhão de Vanya depois de um longo dia de verão
Maura, com a vida abandonando seus olhos
Vinagre
Nervos
"Aconteceu um acidente"
Querer viver, enquanto meu corpo morre

DOCE

Açúcar
Açaí
Suas mãos pequenas e frias
Mel
Moscatel
Sucesso, ainda que breve
Piadas bobas
Xarope de bordo
Luar na Tompkins Square
Melões
Stevia
Flores num vaso
Lichia
Salak
Beijar você, sempre
Manischewitz
Marshmallow
Dançar música lenta
Aspartame
Xilitol
Meu nome na sua boca
Cenoura
Refrigerante
Seu nome na minha

AMARGO

Café
Bagaço
Caroço de damasco
"O que foi agora, Mama?"
Endívia
Toranja descascada
Jogos de beisebol entre crianças e qualquer coisa entre pais e filhos
Chicória
Rabanete
Certos dias do ano, não importa quanto tempo passe
Pimentões
Perder seu melhor amigo, seu irmão
Cebola crua
Perder um dos pais, o que entendia você
Pão queimado
Açúcar queimado
Fígado queimado
Braço queimado
Ser usado pela pessoa para quem deu seu amor
Destilados baratos
Espíritos Vorazes

SALGADO

Sal de mesa
Sal kosher
"Vai para o inferno"
Sal marinho
Fleur de sel
Eletrólitos
Maura nos meus braços
Sangue
Suor
Salitre
Soro na veia
Lágrimas
Anchovas
Palavrões
Pele
Azeitonas
Esperma
Feta
Vegemite
Como eu te amo; e sempre vou amar

Banquete para os olhos

O Centro Gastronômico é um banquete.

Para os olhos. Para a língua. Para a mente.

É um vasto desejo, um oceano de comida. Seus limites são um horizonte que você poderia perseguir por toda a eternidade e nunca alcançar.

Também é muito divertido.

Existem pomares de frutas maduras, e o ar cheira a pêssegos e ameixas, limões e limas, graviolas selvagens, uvas nas videiras, pitaias e halas e mangostins, romãs que descendem das sementes da própria Perséfone.

Existem caminhos urbanos labirínticos com comida de rua, a fumaça das carnes subindo em colunas e o estalar de chapas e grelhas caramelizando tudo, de *anticucho* a *bún chả*, de churrasco grego de cordeiro a *pani ca meusa*, de asa de dodô a coxa de tiranossauro.

Existem ilhas de queijo — ilhas mesmo — flutuando em soro, barcas de burrata transportando almas por uma passagem de *paneer* para uma costa de queijo manchego cor de marfim, com um istmo de ricota conectando-a a uma terra-firme de Muenster.

No Centro Gastronômico, o mundo é uma ostra! Um céu branco de Kushimoto, uma variedade não descoberta, intocada por mãos humanas. Uma tigela de cerejas! Amarainier, Montmorello, sucos híbridos escorrendo pelo seu queixo. Uma caixa de chocolates! Com coco, caramelo puxa-puxa, uma Whitman Sampler Wonka Wonderball Surprise.

Mas, em meio a essa magia, com todos os aromas e sabores de fantasia disponíveis para os mortos, quando Konstantin Duhovny chegou, quando espremeu os olhos, piscando, para um aglomerado desagradável de luz fluorescente, se viu diante de uma combinação de Pizza Hut e Taco Bell.

Estava na praça de alimentação de um shopping — aquilo era o Inferno? —, só que inacreditavelmente extensa, tão grande que não dava para saber onde terminava ou começava.

Seu primeiro e único pensamento foi que precisava começar a cozinhar.

Abaixou a cabeça para o piso de linóleo, passando por dois Starbucks, um Panda Express, uma máquina automática de cupcakes, uma fonte de refrigerante (literalmente uma fonte bombeando coca-cola para cima com uma bomba), um Gray's Papaya, três lanchonetes de café da manhã e uma lojinha de iguarias chamada Goldie's Lox, com um salmão se debatendo no letreiro animado. Esses estabelecimentos deviam ter algum tipo de equipamento rudimentar para requentar ou descongelar coisas (fornos de micro-ondas, forninhos elétricos, talvez uma fritadeira), mas ele precisava de uma cozinha completa, com ingredientes de verdade, se quisesse preparar as refeições em sua lista.

Ele encontrou uma porta de saída (ah, os pequenos milagres!) e a abriu para acessar uma espécie de rua dos restaurantes, com as redes de fast-food e restaurantes de cardápio padronizado dando lugar a um beco de estrelas Michelin, salões requintados, calçadas iluminadas por postes e o linóleo substituído por calçamento de paralelepípedo. Aquele, sim, era o lugar.

Kostya parou diante de uma janela e, boquiaberto, viu uma réplica do Saveur Fare, com uma semelhança tão inquietante que esperava a qualquer momento ver Michel arrancando o couro de um ajudante de garçom. Ele entrou, procurando por um garçom, uma hostess, *alguém* para levá-lo para os fundos porque ali, claro, ficava a cozinha! Mas o restaurante estava vazio, sem funcionários nem clientes. Kostya percorreu o espaço, abrindo todas as portas que via, mas em vez de uma cozinha encontrou apenas atalhos, caminhos para *outros* lugares no Centro, para *mais* formas de comer. Era quase como se a cozinha não quisesse ser encontrada.

Por fim, escolheu uma porta e entrou numa tenda ao entardecer, com uma animada feira noturna surgindo diante dele como um cultivo de cogumelos *chanterelle*.

"Cozinha?", ele perguntou numa barraca de *khanom bueang*, com as casquinhas de crepe continuando a se dobrar sozinhas em resposta.

"*Cozinha?*", ele implorou para panelas ferventes de *lamen*, com a água sibilando enquanto palitos de bambu sem mãos para manejá-los colocavam o macarrão nas tigelas.

"*Cozinha?*", ele tentou com o *kaitenzushi*, cuja esteira fez passar um pratinho em alta velocidade com uma plaquinha dizendo: *Nada de sopa para você, trapaceiro.*

Ao que parecia, o Além-Vida tinha algo contra ele.

Everleigh tinha dito que seria fácil. Que havia barracas e restaurantes por todo o Centro, onde ele poderia cozinhar; que para conseguir ingredientes bastava pensar neles. Mas pelo jeito ela não estava na lista dos meninos levados.

Certo, ele pensou, contrariado. *Então tá.*

Se o Centro Gastronômico não o ajudava, ele mesmo

se ajudaria. Comer era a razão de ser daquele lugar. Havia comida por toda parte! Ele simplesmente roubaria alguns ingredientes e daria um jeito.

Kostya passou por uma cortina de miçangas e saiu para a luz, um céu de Marrakesh, com os cheiros de *tagine* de kafta e cuscuz com passas, *harissa* picante e espetinhos de carneiro, *b'stilla* com açafrão e polvilhada com açúcar e canela — toda essa tentação o atraiu para mais adiante, com água na boca.

Numa barraca de temperos, passou os dedos por sacos de sementes de coentro, cominho e cravo. Pegou um punhado de canela, mas, assim que se afastou um passo, o pó desapareceu de sua mão. Ele tentou de novo com cúrcuma. Sumiu. Pimenta-do-reino, mesma coisa.

"Ah, qual é!", ele gritou. "O que eu preciso fazer, hein?" Ele deu um chute na mesa de madeira, e os temperos se elevaram numa nuvem colorida. "O que eu vou ter que fazer?"

Ele deu outro pontapé, e um dos sacos tombou numa fumaça vermelha.

Kostya abriu a boca para gritar mais alguma coisa, mas uma mão no seu ombro o silenciou.

"Bones", murmurou uma voz, e a palavra amoleceu Konstantin como se fosse chocolate. "Não faz escândalo, bróder. Você é o inimigo público número um por aqui. Se continuar chamando atenção desse jeito, vai ter que se mandar antes mesmo de começar."

Mesmo morto, Francis K. O'Shaunessey continuava tendo um visual impressionante.

"Frankie!" Kostya se jogou nos braços dele.

"Eu também estava com saudade de você, bobalhão."

Frankie deu risada e retribuiu o abraço. "E estou falando sério quando digo bobalhão. Vamos lá."

A preocupação surgiu no seu rosto quando ele se virou e começou a se esgueirar pela feira, com Kostya em seu encalço.

"Mexendo com os Mortos, trazendo gente de volta... a gente pisou na bola, cara."

Frankie entrou por uma rua ladeada por barracas de pães, então cortou por um beco de... aqueles tijolos eram de *manteiga composta*?

"*Eu* pisei na bola", corrigiu Kostya. "*Você* não fez nada."

"Isso... não é bem verdade. Eu também dei minha colaboração aqui deste lado."

"Mas você nem estaria aqui se não fosse por mim! É por culpa minha que você está..." Kostya se interrompeu, ficando preso na última palavra como no cimento fresco. "Morto. Era para você estar *vivo*, Frankie. Puta que pariu. Foi o fantasma? Aquela garota no Wolfpup? Porra, eu sinto muito."

"Espera aí, *como é*? Não. Isso não tem nada a ver com você, Bones."

Frankie fez um sinal para ele seguir em frente, quase sem deter o passo.

"Claro que tem a ver comigo! Fui eu que trouxe ela de volta."

Kostya se esgueirou entre os tijolos, com a passagem se estreitando ao redor, a manteiga amolecendo, engordurando seus braços.

"Não foi fantasma nenhum que me matou." Frankie balançou a cabeça. "Foi a correria."

"Eu... o quê?"

"É uma puta história ridícula. Dá até vergonha de contar."

"Bom, então engole seu orgulho. Não saber está acabando comigo."

"Só não me julga, beleza?" Frankie suspirou, passando por uma arcada na direção de uma barraca de frutas das mais incomuns. "Nessa época, eu estava tentando manter um monte de coisas rolando ao mesmo tempo, lembra? Tinha o Keller ligando. A Delia me cobrando para assumir a relação. E o Wolfpup. As nomeações para o James Beard. Minha mãe querendo que eu casasse. Empréstimos estudantis. Noitadas. Você e os seus jantares no apartamento. Eu estava queimando a vela dos dois lados."

"É isso que as pessoas fazem quando são jovens e ambiciosas."

Eles passaram por uma pilha de melancias quadradas, framboesas azuis, ameixas fluorescentes.

"Pode até ser, mas nada disso me satisfazia. Não depois de ver o que você estava fazendo."

"Eu?"

"Você tinha um lance de verdade rolando, cara. A comida precisa significar alguma coisa. Ser especial. Pelo menos era o que me parecia na época. Ver tudo em retrospecto muito tempo depois é foda."

Frankie passou por um carrinho de uvas azedas, parando na entrada de um mercado de peixe.

"Ah, sim, isso é mesmo", concordou Kostya enquanto o seguia. "Desculpa ter te arrastado para essa coisa toda."

"Pelo que me lembro, Bones, fui *eu* que te arrastei. Você estava prestes a fazer a coisa certa e desistir. Mas eu te arrastei até o Wolfpup para fazer uns experimentos. Te arrastei para o Saveur para aquele trabalho. Te arrastei..."

"Como assim? *Não!* Você me deu a *maior força*."

"... da cama para criar o Hell's Kitchen", continuou Frankie. "E não foi só por causa da amizade. Eu queria fama. Glória. Tanto que nem me incomodei de ter que ficar na sua aba para isso. As minhas prioridades estavam totalmente erradas. Até a noite em que eu morri."

Eles passaram por uma bancada de trutas com as cores do arco-íris, as guelras se abrindo em colorações prismáticas. Uma vitrine de lagostas — vermelhas, verdes, azuis. Uma bandeja de *uni*, com o interior que parecia fogo.

"Como assim?"

Frankie bufou. "Eu estava na correria, querendo abrir meu próprio restaurante. Passei tantas noites em claro que até perdi a conta. E estava lá no Wolfpup, testando receitas tarde da noite."

"Sim, eu lembro."

"Bom, eu preparei uma bebidinha para relaxar e comecei os preparativos. Mas o drinque me deixou meio devagar, então tomei um comprimidinho do Ale. Aí comecei a me sentir bem — até *demais* —, tanto que quando terminei de ajustar as receitas achei que podia continuar trabalhando. Ficar na cozinha, fazendo uns experimentos. Eu pensei" — ele encarou Kostya com um olhar de quem pede desculpas no rosto — "não tenho orgulho de nada disso, Bones, mas pensei no que estava rolando com você, sabe, com os fantasmas? Achei que podia fazer isso também. Talvez até melhor. Pegar um pouco dessa vibe para mim."

"Do que você está falando?"

Frankie passou por um corredor de ostras — conchas de todas as cores e tamanhos imagináveis — e fez uma curva abrupta para a direita, rumo a outra tenda, cheia de sacos de arroz.

"Você estava reclamando que não conseguia acertar. Não sabia como trazer aqueles espíritos de volta. E eu era um puta de um arrogante, então depois de meia garrafa de Barceló e mais dois comprimidos, decidi que ia trazer seu pai de volta. Fazer o que você não conseguia. Era só fígado, pensei. Não podia ser tão difícil assim, né? Bom, eu pus tudo no fogo, mas as anfetaminas e o rum e a falta de sono são uma combinação complicada, e eu apaguei. Quando acordei, a cozinha estava cheia de fumaça. E eu tão estragado que não sabia nem onde estava. Entrei na câmara fria pensando ser a porta de saída. A essa altura, a fumaça era tanta que eu não conseguia nem enxergar. Ou respirar. Então fiquei lá mesmo, esperando ajuda." Ele encolheu um ombro. "Mas chegou tarde demais."

Kostya ficou boquiaberto.

"*Porra*, cara." Era a coisa mais triste que ele já tinha ouvido. "Morrer assim, quando tinha uma vida melhor do que, tipo, qualquer um que eu conhecia."

"Sério que você achava isso?" Frankie ziguezagueou entre os sacos de grãos. "De fora, era o que parecia, mas nada disso tinha profundidade. Era superficial. As festas, as pessoas. Eram boas companhias para fritar e causar num sábado à noite, mas só. Você e Rio eram os únicos que se importavam comigo de verdade."

"Não é verdade! As mulheres te adoravam. Você tinha mais mel que uma colmeia inteira de abelhas."

"Mel", repetiu Frankie, amargurado. "Eu era jovem. Tinha uma boa aparência. Com as mulheres, eu dei sorte. Tive noites divertidas. E dias. E manhãs." Ele abriu um sorrisinho ao lembrar, mas que logo desapareceu do seu rosto. "Mas parou por aí. Nada de verdade. Eu estava tão envolvido com a carreira e a ideia do restaurante que não sobrava espaço para mais nada. Nunca amei ninguém. Não como você."

"Qual é. O que eu sabia sobre o amor?"

"Muita coisa! Quando eu morri, eu senti você. Bem aqui." Frankie bateu no peito. "Ainda comigo. Tanto que eu não consegui nem pôr os pés para fora do Centro."

"*Caralho*, Frankie, se eu fiz você virar um Faminto..."

"Não fez, não." Frankie inclinou a cabeça. "Pelo menos não por muito tempo. Quando você conheceu sua garota, o apego que você tinha a mim se desfez."

"Sobras", murmurou Kostya.

"Mas ser um Faminto", continuou Frankie, "nem que só por um tempo, me fez ver o quanto os outros estavam sofrendo."

"Então você criou o tour."

Frankie assentiu.

"Eu tinha visto você fazer o seu lance, então pensei: ei, eu tenho como ajudar o pessoal. Posso te dar uma forcinha daqui do outro lado. Facilitar a transmissão dos sabores residuais. Era uma chance de finalmente fazer o meu nome também. Ficar famoso por uma coisa que fiz de bom." Eles chegaram ao final da tenda, e Frankie avançou para a luz incerta de um arvoredo, com um cheiro doce e fermentado pairando no ar. Maçãs. "Que piada, né?"

Ele foi caminhando com passos acelerados pelo pomar, obrigando Kostya a dar uma corridinha para acompanhá-lo.

"Tentei entrar em contato para a gente sincronizar as coisas, mas você cumpriu sua palavra, Bones. Me deixou continuar Morto. O que, pensando agora, foi uma puta sorte. Me impediu de virar um Voraz."

"Puta merda." Kostya então se dá conta, ofegante. "Você estava esperando pelo DUH porque não tinha outra forma de entrar em contato. Não sabia que os espíritos que eu trazia de volta estavam ficando presos."

"Eu não teria feito nada disso se soubesse. *De jeito nenhum* levaria um monte de gente para a sua inauguração. Só pensei que estava oferecendo um desfecho pra eles. Assim como você. A gente queria tanto acreditar, cara. Eu e você. Que a gente estava fazendo o bem."

"Eu queria melhorar as coisas." Kostya deu um chute numa maçã que estava no chão, mandando-a para longe. "E o resultado foi o de sempre."

"Bom, ainda dá tempo. Vamos lá. A gente tem um Além-Vida para pôr em ordem."

Frankie passou apressado pelas fileiras de árvores e pelo portão de um jardim, na direção de uma bifurcação no caminho, avaliando as opções antes de enveredar por algo que Kostya nunca tinha visto — um corredor de árvores de maçãs-verdes.

"Não sei como. Eu não posso nem chegar perto de um ingrediente. E aposto que a cozinha vai complicar as coisas pra mim também."

"O Centro pode ser um lugar bem rancoroso mesmo. Mas conheço um lugar onde você pode cozinhar. E os ingredientes... não vai ser fácil, mas tem um jeito."

"Hã, ok?"

"A maioria da comida aqui, está vendo?" Frankie pegou uma maçã de uma árvore e deu uma mordida. "É só uma aparência." Ele arremessou a fruta para Kostya, que se espantou com o estranho *nada* que havia sob a casca. Apenas ar, onde deveria haver polpa, miolo, sementes.

"Só está aí para te deixar com fome. Visões. Cheiro. Tudo tapeação. Porque o que você pode comer é preparado na hora. A partir das suas memórias."

"A comida daqui devora memórias?"

"A comida aqui *é feita* de memórias."

Kostya deteve o passo. Fazia sentido, como uma certeza que vinha do fundo do seu coração. Todo sabor residual que ele reproduzira era assim — a materialização de outra coisa, cada prato era uma lembrança compartilhada entre os Vivos e os Mortos.

"Então as memórias podem *ser* um alimento? Tipo... ingredientes?"

"É assim que o Centro Gastronômico funciona." Frankie balançou a cabeça. "Traduzindo as memórias em refeições, para a gente poder processar. Mas as coisas difíceis, como os sabores residuais — o Centro não tem as manhas. Você é um chef *de verdade*, muito melhor nisso do que qualquer um. Canaliza os Mortos e sente o que eles sentiram. Degusta. Empenha sua alma em cada prato que prepara. O Centro Gastronômico não tem essa capacidade. Então, se tem alguém capaz de cozinhar usando a memória como matéria-prima, eu aposto que é você."

Kostya abriu um meio-sorriso, apesar de não querer. "Aposto que você diz isso para todos os cozinheiros."

"Só para os que são dignos do nome."

"Mas, se a comida é memória, quando você come, acontece o quê? Simplesmente... se desfaz?"

Frankie balançou a cabeça. "Um desfecho não é o mesmo que esquecimento. Você ainda lembra, mas simplesmente... deixa de desejar. Pelo menos" — ele lançou um olhar bem sério para Kostya — "é assim que funciona quando as memórias são suas."

"Não entendi."

"Os espíritos que você está tentando ajudar, Bones", ele falou num tom gentil, "eles não estão no Centro agora. Não dá para usar as memórias deles *como* ingredientes."

"Mas então como eu..."

"Eu acho" — ele parecia sentir muitíssimo — "que você vai ter que usar as suas."

Kostya engoliu em seco. "E quando eles comerem a *minha* comida? As minhas... *minhas memórias*, o que acontece comigo?"

"Sei lá. Não dá pra saber. Mas, se fosse para adivinhar, eu diria que você vai esquecer."

Essa informação atingiu Kostya como um saco de gelo: o que ele tinha a perder. Todas as coisas que poderiam desaparecer. Todas as pessoas. Pensou em Maura, esperando por ele do outro lado. Em sua mãe. Em Rio, e na equipe da cozinha. Pensou nas lembranças que seriam levadas, todos os momentos de uma vida que ele finalmente tinha começado a viver.

Ele não queria abrir mão disso.

Mas tudo o que tinha acontecido era responsabilidade sua. Ele fizera mal a esses espíritos. Estava em dívida com eles.

"Não tem outro jeito?", ele perguntou, com a voz sufocada.

"Só se o Centro decidir perdoar e esquecer. E, pelo que eu pude ver, a mesquinharia por aqui —"

Como se o lugar o estivesse ouvindo, o chão começou a tremer.

"Cuidado com o que fala!", gritou Kostya, tentando manter o equilíbrio.

"Não foi por minha causa!" Frankie se segurou no tronco de uma árvore próxima. "O Centro está todo errado desde que o véu se rasgou. É por isso que está tão puto com você." Assim que o tremor parou, Frankie conduziu Kostya pelo pomar rumo a um paredão de bala dura, com um túnel visível em sua superfície se aproximando. "Logo mais a gente vai ter que parar e dar um jeito nas coisas enquanto ainda estão de pé. Se desmoronar, o Além-Vida inteiro vai ficar Faminto."

"Isso é ruim?"

"É. E, como o véu está aberto, os Fantasmas Famintos vão continuar indo para Manhattan. Procurando por um desfecho, por sangue, ou pelas duas coisas."

"Maura." De repente, Kostya se lembrou do baiacu, do Saveur Fare, do seu corpo em outro mundo. "Ela ia tentar fechar."

"Ela vai precisar de ajuda. Os espíritos Vorazes não vão desistir sem lutar."

"*Puta que pariu.*"

"Mas uma coisa de cada vez." O túnel levava a uma porta meio enferrujada, que Frankie abriu, revelando degraus. "A gente precisa te pôr para cozinhar."

"Para quê?", resmungou Kostya enquanto descia. "O Além-Vida está fodido, os Vivos estão fodidos e os Mortos estão fodidos, e o Centro Gastronômico não pode ajudar nem se quisesse, porque também está fodido. E está tudo fodido por minha causa, então de que adianta ir aonde quer que seja e tentar fazer alguma coisa? Eu sou o rei Midas da cagada. Tudo que eu toco vira uma merda."

Frankie deu risada, sua voz ecoando pela escuridão. "Você já salgou demais um prato? Já deixou um espaguete passar do ponto? Fez alguma coisa que ficou *ruim*?"

Konstantin lembrou de como se saíra mal na festa de Natal no Saveur Fare, naquela fatídica noite do *cavatappi* com um molho horroroso.

"Quem nunca?"

"O que separa os bons chefs dos ruins é saber fazer limonada com esses erros."

"Como é que você faz limonada com merda?"

"Sério mesmo que eu preciso dizer com todas as letras? O Centro Gastronômico é só o seu salão agora. Você é a despensa. As estações. É o *Chef*, caralho. Então trata de fazer para esses fantasmas umas refeições irresistíveis, e enquanto isso a gente conserta o véu. Maura tem um plano para isso?"

"Tem alguma coisa a ver com massa crua."

"Eu sabia que ia gostar dela."

Eles foram até o final da escada, e Frankie parou diante de uma catraca de metrô, a entrada para a plataforma do trem da linha 6.

"Espera aí", disse Kostya, lentamente. "Para onde a gente está indo?"

"Para a sua cozinha. No DUH", respondeu Frankie. "*Dã*."

O DUH no Pós-Vida era igualzinho, até os azulejos do banheiro, ao DUH na Vida, com exceção de duas coisas. Não tinha gente nem comida.

Isso provocava um estranho efeito. Era como se o restaurante estivesse à beira da morte, com a alma que lhe dava vida abandonando o corpo.

Kostya juntou os utensílios em sua estação — facas e tábuas de corte, frigideiras e panelas e panos de prato — e respirou fundo, tentando acalmar os nervos. Agora precisava dos ingredientes. Precisava criá-los. Encontrá-los dentro de si. Frankie tinha explicado (duas vezes), mas Kostya ainda não estava certo de como funcionava — isso *se* funcionasse.

"É só lembrar", Frankie o relembrou.

Kostya assentiu com a cabeça, tentando mostrar uma coragem que não tinha. Morte era uma coisa. Esquecimento era outra.

"É melhor eu começar. Enquanto ainda sei o que estou fazendo aqui."

"Puta merda, Bones." Frankie o puxou para um abraço.

"Frankie, se..." As palavras ficaram presas em sua boca. "Se no final eu não estiver aqui por inteiro, quero deixar uma coisa bem clara: você foi o melhor amigo que já tive. Obrigado por me levar para o caminho da cozinha."

"Me agradece mais tarde, quando o plano der certo."

Eles se soltaram, mas as mãos de Kostya continuavam agarrando a camisa de Frankie.

"Volta aqui, ok? Assim que encontrar a Maura e fechar essa porra de véu."

"Pode deixar, Bones. Até mais."

"Sério mesmo. Não demora."

"Sério mesmo, não demora!", gritou Maura ao telefone, e deixou o aparelho lá mesmo, pendurado na parede, ciente de que a central de ligações rastrearia o número e o endereço da linha fixa do Saveur Fare.

Estava tentando lembrar se tinha dado detalhes suficientes — baiacu, toxina, respirador, morrendo — e correu de volta para a cozinha, para o corredor onde ficava a câmara fria, onde o corpo de Konstantin o havia traído.

Alguma coisa tinha dado errado.

O veneno o afetara antes do esperado — ela acionou o cronômetro no celular assim que ele parou de reagir à sua voz — mas meros dois minutos depois ele começou a convulsionar. A vomitar. Espumar pela boca.

Estava gelado ao toque. Era impossível acordá-lo.

Ela correu escada acima para chamar uma ambulância bem antes do planejado, e deveria esperar o socorro agora. Abdicar de sua viagem de volta. Tinha sido esse o acordo: só se fosse seguro. Mas, olhando para Konstantin, com os lábios ficando azulados nos cantos, assim como nas pontas dos dedos, a espuma que soltara pela boca congelando, ela não conseguiu fazer a coisa mais segura.

Precisava encontrá-lo. Salvá-lo.

Se o amor é de verdade, você aguenta firme, ela pensou enquanto engolia a outra metade do fígado do baiacu.

A cozinha ainda estava lá quando Kostya fechou os olhos.

Ele começou pelo início, com o espírito que evocara primeiro.

Cava, pensou no Centro Gastronômico. *Gim. Suco de limão. Licor Luxardo Maraschino.*

Ele repetiu os ingredientes várias vezes, até as palavras praticamente deixarem de fazer sentido.

Nada.

O que Frankie tinha dito? Cada memória continua um sabor particular. Um gosto. O Centro Gastronômico só precisava saber o que era para servi-lo.

Ele tentou de novo.

Cava, pensou. *Preciso de Cava. Espumante. Seco. Um toque pungente. Ácido, mas com um sabor doce. Quentinho na garganta.*

E dessa vez sentiu uma voz que era como mel, vinda de algum lugar dentro dele. *E como é a sensação?*

Kostya hesitou apenas por um momento antes de oferecer a resposta; não pensava nisso fazia anos.

A vez em que entrou na lanchonete grega Olympia para roubar açúcar e creme, e estava enfiando os sachês na mochila quando a garçonete o surpreendeu, uma garota que ele conhecia, Demi Papadakis, que tinha mudado de escola no sexto ano mas se lembrava dele, e em vez de expulsá-lo de lá lhe deu um hambúrguer por conta da casa, disse que sentia muito por seu pai e contou que havia perdido a mãe naquela primavera.

O Centro Gastronômico pegou essa lembrança — era quase possível sentir quando saía de sua mente, como se sugada por um canudinho —, e um instante depois uma garrafa de Cava apareceu, com bolhas delicadíssimas, inacreditavelmente finas. *Sabor doce. Um toque pungente. Quentinho na garganta.*

O gim lhe custou uma noite que passara acampando

com o pai, com os mosquitos o picando por cima do saco de dormir.

O limão foi quando Alexis o deixou, parada na porta, arrancando a coleira de Freddie Mercury da mão de Kostya.

O Luxardo, a primeira vez que ele transou.

O óleo de patchuli foi mais complicado, mais difícil de encontrar um equivalente, até que ele lembrou do primeiro aniversário sem seu pai: o buquê que chegou — encomendado com antecedência —, sua mãe jogando tudo no lixo, mas o cheiro ficara, o cheiro da decomposição.

Quando Anna apareceu, não foi em meio a uma chuva de fagulhas. A luz dela estava fraca, escondida na sombra. O rosto, emaciado. Era como se não restasse quase nada para salvar.

"Por favor", implorou Kostya, "me perdoa."

Ele entregou a taça.

Os goles dela a princípio foram hesitantes, mas logo a luz foi voltando ao seu rosto. Na metade da taça, os contornos do rosto se atenuaram, se tornaram mais suaves, se preenchendo até ela voltar a ser como era quando aparecera pela primeira vez como fantasma na Library of Spirits. Quando terminou, estava linda, reluzente, verde-esmeralda, e quando pôs a taça de volta na bancada a cozinha toda se encheu de uma luz brilhante e dourada.

Estava vindo das janelas. Um trem.

Não o do metrô, era outra coisa.

Kostya a observou enquanto ela embarcava no vagão iluminado e ia embora pelo túnel. Para a jornada seguinte. Sua próxima vida.

Então voltou ao trabalho.

* * *

Um a um, ele foi trazendo os espíritos de volta.

Eram centenas de ingredientes, e cada um custava um pedacinho seu.

Uma explosão de raiva de sua mãe rendeu um molho Tabasco.

O primeiro dia abastecendo a prateleira do mercadinho, biscoitos salgados.

A mentira que contara para Maura — que tinha parado com os fantasmas, que fora uma vez só —, uma lata engordurada de sardinhas defumadas, marinadas com a vez que seus colegas de escola o viram procurando comida numa caçamba de lixo.

Ele foi econômico com os ingredientes. Guardava metade dos limões para usar depois. Pitadas de sal. Pedaços de manteiga. Tentou se manter inteiro o máximo de tempo possível. Mesmo assim, depois de uma dúzia de espíritos passarem por lá, sentiu um vazio se manifestar, um círculo nevoado ao redor de sua mente, e soube que estava na hora. Pronto ou não. Nada de adiar as coisas.

Havia um prato que os nervos e as inseguranças o faziam evitar, porém, mais do que qualquer outro, precisava estar lúcido para ele. Coerente. *Presente.*

Porque não era um desfecho só para o espírito em questão; era para Kostya também.

Quando evocou os ingredientes do prato de seu pai — sua própria morte, e a vitória na competição proposta com Viktor, o tempo passado deitado na grama com o pai aos seis anos, o que sentira no DUH quando Maura lhe contou a verdade —, sua respiração ficou entalada na garganta. Ele não sabia se conseguiria encará-lo naquele momento. Se aguentaria ver o que sua tristeza e seu apego tinham provocado. Ele estaria furioso? Voraz? Uma sombra de um homem, consumido pela Fome provocada por Kostya? Tantos anos depois, ainda carregaria as cicatrizes provocadas pelas palavras que Kostya gritara na última vez em que saía de casa?

Ele cozinhou em silêncio, se preparou e deu o toque final com endro.

Mas, quando Sergei Duhovny se materializou diante do filho, estava sorrindo, com um orgulho que reluzia como um facho de luz.

As linhas de expressão estavam mais fundas em seu rosto; a Fome permanecia em seus olhos, tornando opaca sua chama. As lembranças estavam cobrando um preço de Kostya, momentos precisos com seu pai sacrificados por umami, por doce, por sabores que ele não conseguiria acessar de nenhuma outra forma. Mesmo assim, ele sabia quem era. Conseguiu reconhecê-lo. Com o coração. Com a alma.

"Kostochka", murmurou Serguei, e seu nome pareceu mais doce do que nunca na boca do pai.

"Papa."

Sergei ajeitou o cabelo e segurou o rosto de Kostya entre suas mãos penumbrosas.

"Meu filho", ele falou, com as lágrimas escorrendo dos olhos fundos. "Meu carocinho de cereja. Eu sabia que você viria. Pra fazer nossa brincadeira. Adivinhar um último sabor."

E nesse momento Kostya desmoronou — aquela resposta continha tanta coisa, era a chave de todas as suas portas.

Ele tinha se agarrado com tanta força ao luto, guardado o sentimento de culpa por tantos anos, rezado tanto pelo perdão do pai, mas nunca fora capaz de ver os sabores residuais pelo que eram. A resposta de que precisava. Não o perdão, mas a aceitação. A prova de que seu pai via quem ele era. E o entendia. Não um dom, nem uma maldição, mas uma brincadeira. A brincadeira *deles*. Transformada pela Morte e enviada por seu pai para que pudessem se encontrar de novo. Para uma última rodada.

"*Pechonka*", gaguejou Kostya, entre lágrimas. "Seu gosto."

"*Nyet!*", respondeu seu pai, com a voz embargada, também com o rosto lavado de sal. "Amor."

Tudo isso foi trocado entre eles com um olhar — as culpas e desculpas, os erros cometidos, o amor que se mantivera firme ao logo do tempo, do espaço e da morte.

Um gancho. Uma amarra. Um elo inquebrável. Um vínculo que se transformaria em outra coisa agora, pois conduziria Sergei para sua futura vida.

"*Кушай*," Kostya disse por fim ao seu pai, entregando o prato de comida, finalmente pronto depois de tanto tempo, para concluir o desapego. "Come."

Ele resgatou Everleigh, que o abraçou com força e disse que era melhor que cuidasse bem de sua irmã ou o assombraria na próxima vida. Ele trouxe de volta Baba Fira, que fez questão de que ele provasse o borscht, pois era uma *babushka* até o fim. Acertou as contas com o pai de Dan Evans. Com a mãe de Stella.

E com incontáveis outros que não conhecia.

Mais do que Kostya esperava.

Enxames de Fantasmas Famintos tinham passado pelo véu, e Frankie estava tentando rastreá-los, mantendo-os longe de Maura enquanto ela lutava para remendar o véu.

"É como pastorear gatos, cara. Só que pior", ele disse para Kostya. "É melhor ela se apressar."

Kostya continuou preparando seus pratos, tentando

conter a sangria, com novos sabores residuais chegando como pedidos na cozinha num sábado à noite — incessantes, acachapantes, sem um fim à vista.

Ele preparou frango frito. E *congee*. *Schnitzel*, e bolonhesa vegana. *Khasiko bhutan*. Salmão *en croute*. *Sawagani*. Paella. *Ptitim*. Tantos pratos, tantos ingredientes, tantos espíritos esperando sua ajuda que ele perdeu as contas do que tinha usado. E do quanto ainda restava. Quantas lembranças ainda tinha.

Estava fazendo um bolo de aniversário — uma agonia infindável de ingredientes, que tirou tanto dele que o fez estremecer enquanto batia a massa — quando se deu conta de que havia esquecido o próprio nome.

Que estranho, pensou, ter se perdido a esse ponto, mas ainda saber *isso*, como cozinhar, como alimentar os outros. Haveria algum prato, ele se perguntou, que poderia trazê-lo de volta? Um bocado que fosse capaz de lembrá-lo. Talvez do outro lado, de onde ele veio.

Os Vivos, afinal, comiam principalmente para lembrar. Marcavam os acontecimentos da vida com comida.

Com bolos de aniversário, e brindes com champanhe. Com tigelas de sopa de ketchup e menus três estrelas Michelin. Com cafés. Com Lanches Felizes. Com fritas de acompanhamento. Com jantares de domingo com Gigi ou Yaya ou Năi Nai ou Ba.

Comer era celebrar. Afinal, a comida era uma coisa viva; era amor. Era como os Vivos lidavam com as coisas. Como seguiam em frente. Uma linguagem própria para mapear a vida toda.

Mas os Mortos? E este lugar? Os Mortos comiam para esquecer.

Para desapegar.

Para experimentar pela última vez a fagulha da Vida antes de deixar tudo para trás. Para os Mortos não havia *mais*, não havia como repetir o prato. Era só um registro do que poderiam deixar ao partir. Uma receita.

Uma receita era capaz de dizer quem a pessoa tinha sido, o que amava, as coisas que a sustentavam. Era uma forma de os outros a levarem consigo, trazê-la de volta, mantê-la por perto depois que se fosse. Uma forma de não morrer nunca.

Ele conseguia sentir isso, os espíritos desejando sua comida. E lhes concedeu isso, nutrindo-os com seus pratos, mesmo que o processo de preparo devorasse suas memórias.

Ele havia cedido muita coisa para alimentá-los. Tudo.

Ele perdeu o encantamento da infância, os anos em que seu pai estava vivo.

A devastação trazida por sua morte.

O sofrimento na época de colégio, as humilhações ácidas, as derrotas amargas.

Cada pequeno triunfo — o primeiro beijo, o primeiro emprego, o primeiro apartamento.

Os anos dirigindo o caminhão de Vanya (mas essa parte talvez tenha sido melhor assim).

Os últimos meses de sua vida — os mais felizes —, quando descobrira tudo de que era capaz.

Ele perdeu Frankie, dolorosamente, e sua última lembrança era a primeira vez que se viram — para discutir como rachar o aluguel de um apartamento quando Kostya respondeu ao anúncio na Craigslist —, num café do East Village com papel de parede pornográfico, onde Frankie dera a Konstantin seu apelido — Bones — ao descobrir o que *Kostya* significava.

Perdeu Maura, seu amor que nem sal, apesar de ter tentado desesperadamente se agarrar a isso, guardá-la para o fim, esticar o tempo até ela voltar, até conseguir vê-la. Até conseguir salvá-la. Porém a maioria dos pratos exigia o sabor das lembranças dela, não amargos ou ácidos, que ele tinha de monte, e sim os mais agradáveis, viciantes, com calor e sal, doçura, umami, e ele já havia sacrificado o pai, e Frankie, os melhores momentos de sua vida, como ingredientes.

Ele perdeu a si mesmo.

Perdas.

Reproduzir os sabores residuais tira tudo o que ele tem.

E então só resta uma lembrança.

Um último vínculo com a vida, delicado como seda.

Uma lembrança a que se sente apegado e ao mesmo tempo ansioso para mandar embora, um momento de vergonha, de dor, sob a luz da manhã. *Papa... me dá um sabor para provar!*, e *Esse depois nunca chega!*, e *Vai para o Diabo!*

Ele não sabe o que vai acontecer se deixar essa lembrança ir embora. Se ficar totalmente vazio.

Virar uma casca vazia.

Ele lambe os lábios e olha ao redor da cozinha, com suas superfícies reluzentes, os restos de comida na bancada, uma bagunça que alguém fez. O lugar parece importante, significativo, mas ele já não sabe por quê, nem imagina o que está fazendo ali. Tem uma faca na bancada que é como a tatuagem em seu braço, mas ele não sabe por que, em outra vida, teria feito isso.

Estende a mão para buscar a resposta, fecha os olhos com força, deseja lembrar, mas nada aparece. É doloroso esquecer. Uma cicatriz que não fecha.

Emocional. Mental. Uma dor na cabeça, latejante.

Clap-clap-clap.

Tão alta que ele quase consegue ouvir.

Clap-clap-clap.

De novo.

Não em sua cabeça, mas na janela. Alguém batendo.

"Stan! Você está aí?"

A voz passa por ele como água, e então volta, mais alta. Mais próxima.

"Konstantin!"

E ela salta pelo parapeito, com cabelos roxos, olhos arregalados, ofegante.

A mulher mais linda que já viu. Ela se joga nos seus braços, o abraça como se os dois se conhecessem. Como se tivessem sido algo um para o outro algum dia.

"A gente conseguiu, caralho", ela diz com a boca em sua camisa. "O véu... o que você me ensinou sobre massa, Frankie e eu... está fechado! É que nem *pelmeni*, apertando e girando; você precisava ver..."

Ela olha nos olhos dele, com o mundo todo ali, em seu sorriso, e ele o vê se desmanchar com uma expressão de incompreensão, como um prato vazio.

"Não. *Não*. Ah, Stan."

"Eu conheço você?" Ele quer muito. Deseja tê-la conhecido.

Ela comprime os lábios como se estivesse magoada. "O que você — quanto de você restou?"

"Só..." — ele balança a cabeça, sem saber como ela sabe — "só mais uma coisa."

Ela segura seu rosto entre as mãos. São tão quentes que ele quase fecha os olhos.

"Não larga essa", ela murmura. "Segura firme. Fica comigo. Nós..." A voz dela está falhando. "Nós vamos ficar bem. Por favor, fica. Eu vou dar um jeito. Trazer você de volta de algum jeito. Você inteiro. Eu te amo, Konstantin. Eu te amo que nem sal. E vou dar um jeito nisso."

Sal.

Mais do que sal.

Sal rosa do Himalaia Morton.

Sangue. Suor. Alcaparras. Ovas.

Maura.

Muito mais que sal.

Alguma coisa surge dentro dele. Um instinto de alimentá-la.

Só há uma memória restante, o suficiente para um único ingrediente. Alguma coisa salgada — ele era salgado ali, pura atitude. Mas com um fundo de arrependimento, um toque de culpa. Um desejo de afeto.

Ele lembra — *a cozinha, a porta da geladeira, o ar frio contra a pele* — e deixa a memória viajar pela língua — *seu pai e aquela gravata horrível, as crianças e sua maldade, seu medo e vergonha e solidão* —, percorrer sua boca como uma bola de gude — *a raiva que explodiu do peito, a postura derrotada de seu pai, o arrependimento terrível depois* — e a sente endurecer, áspera e texturizada, cristalina, salina, com suas irregularidades e seus flocos coletados à mão, envelhecidos para ganhar sabor, temperado por sua memória — *o desejo desesperador de atenção, de conexão, de amor.*

É um sal sutil. Delicado.

Fleur de sel.

E por um breve e ofuscante momento, no tempo que dura a degustação, ele lembra.

Entende.

Decide.

Sabe que não pode voltar. Seu corpo está envenenado; suas memórias se foram. E, mesmo que pudesse, ele é necessário ali. Para outras almas que precisam de libertação. Os muitos espíritos Famintos que o Centro Gastronômico não pode alimentar. Mas ele sim. Então vai ficar. Vai ajudar.

E talvez um dia, em retribuição, vai poder vê-la.

Porque Maura ainda está viva.

Sem Fome. Sem Everleigh. Sem ser puxada o tempo todo pela Morte.

Ele não pode deixar que ela fique, não quando se perdeu quase por inteiro e vai desaparecer de novo a qualquer momento. Não sabendo que ela ainda não acabou de viver. Que ainda não terminou de se divertir, de fazer descobertas, de se deleitar.

Só o que ele quer agora é permitir isso a ela.

Mandá-la de volta.

Amá-la o suficiente para deixá-la ir.

A *fleur de sel* está derretendo em sua boca, desaparecendo depressa, e ele estende os braços para ela — *Já vi muita coisa na vida* —, cola os lábios entreabertos aos dela — *você é extraordinário* — e a beija com tudo o que tem — *mais que sal* —, passa com a língua o sabor residual dos dois, sua última lembrança, para a boca de Maura — *muito mais que sal.*

Isso — esse sal, esse beijo, esse amor — é a melhor coisa que ambos já experimentaram, e esse momento faz com que ela se lembre, a traz de volta.

E a encaminha para a Vida.

“Eu te amo”, ele murmura, “que nem sal.”

Ela solta um suspiro de susto quando uma névoa prateada se desprende de sua pele e começa a brilhar, de repente se vê puxada de volta para o corpo. De volta à Vida. Os olhos dela procuram os dele, cheios de lágrimas fluorescentes.

"O que foi que você fez?"

Ele quer contar, quer explicar, mas as palavras estão lhe escapando, estão além de seu alcance. Ela segura a mão dele na sua, evanescente.

"Me espera, Stan", ela pede. "Não esquece. *Por favor*, não esquece."

Ela o beija de novo, um beijo de despedida, do tipo que ele deveria lembrar mais tarde, mas na verdade já esqueceu.

Está na ponta da língua, quem é essa, quem poderia ser, o que significa para ele, mas não consegue lembrar, não consegue mais sentir o gosto, que não volta nem quando ela desaparece, como uma luz que se apaga, e se dissolve como sal na água, viajando para longe das vistas.

ÚLTIMOS BOCADOS
PETITS-FOURS

Por favor mais um
beijo na cozinha
antes de apagarmos as luzes

W. S. Merwin, "Wish"

Salé

Maura Elizabeth Struk — não mais atormentada pela Fome — acorda na câmara fria do Saveur Fare, entre travessas do delicioso creme inglês da casa e o cadáver congelado do homem que ama. Ela estremece, tanto pelo frio como pelas toxinas no sangue. Sua respiração rasa sai em lufadas de vapor, criando nuvens no ar dentro do freezer. Suas lágrimas congelam nos cílios.

Ela ainda não está pronta para sair dali, deixá-lo para trás, e de qualquer forma está paralisada, então fica olhando para o rosto dele, gravando-o na memória, recordando o sabor do último beijo de Konstantin.

Um tempo depois, a porta de aço da câmara fria se abre, e desconhecidos entram correndo, com maletas de primeiros socorros e instrumentos esterilizados.

"Baiacu?", eles perguntam, chocados, examinando Konstantin, tentando ajudar quem não pode ser salvo, e ela pisca uma vez, bem lentamente, para confirmar. *Baiacu*, eles anotam no certificado de óbito, embora tenha sido muito mais que isso, na verdade.

Um dos socorristas olha para ela. Franze a testa.

"Espero que tenha valido a pena", ele diz, venenoso como o peixe, quando a move para uma maca.

Ela tenta fazer valer a pena.

* * *

Maura volta a estudar. Tira o diploma. Cria dezenas de games.

Tem um sobre o Centro Gastronômico, uma missão em que o jogador ajuda um chef a se lembrar. O jogo é premiado, esgota tiragens, mas seu maior orgulho é a narrativa do game alertar para o suicídio, e ter salvado tantas vidas.

Ela mora em Tóquio por um tempo. Em Melbourne. Em Tânger.

Aprende a cozinhar.

Ela come. Bastante.

Tem amor para dar, mas nunca mais se apaixona, e isso não lhe parece uma perda. Apenas uma espera.

Acima de tudo, porém, ela lembra. E o leva consigo.

O sal a faz lembrar. E ela sente seu gosto em tudo, nas minúsculas pirâmides de Maldon, nos grãos ásperos do kosher, nos grânulos rosados perfeitos do Himalaia, nas partículas escuras de *kala namak*, nos cristais de Morton's ionizados, na garotinha de amarelo do rótulo. Seu favorito é sempre *fleur de sel*, com seus flocos delicados como pétalas, e quando eles se derretem em sua boca ela pode senti-lo, seu vínculo inquebrável mesmo pela morte, e em sua boca ele volta a viver, está bem ali, seu sabor residual.

Ele não está ali, ela sabe.

Mas também não se foi.

Frais

Vera Duhovny está no norte do estado de Nova York, vivendo numa casinha de fazenda marrom, pequena e sem personalidade num pomar — de cerejas, não de maçãs — do qual ela cuida com um amor maternal. Ela lembra Kostya quando trabalha, não em termos de feições, mas de expressões, a ruga de concentração na testa, o jeito de fechar os olhos quando saboreia, a forma de revelar surpresa com as sobrancelhas.

Uma árvore deu frutos mais cedo, se antecipando às outras, com cerejas de um vermelho vivo, a pele delicadíssima, e a primeira mordida é quase dolorosamente ácida, tão azeda que arranca lágrimas dos olhos. *Vishnya.* Ela voltara à Ucrânia para buscá-la. Ao vilarejo onde vivia a avó de Sergei. E cuida dela como se fosse uma criança, essa árvore da família que salvou.

Na cozinha, come mais uma cereja e cospe o caroço na mão. Como Kostya costumava fazer. O restante ela lava, descaroça e faz compotas para mandar de presente. Para pessoas que o conheceram. Que o amaram. Rio. A mãe de Frankie. Maura, que as come de colher.

A receita bem pouco ortodoxa. Inesperada. Foi ensinada por Sergei. Uma forma de mantê-las juntas, lembranças adocicadas pelo sol na boca. A acidez das cerejas da vida temperada não pelo açúcar, mas pelo sal.

Glaces

Francis K. O'Shaunessey não atende mais por Frankie, ou Frank, ou Kosh, ou Bonitão, embora os velhos hábitos ainda persistam em permanecer vivos no caso do último. Nessa cozinha, onde ele passa cada hora de cada dia de céu aberto, cada momento de cada noite estrelada, alimentando um espírito de sorte de cada vez, ele atende apenas — extasiado — por chef.

O Last Supper não só fica na parte mais badalada do Centro Gastronômico; ele é a parte mais badalada do Centro Gastronômico. Não há reservas, a fila de espera é sempre na porta. Só há um lugar, um banquinho sem encosto num balcão simples de madeira. Ninguém que entra lá para comer sai de volta.

A refeição, todos concordam por unanimidade, é do tipo que vale a pena esperar.

O chef observa orgulhosamente enquanto seus clientes comem. Enquanto os sabores de suas lembranças dançam e rodopiam pela língua. Enquanto desaparecem, com um sorriso, em um brilho de fagulhas. Ele está cumprindo sua promessa de ajudá-los a ter um desfecho. Está fazendo direito dessa vez. Quando voltam de suas visitas, satisfeitos, seguem Adiante de imediato. Para o próximo prato do banquete infinito da alma.

Seu *sous-chef* observa também.

O *sous*, um cara simples, é quem cozinha. Demora um tempo para ele aprender as técnicas; sua mente é bagunçada como um ovo mexido. Mas os sabores residuais chegam naturalmente para ele, e essa é uma habilidade que não pode ser ensinada. E é rara o suficiente para o Centro se convencer a deixá-lo ficar.

Ele tem ótimos instintos, uma inclinação natural para temperar as memórias que põe no prato.

Mas é preciso dizer que tem uma tendência a exagerar no sal.

Ainda assim, o chef acha que, mais dia, menos dia, vai passar o bastão do Last Supper para seu sucessor.

Ele vai embarcar num trem para seguir Adiante e deixar o *sous* em seu lugar.

Deguises

O *sous-chef* ama a cozinha.

Ama a comida. Ama os clientes. Ama o chef.

Ama ver os espíritos desaparecerem numa explosão de luz ofuscante.

Ama, acima de tudo, o fato de ter recebido permissão para ficar.

Quando o *sous* despertou, estava sem memória, sem nenhuma recordação para reatá-lo ao lugar de onde viera. Um prato limpo; uma folha em branco. Deveria seguir imediatamente Adiante.

Mas continua, inexplicavelmente, a trabalhar no Last Supper. A cozinhar. A servir. A transformar memórias em comida.

Alguma coisa acontece toda vez que ele serve uma refeição.

Ingredientes são deixados para trás.

Ele os encontra quando limpa os pratos — um farelo de pão; um floco de pimenta; uma semente de tomate.

Pode ficar, diz o chef. Você mereceu. Quem sabe um dia você não faz sua própria última refeição.

Então o *sous* os guarda em potes de vidro, que rotula com fita-crepe e guarda numa gaveta. Vai ser preciso uma vida inteira para juntar o suficiente para cozinhar alguma coisa, mas ele não tem pressa. Está aguardando por algo.

Por alguém.

É um instinto, uma coisa inconsciente. Uma sensação que é como uma intuição de uma refeição. É isso que o faz ficar, que lhe diz que ela virá, e que ele precisa alimentá-la quando isso acontecer.

No fim, ele não a conhece de vista, nem pelo toque, nem por um som. Só pelo gosto.

O sabor do beijo dela é um desejo, e tem a sensação de uma volta para casa.

A melhor coisa que ele já provou. Ou vai provar. Ou poderia provar.

Um tipo especial de sal.

Agradecimentos

O número de pessoas que me ajudaram a escrever este livro é suficiente para lotar o Balthazar para um brunch. É uma honra e um privilégio erguer minha taça para vocês.

À incomparável Lucy Carson — quando escritores descrevem seus agentes dos sonhos, nem em sua imaginação chegam perto da magia que é trabalhar com você; obrigada por acreditar nesta história desde as primeiras páginas, e por tudo o que fez desde então. Mil páginas não seriam suficientes para agradecer tudo o que você fez.

Obrigada a todos os funcionários e parceiros da Friedrich Agency por trazer este livro sobre a morte à vida — Sylvie Rabineau, da WME, uma criadora de sonhos que me ajudou a realizar o meu com tanta gentileza e carinho; Caspian Dennis, da Abner Stein, cujo entusiasmo inicial pelo livro o ajudou a cruzar o oceano; Molly Friedrich, que me acolheu com tanto entusiasmo; Marin Takikawa, cujos comentários certeiros fizeram os primeiros esboços brilharem (e garantiram que eu não errasse a grafia de “shitake” nunca mais); Hannah Brattesani, que ajudou a tornar este livro realidade em vários países e idiomas; e Heather Carr, cuja paciência e orientação são a cereja do bolo.

O champanhe e as rosas vão para as minhas brilhantes

editoras, Carina Guiterman, da Simon & Schuster, e Alexis Kirschbaum, da Bloomsbury. Sou absurdamente abençoada por poder contar com seus olhos atentos, sua mente afiada e seu apoio indescritível a este livro, e ainda mais por contar com o benefício da parceria de vocês. Carina, eu soube desde nossa primeira conversa que trabalhar com você seria especial; sua gentileza, sagacidade e capacidade de colaboração são coisas com que toda autora sonha. Obrigada por todas as conversas, anotações nas margens, por sua orientação, sabedoria e paciência. Alexis, você foi a primeira a querer transformar meu manuscrito num livro publicado, e seu entusiasmo, suas sacadas e sua atenção tornaram o processo editorial uma verdadeira fantasia; obrigada por perceber cada pequena falha neste mundo ficcional, e por me ajudar a torná-lo sólido. Agradeço às duas, acima de tudo, por escolherem este livro, por amá-lo, por fazê-lo brilhar; vocês mudaram minha vida, e eu nunca mais vou ser a mesma depois disso.

Mil agradecimentos a Stephanie Rathbone por sua leitura profunda e sua reflexão mais profunda ainda sobre este romance; sua empolgação, seu carinho e seus questionamentos tornaram este livro muito melhor, e sou grata para sempre por isso.

Meus sinceros agradecimentos, adoração total e caminhões cheios de Reese's para as brilhantes equipes de marketing e divulgação que ajudaram este livro a encontrar seus leitores — Danielle Prielipp, Emily Farebrother e Maggie Southard, da S&S, e Ros Ellis, Amy Donegan, Fran Owen e Cristiana Caserini, da Bloomsbury. De verdade, ninguém teria descoberto que este livro (e muitos outros!) existia sem o seu entusiasmo, sua defesa ardorosa e suas estratégias criativas; vocês são mágicas, e eu tenho muita, muita sorte por poder ter lançado este romance com seus encantamentos.

Obrigada a todos que trabalharam nos bastidores para adquirir, agenciar, editar, diagramar, produzir, imprimir, vender, distribuir e publicar este livro; alguns de vocês eu ainda não conheci enquanto escrevo estes agradecimentos, mas saibam que vocês têm minha gratidão. Para os que eu conheço: Tim O'Connell, sua empolgação e seu apoio por este livro foram (e continuam sendo) importantíssimos para mim; Sophia Benz, obrigada por responder aos milhões de perguntas que fiz; Anna Hauser, obrigada por tornar o processo de produção suave como manteiga francesa; Yvette Grant, obrigada por sua edição de texto afiada, sua expertise na produção e suas gentis colaborações; Natalia Olbinski, Maddy Angstreich e Jackie Seow, muito obrigada pela linda capa; Wendy Bloom, obrigada pelo maravilhoso projeto gráfico; Caroline Baptista, obrigada pela minha belíssima foto de autora; Wendy Sheanin, Joe Roche, Sarah McLean, Carrie Pitt e a todas as equipes de venda que trabalharam para levar este livro aos mercados dos Estados Unidos e da Grã-Bretanha — sou muito, muito grata a vocês por fazê-lo chegar às mãos dos leitores.

Muita gente leu partes deste livro ao longo do processo, incentivada por mim a continuar e me dar sugestões de melhorias. Às fervilhantes Sash Bischoff, Blair Hurley, Laura Hankin e Lovell Holder — nosso grupo de escrita é muito mais que uma oficina; seus incentivos infindáveis, suas observações precisas e acima de tudo sua amizade são tudo para mim. Obrigada por me desencalharem toda vez que Maura me deu trabalho, e por serem minhas apoiadoras, confidentes, terapeutas e amigas leais. Sara Knudson, Jesse Karlan, David Hura e Alex Deguise, obrigada por serem leitoras de primeira hora e sempre entusiasmadas, e pelas oficinas via Zoom que me mantiveram escrevendo durante a pandemia. Joan Silber, obrigada pelo curso de escrita de romance onde

Kostya e Frankie começaram suas jornadas, e por toda sua gentileza desde então. David Hollander — a primeira pessoa que fez com que eu me sentisse uma escritora de verdade, com "E" maiúsculo —, obrigada por ser meu mentor, conselheiro e por tornar este livro melhor, sempre. Julia Philips — uma das artistas mais generosas que conheço e um tesouro de pessoa —, obrigada por seu entusiasmo, incentivo e incrível sagacidade em relação à trama enquanto eu tentava dominar essa fera. Peter Kang, obrigada por ser um dos primeiros leitores, e por sua visão sobre tudo o que poderia se tornar. Renee Harleston e Veronica Vega, obrigada por me ajudarem a fazer o ajuste fino na voz de Frankie e por suas observações certeiras sobre a experiência dele. Paulina Soberon — obrigada por sua ajuda com o espanhol, e por me educar a respeito da flora mexicana!

Obrigada aos meus familiares e amigos, que nunca hesitaram em seu incentivo enquanto eu perseguia esse sonho. Aos meus pais, Vlad e Jane, que me apresentaram à cozinha, à comida e à literatura, e cujo amor pelas três coisas me fizeram ser quem sou — todas as partes deliciosas deste livro existem graças a vocês. Ao Max, meu primeiríssimo leitor e melhor irmão do mundo, obrigada por revisar as partes em russo deste livro, e por ser a luz que me guiou no meu caminho como escritora. Aos meus sogros, Ann e Jerry, pelo entusiasmo a cada passo da jornada; seu apoio, incentivo e pratos de macarrão me mantiveram trabalhando até a reta final. A tias, tios, primos e família estendida — tenho muita sorte por contar com familiares empolgados e solícitos como vocês; eu não chegaria a lugar nenhum sem sua ajuda. Um agradecimento especial ao Freddy, que fez a checagem factual das cenas em restaurantes com base em seus muitos anos de experiência como chef; a Marina, que me leu desde o começo e com frequência; e a Brittany, que sempre me perguntava como eu estava indo, e sempre queria ler o que eu escreveria a seguir. Obrigada a Logan, Sabrina e Darren, por me darem o tempo necessário e por se entusiasmarem com as notícias sobre o livro da mamãe; deixar vocês orgulhosos é minha principal razão para escrever. E, acima de tudo, agradeço a James — é impossível citar tudo o que você fez e continua fazendo para tornar nossa vida mais mágica que a boca de Kostya; seu apoio à minha escrita e a este livro são impressionantes, e meu amor por você é maior que a quantidade de sal no mar.

Um sincero agradecimento a todos os trabalhadores do setor de alimentação com que tive contato — desde as merendeiras do refeitório da escola aos baristas dos meus cafés favoritos e os entregadores que tornam possível experimentar algo novo numa terça-feira, e aos chefs com estrelas Michelin cuja comida tive a sorte de experimentar na vida. Um pedacinho de cada coisa que comi está aqui nestas páginas.

Minha eterna gratidão, amor e sal a todos os meus entes queridos que partiram. Sei que estão comigo, guiando as minhas mãos enquanto elas criam mundos com palavras. Nunca vou me esquecer disso.

Por fim, a todos os leitores que sentiram uma conexão com este livro — com Kostya, ou Maura, ou Frankie, ou Everleigh (todo mundo menos Kevin, na verdade) — *obrigada*. As histórias são nossa maneira de nos conectarmos com o mundo, e de processar seus momentos mais bonitos — e também os mais difíceis. Se você conhece alguém que está sofrendo e precisa de ajuda, por favor entre em contato com os serviços de promoção da saúde mental da sua localidade.

TIPOLOGIA Adriane por Marconi Lima
DIAGRAMAÇÃO Vanessa Lima
PAPEL Pólen Natural, Suzano S.A.
IMPRESSÃO Gráfica Bartira, outubro de 2025